shiji
wenxue
jingdian

世纪文学经典
周作人 著

周作人精选集

北京燕山出版社
BEIJING YANSHAN PRESS

"世纪文学60家"书系总策划：
白烨、陈骏涛、倪培耕、贺绍俊、张红梅

"世纪文学60家"评选专家名单：
（以姓氏笔画为序）

丁　帆	南京大学中文系教授
王中忱	清华大学中文系教授
王晓明	华东师范大学中文系教授
王富仁	汕头大学中文系教授
白　烨	中国社会科学院文学研究所研究员
孙　郁	鲁迅博物馆研究员
吴思敬	首都师范大学文学院教授
陈思和	复旦大学中文系教授
陈晓明	北京大学中文系教授
陈骏涛	中国社会科学院文学研究所研究员
陈子善	华东师范大学中文系教授
孟繁华	沈阳师范大学教授
於可训	武汉大学文学院教授
杨匡汉	中国社会科学院文学研究所研究员
杨　义	中国社会科学院文学研究所研究员
张　炯	中国社会科学院文学研究所研究员
张　健	北京师范大学文学院教授
张中良	中国社会科学院文学研究所研究员
赵　园	中国社会科学院文学研究所研究员
洪子诚	北京大学中文系教授
贺绍俊	沈阳师范大学教授
谢　冕	北京大学中文系教授
程光炜	中国人民大学中文系教授
雷　达	中国作家协会创研部研究员
黎湘萍	中国社会科学院文学研究所研究员

出版前言

"世纪文学60家"书系的创编与推出,旨在以名家联袂名作的方式,检阅和展示20世纪中国文学所取得的丰硕成果与长足进步,进一步促进先进文化的积累与经典作品的传播,满足新一代文学爱好者的阅读需求。

为使"世纪文学60家"书系的评选、出版活动,既体现文学专家的学术见识,又吸纳文学读者的有益意见,我们采取了专家评选与读者投票相结合的方式。我们依据20世纪华文作家在中国现当代文学史上的地位与影响,经过反复推敲和斟酌,确定了100位作家及其代表作作为候选名单。其后,又约请25位中国现当代文学专家组成"世纪文学60家"评选委员会,在100位候选人名单的基础上进行书面记名投票,以得票多少为顺序,产生了"世纪文学60家"的专家评选结果。为了吸纳广大读者对20世纪华文作家及作品的相关看法和阅读意向,我们与"新浪网·读书频道"的全力合作,展开了为期两个月的"华文'世纪文学60家'全民网络大评选"活动。2005年12月16日,读者评选结果在"新浪网·读书频道"正式公布。为了使"世纪文学60家"的评选与编选,能够比较客观地反映专家和读者两方面的意见,经过反复协商,最终以各占50%的权重,得出了"世纪文学60家"书系入选名单。

"世纪文学60家"书系入选作家,均以"精选集"的方式收入其代表性的作品。在作品之外,我们还约请有关专家、学者撰写了研究性序言,编制了作家的创作要目,为读者了解作家作品、创作特点和其在文学史上的地位,提供必要的导读和更多的资讯。

"世纪文学60家"评选结果

排名	作家	专家评分	读者评分	评选结果	排名	作家	专家评分	读者评分	评选结果
1	鲁迅	100	100	100	31	赵树理	85	55	70
2	张爱玲	100	97	98.5	32	梁实秋	67	71	69
3	沈从文	100	96	98	33	郭沫若	70	65	67.5
4	老舍	94	94	94	33	陈忠实	67	68	67.5
4	茅盾	100	88	94	35	张恨水	64	70	67
6	贾平凹	94	92	93	36	苏童	58	75	66.5
7	巴金	94	90	92	36	冰心	51	82	66.5
7	曹禺	100	84	92	38	穆旦	78	52	65
9	钱钟书	80	99	89.5	39	丁玲	78	47	62.5
10	余华	85	92	88.5	40	顾城	29	95	62
11	汪曾祺	100	76	88	41	舒婷	51	69	60
12	徐志摩	85	89	87	42	张承志	67	51	59
12	莫言	94	80	87	43	王朔	45	72	58.5
14	王安忆	94	77	85.5	44	刘震云	58	58	58
15	金庸	70	98	84	45	韩少功	54	57	55.5
15	周作人	94	74	84	46	阿城	54	56	55
17	朱自清	70	93	81.5	47	张洁	64	44	54
18	郁达夫	78	83	80.5	48	三毛	22	85	53.5
19	戴望舒	94	66	80	49	铁凝	51	53	52
20	史铁生	80	79	79.5	50	张炜	60	40	50
20	北岛	78	81	79.5	50	李劼人	78	22	50
22	孙犁	94	62	78	52	宗璞	64	33	48.5
22	王蒙	78	78	78	53	郭小川	58	36	47
24	艾青	94	60	77	53	柳青	58	36	47
25	余光中	78	73	75.5	55	施蛰存	51	42	46.5
26	白先勇	85	64	74.5	56	张贤亮	42	49	45.5
27	萧红	85	61	73	56	刘恒	64	27	45.5
27	路遥	60	86	73	56	高晓声	45	46	45.5
29	闻一多	78	67	72.5	56	李锐	51	40	45.5
30	林语堂	54	87	70.5	60	徐訏	45	43	44

目 录

"这一个"周作人 ……… 孙 郁 001

人世杂谈

自己的园地 ……………………… 003
苦雨 …………………………… 005
乌篷船 ………………………… 008
闭户读书论 …………………… 010
北大的支路 …………………… 013
关于写文章 …………………… 016
《文学的未来》 ……………… 019
谈关公 ………………………… 022
读书的经验 …………………… 026
上坟船 ………………………… 029
苦口甘口 ……………………… 032
梦想之 ………………………… 036
文艺复兴之梦 ………………… 040

关于宽容 …………………… 044
杂文的路 …………………… 048
无生老母的消息 …………… 052
凡人的信仰 ………………… 061
过去的工作 ………………… 067
两个鬼的文章 ……………… 071

热风冷语

祖先崇拜 …………………… 079
思想革命 …………………… 081
我对于基督教的感想 ……… 083
五四运动之功过 …………… 085
关于非宗教 ………………… 087
关于人身卖买 ……………… 089
哑吧礼赞 …………………… 091
麻醉礼赞 …………………… 094
伟大的捕风 ………………… 097
论八股文 …………………… 100
关于命运 …………………… 104
关于命运之二 ……………… 108
读禁书 ……………………… 112
《思痛记》及其他 ………… 115
汉文学的传统 ……………… 120
中国的国民思想 …………… 125
中国文学上的两种思想 …… 136

甲申怀古 …… 142
焦里堂的笔记 …… 147

杂学种种

童话略论 …… 155
外国之童话 …… 160
中国小说里的男女问题 …… 161
儿童的文学 …… 165
天足 …… 172
《爱的创作》 …… 173
猥亵论 …… 176
蔼理斯的话 …… 179
论女袴 …… 182
神话的辩护 …… 184
科学小说 …… 187
上下身 …… 190
净观 …… 192
与友人论性道德书 …… 194
萨满教的礼教思想 …… 197
道学艺术家的两派 …… 199
关于假道学 …… 201
北沟沿通信 …… 203
妇女问题与东方文明等 …… 208
娼女礼赞 …… 212
童话 …… 216

文人旧事

怀爱罗先珂君 …… 219
故乡的野菜 …… 221
济南道中 …… 223
济南道中之二 …… 225
济南道中之三 …… 228
新旧医学斗争与复古 …… 231
志摩纪念 …… 234
半农纪念 …… 237
关于苦茶 …… 241
弃文就武 …… 244
阿Q的旧帐 …… 247
十竹斋的小摆设 …… 249
关于鲁迅 …… 252
关于鲁迅之二 …… 260
关于自己 …… 267
记蔡孑民先生的事 …… 272
怀废名 …… 276
博物 …… 281
饼斋的尺牍 …… 283
实庵的尺牍 …… 293
红楼内外 …… 298

域外印象

有岛武郎 ·············· 305
日本的人情美 ·············· 307
闲话日本文学 ·············· 309
日本管窥 ·············· 316
关于日本语 ·············· 319
谈日本文化书 ·············· 322
谈日本文化书之二 ·············· 327
怀东京 ·············· 330
日本之雏祭 ·············· 338
武者先生和我 ·············· 339
希腊女诗人 ·············· 342
希腊之余光 ·············· 346
英国最古之诗歌 ·············· 352
文学上的俄国与中国 ·············· 355
三个文学家的记念 ·············· 362
圣书与中国文学 ·············· 365
略谈中西文学 ·············· 374

创作要目 ·············· 孙 郁 376

（本书目由孙郁选定）

"这一个"周作人

孙 郁

一

谈论周作人,现在依然是个具有挑战性的话题,面对他,仍有许多困惑的问题。关于他的争论,在学术界从未停息过,评价的差异是那样的巨大。大家知道周作人是鲁迅的二弟,1885年1月16日生于浙江绍兴。1901年入江南水师学堂,1906年赴日本留学,回国后在绍兴教书。1917年至北京大学工作。不久参加了《新青年》的编辑工作,成了新文化运动的主要参与者。1939年8月任伪北京大学文学院院长,后为伪华北政务会教育督办,成了附逆之人,遂落入黑暗之地。晚年苦译古希腊诸国文学,颇为清冷。所著之书甚丰,译作亦佳,为现代文坛奇特的人物。

由于背了汉奸之名,他在社会上一直得到不同的评价,争议时间很久。但作品和译著,一直在知识界流传,喜爱其文字者也队伍广大。其《自己的园地》《雨天的书》《瓜豆集》《风雨谈》等,被视为现代散文中的精品之一,史家每谈及散文的轨迹,不得不提及他。因为影响甚远,名字随在鲁迅的后面,故有周氏兄弟文体之誉,成了现代散文的领军人物。鲁迅生前曾对埃德加·斯诺说:周作人的散文是一流的。都不是夸大之词,成了知识界普遍的看法。我读周作人的散文已有二十余年,陆续也写过些关于他的书籍。在我的经历里,对有的文人打量后,不再有描述的冲动。但周作人是个例外,好像总有些新异的存在隐在后面,未得深切的认识。在1923年以前尚未与鲁迅闹翻的时候,他的思想和文风与鲁迅多有相似的地方。与鲁迅分道扬镳后,走了一条隐士和叛徒的路,也仍然与鲁迅在精神上有暗合的一面。比如对正统文化的批判,对个性的强调,对域外人文传统的引入,别有一番苦心。无论在什么时候,他写下的东西都有浓郁的文化感怀,谈风俗,讲性心理学,言希腊旧剧,述日本学术,均是空谷足音,留下了思想的长影,孤独行走于路上。所写的文字看似清淡,实则有大的悲欣,无奈与痛楚也略能溅出一二,使人感到思想的深处有不可理喻的复杂性。弄清其一生的学术痕迹,不下一番苦功是难得结果的。

早期的创作风格与晚年的心态在文化风范上差异很大。《新青年》初期写下的文章通体明亮,有昂扬的色彩。那篇《人的文学》与《新村的理想与实际》都有点宣言和布道的意味,读后让人深深感动。20世纪20年代初写下的短章都有些锐气,似乎有改造社会的冲动,文字毫无书斋里的暮气。"五四"前后他写过许多文学批评的短文,在气韵上夺人耳目,见解鲜活有力。大概鲁迅的峻急也感染了他吧,思想是闪电般地呈现着,惊动了沉闷的读书界。后来的写作表面上有点消极,已没有了先前的热情,而背后的思想也不可小视,学识不俗,转而有些阴晦了。不过从中也能看出苦心,对社会的不满,视人性之险恶,偶于谈论古书中露出心绪,内在的批判更浓,只是不易被察觉罢了。这样的选择曾引起激进青年的不满,以为是沦入灰色的境地。如此打量周氏,似乎过于简单,如果看不到其消极里的进取的意识,那大概和他只能隔膜了。

从他的性情看来,本是一个感伤的诗人。幼时所作之诗与青年时的随笔都有哀怨的东西。后来学识渐增,又东渡日本,了解了日、英、希腊文,由此而接触了域外文明,于是目光由己身转向学林,唯思想为大,喜欢精神的操练,从古文明里找到今人的参照。于是心性转而偏向爱智,能从阅读里找到思想的愉悦。一方面把现实经验投射于读书之中,另一方面又从书本里寻找自我解析现实的公式。在关于文化人类学、古希腊传统的译介里,常有妙论喷出,以文章表达生命意志,就将自我的个体经验与人类认知的经验重叠于一体了。

在许多文章里,周作人喜谈自己是杂家。身上有非正统的儒家传统,对医学史与妖术史、风土志等别有心解。除了伪道学与八股文外,益智的与有趣的杂书都曾吸引过他,所看之书多为同代人所少见。自知成不了陈独秀、鲁迅那样的斗士,又不愿走胡适这样的名人的路,选择的就只能是闭户读书,少与时髦为伍,在古今中外野史笔记里拾点精神豆粒,聊以度日。我看他的文章,心往往要沉下去,沉下去,偶能与火光般的思想相逢,为之一跳,然而又被巨大的力量拖入深谷,置身于旷野的寂寞里。较之于鲁迅那些激昂的文字,他少的是血色,然而多的是哀凉。就对旧文明的失望而言,难说逊于其兄。了解周作人,大概是应看到这一点的。

二

现代史上有两股力量改变了中国人的精神生活。一是哲学意识,即进化论和人道主义,可谓深入人心,二是个性主义的文学艺术。后者在青年中的影响深远。周作人既不是纯粹的理论家,也非真正的作家。他大概属于介于二者之间的人物,徘徊在学理与性情之中。就思想感情的境界而言,有陈独秀、鲁迅、胡适这样的人物在,周氏自然不能独树一帜,锐气难说能高于诸人。就创作上的智性而言,废名、沈从文、郁达夫都强于他,想象力的差异一看即明。但周作人的文章却属于最耐看的一类,声名远远高于同代的作家,力度仅逊于鲁迅。他将思想家的意绪和艺术家的灵感汇于一身,以小品文的面目出现,叙大下经纬,议红尘旧事,形成了独立的文风。若要看思想史的演进和文学的演进,周氏提供的图景实在是丰富的。

在他早期的文字里，能够窥到明亮的人文冲动，学识之深一眼就可以看出来。当《新青年》诸人沉浸在口号式的说教中时，唯有他以丰富的知识论证了新文学之所以出现的必然，所谓上呼应于非正宗的儒学传统，旁及欧美的个人主义艺术，下接今人的精神欲求。文章娓娓道来，不露声色，而要义皆出，有着让人信服的伟力。他的说教全无八股的痕迹，理性深处有着逻辑的力量。比如那篇《新文学的要求》《蔼理斯的话》就从中外的学说引申开来，道出世间的奥义。他引用洋人的学说，都无生硬的地方，好似将一些观点融化到生命中去了。废名曾说他懂得精神上的静观，能于平淡里道出深切，不是没有道理。而广阔的视角带来的情怀为同时代所惊异，至今仍能看到类似的效果来。

我们在众多的随笔中，能看到他和传统的距离。引起他兴趣的主要是古希腊传统、日本文学、民俗学理论、性心理与儿童艺术等。谈这些域外学说，并非卖弄，而是要医中国人的心病，摆脱古老幽魂的纠葛。和鲁迅一样，对现实的忧患过深，于是多有不满的议论。骂政客，讥迷信，笑看客，唾奴才，笔锋多奚落，有刀笔吏的遗绪。有时看似温文尔雅，实则暗藏杀机，有石破惊天之处。只是有时反话正说，也绕着弯子，思想感情未被人看破，以为有逃逸现实之嫌。受到关注的时候多，招到辱骂的时候也多，以文字而获荣辱，反差之大者，无过周作人者。

按他的学识和文笔，本可以走一条风风火火之路，建构一种精神的新寓。但因久住书斋，又逢乱世，加之喜过宁静、安逸的文人生活，后来的文字陷入自娱自乐之地，与现实渐远，人间烟火气日稀，渐渐不复有早期的力量了。他后来谈人的文章，把情感隐得很深，只是史实的记录，就少了热泪盈眶与血气。掉书袋的短章精妙者多多，但因为明清杂著的色彩过浓，新锐的东西被古老的灵魂包围着，未能另辟新径，使文章陷入书斋的老气里，实在是一种遗憾。我们今天看周作人，是不能不顾及于这一点的。

周作人写作生涯浓缩了现代史悲情的一幕。其功与过,自有公论。我以为他的另一贡献是,描述了大量的人物,所记沿革、风物、野史、佚文,有很高的价值。有些文献不是他点染成书,恐怕别人不会再做的。周氏写人过于简洁,不屑铺张与渲染,为其优长处。不过有时冷得无情,常是淡淡的轮廓,能看出对人世的薄情。这薄情的一面使文章有中立的色彩,史料价值较高,而一面又削弱了文本的力量,将一些本可升华的题材浪费掉了。总之,看他的旧文,印象是才高、识深,有诱世之处。精神深处是个绝望而消极的人,却又常常不甘于绝望与消极。这是一个痛苦的矛盾,它几乎缠绕了自己的一生。创作如此,翻译亦如此。在清美的背后,是肃穆寒冷的冬夜,那有限的热力终于还是被无光的灰色吞掉了的。

三

细读周作人的文章,在文体上不太好分类。文学史上涉及他,也只是在美文的层面上讲讲,别的则大多漏掉了。周氏早年喜谈文艺,后来声称关门,不再染指于此。但读其文学,亦有别人不及的妙处。他的写作是处于史家与文学家间的。在他看来,好的文章所以出来,乃爱智者增加的缘故。在《文学史的教训》一文他写道:

> 希腊爱智者中间后来又分出来一派所谓智者,以讲学授徒为业,这更促进散文的发达,因为那时雅典实施一种民主政治,凡是公民都可参与,在市朝须能说话,关于政治之主张,法律之申辩,皆是必要,这种学塾的势力大见发展,直至后来罗马时代也还如此,虽然政治的意义渐减,其在文章与思想上的影响却是极大的。

观周氏一生,写作时间长,前后观点有别,风格亦稍有变化。思想处于非主流的地位,未大红大紫,也未清冷寂寞过,总有相当多的读者凝视着他。我觉得他的散文随笔一是有见识,所涉面极广,上下古今,中国域外,看法与世人每每反对;二是有趣者多,非板着面孔说教,而是讲究意味,不把官方语言引入文坛;三呢,有一点学匪的痕迹,常有惊世骇俗的言论。但又不过于张扬,风格像六朝之人,又多古希腊的余音,杂以日本小品的意味。读他的书,感到像平静的湖面下藏有深奥的东西,波澜不兴而壮哉妙哉,这是很少有的现象。他的作品对风物人情、旧籍古董均有奇思,又不滥情于中,能于肃穆之中冷冷地打量,悄然抽象,以净观的态度审视人间。早期的随笔尚有火爆之气,中年之后日趋淡泊,恩怨隐于素朴之中,遂不被激进青年理解,爱之者与憎之者参半,可谓文学史中少见的现象。

中国搞新文学者,冲动滥情者多,喜欢在作品中渲染己身,或铺陈怨语。周作人的怨语不是没有,但多能控制,以免使文章陷入"甜媚"的地步。我们读他的书,觉得是从容地咀嚼苦味,又以恬淡之语对之,是深得六朝人的要义的。他谈文学与历史,愿从学术与情调入手,在枯燥中找一点亮亮的东西。既避开了载道文学的陷阱,也未将自己推入无趣的八股路上。他的关于民俗、儿童、性心理的文章,都是士大夫者流很少关注的,周氏却于此发现了奥义,也有审视的快意。关于中国历史与现实的凝视,虽不敢说篇篇精到,但精彩之处随时可见。读他的文章,有时也能觉出对现实的无力感,常常有书生的稚气,迂腐的地方不是没有,甚至有自我重复的时候,可是在文体上的别致与学识的深切方面,又独步学林,有诸多警世的地方。后来落水做了汉奸,为国人所骂,而文章则并非无可取之处,与鲁迅、陈独秀诸人的作品对读,当见史学上的价值。

关于周作人,世人评说不一,争论颇大。学术上怎样评价是一回事,但在我看来,其文章与思想,在中国是特别的一位。他是"五四"的产儿,又是远离了"五四",成了新文学中的叛徒,他背叛了民众,却未背叛过自己,所以文章里能看到是属于他自己的真切的东西。近代以来文人不太会说自己想说的话,周氏则反其道而行之,以己心对民心,正误之间,血腥飞舞,风雨迷茫,看其在学术间的起落,当深感历史的残酷。一个聪慧的人如何从热闹进入孤寂,如何由显赫变为落魄,对今人的提示可谓深切。身败而文存,在历史上多次重演,周作人不幸在现代史上也扮演了这个角色。

四

一个人的文字被长久地阅读,大概有它的道理。康德的书是难懂的,可许多年来,一直被述说和褒贬着,那自然因了经典的意义。中国文人的书有许多是被再版的,热闹的话题也随之而出。可是也有一类作品,一直有着广泛的读者,但谈论它的人却很少。悄悄地风行,却又不敢大胆地言谈,这是唯有中国才有的现象。文人们一旦在道德的层面逾矩,再好的文章,也终究要归入贰臣的队伍的。周作人就属于这一种。说起来是一言难尽的。

世间最了解周氏的人,没写什么议论之文,一些周迷们痴情很深,也只是在坊间闲谈而已,为之注解者却甚为寥落。周作人的复杂不言而喻,如今可与其精神平等对谈者,不是太多。80年来,描述他的文章一直稀稀拉拉,就热闹与丰沛而言,与鲁迅是不能相提并论的。

什么人喜欢周作人呢?这是个要社会调研才能有的结论,任意而谈很有点空泛。他最亲密的人中,唯有废名写过几篇短文为之介绍,像钱玄同、江绍原、刘半农、俞平伯等,未留完整的文字。鲁迅、胡适、陈独秀等都很关注他的创作,晚年的鲁迅甚至将其列为中国最优秀的散文家,但照例未有品评的短文。20世纪20年代以后,喜欢杂学的人大概都有注意到周氏的写作,郭沫若、郑振铎、阿英等左翼文人对周作人的文章甚至有迷恋之感,自认在学识与见解上,弗如这位苦雨翁。郁达夫、沈从文、赵景深等,在内心深处景仰过这位京派人物,文字中推崇备至,留下了诸多感怀。如此看来,文坛上的左派也好,右派也罢,都有一些周氏的读者,不像一些左翼作品,只限于一定的阅读范围。会有这一现象,我以为与他的境界有关。不是说自己有点流氓气与绅士气么?文字中的学识与放达之音,加之一些平静冲淡的态度,想必是打动了人心的。至今有关周氏的书一印再印,是有这方面的道理的。

描述周作人最多的,现在一般来自鲁迅研究者。《周作人年谱》《周作人传》,都出自研究鲁迅的人之手。周氏兄弟,是一对相互衬托的存在,理解他们中的每一个,都必须对看。沈启无说鲁迅死后,周作人再也没有了对手,那是对的。周氏兄弟在生前曾互相对视,文章暗合与对立常常可见。所以像钱理群这样的人,时而走近鲁迅,时而瞭望周氏,好像看到了硬币的两面。还有一类人,是带着复杂的心态阅读苦雨翁的。即人们所说的"失节"之人。我看过胡兰成那篇谈论周作人的文章,觉得二人在什么地方有些相似。他们都不太在意别人的眼光,醉心于自己的文字世界。周作人的文本易让一些异端者感到暖意。文与人是未必统一的。现实中的受挫,误入苦境,却能在文章之中以通达之语开脱之,那是要有一种智性的。中国的文人大多有两面性,周氏的书也直言不讳,内中的惶惑依稀可见。有过失误者,尤其愿驻足于此,因为那里毕竟还在坚守一点什么,读书之人,总想在理性的辩驳里,为自己寻找证据的。除上述二类人群外,热心周氏遗著的,还有一些报人。周作人的文章大多发表于报刊之上,朋友也多在这个队伍里。曹聚仁、孙伏园、唐弢、文载道等,都从他那里吸取了些什么。以唐弢为例,不少文章讥讽苦雨斋的主人,可书趣却与其暗暗相合,文风略微受到一些暗示。至于曹聚仁,可以说是一位知音。看他写下的书话、评论,分明有一点八道湾的影子。在总体风格与境界上,他是属于周作人那种传统的。这三类人,留下了诸多品评文章,成了叙述苦雨翁的主体。一个人的被读和被说,是社会的回报。至于回报的深浅与正误,那与个人已没有关系了。

其实天底下的读者，大多是默而不言的，他们自有是非，知道人性的高低。记得八年前在写《鲁迅与周作人》时，就阅读了许多藏书者提供的资料。那是一些周迷，所藏之书，比一些学者还多，看法也自有高度。拙著出版的时候，报社的同事吴兄见面就说有点失望。批评得是严厉的。那一刻我出了一身冷汗，自知露了短处。吴兄从未写过周作人的评论文章，却几乎读过所刊的所有文字，见解迥异于学院中人。此后反省自己的写作，也暗暗感激身边的友人。理解前人，其高手大都在民间之中。学院里的与文坛上的人物，或许在某一层面高于别人，但就目光与胆识而言，那些沉默的人群中，是有着无数的我们可以称为良师的人物。他们阅读了历史，也创造着历史，却很少留下自己的名字。这一个经历常使我自问与自警，在读书的路上，自己永远都是一个学生。天底下的智慧未必都在文字之中。书写者与沉默者，是不能简单以高低分别的。

人世杂谈

自己的园地

在一百五十年前，法国的福禄特尔做了一本小说《亢迭特》(Candide)，叙述人世的苦难，嘲笑"全舌博士"的乐天哲学。亢迭特与他的老师全舌博士经了许多忧患，终于在土耳其的一角里住下，种园过活，才能得到安住。亢迭特对于全舌博士的始终不渝的乐天说，下结论道："这些都是很好，但我们还不如去耕种自己的园地。"这句格言现在已经是"脍炙人口"，意思也很明白，不必再等我下什么注脚。但是我现在把他抄来，却有一点别的意义。所谓自己的园地，本来是范围很宽，并不限定于某一种：种果蔬也罢，种药材也罢——种蔷薇地丁也罢，只要本了他个人的自觉，在他认定的不论大小的地面上，尽了力量去耕种，便都是尽了他的天职了。在这平淡无奇的谈话中间，我所想要特地申明的，只是在于种蔷薇地丁也是耕种我们自己的园地，与种果蔬药材，虽是种类不同而有同一的价值。

我们自己的园地是文艺，这是要在先声明的。我并非鄙薄别种活动而不屑为——我平常承认各种活动于生活都是必要：实在是小半由于没有这样的才能，大半由于缺少这样的趣味，所以不得不在这中间定一个去就。但我对于这个选择并不后悔，并不惭愧地面的小与出产的薄弱而且似乎无用。依了自己的心的倾向，去种蔷薇地丁，这是尊重个性的正当办法，即使如别人所说各人果真应报社会的恩，我也相信已经报答了，因为社会不但需要果蔬药材，却也一样迫切的需要蔷薇与地丁——如有蔑视这些的社会，那便是白痴的，只有形体而没有精神生活的社会，我们没有去顾视他的必要。倘若用了什么名义，强迫人牺牲了个性去侍奉白痴的社会——美其名曰迎合社会的心理——那简直与借了伦常之名强人忠君,借了国家之名强人战争一样的不合理了。

有人说道,据你所说,那么你所主张的文艺,一定是人生派的艺术了。泛称人生派的艺术,我当然是没有什么反对,但是普通所谓人生派是主张"为人生的艺术"的,对于这个我却有一点意见。"为艺术的艺术"将艺术与人生分离,并且将人生附属于艺术,至于如王尔德的提倡人生之艺术化,固然不很妥当;"为人生的艺术"以艺术附属于人生。将艺术当作改造生活的工具而非终极,也何尝不把艺术与人生分离呢?我以为艺术当然是人生的,因为他本是我们感情生活的表现,叫他怎能与人生分离?"为人生"——于人生有实利,当然也是艺术本有的一种作用,但并非惟一的职务。总之艺术是独立的,却又原来是人性的,所以既不必使他隔离人生,又不必使他服侍人生,只任他成为浑然的人生的艺术便好了。"为艺术"派以个人为艺术的工匠,"为人生"派以艺术为人生的仆役;现在却以个人为主人,表现情思而成艺术,即为其生活之一部,初不为福利他人而作,而他人接触这艺术,得到一种共鸣与感兴,使其精神生活充实而丰富,又即以为实生活的基本;这是人生的艺术的要点,有独立的艺术美与无形的功利。我所说的蔷薇地丁的种作,便是如此:有些人种花聊以消遣,有些人种花志在卖钱,真种花者以种花为其生活——而花亦未尝不美,未尝于人无益。

苦　雨

伏园兄：

北京近日多雨，你在长安道上不知也遇到否，想必能增你旅行的许多佳趣。雨中旅行不一定是很愉快的，我以前在杭沪车上时常遇雨，每感困难，所以我于火车的雨不能感到什么兴味，但卧在乌篷船里，静听打篷的雨声，加上欸乃的橹声以及"靠塘来，靠下去"的呼声，却是一种梦似的诗境。倘若更大胆一点，仰卧在脚划小船内，冒雨夜行，更显出水乡住民的风趣，虽然较为危险，一不小心，拙劣地转一个身，便要使船底朝天。二十多年前往东浦吊先父的保姆之丧，归途遇暴风雨，一叶扁舟在白鹅似的波浪中间滚过大树港，危险极也愉快极了。我大约还有好些"为鱼"时候——至少也是断发文身时候的脾气，对于水颇感到亲切，不过北京的泥塘似的许多"海"实在不很满意，这样的水没有也并不怎么可惜。你往"陕半天"去似乎要走好两天的准沙漠路，在那时候倘若遇见风雨，大约是很舒服的，遥想你胡坐骡车中，在大漠之上，大雨之下，喝着四打之内的汽水，悠然进行，可以算是"不亦快哉"之一。但这只是我的空想，如诗人的理想一样的靠不住，或者你在骡车中遇雨，很感困难，正在叫苦连天也未可知，这须等你回京后问你再说了。

我住在北京，遇见这几天的雨，却叫我十分难过。北京向来少雨，所以不但雨具不很完全，便是家屋构造，于防雨亦欠周密。除了真正富翁以外，很少用实垛砖墙，大抵只用泥墙抹灰敷衍了事。近来天气转变，南方酷寒而北方淫雨，因此两方面的建筑上都露出缺陷。一星期前的雨把后园的西墙淋坍，第二天就有"梁上君子"来摸索北房的铁丝窗,从次日起赶紧邀了七八位匠人,费两天工夫,从头改筑,已经成功十分八九,总算可以高枕而卧,前夜的雨却又将门口的南墙冲倒二三丈之谱。这回受惊的可不是我了,乃是川岛君"渠们"俩,因为"梁上君子"如再见光顾,一定是去躲在"渠们"的窗下窃听的了。为消除"渠们"的不安起见,一等天气晴正,急须大举地修筑,希望日子不至于很久,这几天只好暂时拜托川岛君的老弟费神代为警护罢了。

前天十足下了一夜的雨,使我夜里不知醒了几遍。北京除了偶然有人高兴放几个爆仗以外,夜里总还安静,那样哗喇哗喇的雨声在我的耳朵已经不很听惯,所以时常被它惊醒,就是睡着也仿佛觉得耳边粘着面条似的东西,睡的很不痛快。还有一层,前天晚间据小孩们报告,前面院子里的积水已经离台阶不及一寸,夜里听着雨声,心里胡里胡涂地总是想水已上了台阶,浸入西边的书房里了。好容易到了早上五点钟,赤脚撑伞,跑到西屋一看,果然不出所料,水浸满了全屋,约有一寸深浅,这才叹了一口气,觉得放心了;倘若这样兴高采烈地跑去,一看却没有水,恐怕那时反觉得失望,没有现在那样的满足也说不定。幸而书籍都没有湿,虽然是没有什么价值的东西,但是湿成一饼一饼的纸糕,也很是不愉快。现今水虽已退,还留一种涨过大水后的普通臭味,固然不能留客坐谈,就是自己也不能在那里写字,所以这封信是在里边炕桌上写的。

这回的大雨,只有两种人最喜欢。第一是小孩们。他们喜欢水,却极不容易得到,现在看见院子里成了河,便成群结队的去"淌河"去。赤了足伸到水里去,实在很有点冷,但是他们不怕,下到水里还不肯上来。大人们见小孩玩的有趣,也一个两个地加入,但是成绩却不甚佳,那一天里滑倒了三个人,其中两人都是大人——其一为我的兄弟,其一是川岛君。第二种喜欢下雨的则为蛤蟆。从前同小孩住高亮桥去钓鱼钓不着,只捉了好些蛤蟆,有绿的,有花条的,拿回来都放在院子里,平常偶叫几声,在这几天里便整日叫唤,或者是荒年之兆,却极有田村的风味。有许多耳朵皮嫩的人,很恶喧嚣,如麻雀蛤蟆或蝉的叫声,凡足以妨碍他们的酣睡者,无一不痛恶而深绝之,大有欲灭此而午睡之意,我觉得大可以不必如此,随便听听都是很有趣味的,不但是这些久成诗料的东西,一切鸣声其实都可以听。蛤蟆在水田里群叫,深夜静听,往往变成一种金属音,很是特别,又有时仿佛是狗叫,古人常称蛙蛤为吠,大约也是从实验而来。我们院子里的蛤蟆现在只见花条的一种,它的叫声更不漂亮,只是格格格这个叫法,可以说是革音,平常自一声至三声,不会更多,惟在下雨的早晨,听它一口气叫上十二三声,可见它是实在喜欢极了。

这一场大雨恐怕在乡下的穷朋友是很大的一个不幸,但是我不曾亲见,单靠想象是不中用的,所以我不去虚伪地代为悲叹了。倘若有人说这所记的只是个人的事情,于人生无益,我也承认,我本来只想说个人的私事,此外别无意思。今天太阳已经出来,傍晚可以出外去游嬉,这封信也就不再写下去了。

我本等着看你的秦游记,现在却由我先写给你看,这也可以算是"意表之外"的事罢。

乌 篷 船

子荣君：

　　接到手书，知道你要到我的故乡去，叫我给你一点什么指导。老实说，我的故乡，真正觉得可怀恋的地方，并不是那里；但是因为在那里生长，住过十多年，究竟知道一点情形，所以写这一封信告诉你。

　　我所要告诉你的，并不是那里的风土人情，那是写不尽的，但是你到那里一看也就会明白的，不必啰唆地多讲。我要说的是一种很有趣的东西，这便是船。你在家乡平常总坐人力车，电车，或是汽车，但在我的故乡那里这些都没有，除了在城内或山上是用轿子以外，普通代步都是用船。船有两种，普通坐的都是"乌篷船"，白篷的大抵作航船用，坐夜航船到西陵去也有特别的风趣，但是你总不便坐，所以我也就可以不说了。乌篷船大的为"四明瓦"（Sy-menngoa），小的为脚划船（划读如 uoa），亦称小船。但是最适用的还是在这中间的"三道"，亦即三明瓦。篷是半圆形的，用竹片编成，中夹竹箬，上涂黑油；在两扇"定篷"之间放着一扇遮阳，也是半圆的，木作格子，嵌着一片片的小鱼鳞，径约一寸，颇有点透明，略似玻璃而坚韧耐用，这就称为明瓦。三明瓦者，谓其中舱有两道，后舱有一道明瓦也。船尾用橹，大抵两支，船首有竹篙，用以定船。船头着眉目，状如老虎，但似在微笑，颇滑稽而不可怕，惟白篷船则无之。三道船篷之高大约可以使你直立，舱宽可以放下一顶方桌，四个人坐着打马将——这个恐怕你也已学会了吧？小船则真是一叶扁舟，你坐在船底席上，篷顶离你的头有两三寸，你的两手可以搁在左右的舷上，还把手都露出在外边。在这种船里仿佛是在水面上坐，靠近田岸去时泥土便和你的眼鼻接近，而且遇着风浪，或是坐得少不小心，就会船底朝天，发生危险，但是也颇有趣味，是水乡的一种特色。不过你总可以不必去坐，最好还是坐那三道船吧。

你如坐船出去，可是不能象坐电车的那样性急，立刻盼望走到。倘若出城，走三四十里路（我们那里的里程是很短，一里才及英里三分之一），来回总要预备一天。你坐在船上，应该是游山的态度，看看四周物色，随处可见的山，岸旁的乌桕，河边的红蓼和白苹，渔舍，各式各样的桥，困倦的时候睡在舱中拿出随笔来看，或者冲一碗清茶喝喝。偏门外的鉴湖一带，贺家池，壶觞左近，我都是喜欢的，或者往娄公埠骑驴去游兰亭（但我劝你还是步行，骑驴或者于你不很相宜），到得暮色苍然的时候进城上都挂着薜荔的东门来，倒是颇有趣味的事。倘若路上不平静，你往杭州去时可于下午开船，黄昏时候的景色正最好看，只可惜这一带地方的名字我都忘记了。夜间睡在舱中，听水声橹声，来往船只的招呼声，以及乡间的犬吠鸡鸣，也都很有意思。雇一只船到乡下去看庙戏，可以了解中国旧戏的真趣味，而且在船上行动自如，要看就看，要睡就睡，要喝酒就喝酒，我觉得也可以算是理想的行乐法。只可惜讲维新以来这些演剧与迎会都已禁止，中产阶级的低能人别在"布业会馆"等处建起"海式"的戏场来，请大家买票看上海的猫儿戏。这些地方你千万不要去。——你到我那故乡，恐怕没有一个人认得，我又因为在教书不能陪你去玩，坐夜船，谈闲天，实在抱歉而且惆怅。川岛君夫妇现在俪山下，本来可以给你绍介，但是你到那里的时候他们恐怕已经离开故乡了。初寒，善自珍重，不尽。

闭户读书论

自唯物论兴而人心大变。昔者世有所谓灵魂等物，大智固亦以轮回为苦，然在凡夫则未始不是一种慰安，风流士女可以续未了之缘，壮烈英雄则曰，"二十年后又是一条好汉"。但是现在知道人的性命只有一条，一失足成千古恨，再回头已百年身，只有上联而无下联，岂不悲哉！固然，知道人生之不再，宗教的希求可以转变为社会运动，不求未来的永生，但求现世的善生，勇猛地冲上前去，造成恶活不如好死之精神，那也是可能的。然而在大多数凡夫却有点不同，他的结果不但不能砭顽起懦，恐怕反要使得懦夫有卧志之罢。

"此刻现在"，无论在相信唯物或是有鬼论者都是一个危险时期。除非你是在做官，你对于现时的中国一定会有好些不满或是不平。这些不满和不平积在你的心里，正如噎隔患者肚里的"痞块"一样，你如没有法子把他除掉，总有一天会断送你的性命。那么，有什么法子可以除掉这个痞块呢？我可以答说，没有好法子。假如激烈一点的人，且不要说动，单是乱叫乱嚷起来，想出出一口鸟气，那就容易有共党朋友的嫌疑，说不定会同逃兵之流一起去正了法。有鬼论者还不过白折了二十年光阴，只有一副性命的就大上其当了。忍耐着不说呢，恐怕也要变成忧郁病，倘若生在上海，迟早总跳进黄浦江里去，也不管公安局钉立的木牌说什么死得死不得。结局是一样，医好了烦闷就丢掉了性命，正如门板夹直了驼背。那么怎么办好呢？我看，苟全性命于乱世是第一要紧，所以最好是从头就不烦闷。不过这如不是圣贤，只有做官的才能够，如上文所述，所以平常下级人民是不能仿效的。其次是有了烦闷去用方法消遣。抽大烟,讨姨太太,赌钱,住温泉场等,都是一种消遣法,但是有些很要用钱,有些很要用力,寒士没有力量去做。我想了一天才算想到了一个方法,这就是"闭户读书"。

记得在没有多少年前曾经有过一句很行时的口号,叫作"读书不忘救国"。其实这是很不容易的。西儒有言,二鸟在林不如一鸟在手,追两兔者并失之。幸而近来"青运"已经停止,救国事业有人担当,昔日辘轳体的口号今成截上的小题,专门读书,此其时矣,闭户云者,聊以形容,言其专壹耳,非真辟札则不把卷,二者有必然之因果也。

但是,敢问读什么呢?经,自然,这是圣人之典,非读不可的,而且听说三民主义之源盖出于《四书》,不特维持礼教,即为应考试计,亦在所必读之列,这是无可疑的了。但我所觉得重要的还是在于乙部,即是四库之史部。老实说,我虽不大有什么历史癖,却是很有点历史迷的。我始终相信《二十四史》是一部好书,他很诚恳地告诉我们过去曾如此,现在是如此,将来要如此。历史所告诉我们的在表面的确只是过去,但现在与将来也就在这里面了:正史好似人家祖先的神像,画得特别庄严点,从这上面却总还看得出子孙的面影,至于野史等更有意思,那是行乐图小照之流,更充足地保存真相,往往令观者拍案叫绝,叹遗传之神妙。正如獐头鼠目再生于十世之后一样,历史的人物亦常重现于当世的舞台,恍如夺舍重来,慑人心目,此可怖的悦乐为不知历史者所不能得者也。通历史的人如太乙真人目能见鬼,无论自称为什么,他都能知道这是谁的化身,在古卷上找得他的元形,自盘庚时代以降一一具在,其一再降凡之迹若示诸掌焉。浅学者流妄生分别,或以二十世纪,或以北伐成功,或以农军起事划分时期,以为从此是另一世界,将大有改变,与以前绝对不同,仿佛是旧人霎时死绝,新人自天落下,自地涌出,或从空桑中跳出来,完全是两种生物的样子:此正是不学之过也。宜趁现在不甚适宜于说话做事的时候,关起门来努力读书,翻开故纸,与活人对照,死书就变成活书,可以得道,可以养生,岂不懿欤?——喔,我这些话真说得太抽象而不得要领了。但是,具体的又如何说呢?我又还缺少学问,论理还应少说闲话,多读经史才对,现在赶紧打住罢。

北大的支路

我是民国六年四月到北大来的,如今已是前后十四年了。本月十七日是北大三二周年纪念,承同学们不弃叫我写文章,我回想过去十三年的事情,对于今后的北大不禁有几句话想说,虽然这原是老生常谈,自然都是陈旧的话。

有人说北大的光荣,也有人说北大并没有什么光荣,这些暂且不管,总之我觉得北大是有独特的价值的。这是什么呢,我一时也说不很清楚,只可以说他走着他自己的路,他不做人家所做的而做人家所不做的事。我觉得这是北大之所以为北大的地方,这假如不能说是他惟一的正路,我也可以让步说是重要的一条支路。

蔡孑民先生曾说,"读书不忘救国,救国不忘读书",那么读书总也是一半的事情吧?北大对于救国事业做到怎样,这个我们且不谈,但只就读书来讲,他的趋向总可以说是不错的。北大的学风仿佛有点迂阔似的,有些明其道不计其功的气概,肯冒点险却并不想获益,这在从前的文学革命五四运动上面都可看出,而民六以来计画沟通文理,注重学理的研究,开辟学术的领土,尤其表示得明白。别方面的事我不大清楚,只就文科一方面来说,北大的添设德法俄日各文学系,创办研究所,实在是很有意义,值得注意的事。有好些事情随后看来并不觉得什么稀奇,但在发起的当时却很不容易,很需要些明智与勇敢,例如十多年前在大家只知道尊重英文的时代加添德法文,只承认诗赋策论是国文学的时代讲授词曲,——我还记得有上海的大报曾经痛骂过北大,因为是讲元曲的缘故,可是后来各人学都有这一课了,骂的人也就不再骂,大约是渐渐看惯了吧。最近在好些停顿之后朝鲜蒙古满洲语都开了班,这在我也觉得是一件重大事件,中国的学术界很有点儿广田自荒的现象,尤其是东洋历史语言一方面荒得可以,北大的职务在去种熟田之外还得在荒地上来下一锸,来不问收获但问耕耘的干一下,这在北大旧有的计画上是适合的,在现时的情形上更是必要,我希望北大的这种精神能够继续发挥下去。

我平常觉得中国的学人对于几方面的文化应该相当地注意,自然更应该有人去特别地研究。这是希腊,印度,亚剌伯与日本。近年来大家喜欢谈什么东方文化与西方文化,我不知两者是不是根本上有这些差异,也不知道西方文化是不是用简单的三两句话就包括得下的,但我总以为只根据英美一两国现状而立论的未免有点笼统,普通称为文明之源的希腊我想似乎不能不予以一瞥,况且他的文学哲学自有独特的价值,据臆见说来他的思想更有与中国很相接近的地方,总是值得萤雪十载去钻研他的,我可以担保。印度因佛教的缘故与中国关系密切,不待烦言,亚剌伯的文艺学术自有成就,古来即和中国接触,又因国民内有一部分回族的关系,他的文化已经不能算是外国的东西,更不容把他闲却了。日本有小希腊之称,他的特色确有些与希腊相似,其与中国文化上之关系更仿佛罗马,很能把先进国的文化拿去保存或同化而光大之,所以中国治"国学"的人可以去从日本得到不少的资料与参考。从文学史上来看,日本从奈良到德川时代这千二百余年受的是中国影响,处处可以看出痕迹,明治维新以后,与中国近来的新文学相同,受了西洋的影响,比较起来步骤几乎一致,不过日本这回成为先进,中国老是追着,有时还有意无意地模拟贩卖,这都给予我们很好的对照与反省。以上这些说明当然说得不很得要领,我只表明我的一种私见与奢望,觉得这些方面值得注意,希望中国学术界慢慢地来着手,这自然是大学研究院的职务,现在在北大言北大,我就不能不把这希望放在北大——国立北京大学及研究院——的身上了。

我重复地说,北大该走他自己的路,去做人家所不做的而不做人家所做的事。北大的学风宁可迂阔一点,不要太漂亮,太聪明。过去一二年来北平教育界的事情真是多得很,多得很,我有点不好列举,总之是政客式的反复的打倒拥护之类,侥幸北大还没有做,将来自然也希望没有,不过这只是消极的一面,此外还有积极的工作,要奋勇前去开辟荒地,着手于独特的研究,这个以前北大做了一点点了,以后仍须继续努力。我并不怀抱着什么北大优越主义,我只觉得北大有他自己的精神应该保持,不当去模仿别人,学别的大学的样子罢了。

"读书不忘救国,救国不忘读书",那么救国也是一半的事情吧。这两个一半不知道究竟是那一个是主,或者革命是重要一点亦未可知?我姑且假定,救国,革命是北大的干路吧,读书就算作支路也未始不可以,所以便加上题目叫作《北大的支路》云。

关于写文章

去年除夕在某处茶话,有一位朋友责备我近来写文章不积极,无益于社会。我诚实的自白,从来我写的文章就都写不好,到了现在也还不行,这毛病便在于太积极。我们到底是一介中国人,对于本国种种事情未免关心,这原不是坏事,但是没有实力,奈何不得社会一分毫,结果只好学圣人去写文章出口鸟气。虽然孟子说,孔子作春秋而乱臣贼子惧,又蒋观云咏卢梭云,文字成功日,全球革命潮,事实却并不然。文字在民俗上有极大神秘的威力,实际却无一点教训的效力,无论大家怎样希望文章去治国平天下,归根结蒂还是一种自慰。这在我看去正如神灭论的自明,无论大家怎样盼望身灭神存,以至肉身飞升。但是怕寂寞的历代都有,这也本是人情吧?眼看文章不能改变社会,于是门类分别出来了,那一种不积极而无益于社会者都是"小摆设",其有用的呢,没有名字不好叫,我想或者称作"祭器"罢。祭器放在祭坛上,在与祭者看去实在是颇庄严的,不过其祝或诅的功效是别一问题外,祭器这东西到底还是一种摆设,只是大一点罢了。这其实也还不尽然,花瓶不是也有颇大的么?而且我们又怎能断言瓶花原来不是供养精灵的呢?吾乡称香炉烛台为三事,两旁各加一瓶则称五事,钟鼎尊彝莫非祭器,而今不但见于闲人的案头,亦列于古董店的架上矣。只有人看它作有用无用而生分别,器则一也,反正摆设而已。

我写文章的毛病,直到近来还是这样,便是病在积极。我不想写祭器文学,因为不相信文章是有用的,但是总有愤慨,做文章说话知道不是画符念咒,会有一个霹雳打死妖怪的结果,不过说说也好,聊以出口闷气。这是毛病,这样写是无论如何写不好的。我自己知道,我所写的最不行的是那些打架的文章,就是单对事的也多不行,至于对人的更是要不得,虽然大抵都没有存留在集子里,而且写的也还不很多。我觉得与人家打架的时候,不管是动手动口或是动笔,都容易现出自己的丑态来,如不是卑怯下劣,至少有一副野蛮神气。动物中间恐怕只有老虎狮子,在他的凶狠中可以有美,不过这也是说所要被咬的不是我们自己。中国古来文人对于女人可以说是很有研究的了,他们形容描写她们种种状态,却并不说她怒时的美,就是有也还是薄愠娇嗔,若是盛怒之下那大约非狄希陈辈不能赏识吧。女人尚尔,何况男子。然而说也奇怪,世人却似乎喜看那些打架的文章,正如喜看路旁两个人真的打架一样。互相咒骂,互相揭发,这是很好看的事,如一人独骂,有似醉汉发酒风,便少精彩,虽然也不失为热闹,有围而看之之价值。某国有一部滑稽小说,第三编下描写两个朋友闹别扭,互骂不休,可以作为标本:

甲:带了我去镶边,亏你说得出!你付了那二百文的嫖钱,可是在马市叫了凉拌蛤蜊豆腐滓汤喝的酒钱都是我给你付的。

乙:说你的诳!

甲:说什么诳!那时你吃刀鱼骨头鲠住咽喉,不是吞了五六碗白饭的么?

乙:胡说八道。你在水田胡同喝甜酒,烫坏了嘴,倒不说了。

甲:嘿,倒不如你在那堤上说好个护书掉在这里,一手抓了狗矢么?真活出丑。

我举这个例虽然颇好玩,实际上不很妥贴。因为现在做文章相骂的都未必象弥次北八两人那样熟识,骂的材料不能那样多而且好,其次则文人总是文雅的,无论为了政治或商业的目的去骂人,说的不十分痛快,只让有关系的有时单是被骂的看了知道。我尝说,现今许多打架的文章好有一比,这正如贪官污吏暮夜纳贿,痴男怨女草野偷情。为什么呢?因为这只尔知我知,至于天知地知在现代文明世界很是疑问了。既然是这样,那就何妨写了直接寄给对方,岂不省事。可是话又得说回来,卫道卫文或为别的而相骂是一件事,看官们要看又是一件事,因为有人要看,也就何妨印出来给他们看看呢。如为满足读者计,则此类文章大约是顶合式吧。

我想写好文章第一须得不积极。不管他们卫道卫文的事,只看看天,想想人的命运,再来乱谈,或者可以好一点,写得出一两篇比较可以给人看的文章,目下却还未能,我的努力也只好看赖债的样以明天为期耳。

《文学的未来》

日本现代诗人萩原朔太郎著散文集《绝望之逃走》中有一篇小文，题曰《文学的未来》，今译述其大意云：

"读这一件事是颇要用力的工作。人们凭借了印刷出来的符号，必须将这意思诉于脑之理解，用自己的力去构成思想。若是看与听则与此相反，都容易得多。为什么呢？因为刺激通过感觉而来，不必要自己努力，却由他方把意思自兜上来也。

"但是在现今这样的时代，人们都是过劳，脑力耗费尽了的时代，读的事情更觉得麻烦了。在现今这样的时代，美术音乐特被欢迎，文学也就自然为一般所敬远。特别又有那电影，夺去了文学的广大领域，在现今时代，只有报纸还有读者。但是就是那报纸，也渐觉得读的麻烦，渐将化为以视觉为本位的画报。现在最讲经济的商人们大抵不大读报纸，只去听无线电，以图时间与脑力之节省。最近有美国人预想电报照相法的完成，很大胆地这样公言。他说在近的将来报纸将要消灭，即在今日也已经渐成为落伍的东西了。假如报纸还要如此，那么象文学这样物事自然更只是古色苍然的一种旧世纪的存在罢了。

"文学的未来将怎样呢？恐怕这灭亡的事断乎不会有吧。但是，今日以后大众的普遍性与通俗性将要失掉了吧。而且与学问及科学之文献相同，都将引退到安静的图书馆的一室里，只等待特殊的少数的读者吧。在文学本身上，这样或者反而将使质的方面能有进步亦未可知。"

萩原的话说的很有意思，文字虽简短而含有丰富的意义。读的文学之力量薄弱,他敌不过听的唱歌说书,看的图绘雕刻,以及听看合一的戏剧,原是当然的,不过近来又添了无线电,画报,以及有声电影,势头来得更凶猛了,于是就加速度地完成了他的没落。这些说来似乎活现一点,其实也浪漫了一点,老实说文学本来就没有浮起来过,他不曾爬得高,所以也不怎么会跌得重。他的地位恐怕向来就只在安静的图书馆的一角,至少也是末了总到这一角里去,即使当初是站在十字街头的。我想文艺的变动终是在个人化着,这个人里自然仍含着多量的民族分子,但其作品总只是国民的而不能是集团的了。有时候也可以有一种诚意的反动,想复归于集团的艺术,特别是在政治上想找文学去做帮手的时候,也更可以有一种非诚意的运动,想用艺术造成集团,结果都是不如意。这原是不足怪的。集团的艺术如不是看也总是听,不然即难接受。儿童喜看"小人书",文理不大通的人喜唸新闻,便是家书也要朗诵,这都是读也不能离开看与听的证据,若单是读——即使如朱晦庵所说十目一行地读,那是不很容易的玩艺儿。荷马的史诗,三家的悲剧,莎士比亚的戏曲,原来都是在市场(Agora)唱演过的,看客一散,写成白纸黑字,又传了千年百年,大家敛手推服,认为古今名作,可读起来很是艰难了,很艰难地读懂了之后自然也会了解他的好处,可是原来所谓大众的普遍性与通俗性却是早已失掉了。一个文人如愿意为集团服务,可以一直跑到市场去,涮除一己的性癖,接受传统的手法与大众的情绪,大抵会得成功,但这种艺术差不多有人亡政熄之悲,他的名望只保得一生,即使他的底稿留存,无论是《三国》《水浒》那么好,一经变成文学,即与集团长辞,坐到安静的图书馆的一角里去,只有并不特殊也总是少数的读者去十目一行地读读而已。我相信读这一件事实在是非常贵族的,也是很违反自然的,古人虽说啄木鸟会画符,却总不曾听说大猩猩会得通信,所以仓颉造天地玄黄等字而鬼夜哭,实在不是无故的吧。写而不是画,要读了想而不是唸了听的,这样的东西委实很是别扭,我想是无法可以改良的。他的命运大约是如萩原所说,最好让他去没落,去成为古色苍然的旧世纪的存在,在别一方面如要积极地为集团服务或是有效地支配大众,那么还是去利用别的手段,一句话就是凡可以听可以看或可以听且看的,如音乐美术,画报戏曲有声电影,当更可胜任愉快。世界上如肯接收这个条陈,采用看与听的东西去做宣传,却将读的东西放下了,这还可以有一种好处,即世间可得到一点文学的自由,虽然这还说不到言论的自由。文学既不被人利用去做工具,也不再被干涉,有了这种自由他的生命就该稳固一点了,所以我的意思倒有几分与萩原相同,对于文学的未来还是抱点乐观的。

谈关公

《越缦堂日记补》第五册咸丰八年戊午正月下云：

"初七日甲申晴。下午进城至仓桥书肆，借得明人张青父丑《清河书画舫》十四册，归阅之。其论书画颇不减元人，间附考证亦多有据，又全载昔人题跋及诸评论，皆有意致可观，丑自赘者亦楚楚不俗，最宜于赏鉴家。昔钱思公尝言于厕上观杂书，未免太亵，若此者正当携之舟中马上耳。"乾隆时池北草堂刻本《书画舫》原有一部，看了这篇批评便找了出来，我不是赏鉴家，没有什么用处，也只是看看题跋之类罢了。卷一开首是钟繇，对于他的兴趣却并不在法书，还是由于《世说新语》所载司马昭嘲钟会的话："与人期行，何以迟迟，望卿遥遥不至。"其次是因为书。画舫上所录的一篇《贺捷表》，严可均辑《全三国文》卷二十四根据《绛帖》录有全文，今转抄于下：

"臣繇言。戎路兼行，履险冒寒，臣以无任，不获扈从，企仰悬情，无有宁舍。即日长史逮充宣大令命，知征南将军运田单之奇，厉愤怒之众，与徐晃同势，并力扑讨，表里俱进，应期克捷，馘灭凶逆。贼帅关羽已被矢刃，傅方反覆，胡修背恩，天道祸淫，不终厥命。奉闻嘉熹，喜不自胜，望路载笑，踊跃逸豫，臣不胜欣庆，谨拜表因便宜上闻。臣繇诚皇诚恐，顿首顿首，死罪死罪。建安二十四年闰月九日南蕃东武亭侯臣繇上。"此文在《书画舫》中也有，但是有缺文，贼帅关羽四字都是墨钉，后面引《广川书跋》云：

"永叔尝辩此，谓建安二十四年九月关羽未死，不应先作此表。"又张丑注云：

"《东观余论》考《魏志》是年十月羽为徐晃所败,表内只云被矢刃,时羽为流矢所伤,未始言其死也,此表非伪,表云闰月是十月,非九月也。"上边三处羽字均非空格,与表文并看,可知是避讳无疑,盖是吴氏刻书时所为,张丑原本当不如是。查陈寿《三国志》三十六《蜀书》六《关张马黄赵传》,记关羽事凡九百余言,所可取者惟报曹归刘一事耳,传末评曰:

"关羽张飞皆称万人之敌,为世虎臣,羽报效曹公,飞义释严颜,并有国士之风,然羽刚而自矜,飞暴而无恩,以短取败,理数之常也。"这是很得要领的话。《张飞传》中亦云,"羽善待卒伍而骄于士大夫,飞爱敬君子而不恤小人。"那么这两位实在也只是普通的名将,假如画在百将图传里固然适宜,尊为内圣外王则显然尚无此资格。人家对张飞的态度也还是平常,如称莽撞人曰猛张飞,(其实猛恐即是莽,今照俗音写,)又吾乡有鸟,颊上黑白纹相杂,乡人称之曰张飞鸟(Tsangfitiau),亦不详其本名。若关羽便大不相同了,听说戏台上说白自称吾乃关公是也,这是戏子做的事,或若可以说是难怪,士大夫们也都避讳,连《书画舫》这种书里也出现了,这不能不算是大奇事。论其原因第一当然是《三国志》衍义的传播。沈涛的《交翠轩笔记》卷四有一则云:

"明人作《琵琶记》传奇,而陆放翁已有满村都唱蔡中郎之句。今世所传《三国衍义》亦明人所作,然东坡集记王彭论曹刘之泽云,涂巷小儿薄劣,为其家所厌苦,辄与数文钱,会聚听说古话,至说三国事,闻玄德败则颦蹙有涕者,闻曹操败则喜唱快,以觉知君子小人之泽百世不斩云云。是北宋时已有演说三国野史者矣。"东坡时已说三国,固是很好的考证资料,但我所觉得有意思的还在别一件事,即是爱护刘皇叔的心理那时已如此普遍,这与关羽的被尊重是很有关系的。那时所讲的内容如何,现在已无可考,我们只看元至治刊本《新全相三国志平话》,可以知道故事总是幼稚的很,一点都看不出五虎将怎样的了不得,可是有一件奇事,《全相》中所画人物身边都写姓名,就是刘皇叔也只能叫声玄德,惟独关羽却都题曰关公,似乎在六百年前便已有点神圣化了,这个理由很不容易了解。至治本《平话》不必说了,便是弘治年《三国志通俗演义》以至毛声山评本,里边讲的关羽言行都别无什么大过人处,至多也不过是好汉或义士罢了,无论怎么看没有成神的资格,虽然去当义和团等会党的祖师自然尽够。——义和的本字实系义合,这类点号至今在北方还是极常见,盖是桃园结义的影响,如刘关张之尚义气而结合,他们也会集了来营商业或练武技耳。关羽在民间所受英雄的崇拜我们可以了解,若神明的顶礼则事甚离奇,在《三国演义》的书本或演辞中都找不出些须理由来,我所觉得奇怪的就是这一件事。关羽封神称帝的历史我未能仔细查考,惟据阮葵生《茶余客话》卷四云:

"关庙之见于正史者惟《明史》有之,其立庙之始不可考,俗传崇宁真君封号出自宋徽宗,亦无据。按《元史·祭祀志》,每岁二月十五日于大殿启建白伞盖佛事,与众祓除不祥,抬舁监坛汉关某神轿,夫曰抬舁神轿,则必塑像,有塑像则必有庙宇矣,然则庙始于元之先可知也。"又云:

"明万历四十二年甲寅十月十日加封为三界伏魔大帝神威远镇天尊关圣帝君。四十五年丁巳五月福藩常洵序刻洛阳关帝庙签簿曰,前岁予承命分封河南,关公以单刀伏魔于皇父宫中,托之梦寐间,果验,是以大隆徽号,由是敕闻天下而尊显之云云。予见各省关庙题旌皆同此号,殆始于明神宗时。"可知关圣帝君的名称起于万历,禹斋是一位大昏君而其旨意在读书人中发生了大效力,十足三百年里大家死心塌地的信奉。因为是圣是帝而又是神,所以尊严的了不得,避讳也正是当然,犹如不敢写丘字玄字一样,却不知道他原来是骄于士大夫的,读书人的丑态真是毕露了。他们又送志在春秋的扁额给他,硬欲引为同类,也很可笑。据本传裴松之注云:

"羽为《左氏传》,讽诵略皆上口。"那么其程度似亦颇浅,后人如欲于武人中求《春秋》学者,何不再等几年去找那项下有瘿的杜预乎。

阮葵生云,"雍正四年增设山西解州五经博士一人。"此亦是送扁之意,或可为读书人解嘲。不佞非敢菲薄古人,只因看不出关羽神圣之处何在,略加谈论,若是当他一条好汉,则当然承认,并无什么不敬之意也。

读书的经验

买到一册新刻的《汴宋竹枝词》，李于潢著，卷头有蒋湘南的一篇李李村墓志铭，写得诙诡而又朴实，读了很是喜欢，查《七经楼文钞》里却是没有。我看着这篇文章，想起自己读书的经验，深感到这件事之不容易，摸着门固难，而指点向人亦几乎无用。在书房里我念过《四书》《五经》《唐诗三百首》与《古文析义》，只算是学了识字，后来看书乃是从闲书学来，《西游记》与《水浒传》，《聊斋志异》与《阅微草堂笔记》，可以说是两大类。至于文章的好坏，思想的是非，知道一点别择，那还在其后，也不知道怎样的能够得门径，恐怕其实有些是偶然碰得的吧。即如蒋子潇，我在看见《游艺录》以前，简直不知道有这么一个人，父师的教训向来只说周程张朱，便是我爱杂览，不但道咸后的文章，即使今人著作里，也不曾告诉我蒋子潇的名字，我之因《游艺录》而爱好他，再去找《七经楼文钞》与《春晖阁诗》来读，想起来真是偶然。可是不料偶然又偶然，我在中国文人中又找出俞理初，袁中郎，李卓吾来，大抵是同样的机缘，虽然今人推重李卓吾者不是没有，但是我所取者却非是破坏而在其建设，其可贵处是合理有情，奇辟横肆都只是外貌而已。我从这些人里取出来的也就是这一些些，正如有取于佛菩萨与禹稷之传说，以及保守此传说精神之释子与儒家。这话有点说得远了，总之这些都是点点滴滴的集合拢来，所谓粒粒皆辛苦的，在自己看来觉得很可珍惜，同时却又深知道对于别人无甚好处，而仍不免要饶舌，岂真敢寻自珍，殆是旧性难改乎。

外国书读的很少，不敢随便说，但取舍也总有的。在这里我也未能领解正统的名著，只是任意挑了几个，别无名人指导，差不多也就是偶然碰着，与读中国书没有什么两样。我所找着的，在文学批判是丹麦勃阑兑思，乡土研究是日本柳田国男，文化人类学是英国弗来则，性的心理是蔼理斯。这都是世界的学术大家，对于那些专门学问我不敢伸一个指头下去，可是拿他们的著作来略为涉猎，未始没有益处，只要能吸收一点进来，使自己的见识增深或推广一分也好，回过去看人生能够多少明白一点，就很满足了。近年来时常听到一种时髦话，慨叹说中国太欧化了，我想这在服用娱乐方面或者还勉强说得，若是思想上那里有欧化气味，所有的恐怕只是道士气秀才气以及官气而已。想要救治，却正用得着科学精神，这本来是希腊文明的产物，不过至近代而始光大，实在也即是王仲任所谓疾虚妄的精神，也本是儒家所具有者也。我不知怎的觉得西哲如蔼理斯等的思想实在与李俞诸君还是一鼻孔出着气的，所不同的只是后者靠直觉懂得了人情物理，前者则从学理通过了来，事实虽是差不多，但更是确实，盖智慧从知识上来者其根基自深固也。这些洋书并不怎么难于消化，只须有相当的常识与虚心，如中学办得适宜，这与外国文的学力都不难习得，此外如再有读书的兴趣，这件事便已至少有了八分光了。我自己读书一直是暗中摸索，虽然后来找到一点点东西，总是事倍功半，因此常想略有陈述，贡其一得，若野芹蜇口，恐亦未免，惟有惶恐耳。

近来因为渐已懂得文章的好坏，对于自己所写的决不敢自以为好，若是里边所说的话，那又是别一问题。我从民国六年以来写白话文，近五六年写的多是读书随笔，不怪小朋友们的厌恶，我自己也戏称曰文抄公，不过说尽是那么说，写也总是写着，觉得这里边不无有些可取的东西。对于这种文章不以为非的，想起来有两个人，其一是一位外国的朋友，其二是亡友烨斋。烨斋不是他的真名字，乃是我所戏题，可是写信时也曾用过，可以算是受过默许的。他于最后见面的一次还说及，他自己觉得这样的文很有意思，虽然青年未必能解，有如他的小世兄，便以为这些都是小品文，文抄公，总是该死的。那时我说，自己并不以为怎么了不得，但总之要想说自己所能说的话，假如关于某一事物,这些话别人来写也会说的,我便不想来写。有些话自然也是颇无味的,但是如《瓜豆集》的头几篇,关于鬼神,家庭,妇女特别是娼妓问题,都有我自己的意见在,而这些意见有的就是上边所说的读书的结果,我相信这与别人不尽同,就是比我十年前的意见也更是正确。所以人家不理解,于别人不能有好处,虽然我十分承认,且以为当然,然而在同时也相信这仍是值得写,因为我终于只是一个读书人,读书所得就只这一点,如不写点下来,未免可惜。在这里我知道自己稍缺少谦虚,却也是无法。我不喜欢假话,自己不知道的都已除掉,略有所知的就不能不承认,如再谦让也即是说诳了。至于此外许多事情,我实在不大清楚,所以我总是竭诚谦虚的。

上坟船

《陶庵梦忆》在乾隆中有两种木刻本，一为《砚云》本，四十年乙未刻，一卷四十三则，一为王见大本，五十九年甲寅刻，百二十三则，分为八卷。《砚云》本虽篇幅不多，才及王见大本三分之一，但文句异同亦多可取处，第八则记越中扫墓事，今据录于下：

"越俗扫墓，男女袨服靓妆，画船箫鼓，如杭州人游湖，厚人薄鬼，率以为常。二十年前，中人之家尚用平水屋帻船，男女分两截坐，不座船，不鼓吹，先辈谑之曰，以结上文两节之意。后渐华靡，虽监门小户，男女必用两座船，必巾，必鼓吹，必欢呼畅饮，下午必就其路之所近，游庵堂寺院，及士夫家花园，鼓吹近城必吹海东青独行千里，锣鼓错杂，酒徒沾醉必岸帻嚚嚣，唱无字曲，或舟中攘臂与侪列厮打。自二月朔至夏至，填城溢国，日日如之。乙酉方兵，画江而守，虽鱼舴艋舠收拾略尽，坟垅数十里而遥，子孙数人挑鱼肉楮钱，徒步往返之，妇女不得出城者三岁矣。萧索凄凉，亦物极必返之一。"小序中有云：

"兹编载方言巷咏，嘻笑琐屑之事，然略经点染，便成至文，读者如历山川，如睹风俗，如瞻宫阙宗庙之丽，殆与采薇麦秀同其感慨，而出之以诙谐者与。"数语批评甚得要领，上文可以为证，但是我所觉得最有意思的还是在于如睹风俗这一点上，因为所说上坟情形有大半和我小时候所见者相同。据说乙酉以后妇女已有三年不得出城，似写文时当在丁亥之顷，那么所谓二十年前应该是天启丁卯以往，后渐华靡可见是崇祯间事也。平水屋帻船不知是何物，平水自然是地名，屋帻船则后来不闻此语，若是田庄船，容积不大，未必能男女分两截坐，疑不能明。座船大抵是三道船亦名三明瓦，一般至多也只容七八人,因饭时用方桌坐八人便已很挤了,故不能再分两截而须分船,亦正是事势必然,华靡恐尚在其次。鼓吹后世仍用,普通称吹手或鼓手,有两种,一是乐户,世袭的堕民为之,品最低,二是官吹,原是平民,服务于协台衙门者,惟大家得雇用之,窃意此当本名鼓手,乐户是吹手,后来乃混为一称耳。上坟用官吹者,归途必令奏将军令,似为其特技,或乐户所不能者也,海东青等名目则未曾闻。大家丁口众多,遗有祭田者,上坟船之数,大率一房中男女各一只,鼓手船厨司船酒饭船各一只,酒饭船并备祭品,如乾三牲,香蜡纸钱爆仗,锡五事,桌帏椶荐等,此其大较也。

顾铁卿《清嘉录》卷三《上坟》条下关于墓祭的事略有考证,兹不赘。绍兴墓祭在一年中共有三次,一在正月曰拜坟,实即是拜岁,一在十月曰送寒衣,别无所谓衣,亦只是平常拜奠而已。这两回都很简单,只有男子参与,亦无鼓吹,至三月则曰上坟,差不多全家出发,旧时女人外出时颇少,如今既是祭礼,并作春游,当然十分踊跃,儿歌有云,正月灯,二月鹞,三月上坟船里看姣姣,即指此。姣姣盖是昔时俗语,绍兴戏说白中多有之,弹词中常云美多姣,今尚存夜姣姣之俗名,谓夜开的一种紫茉莉也。上坟仪式各家多不相同,有时差得极远,吾家旧住东门内东陶坊,西邻甲姓仪注繁重,自进面盆手巾,进茶碗,以至罗拜毕焚帛,在坟头扮演故人生活须小半日之久,坊东端乙姓则只一二男子坐小船,至坟前祭奠,便即下船回城,怀中出数个火烧食之,亦不分享馂余,据划小船者说如此。二者盖是极端的例,普通的办法大抵如下。最先祀后土,墓左例设后土尊神之位,石碑石案,点香烛,陈小三牲果品酒饭,主祭者一人跪拜,有二人赞礼,读祝文,焚帛放爆竹双响者五枚。次为墓祭,祭品中多有肴馔十品,余与后土相似,列石祭桌上,主祭者一人,成年男子均可与祭,但与祭大概只能备椶荐三列,分行辈排班,如人数过多则亦有余剩。祭献读祭文,悉由礼生引赞,献毕行礼,俟与祭者起,礼生乃与余剩的人补拜,其后妇女继之,拜后焚纸钱而礼毕,爆竹本以祀神,但墓祭亦有用者,盖以逐山魈也。回船后分别午餐,各船一桌,照例用"十碗头",大抵六荤四素,在清末六百文已可用，若八百文则为上等，三鲜改用细十锦，亦称蝴蝶参，扣肉乃用反扣矣。范啸风著《越谚》卷中《饮食类》下列有六荤四素五荤五素名目，注云：

"此荤素两全之席，总以十碗头为一席，吉事用全荤，忏事用全素，此席用之祭扫为多，以妇女多持斋也。"此等家常酒席的菜与宴会颇不相同，如白切肉，扣鸡，醋溜鱼，小炒，细炒，素鸡，香菇鳝，金钩之类，皆质朴有味，虽出厨司之手，却尚少市气，故为可取。在"上坟酒"中还有一种食味，似特别不可少者，乃是熏鹅，据《越谚》注云系斗门镇名物，惜未得尝，但平常制品亦殊不恶，以醋和酱油蘸食，别有风味，其制法虽与烧鸭相似，惟鸭稍华贵，宜于红灯绿酒，鹅则更具野趣，在野外舟中啖之，正相称耳。孙彦清《寄龛丙志》卷四记孙月湖款待谭子敬，"为设烧鹅，越常羞也，子敬食而甘之，谓是便宜坊上品，南中何由得此。盖状适相似，味实县绝，鸦鹎者乃得此过情之誉，殊非意计所及。已而为质言之，子敬亦哑然失笑。"其实不佞倒是赞成鸦鹎者的，熏鹅固佳，别样的也好，反正不能统年都吃，虽然医书上说有发气不宜多食，也别无关系。大凡路远时下山即开船，且行且吃，若是路近，多就近地景色稍好处停船，如古冢大庙旁，慢慢的进食，别不以游览为目的，与《梦忆》所云殊异。平常妇女进庙烧香，归途必游庵堂寺院，不知是何意义，民国以前常经历之，近来久不还乡里，未知如何，惟此类风俗大抵根底甚深，即使一时中绝，令人有萧索凄凉之感，不久亦能复兴，正如清末上坟与崇祯时风俗多近似处，盖非偶然也。

附记

《癸巳类稿》卷十《书镇洋具志后》，《茶香室续钞》二十三《明人以食鹅为重》条，引王世贞《家乘》及《觚不觚录》，言其父以御史里居，宴客进子鹅必去其首尾，而以鸡首尾盖之，曰御史无食鹅例也。盖明清旧例非上等馔不用鹅云。

苦口甘口

平常接到未知的青年友人的来信，说自己爱好文学，想从这方面努力做下去，我看了当然也喜欢，但是要写回信却觉得颇难下笔，只好暂时放下，这一搁就会再也找不出来，终于失礼了。为什么呢？这正合于一句普通的成语，叫作"一言难尽"。对于青年之弄文学，假如我是反对的，或者完全赞成的，那么回信就不难写，只须简单的一两句话就够了。但是我自己是曾经弄过一时文学的，怎么能反对人家，若是赞成却又不尽然，至少也总是很有条件的，说来话长，不能反复的写了一一寄去。可是老不回复人家也不是办法，虽然因年岁经验的差异，所说的话在青年听了多是落伍的旧话，在我总是诚意的，说了也已尽了诚意，总胜于不说，听不听别无关系，那是另一问题。现今在这里总答几句，希望对于列位或能少供参考之用。

第一件想说的是，不可以文学作职业。本来在中国够得上说职业的，只是农工商这几行，士虽然位居四民之首，为学乃是他的事业，其职业却仍旧别有所在，达则为官，现在也还称公仆，穷则还是躬耕，或隐于市井，织屦卖艺，非工则商耳。若是想以学问文章谋生，惟有给大官富贾去做门客，呼来喝去，与奴仆相去无几，不惟辱甚，生活亦不安定也。我还记得三十五六年前，大家在东京从章太炎先生听讲小学，章先生常教训学生们说，将来切不可以所学为谋生之具，学者必须别有职业，借以餬口，学问事业乃能独立，不至因外界的影响而动摇以至堕落。章先生自己是懂得医道的，所以他的意思以为学者最好也是看点医书，将来便以中医为职业，不但与治学不相妨，而且读书人去学习也很便利容易。章先生的教训我觉得很对，虽然现今在大学教书已经成了一种职业,教学相长,也即是做着自己的事业,与民国以前的情形很有不同了,但是这在文学上却正可应用,所以引用在这里。中国出版不发达,没有作家能够靠稿费维持生活,文学职业就压根儿没有,此其一。即使可以有此职业了,而作家须听出版界的需要,出版界又要看社会的要求。新旧左右,如猫眼睛的转变,亦实将疲于奔命,此其二。因此之故,中国现在有志于文学的最好还是先取票友的态度,为了兴趣而下手,仍当十分的用心用力,但是决心不要下海,要知正式唱戏不是好玩的事也。

第二,弄文学也并不难,却也很不容易。古人说写文章的秘诀,是多读多作。现在即使说是新文学了,反正道理还是一样。要成为一个文学家,自然要先有文学而后乃成家,决不会有不写文学而可称文学家的,这是一定的事,所以要弄文学的人要紧的是学写文学作品,多读多作,此外并无别的方法。简单的一句话,文学家也是实力要紧,虚声是没有用的。我们举过去的例来说,民六以后新文学运动哄动了一时,胡陈鲁刘诸公那时都是无名之士,只是埋头工作,也不求名声,也不管利害,每月发表力作的文章,结果有了一点成绩,后来批评家称之为如何运动,这在他们当初是未曾预想到的。这时代是早已过去了,这种风气或者也已改变,但是总值得称述的,总可以当作文人作家炼成之一模范。还有如一队兵卒,在同一目的下人自为战,经了好些苦斗,达成目的之后,肩了步枪回来,衣履破碎,依然是个兵卒,并不是千把总,却是经过战斗,练成老兵了,随时能跳起来上前线去。这个比喻不算很好,但意思是正对的,总之文学家所要的是先造成个人,能写作有思想的文人,别的一切都在其次。可是话又说了回来,多读多作未必一定成功,这还得尝试了来看。学画可以有课程,学满三四年之后便毕业了,即使不能算名画家,也总是画家之一,学书便不能如此,学文学也正是一样,不能说何时可以学会,也许半年,也许三年,也许终于不成。这一点要请弄文学的人预先了解,反正是票友,试试来看,唱得好固可喜,不好也就罢了,对于自己看得清,放得下,乃是必要也。

第三，须略了解中国文学的传统。无论现在文学新到那里去，总之还是用汉字写的，就这一点便逃不出传统的圈子。中国人的人生观也还以儒家思想的为主流，立起一条为人生的文学的统系，其间随时加上些道家思想的分子，正好作为补偏救弊之用，便得调和渐近自然。因此中国文学的道德气是正当不过的，问题只是在于这道德观念的变迁，由人为的阶级的而进于自然的相互的关系，儒道思想之切磋与近代学术之发达都是同样的有力。别国的未必不也是如此，现在只就中国文学来说，这里边思想的分子很是重要，文学里的东西不外物理人情，假如不是在这里有点理解，下余的只是辞句，虽是写的华美，有如一套绣花枕头，外面好看而已。在反对的一方面，还有外国的文艺思想，也要知道大概才好。外国的物事固然不是全好的，例如有人学颓废派，写几句象征派的情诗，自然也可笑，但是有些杰作本是世界的公物，各人有权利去共享，也有义务去共学。这在文明国家便应当都有翻译介绍，与本国的古典著作一同供国民的利用。在中国却是还未办到，要学人自己费力去张罗，未免辛苦，不过这辛苦也是值得，虽然书中未必有颜如玉的美人，精神食粮总可得到不少，这于弄文学的人是比女人与酒更会有益的。前一代的老辈假如偷看了外国书来讲新文学，却不肯译出给大家看，固然是自私的很，但是现今青年讲更新的文学，却只拿几本汉文的书来看，则不是自私而是自误了。末了再附赠两句老婆心的废话，要读外国文学须看标准名作，不可好奇立异，自找新著，反而上当，因为外国文学作品的好丑我们不能懂得，正如我们的文学也还是自己知道得清楚，外国文人如罗曼罗兰亦未必能下判断也。

以上所说的话未免太冷一点，对于热心的青年恐怕逆耳，不甚相宜亦未可知。但是这在我是没法子的事，因为我虽不能反对青年的弄文学，赞成也是附有条件的，上边说的便是条件之一部分。假如鸦片烟可以寓禁于征，那么我的意思或者可以说是寓反对于条件罢。因为青年热心于文学，而我想劝止至少也是限制他们，这些话当然是不大咽得下去的，题目称曰苦口，即是这个意义。至于甘口，那恐怕

只是题目上的配搭,本文中还未曾说到。据桂氏《说文解字义证》卷三十,鼶字下所引云:

"《玉篇》:鼶,不鼠也,螫毒,食人及鸟兽皆不痛,今之甘口鼠也。《博物志》:鼶,鼠之最小者,或谓之甘鼠,谓其口甘,为其所食者不知觉也。"日本《和汉三才图会》卷三十九引《本草纲目》鼶鼠条,亦如此说,和名阿末久知祢须美,汉字为甘口鼠,与中国相同。所谓甘口的典故即出于此。这在字面上正好与苦口作一对,但在事实上我只说了苦口便罢,甘口还是"恕不"了吧。或者怕得青年们的不高兴,在要收场的时候再说几句,——话虽如此,世间有《文坛登龙术》一书,可以参考,便讲授几条江湖诀,这也不是难事,不过那就是咬人不痛的把戏,何苦来呢。题目写作苦口甘口,而本文中只有苦口,甘口则单是提示出来,叫列位自己注意谨防,此乃是新式作文法之一,为鄙人所发明,近几年只曾经用过两次者也。

梦想之一

鄙人平常写些小文章，有朋友办刊物的时候也就常被叫去帮忙，这本来是应该出力的。可是写文章这件事正如俗语所说是难似易的，写得出来固然是容容易易，写不出时却实在也是烦烦难难。《笑倒》中有一篇笑话云：

"一士人赴试作文，艰于构思。其仆往候于试门，见纳卷而出者纷纷矣，日且暮，甲仆问乙仆曰，不知作文章一篇约有多少字。乙仆曰，想来不过五六百字。甲仆曰，五六百字难道胸中没有，到此时尚未出来。乙仆慰之曰，你勿心焦，渠五六百字虽在肚里，只是一时凑不起耳。"这里所说的凑不起实在也不一定是笑话，文字凑不起是其一，意思凑不起是其二。其一对于士人很是一种挖苦，若是其二则普通常常有之，我自己也屡次感到，有交不出卷子之苦。这里又可以分作两种情形，甲是所写的文章里的意思本身安排不好，乙是有着种种的意思，而所写的文章有一种对象或性质上的限制，不能安排的恰好。有如我平时随意写作，并无一定的对象，只是用心把我想说的意思写成文字，意思是诚实的，文字也还通达，在我这边的事就算完了，看的是些男女老幼，或是看了喜欢不喜欢，我都可以不管。若是预定要给老年或是女人看的，那么这就没有这样简单，至少是有了对象的限制，我们总不能说的太是文不对题，虽然也不必要揣摩讨好，却是不能没有什么顾忌。我常想要修小乘的阿罗汉果并不大难，难的是学大乘菩萨，不但是誓愿众生无边度，便是应以长者居士长官婆罗门妇女身得度者即现妇女身而为说法这一节，也就迥不能及，只好心向往之而已。这回写文章便深感到这种困难，踌躇好久，觉得不能再拖延了，才勉强凑合从平时想过的意思中间挑了一个，略为敷陈，聊以塞责，其不会写得好那是当然的了。

在不久以前曾写小文，说起现代中国心理建设很是切要，这有两个要点，一是伦理之自然化，一是道义之事功化。现在这里所想说明几句的就是这第一点。我在《螟蛉与萤火》一文中说过：

"中国人拙于观察自然，往往喜欢去把他和人事连接在一起。最显著的例，第一是儒教化，如乌反哺，羔羊跪乳，或枭食母，都一一加以伦理的附会。第二是道教化，如桑虫化为果蠃，腐草化为萤，这恰似仙人变形，与六道轮回又自不同。"说起来真是奇怪，中国人似乎对于自然没有什么兴趣，近日听几位有经验的中学国文教员说，青年学生对于这类教材不感趣味，这无疑的是的确的事实，虽然不能明白其原因何在。我个人却很看重所谓自然研究，觉得不但这本身的事情很有意思，而且动植物的生活状态也就是人生的基本，关于这方面有了充分的常识，则对于人生的意义与其途径自能更明确的了解认识。平常我很不满意于从来的学者与思想家，因为他们于此太是怠惰了，若是现代人尤其是青年，当然责望要更为深切一点。我只看见孙仲容先生，在《籀庼述林》的一篇《与友人论动物学书》中，有好些很是明达的话，如云：

"动物之学为博物之一科，中国古无传书。《尔雅》虫鱼鸟兽畜五篇惟释名物，罕详体性。《毛诗》《陆疏》旨在诂经，遗略实众。陆佃郑樵之伦，摭拾浮浅，同诸自郐。……至古鸟兽虫鱼种类今既多绝灭，古籍所纪尤疏略，非徒《山海经》《周书·王会》所说珍禽异兽荒远难信，即《尔雅》所云比肩民比翼鸟之等咸不为典要，而《诗》《礼》所云螟蛉果蠃，腐草为萤，以逮鹰鸠爵蛤之变化，稽核物性亦殊为疏阔。……今动物学书说诸虫兽，有足者无多少皆以偶数，绝无三足者，《尔雅》有鳖三足能，龟三足贲，殆皆传之失实矣。……中土所传云龙凤虎休征瑞应，则揆之科学万不能通，今日物理既大明，固不必曲徇古人耳。"这里假如当作现代的常识看去，那原是极普通的当然的话，但孙先生如健在该是九十七岁了，却能如此说，正是极可佩服的事。现今已是民国甲申，民国的青年比孙先生至少要更年轻六十年以上，大部分也都经过高小初中出来，希望关于博物或生物也有他那样的知识，完全理解上边所引的话，那么这便已有了五分光，因为既不相信腐草为萤那一类疏阔的传说，也就同样的可以明了，羔羊非跪下不能饮乳，(羊是否以跪为敬，自是别一问题，)乌鸦无家庭，无从反哺，凡自然界之教训化的故事其原意虽亦可体谅，但其并非事实也明白的可以知道了。我说五分光，因为还有五分，这便是反面的一节，即是上文所提的伦理之自然化也。

我很喜欢《孟子》里的一句话，即是，"人之所以异于禽兽者几希"。这一句话向来也为道学家们所传道，可是解说截不相同。他们以为人禽之辨只在一点儿上，但是二者之间距离极远，人若逾此一线堕入禽界，有如从三十三天落到十八层地狱，这远才真叫得是远。我也承认人禽之辨只在一点儿上，不过二者之间距离却很近，仿佛是窗户里外只隔着一张纸，实在乃是近似远也。我最喜欢焦里堂先生的一节，屡经引用，其文云：

"先君子尝曰，人生不过饮食男女，非饮食无以生，非男女无以生生。惟我欲生，人亦欲生，我欲生生，人亦欲生生，孟子好货好色之说尽之矣。不必屏去我之所生，我之所生生，但不可忘人之所生，人之所生生。循学《易》三十年，乃知先人此言圣人不易。"我曾加以说明云：

"饮食以求个体之生存，男女以求种族之生存，这本是一切生物的本能，进化论者所谓求生意志，人也是生物，所以这本能自然也是有的。不过一般生物的求生是单纯的，只要能生存便不顾手段，只要自己能生存，便不惜危害别个的生存，人则不然，他与生物同样的要求生存，但最初觉得单独不能达到目的，须与别个联络，互相扶助，才能好好的生存，随后又感到别人也与自己同样的有好恶，设法圆满的相处。前者是生存的方法，动物中也有能够做到的，后者乃是人所独有的生存的道德，古人云人之所以异于禽兽者几希，盖即此也。"这人类的生存的道德之基本在中国即谓之仁，己之外有人，己亦在人中，儒与墨的思想差不多就包含在这里,平易健全,为其最大特色,虽云人类所独有,而实未尝与生物的意志断离,却正是其崇高的生长,有如荷花从莲根出,透过水面的一线,开出美丽的花,古人称其出淤泥而不染,殆是最好的赞语也。

人类的生存的道德既然本是生物本能的崇高化或美化,我们当然不能再退缩回去,复归于禽道,但是同样的我们也须留意,不可太爬高走远,以至与自然违反。古人虽然直觉的建立了这些健全的生存的道德,但因当时社会与时代的限制,后人的误解与利用种种原因,无意或有意的发生变化,与现代多有龃龉的地方,这样便会对于社会不但无益且将有害。比较笼统的说一句,大概其缘因出于与自然多有违反之故。人类摈绝强食弱肉,雌雄杂居之类的禽道,固是绝好的事,但以前凭了君父之名也做出好些坏事,如宗教战争,思想文字狱,人身卖买,宰白鸭与卖淫等,也都是生物界所未有的,可以说是落到禽道以下去了。我们没有力量来改正道德,可是不可没有正当的认识与判断,我们应当根据了生物学人类学与文化史的知识,对于这类事情随时加以检讨,务要使得我们道德的理论与实际都保持水线上的位置,既不可不及,也不可过而反于自然,以致再落到淤泥下去。这种运动不是短时期与少数人可以做得成的,何况现在又在乱世,但是俗语说得好,人落在水里的时候第一是救出自己要紧,现在的中国人特别是青年最要紧的也是第一救出自己来,得救的人多起来了,随后就有救别人的可能。这是我现今仅存的一点梦想,至今还乱写文章,也即是为此梦想所眩惑也。

文艺复兴之梦

文艺复兴是一件好事情。近来时常有人提起中国的文艺复兴，我们听了自然是无不喜欢的，但是这到底是怎么一回事，却又一时说不清楚，大概各人心里只有一个漠然的希望，但愿中国的文艺能够复兴而已。不过文艺复兴是一句成语，我们说到他便自然有些联想，虽然不免近于迂阔，这里且来简单的考虑一下。

文艺复兴的出典，可以不必多说，这是出于欧洲的中古时代。笼统点说来，大抵可以算作十四世纪中至十六世纪末，在中国历史上或者可云始于马可波罗之西返，讫于利玛窦之东来罢。这时候欧洲各民族正在各自发展，实力逐渐充实，外面受了古典文化的影响，遂勃然兴起，在学术文艺各方面都有进展，此以欧洲的整个文化言故谓之"再生"，若在各民族实乃是一种新生也。中国沿用日本的新名词，称这时期为文艺复兴，其实在文学艺术之外还有许多别的成就，所以这同时也是学问振兴，也是宗教改革的时代。内在的精力与外来的影响都是整个的，所以其结果也是平匀发展，不会枝枝节节偏于局部的。我们一时来不及严密的去查书本，只就平常显著在人耳目间的姓氏来说，有如美术方面的达文西，密凯兰及罗，文学方面的但丁，薄伽乔，拉勃来，西万提司，莎士比亚，思想方面的厄拉思穆斯，培根，蒙田，宗教方面的路德，各方面都有人，而且又是巨人，都有不朽的业绩。以后各时代的学问艺术也均自有其特色，但是在人与事业的重与大与深与厚上面，是再也没有可以和这相比的了。这样的一种整个的复兴的确值得景仰与羡慕，希望自己的国里也有这么一回幸运的事，即使显然有点近于梦想，我也总是举起两手赞成，而且衷心愿望的。

关于欧洲的文艺复兴还有可以注意的一点，便是他的内外两重的原因。内的是民族自有的力量，在封建制度与旧教的统治下自然养成一种文化上的传统，这里固然有好的一部分，后来就成为国民精神的基本，却也有坏的一部分，逐渐在酿成自然的反动。外不必说那是外来的影响，这引动内面的力量，使之发生动作，因其力之大小而得成就，如佛经所云，随其福行，各得道迹，我们读史于此可以获得很大的教训。西罗马亡后，欧洲各民族开始建国，自立基础，及东罗马亡，学者多亡命欧陆，希腊罗马的古典文化亦随以流入，造成人文主义的思潮，在历史上的结果便是那伟大的文艺复兴。当时义大利因承受罗马的传统，其发动为最早，若是影响西欧全部，成为显明的文化运动，那已在君士但丁堡陷落之后，盖在十五世纪中叶矣。各民族的精力为所固有，惟思想上所有者，在封建制度则为君，在旧教则为神耳，得古希腊人之人间本位思想而发生变化，近代文明也可以说由此发轫。希腊罗马的文化已古老矣，惟其法力却仍复极大，当时古典之研究与传播虽或似有闲的工作，而其影响效力乃有如此者，此看似奇怪，实在则亦并不奇也。古典文书之流通最初只是传抄，及古登堡造活字版，传播更为容易，中国在这里也总算略有资助，虽然出于间接，总之是有了关系，及利玛窦南怀仁辈东来，也带来了好些还礼，凡中国最早所接受的泰西文物，无论是形而上下，那时从义大利日耳曼拿来的东西，殆无一不是文艺复兴之所赐也。

以上所说，并不曾考查文书，只凭记得的事情胡乱谈一起，谬误恐所不免，但大抵也就是那么情形罢。我们再回过来看本国的文艺复兴问题，是怎么样呢？古今中外的情形不同，我们固然也不好太拘执的来比较，不过大体上说总是可以的，譬如说，义艺复兴应是整个而不是局部的。照这样看去，日本的明治时代可以够得上这样说，虽然当时并未标榜文艺复兴的名称，只把他作为维新运动之文化方面的成就而已。这个看法实在是很对的，因为明治文学的发达并不是单独的一件事，那时候在艺术，文史，理论的与应用的科学，以至法政军事各方面，同样的有极大的进展，事实与理论正是相合。中国近年的新文化运动可以说是有了做起讲之意，却是不并做得完篇，其原因便是这运动偏于局部，只有若干文人出来嚷嚷，别的各方面没有什么动静，完全是孤立偏枯的状态，即使不转入政治或社会运动方面去，也是难得希望充分发达成功的。后来的事情怎么样？这恐怕是一代不如一代，中日事变前十年间的成绩大家多还记得，可以不必赘说。中国现在正是受难时期，古人云多难兴邦，大家的确不可没有这样一个大誓愿，在自定的范围内尽年寿为国家尽力，但这只是尽其在我，要想大事成就还须得有各方面的合作，若是偏信自己的事业与力量最胜，可以集事，此种大志固亦可嘉，惟在事实上却总是徒然也。

根据欧洲中世纪的前例，在固有的政教的传统上，加上外来的文化的影响，发生变化，结果成为文艺复兴这段光荣的历史。中国如有文艺复兴发生，原因大概也应当如此。不过这里有一件很不相同的事，欧洲那时外来的影响是希腊罗马的古典文化，古时虽是某一民族的产物，其时却早已过去，现今成为国际公产，换句话说便是没有国旗在背后的，而在现代中国则此影响悉来自强邻列国，虽然文化侵略未必尽真，总之此种文化带有国旗的影子，乃是事实。接受这些影响，要能消化吸收，又不留有反应与副作用，这比接受古典文化其事更难，此其一。希腊思想以人间本位为主，虽学术艺文方面杂多，而根本则无殊异，以此与中古为君为神的思想相对，予以调剂，可以得到好结果，现代则在外国也是混乱时期，思想复杂，各走极端，欲加采择，苦于无所适从，此其二。民初新文化运动中间，曾揭出民主与科学两大目标，但不久展转变化，即当初发言人亦改口矣，此可为一例。国民传统率以性情为本，力至强大，中国科举制度与欧洲文艺复兴同时开始，于今已有五百余年，以八股式的文章为手段，以做官为目的，奕世相承，由来久矣。用了这种熟练的技巧，应付新来的事物，亦复绰有余裕，于是所谓洋八股者立即发生，即有极好的新思想，也遂由甜俗而终于腐化，此又一厄也。拉杂说到这里，似乎都是些消极话，却并非作者本意，这原来有如治病，说体质何处亏损，病证如何情形，明白之后才能下药，现在也就是这个意思，如或病重药轻，能否立见功效，那自然又是别一回事，不能并作一谈者也。

我们希望中国文艺复兴是整个的，就是在学术文艺各方面都有发展，成为一个分工合作，殊途同归的大运动。弄文笔的自然只能在文艺方面尽力，但假如别的方面全然沉寂，则势孤力薄，也难以存立。文人固然不能去奔走呼号，求各方的兴起援助，亦不可以孤独自馁，但须得有此觉悟，我辈之力尽于此，成固可喜，败亦无悔，惟总不可以为文艺复兴只是几篇诗文的事，旦夕可成名耳。本国固有的传统固不易于变动，但显明的缺点亦不可不力求克服，如八股式文的作法与应举的心理，在文人胸中尤多存留的可能，此所应注意者一。对于外国文化的影响，应溯流寻源，不仅以现代为足，直寻求其古典的根源而接受之，又不仅以一国为足，多学习数种外国语，适宜的加以采择，务深务广，依存之弊自可去矣，此所应注意的二。民国初年的新文化运动，参加者未尝无相当的诚意，然终于一现而罢，其失败之迹可为鉴戒，深望以后能更注意，即或未能大成，其希望自必更大矣。中国文艺复兴，此名称极佳，吾辈固无日不在梦想中，虽曰立春之后梦无凭据，惟愿得好梦，不肯放弃，固亦人情之常，不足怪者也。

关于宽容

十七世纪的一个法国贵族写了五百多条格言,其中有一则云,宽仁在世间当作一种美德,大抵盖出于我慢,或是懒,或是怕,也或由于此三者。这话说的颇深刻,有点近于诛心之论,其实倒是事实亦未可知。有些故事记古人度量之大,多很有意思,今抄录两则于后:

"南齐沈麟士尝出行,路人认其所着屐。麟士曰,是卿屐耶,即跣而反。其人得屐,送而还之。麟士曰,非卿屐耶,复笑而受。"

"宋富郑公弼少时,人有骂者。或告之曰,骂汝。公曰,恐骂他人。又曰,呼君名姓,岂骂他人耶。公曰,恐同姓名者。骂者闻之大惭。"

这两件事都很有风趣,所以特别抄了出来,作为例子。他们对于这种横逆之来轻妙的应付过去,但是心里真是一点都没有觉得不愉快么,这未必然,大概只是不屑计较而已。不屑者就是觉得不值得,这里有了彼我高下的衡量之见,便与虚舟之触截然不同,不值得云者盖即是尊己卑人,亦正是我慢也。我在北京市街上行走,尝见绅士戴獭皮帽,穿獭皮领大衣,衔纸烟,坐包车上,在前门外热闹胡同里岔车,后边车夫误以车把叉其领,绅士略一回顾,仍晏然吸烟如故。又见洋车疾驰过,吆喝行人靠边,有卖菜佣担两空筐,不肯避道,车轮与一筐相碰,筐略旋转,佣即歇担大骂,似欲得而甘心者。岂真绅士之度量大于卖菜佣哉,其所与争之对象不同故也。绅士固不喜有人从后叉其领,但如叉者为车夫,即不屑与之计较,或其人亦为绅士之戴皮帽携手杖者,则亦将如佣之歇担大骂,总之未必肯干休矣。卖菜佣并非对于车夫特别强硬,以二者地位相等,甲被乙碰,空筐旋转,如不能抗议,将名誉扫地,正如绅士之为其同辈所辱,欲保存其架子非力斗不可也。大度弘量,均是以上对下而言,其原因大抵可归于我慢,若以下对上,忍受横逆,乃是无力反抗,其原因当然全由于怕,盖不足道,惟由于懒者殊不多见,如能有此类例子,其事其人必大有意思,惜乎至今亦尚无从征实耳。

对人宽大,此外还有一种原因,虽归根亦是我慢,却与上边所说略有不同,便是有备无患之感,亦可云自恃。这里最好的例是有武艺的人,他们不怕人家的攻击,不必太斤斤较量,你们尽管来乱捶几下,反正打不伤他,到了必要时总有一手可以制住你的,而且他又知道自己的力量,看一般乏人有如初出壳的小鸡儿,用手来捏时生怕一不小心会得挤坏了,因此只好格外用心谨慎。这样的人大家大概都曾遇见过,我所知道得最清楚的有一位姓姚的,是外祖母家的亲戚,名为嘉福纲司。山阴县西界钱塘江,会稽县东界曹娥江,北为大海,海边居民驾蜑船航海,通称船主为纲司,纲或作江,无可考定。其时我年十三四,姚君年约四十许,朴实寡言,眼边红润,云为海风所吹之故,能技击,而性特谦和,惟为我们谈海滨械斗,挑起鹦哥灯点兵事,亦复虎虎有生气,可惜那时候年少不解事,不曾询问鹦哥灯如何挑法,至今以为恨。姚君的态度便是如我们上面所说的那样,仿佛是视民如伤的样子,毋我负人,宁人负我,不到最后是不还手的。不过这里很奇怪的是,关于自己是这样极端消极的取守势,有时候为了不相干的别人的事,打起抱不平来,却会得突然的取攻势,现出侠客的本色。有一天,他照例穿着毛蓝布大褂,很长的黑布背心,手提毛竹长烟管,在镇塘殿棟树下一带的海塘上走着。这塘路是用以划分内河外海的,相当的宽且高,路平泥细,走起来很是舒服。他走到一处,看见有两个人在塘上厮打,某甲与某乙都是他认识的,不过他们打得正忙却没有看见他。不久某乙被摔倒了,某甲还弯下腰去打他,这是犯了规律了,姚君走过去,用手指在某甲的尾闾骨上一挑,他便一个跟斗翻到塘外去了。某乙忽然不见了打他的人,另外一个人拿着长烟管扬长的在塘上走,有点莫名其妙。只好茫然回去,至于掉到海里去的人,淹死也是活该,恐怕也是不文的规律上所有的,没有人觉得不对,可是恰巧他识水性,所以自己爬上岸来,也逃出了性命。过了几天之后,姚君在镇塘殿的茶店里坐,听见某甲也在那里讲他的故事,承认自己犯规打人,被不知那一个内行人挑下海里去,逃得回来实是侥幸。姚君听了一声不响,喝茶完了,便又提了烟管走了回来。我听姚君自己讲这件事,大约就在那一年里,以后时常记起,更觉得他很有意思,此不独可以证明外表谦虚者正以其中充实故,又技击虽小道,习此者大都未尝学问,而规律井井,作止有度,反胜于士大夫,更令人有礼失而求诸野之感矣。

此外还有两件事,都见于《史记》,因为太史公描写得很妙,所以知道的人非常多。这是关于张良和韩信的:

"良尝闲从容步游下邳圯上,有一老父衣褐至良所,直堕其履圯下,顾谓良曰,孺子下取履。良愕然欲殴之,为其老强忍下取履。父曰,履我。良业为取履,因长跪履之。父以足受,笑而去。良殊大惊,随目之。"

"淮阴屠中少年有侮信者曰,若虽长大好带刀剑,中情怯耳,众辱之曰,信能死,刺我,不能死,出我胯下。于是信熟视之,俯出胯下蒲伏,一市人皆笑信以为怯。"这里形容得活灵活现,原是说书人的本领,却也很合情理的。张韩二君不是儒家人物,他们所遇见的至少又是平辈以上的人,却也这么忍受了,大概别有理由。张良狙击始皇不中,避难下邳,报仇之志未遂,遇着老父开玩笑,照本常的例他是非打不可的了,这里却停住了手,为什么呢,岂不是为的怕小不忍则乱大谋么,书中说为其老,固然是太史公的掉笔头,在文章上却也更富于人情味。至于韩信,他被猪店伙计当众侮辱,很有点象杨志碰着了泼皮牛二,这在他也是忍受不下去的事,可是据说他熟视一番也就爬出胯下,可见其间不无勉强。太史公云,淮阴人为余言韩信,虽为布衣时,其志与众异,那么他的忍辱也是有由来的了。在抱大志谋大事的人,往往能容忍较小的荣辱,这与一般所谓大度的人以自己的品格作衡量容忍小人物,虽然情形稍有不同,但是同样的以我慢为基本,那是无可疑的。我看书上记载古人的盛德,读下去常不禁微笑,心里想道,这位先生真傲慢得可以,他把这许多人儿都不放在眼里,或者是一口吞下去了。俗语有云,宰相肚里好撑船,这岂不说明他就是吞舟之鱼么。象法国格言家那么推敲下去,这一班傲慢的仁兄们的确也并不见得可喜,而争道互殴的挑夫倒反要天真得多多,不过假如真是满街的殴骂,也使人不得安宁,所以一部分主张省事的人却也不可少,不过称之曰盛德,有点象是幽默,我想在本人听了未免暗地里要觉得好笑吧。印度古时学道的人有羼提这一门,具如《忍辱度无极经》中所说,那是别一路,可以说炉火纯青,为吾辈凡夫所不能及,既是门槛外的事,现在只好不提了。

杂文的路

我不是文学者,但是文章我却是时常写的,这二者之间本来没有必然的关系,写不写都是各人的自由,所以我在闲空时胡乱的写几篇,大约也无甚妨碍。我写文章为的是什么呢?以前我曾说过,看旧书以代替吸纸烟,历有年所,那时书价还平,尚可敷衍,现在便有点看不起了,于是以写文章代之,一篇小文大抵只费四五张稿纸,加上笔墨消耗,花钱不多,却可以作一二日的消遣,倒是颇合适的。所写的文章里边并无什么重要的意思,只是随时想到的话,写了出来,也不知道是什么体制,依照《古文辞类纂》来分,应当归到那一类里才好,把剪好的几篇文章拿来审查,只觉得性质夹杂得很,所以姑且称之曰杂文。世间或者别有所谓杂文,定有一种特别的界说,我所说的乃是另外一类,盖实在是说文体思想很夹杂的,如字的一种杂文章而已。

杂文在中国起于何时?这是喜欢考究事物原始的人要提出来的一个问题,却很难回答,虽然还没有象研究男女私通始于何时那么的难,至少在我也是说不上来,只能回答这总是古已有之的吧。自从读书人把架上的书分定为经史子集之后,文章显然有了等级,我们对于经部未敢仰攀,史部则门径自别,只好在丙丁两等去寻找,大概那杂家的一批人总该与杂文有点渊源,如杂说类中之《论衡》,杂学类中之《颜氏家训》,我便看了很喜欢,觉得不妨我田引水的把他拉了过来,给杂文做门面。古今文集浩如烟海,从何处找得杂文,真有望洋兴叹之感,依照桐城义法的分类,虽是井井有条,却也没有这样的项目,可知儒林文苑两传中人是不写这种文字的了。前几年翻阅《春在堂集》,不意发见了杂文前后共有七编,合计四十三卷,里边固然有不少的好文章,我读了至今佩服,但各样体制均有,大体与一般文集无异,而独自称曰《春在堂杂文》,这是什么缘故呢。我想曲园先生本是经师,不屑以文人自命,而又自具文艺的趣味,不甘为义法理学所束缚,于是只有我自写我文,不与古文争地位,自序云,体格卑下,殆不可以入集,虽半是谦词,亦具有自信,盖知杂文自有其站得住的地方也。照这样说来,杂文者非正式之古文,其特色在于文章不必正宗,意思不必正统,总以合于情理为准,我在上文说过,文体思想很夹杂的是杂文,现在看来这解说大概也还是对的。

尤西堂《艮斋续说》卷八云:"西京一僧院后有竹园甚盛,士大夫多游集其间,文潞公亦访焉,大爱之。僧因具榜乞命名,公欣然许之,数月无耗,僧屡往请,则曰,吾为尔思一佳名未得,姑少待。逾半载,方送榜还,题曰竹轩。妙哉题名,只合如此,使他人为之,则绿筠潇碧为此君上尊号者多矣。"我们现在也正是这样,上下古今的谈了一回之后,还是回过来说,杂文者,杂文也,虽然有点可笑,道理却是不错的。此刻大概不大有人想写收得到《古文释义》里去的文章,结果所能写的也无非是些杂文,各人写得固然自有巧妙不同,然而杂文的方向总是有的,或称之曰道亦无不可,这里所用的路字也就是这个意思。普通所谓道都是惟一的,但在这里却很有不同,重要的是方向,而路则如希腊哲人所说并无御道,只是殊途而同归,因为杂文的特性是杂,所以发挥这杂乃是他的正当的路。现在且分作两点来说,即是文章与思想。中国过去思想上的毛病是定于一尊,一尊以外的固是倒霉,而这定为正宗的思想也自就萎缩,失去其固有的生命,成为泥塑木雕的偶像。现在的挽救方法便在于对症下药,解除定于一尊的办法,让能够思索研究写作的人自己去思想,思想虽杂而不乱,结果反能互相调和,使得更为丰富而且稳定。我想思想怕乱不怕杂,因为中国国民思想自有其轨道,在这范围内的杂正是丰富,由杂多的分子组成起来,变化很不少,而其方向根本无二,比单调的统一更是有意思。惟有脱了轨的,譬如横的或斜的路道,那么这显得要发生冲突,就是所谓乱,当然是不应当奖励的。但是假如思想本是健全的话,遇见这种事情也并不怕,他会得调整成为杂的分子,适宜的予以容纳。只在思想定于一尊而早已萎缩了的国民中间,有如结核菌进了营养不良的身体里边,便将引起纷乱,以至有重大的结果来了。中国向来被称为异端,为正宗的人士所排斥者,有两类思想,一是杨墨,一是二氏。古时候有过孟韩二公竭力嚷嚷过,所以大家都知道这事,其实异端之是否真是那么要不得,谁也说不清,至少有些学者便都不大相信。焦里堂在《论语通释》说得很好,如云:

"《记》曰,夫言岂一端而已,各有所当也。各有所当,何可以一端概之。《史记》《礼书》,人道经纬万端,规矩无所不贯。"又云:

"唐宋以后,斥二氏为异端,辟之不遗余力,然于《论语》攻乎异端之文未之能解也。惟圣人之道至大,其言曰,一以贯之。又曰,焉不学,无常师。又曰,无可无不可。圣人一贯,故其道大,异端执一,故其道小。子夏曰,虽小道必有可观者焉,致远恐泥,是以君子不为也。致远恐泥,即恐其执一害道也。惟其异,至于执一,执一由于不忠恕。杨子惟知为我而不知兼爱,墨子惟知兼爱而不知为我,使杨子思兼爱之说不可废,墨子思为我之说不可废,则恕矣,则不执矣。圣人之道,贯乎为我兼爱者也。善与人同,同则不异。执一则人之所知所行与己不合者皆屏而斥之,人主出奴,不恕不仁,道日小而害日大矣。"焦君的意思以为异端只是一端之说,其毛病在于执一害道,圣人能够取其各有所当之各端而贯通之,便头头是道,犹如为我兼爱之合成为仁也。若是对于异端一一加以攻击,即是学了他们的执一害道,变为不恕不仁,反而有害。这个说法我想是很对的,我说思想宜杂,杂则不至于执一,有大同小异的,有相反相成的,只须有力量贯通,便是整个的了。杨墨之事固其一例,若二氏中之老子本是孔子之师,佛教来自外国,而大乘菩萨之誓愿与禹稷精神极相近,法相与禅又为宋儒用作兴奋剂,去构成性理的体系,其实也已消化了,所有攻击不但全是意气,而且显示出不老实。假如我们现今的思想里有一点杨墨分子,加上老庄申韩的分子,贯串起来就是儒家人生观的基本,再加些佛教的大乘精神,这也是很好的,此外又有现代科学的知识,因了新教育而注入，本是当然的事，而且借他来搅拌一下，使全盘滋味停匀，更有很好的影响。讲人文科学的人如有兴趣来收入些希腊、亚剌伯、日本的成分，尤其有意思，此外别的自然也都很多。我自己是喜杂学的，所以这样的想，思想杂可以对治执一的病，杂里边却自有其统一，与思想的乱全是两回事。归结起来说，写杂文的要点第一思想宜杂，即不可执一，所说或极细小，而所见须大，反过来说时，假如思想不够杂，则还不如写正宗文章，庶几事半而功倍也。

预备五张稿纸写文章，只写了第一点时纸已用去十分之九，于是这第二点只好简单的说几句而已。杂文的文章的要点，正如在思想方面一样，也宜于杂，这理由是很显明的，本来无须多说。现在写文章既不用八大家的古文，纯粹方言不但写不出，记录下来也只好通用于一地方，结果自然只好用白话文来写。所谓白话即是蓝青官话，原是南腔北调的，以听得懂写得出为标准，并无一定形式，结果变成一种夹杂的语文，亦文亦白，不文不白，算是贬词固可，说是褒词亦无不可，他的真相本来就是如此。现今写文章的人好歹只能利用这种文体，至少不可嫌他杂，最好还希望能够发挥他的杂，其自然的限度是以能用汉字写成为度。同样的翻回去说一句，思想之杂亦自有其限度，此即是中国人的立场，过此则为乱。

无生老母的消息

刘青园著《常谈》四卷，余喜其识见通达，曾在《苦竹杂记》中抄录介绍，近日重阅，见卷一中有一则云：

"一士深夜闻斋外数人聚谈。一曰，某人久困科场，作报应书若干篇，遂登第。一曰，某素贫，诵经若干篇，遂巨富。一曰，某乏嗣，刷善书若干部，遂获佳儿。一曰，某久病，斋僧若干即愈。相与咨嗟叹赏，纷纷不已。忽一曰，公等误矣。士君子正心诚意修己治人，分内之事，何必假之以祸福功效，如公等言，则神道为干求之蔽矣。适所指之人，皆礼法不明，王法不惧，梗顽之民，语之以圣贤之道，格格不能入，故假为鬼神报应天堂地狱之说以惧之，冀其暂时回头，所谓以盗攻盗，不得已之下策也。因而流弊至于河伯娶妇，岳帝生男，奸徒借此惑众敛财，叛逆生焉，尹老须王法中之徒其明证也。公等读书人宜崇圣贤之教，尊帝王之法，达则移风易俗，为士民之表率，穷则独善其身，为子孙之仪型，何至自处卑污，甘作真空家乡无生父母之护法也。（原注云，此二句邪教中相传受语，破案时曾供出，故人得闻。）言毕三叹而去。为人为鬼，固不得知，孰是孰非，可得而辩。"刘君不信有鬼，此处设为谈话，盖是仿效纪晓岚的手法，其反对讲报应刻善书大有见解，与鄙意甚相合。近日杂览，关于无生老母稍感兴趣，见文中提及，便抄了下来，拿来做个引子。鄙人原是小信的人，无论什么宗派，怎么行时或是合法，都无加入的意思，但是对于许多信仰崇拜的根本意义，特别是老母一类的恋慕归依，我也很是理解，至少总是同情，因而常加以注意。可惜这些资料绝不易得，自五斗米道，天师道，以至食菜事魔的事，我们只见到零碎的记载，不能得要领，明清以来的事情也还是一样。碰巧关于无生老母却还可以找到一点材料，因为有一位做知县老爷的黄壬谷，于道光甲午至辛丑这七年间，陆续编刊《破邪详辩》三卷，续又续三续各一卷，搜集邪经六十八种，加以驳正，引用有许多原文，正如《大义觉迷录》里所引吕留良曾静原语一样，使我们能够窥见邪说禁书的一斑，正是很运气的一件事。这些经卷现在既已无从搜集，我们只好象考古学家把拣来的古代陶器碎片凑合粘成，想象原来的模型一样，抄集断章零句来看看，不独凭吊殉教的祖师们之悲运，亦想稍稍了解信仰的民众之心情，至于恐怕或者终于失败，那当然是在豫计中的，这也没有关系，反正就只是白写这几千字，耗费若干纸墨罢了。

这种民间信仰在官书里大抵只称之曰邪教，我们槛外人也不能知道他究竟是什么，总之似乎不就是白莲教。在《正信除疑无修证自在卷》内有云：

"白莲教，下地狱，生死受苦。白莲教，转四生，永不翻身。白莲教，哄人家，钱财好物。犯王法，拿住你，苦害多人。"那么这到底是什么教呢？据道光十二年壬辰查办教匪的上谕里说，王老头子即王法中所学习的是白阳教，尹老须是南阳教，萧老尤是大乘教，但其实他们似乎还是一家，不过随时定名，仿佛有许多分派。《古佛天真考证龙华宝经》内云：

"红阳教，飘高祖。净空教，净空僧。无为教，四维祖。西大乘，吕菩萨。黄天教，普静祖。龙天教，米菩萨。南无教，孙祖师。南阳教，南阳母。悟明教，悟明祖。金山教，悲相祖。顿悟教，顿悟祖。金禅教，金禅祖。还源教，还源祖。大乘教，石佛祖。圆顿教，圆顿祖。收源教，收源祖。"共计十六种，可谓多矣，却一总记著，其中似以飘高即山西洪洞县人高杨所立的红阳教为最早。案《混元红阳显性苦果经》内云：

"混元一气所化，现在释迦掌教，为红阳教主。过去青阳，现在红阳，未来才是白阳。"又云：

"大明万历年，佛立混元祖教，二十六岁上京城。"《混元红阳血湖宝忏》内云：

"太上飘高老祖于万历甲午之岁，正月十五日，居于太虎山中，广开方便，济度群迷。"又《混元红阳明心宝忏》中卷内云：

"冲天老祖于开荒元年甲辰之岁，五月五日，居于无碍宫中，圣众飞空而来。"甲辰即万历三十二年，在甲午后十年矣。此皆系飘高自述，可以考见其立教传道的年代。《混元红阳临凡飘高经》有序文云：

"万历年中初立混元祖教，二十六岁上京城，先投奶子府，有定国公护持。混元祖教兴隆，天下春雷响动，御马监程公，内经厂石公，盔甲厂张公三位护法。"这是很有价值的文献，据黄壬谷考证云：

"此言万历年中初立混元祖教，至天启元年封魏忠贤为定国公，此言定国公护持，即知红阳始于万历而盛于天启也。至于御马监程公即太监陈矩，将陈字讹为程字，内经厂石公即太监石亨，又有石清石栋石彦明，兄弟叔侄同为太监，盔甲厂张公即太监张忠，此时太监皆信邪教，而独言此四人者，以此四人积财甚富，印经最多，固非他人所能及也。"黄君又言邪经系刻版大字印造成帙，经之首尾各绘图像，经皮卷套锦缎装饰，原系明末太监所刻印，愚民无知，遂以式样与佛经相同，而又极体面，所以误信。此亦是绝好掌故材料，如此奇书珍本，惜无眼福得以一见。《飘高经》本文中又称石亨为中八天天主，后又有南岳府君石彦名，东天石清仁圣帝，中央玉帝老石亨等语，对于护法者的恭维可谓至矣极矣。明季太监多喜造寺庙以求福，由此乃知刻经亦不少，内经厂自然更有关系，故其特别颂扬老石亨一家正不为无故也。

红阳教有八字真言曰，真空家乡，无生父母。这一看当然是出于佛教，可是他们的神学神话里混杂着大半的道教与民间的怪话，很是可笑。如《飘高经无天无地混沌虚空品》内云：

"无天无地，先有混濛，后有滋濛。滋濛长大，结为元卵，叫作天地玄黄，玄黄迸破，现出混元老祖，坐在阿罗国。"又《老祖宗临凡品》内云：

"混元老祖，无生老母，真空石佛皆临凡，白日乞化，夜晚窑中打

坐受苦,苦炼身心,但说临凡一遭,添一元像,终有万斤之佛性。"《龙华宝经古佛乾坤品》内则云:

"无生母,产阴阳,婴儿姹女。起乳名,叫伏羲,女娲真身。李伏羲,张女娲,人根老祖。有金公,和黄婆,匹配婚姻。混元了,又生出,九十六亿。皇胎儿,皇胎女,无数福星。无生母,差皇胎,东土住世。顶圆光,身五彩,脚踏二轮。来东土,尽迷在,红尘景界。捎家书,吩咐你,龙华相逢。"《飘高经》虽然在前,所说不但佛道混杂,而且老祖宗有了三位,显系后来做作,弓长撰《龙华宝经》据说在崇祯年中,可是我觉得他所说的更保有原来的传统。大概人类根本的信仰是母神崇拜,无论她是土神谷神,或是水神山神,以至转为人间的母子神,古今来一直为民众的信仰的对象。客观的说,母性的神秘是永远的,在主观的一面人们对于母亲的爱总有一种追慕,虽然是非意识的也常以早离母怀为遗恨,隐约有回去的愿望随时表现,这种心理分析的说法我想很有道理。不但有些宗教的根源都从此发生,就是文学哲学上的秘密宗教思想,以神或一或美为根,人从这里分出来,却又蕲求回去,也可以说即是归乡或云还元。《龙华经》作者集红阳之大成,而重复提高老母,为老祖宗之至上者,这不特深合立教本义,而且在传道上也极有效力,是很大的成功。《悟道心宗觉性宝卷》内有盼望歌云:

"无生老母盼儿孙,传言寄信从费心,遍遍捎书拜上你,不肯回心找原根。"又《销释收圆行觉宝卷》内云:

"无生母,在家乡,想起婴儿泪汪汪。传书寄信还家罢,休在苦海只顾贪。归净土,赴灵山,母子相逢坐金莲。"

"无生老母当阳坐,驾定一只大法船,单渡失乡儿和女,赴命归根早还源。"《销释真空扫心宝卷》内云:

"劝大众,早念佛,修行进步。无生母,龙华会,久等儿孙。叫声儿,叫声女,满眼垂泪。有双亲,叫破口,谁肯应承。"这里用的是单词口调,文句俚俗,意思是父母招儿女回家,虽标称无空无,实在却全是痴,这似是大毛病,不过他的力量我想也即在此处。经里说无生老母是人类的始祖,东土人民都是她的儿女,只因失乡迷路,流落在外,现在如能接收她的书信或答应她的呼唤,便可回转家乡,到老母身边去,绅士淑女们听了当然只觉得好笑,可是在一般劳苦的男妇,眼看着挣扎到头没有出路,正如亚跋公长老的妻发配到西伯利亚去,途中向长老说,我们的苦难要到什么时候才完呢,忽然听见这么一种福音,这是多么大的一个安慰。不但他们自己是皇胎儿女,而且老母还那么泪汪汪的想念,一声儿一声女的叫唤着,怎不令人感到兴奋感激,仿佛得到安心立命的地方。一茶在随笔集《俺的春天》的小引中记有一段故事云:

"昔者在丹后国普甲寺,有深切希求净土的上人。新年之始世间竞行祝贺,亦思仿为之,乃于除夕作书交付所用的沙弥,嘱令次晨如此如此,遂独宿大殿中。沙弥于元旦乘屋内尚暗,乌鸦初叫时,蹶然而起,如所指示,丁丁叩门,内中询问从何处来,答言此乃从西方弥陀佛来贺年的使僧是也。上人闻言即跣足跃出,将寺门左右大开,奉沙弥上坐,接昨日所写手札,顶礼致敬,乃开读曰,世间充满众苦,希速来吾国,当使圣众出迎,奉候来临。读毕感激,呜呜而泣。"一茶所记虽是数百年前事,当中国北宋时,但此种心情别无时间的间隔,至今可以了解,若老百姓闻归乡的消息时其欣喜亦当有如此僧也。

无生老母的话说到这里我觉得可以懂得,也别无什么可嫌之处,但既是宗教便有许多仪式和教义,这里我就很是隔膜,不能赞一辞了。据《破邪详辩》卷三云:

"邪教上供即兼升表者,欲无生知有此人,将来即可上天也。挂号兼对合同者,惟欲无生对号查收,他人不得滥与也。开场考选,谓欲以此定上天之序也。以习教为行好,无知愚民亦行好目之,若村中无习教者,即谓无行好者。"又《佛说皇极收元宝卷》等书内多说十步修行,殊不一致,或者义涉奥秘,须出口传,故不明言亦未可知。《销释圆通救苦宝卷》内有"夫子传流学而第一"之语,据黄壬谷在《又续破邪详辩》中说明之云:

"近有清河教匪尹资源,号称尹老须者,因此捏出而字工夫,上天书丁之语。谬谓而字上一平画为天,次一撇画为上天之路,下四直画为习教之人,学而即学上天工夫,又以而字上两画形似丁字,故谓上天书丁。"此类怪话所在多有,最奇的或者要算《佛说通元收源宝卷》所说:

"天皇治下大地乾坤,地皇时伏羲女娲治下大地人根,人皇时留下万物发生,五帝终有君臣,周朝终有神鬼,汉朝终有春夏秋冬,唐朝终有风雨雷电。"这真不知道说的是什么。《破邪详辩》卷三据刑部审办王法中案内供词云:

"邪教谓红阳劫尽,白阳当兴,现在月光圆至十八日,若圆至二十三日,便是大劫。

"又谓中央戊己土系王姓,东方甲乙木系张金斗,南方丙丁火系李彦文,北方壬癸水系刘姓,西方庚辛金系申老叙。案申老叙即王法中的师父。

"于八卦增添二爻,改为十二卦,内加兴吉平安四卦,于六十四卦改为一百四十四卦,内加用则高至江河等八十卦。于九宫增添红皂青,并多一白字。于十二时增添纽宙唇末酬刻六时,为十八时。"这些做作可谓荒唐。比太平天国的改写地支似更离奇。大抵老母崇拜古已有之,后人演为教,又添造经卷,这些附加上去的东西全须杜撰,道教经典已是不堪,何况飘高弓长辈,虽尽力搜索,而枯肠所有止此,则亦是无可如何也。

《破邪详辩》卷三有一则,说明造邪经者系何等人,说的很有意思。其文云:

"造邪经者系何等人?凡读书人心有明机,断不肯出此言,凡不读书人胸无一物,亦不能出此言。然则造邪经者系何等人。尝观民间演戏,有昆腔演戏,多用清江引,驻云飞,黄莺儿,白莲词等种种曲名,今邪经亦用此等曲名,按拍合板,便于歌唱,全与昆腔戏文相似。又观梆子腔戏,多用三字两句,四字一句,名为十字乱弹,今邪经亦三字两句,四字一句,重三复四,杂乱无章,全与梆子腔戏文相似。再查邪经白文鄙陋不堪,恰似戏上发白之语,又似鼓儿词中之语。邪经中哭五更曲卷卷皆有,粗俗更甚又似民间打十不闲,打莲花落者所唱之语。至于邪经人物,凡古来实有其人而为戏中所常唱者,即为经中所常有,戏中所罕见者即为经中所不录,间有不见戏中而见于经中者,必古来并无其人而出于捏造者也。阅邪经之腔调,观邪经之人物,即知捏造邪经者乃明末妖人,先会演戏而后习邪教之人也。"又有论经中地名的一节云:

"邪经所言地名不一而足,俱系虚捏,其非虚捏而实有此地者,惟直隶境内而已,于直隶地名有历历言之者,惟赵州桥一处而已。盖以俗刊赵州桥画图,有张果老骑驴,身担四大名山,从桥上经过,鲁班在桥下一手掌定,桥得不坏故事,邪教遂视为仙境,而有过赵州桥到雷音寺之说。不知此等图画本属荒谬,邪教信以为真,而又与戏班常演之雷音寺捏在一起,识见浅陋亦已极矣。"这两节都说得很有道理,虽然断定他先会演戏似乎可以不必,总之从戏文说书中取得材料,而以弹词腔调编唱,说是经卷无宁与莲花落相近,这是事实,因此那些著者系何等人也就可以推知了。再举几个实例,如《龙华宝经》内《走马传道品》云:

"儒童祖,骑龙驹,川州通县。有子路,和颜渊,左右跟随。有曾子,和孟子,前来引路。七十二,众门徒,护定圣人。"《护国佑民伏魔宝卷》内叙桃园结义云:

"拈着香,来哀告,青青天天。大慈悲,来加护,可可怜怜。俺三人,愿不求,富富贵贵。只求俺,弟兄们,平平安安。"写孔夫子和关公用的是这种笔法,又如关公后来自白,论吾神,职不小云云,亦是戏中口气也。《佛说离山老母宝卷》叙说无生老母在灵山失散,改了号名,叫离山老母往东京汴国凉城王家庄,度化王员外同子王三郎名文秀。老母令文英小姐画一轴画,赐王员外,王文秀将画挂在书房,朝夕礼拜,文英即从画内钻出,与文秀成亲,以后老母文英接引文秀,入斗牛宫。这里差不多是弹词本色,后花园私订终身,公子落难,骊山老母搭救,正是极普通的情节,此等宝卷或者写得不高明,令人听了气闷,正是当然,若算作邪经论,实在亦在冤苦也。

清代邪教之禁极严,其理由则因其敛钱,奸淫,聚众谋反。经卷中造反似未见明文,大抵只是妄自尊大,自以为是圣贤神佛而已,但既有群众,则操刀必割,发起做皇帝的兴趣也属可能。关于财色二者,经文中亦有说及,或不为无因。如《皇极收元宝卷》云:

"先天内,阴五神,阳五气。男取阴神者,即成菩萨之果,女采阳气者,即成佛家之身。"《龙华宝经》内亦云:

"吩咐合会男和女,不必你们分彼此。"本来暧昧事易成问题,此等文句更足为口实。又《姚秦三藏西天取经解论》内有赞扬当人云:

"风不能刮,雨不能湿,火不能烧,水不能淹,刀不能砍,箭不能穿。"案天门开放,当人出窍之说,道家旁门亦有之,其详则不可知,若即以常识论之,亦只是妖妄而已。教门中盖亦有此一派,殆即义和拳所从出,今年五月无锡有姜明波习金光法,云能刀枪不入,试验失败而死,则是最近之实例也。

我以前涉览西欧的妖术史,对于被迫害的妖人们很有点同情,因为我不但看教会的正宗的书,也查考现代学术的著述,他们不曾把妖术一切画的整个漆黑。据茂来女士著《西欧的巫教》等书说,所谓妖术即是古代土著宗教的遗留,大抵与古希腊的地母祭相近,只是被后来基督教所压倒,变成秘密结社,被目为撒旦之徒,痛加剿除,这就是中世有名的神圣审问,直至十七世纪才渐停止。上边关于无生老母我说的话恐怕就很受着这影响,我觉得地母祭似的崇拜也颇有意思,总之比宙斯的父系的万神殿要好得多吧。林清王伦的做皇帝的把戏,尹老须的而字工夫,姜明波的落魂伞,这些都除外,实在也并不是本来必需的附属品,单就这老母来看,孤独忧愁,想念着她的儿女,这与穷困无聊,奔走到她身边去的无知男妇,一样的可以同情。这有什么办法,能够除外那些坏东西,而使老母与其儿女平安相处的呢。我不知道。柳子厚文集中有一篇《柳州复大云寺记》。其前半云:

"越人信祥而易杀,傲化而侮仁。病且忧,则聚巫师用鸡卜,始则杀小牲,不可则杀中牲,又不可则杀大牲,而又不可,则决亲戚,饬死事,曰神不置我已矣,因不食,蔽而死。以故户而耗,田易荒,而畜字不蕃,董之礼则顽,束之刑则逃,惟浮图事神而语大,可因而入焉,有以佐教化。"柳州于是建立了四个佛寺,大云寺即其一,他的效力大约是很有的,因为后来寺烧掉了,居人失其所依归,复立神而杀焉,便是个证据。柳君到来,兴复了大云寺,用他自己的话来说,"使击磬鼓钟,以严其道而传其言,以人始复去鬼息杀而务趣于仁爱,病且忧,其有告焉而顺之,庶乎教夷之宜也。"这个办法现在也可以用么,我不敢下断语,总之他这话很有理解,非常人所能及,恐怕连韩退之也要算在内。近来我的脑子里老是旋转着孔子的几句话,中国究竟不知有多少万人,大概总可以说是庶了,富之与教之,怎么办呢。假如平民的生活稍裕,知识稍高,那么无生老母的崇拜也总可以高明得多吧。不过既想使工人吃到火腿,又要他会读培根,在西洋也还是不能兼得,中国又谈何容易。我这里费了些工夫,只算是就《破邪详辩》正续六卷书中抄出一点资料来,替著者黄壬谷做个介绍,不负他的一番劳力,虽然并不一定赞同他对于邪教之政治的主张。

凡人的信仰

宗教的信仰，有如佛教基督教的那一类信仰，我是没有，所以这里所用信仰一语或者有点不妥贴，亦未可知。我是不相信鬼神的存在的，但是不喜欢无神论者这名称，因为在西洋通行，含有非圣无法的意味，容易被误解，而无鬼论者也有阮瞻在前，却终于被鬼说服，我们未必是他一派。我的意见大概可以说是属于神灭论的，据《梁书》所载其要旨为形存则神存，形谢则神灭，后又引申之云：

"形者神之质，神者形之用。神之于质犹利之于刀，形之于用犹刀之于利。利之名非刀也，刀之名非利也，然而舍利无刀，舍刀无利。未闻刀没而利存，岂容形亡而神在。"范子真生于齐梁之际，去今将千五百年，却能有如此干脆的唯物思想，的确很可佩服。其实王仲任生在范君四百年前，已经说过类似的话，如《论衡》论死第六十二中云：

"人之死犹火之灭也，火灭而耀不照，人死而知不惠，二者宜同一实，论者犹谓死者有知，惑也。人病且死，与火之且灭何以异。火灭光消而烛在，人死精亡而形存，谓人死有知，犹谓火灭复有光也。"但是当时我先读《弘明集》，知道神灭论，比读《论衡》更早，而且萧老公身为皇帝，亲自出马，率令群臣加以辩难，更引起人的注意，后来讲到这问题，总想起范君的名论来。既不上引王仲任，也不近据唯物论，即为此故也。这样说来，假如信仰必以超自然为对象，那么我便不能说是有信仰，不过这里只用作意见来讲也似不妨，反正说的本是凡人，并非贤者，读者自当谅解，不至责备也。

上边顺便说明了我对于神鬼的意见，以为是无神亦无鬼，这种态度似乎很是硬性，其实却并不然。关于鬼，我只是个人不相信他有而

已,对于别人一点都不发生什么关系。我在《鬼的生长》一文中曾说道:

"我不信鬼,而喜欢知道鬼的事情,此是一大矛盾也。虽然,我不信人死为鬼,却相信鬼后有人,我不懂什么是二气之良能,但鬼为生人喜惧愿望之投影,则当不谬也。陶公千古旷达人,其《归园田居》云,人生似幻化,终当归空无,《神释》云,应尽便须尽,无复更多虑,在《拟挽歌辞》中则云,欲语口无音,欲视眼无光,昔在高堂寝,今宿荒草乡。陶公于生死岂尚有迷恋,其如此说于文词上固亦大有情致,但以生前的感觉推想死后况味,正亦人情之常,出于自然者也。常人更执着于生存,对于自己及所亲之翳然而灭,不能信亦不愿信其灭也,故种种设想,以为必继续存在,其存在之状况则因人民地方以至各自的好恶而稍稍殊异,无所作为而自然流露,我们听人说鬼实即等于听其谈心矣。"

我的无鬼论因此对于家庭社会的习俗别无显著的影响,所要者不在仓促的改革,若能更深切的理解其意义,乃是更有益于人己的事。《神灭论》中其实也已说及,如云:

"问曰,形神不二,既闻之矣,形谢神灭,理固宜然。敢问,经云,为之宗庙,以鬼飨之,何谓也?答曰,圣人之教然也,所以弭孝子之心,而厉偷薄之意,神而明之,此之谓矣。"这一节话说的很好,据物理是神灭,顺人情又可以祭如在,这种明朗的不彻底态度很有意思,是我所觉得最可佩服的中国思想之一节。从这样的态度立脚,上边只说的是人死观,但由此而引申到人生观也就很容易,因为根本的意思还是一个也。

我对于人生的意见也是从神灭论出发,也可以说是唯物论,实在我是不懂哲学玄学神学以至高深的理论的,所有的知识就只是普通中学程度的科学大要,十九世纪的进化论与生物学在现今也已是老生常谈了。民国七年我写那篇《人的文学》,里边曾这样说:

"我们承认人是一种生物。他的生活现象,与别的动物并无不同。所以我们相信人的一切生活本能都是美的善的,应得完全满足。

但我们又承认人是一种从动物进化的生物，他的内面生活，比别的动物更为复杂高深，而且逐渐向上，有能够改造生活的力量。所以我们相信人类以动物的生活为生存的基础，而其内面生活却渐与动物相远，终能达到高上和平的境地。"

这里说的有点笼统，又有点太理想的地方，但后来意见在根本上没有两样，我总觉得大公出于至私，或用讲学家的话，天理出于人欲。三十一年写《中国的思想问题》，有云：

"饮食以求个体之生存，男女以求种族之生存，这本是一切生物的本能，进化论者所谓求生意志，人也是生物，所以这本能自然也是有的。不过一般生物的求生是单纯的，只要能生存便不问手段，只要自己能生存，便不惜危害别个的生存，人则不然。他与生物同样的要求生存，但最初觉得单独不能达到目的，须与别个联络，互相扶助，才能好好的生存，随后又感到别人也与自己同样的有好恶，设法圆满的相处。前者是生存的方法，动物中也有能够做到的，后者乃是人所独有的生存的道德，古人云，人之所以异于禽兽者几希，盖即此也。"

这几希的东西用中国话来说就是仁。阮伯元在《论语论仁论》中云：

"《中庸篇》，仁者人也。郑康成注，读如相人偶之人。相人偶者谓人之偶也，凡仁必于身所行者验之而始见，亦必有两人而仁乃见，若一人闭户齐居，瞑目静坐，虽有德理在心，终不得指为圣门所谓仁矣。盖士庶人之仁见于宗族乡党，天子诸侯卿大夫之仁见于国家臣民，同一相人偶之道，是必人与人相偶而仁乃见也。"先看见己之外还有人，随后又知道己亦在人中，并不但是儒家的仁即是墨家的兼爱之本，此其一。仁不只是存心，还须得见于行事，故中国圣人的代表乃是禹稷，而政治理想是行仁政，此其二。这两点都是颇重要的，仁政的名称如觉得陈旧，那么这可以说中国的思想当是社会主义的。总之人生的理想是仁，这该是行为，不只是空口说白话，此总是极明了的事耳。

"昔者舜问于尧曰，天王之用心何如？尧曰，吾不敖无告，不敖穷民苦死者，嘉孺子而哀妇人，此吾所以用心也。"这一节话见于《庄子》天道篇，在著者的意思原来还感觉不满足，以为这是小乘的道，但在世间法却已经够好了，尤其是嘉孺子而哀妇人一语，我觉得最可佩服，也最是喜欢。《大学篇》里说，老吾老以及人之老，幼吾幼以及人之幼。《佛说四十二章经》之二十九云，想其老者如母，长者如姊，少者如妹，稚者如子。小儿与女人本来是最引人爱怜的，推己及人，感情自更深切，凡民不同圣人，但亦自应有此根基。我们凭借了现代世界的学问，关于孺子妇人能够知道一个大概，特别是性的心理更是前人未曾说过的东西，虽然或者并非不领会，现在我们能够知道，实在是运气极了的事。但是回过头来想妇女问题，却也因此得到答案，这是确实的，而难似易，至少也是行百里者半九十。英国凯本德在《爱的成年》中云：

"妇女问题须与工人的同时得解决。"德国希耳息菲尔特在游记《男人与女人》中谈及娼妓问题，也曾说道：

"什么事都不成功，若不是有更广远的，更深入于社会的与性的方面之若干改革。"这些话里都暗示社会主义的意义，我想这也是对的，不过如我从前说过，此语非诳，却亦未可乐观，爱未必能同时成年也，惟食可以不愁耳。妇女的解放本有经济与道德两方面，此事殊不易谈，今姑从略，只因此亦是一大问题，不能无一语表示，实在也只是上文所云仁的意思而已。关于儿童，如涉及教养，那就属于教育问题，现在不想来阑入，主张儿童的权利则本以瑞典蔼伦开女士美国贺耳等为依据，也可不再重述。二十七年五月写有小文曰《偶记》，现在却可以抄录于下：

"日前见报记，大秦之酋训谕母人者，令多生育，以供战斗，又载其像，戟手瞋目，张口厉齿，状甚怪异。不佞正在译注希腊神话，不禁想起克洛诺斯吞其子女事，亦见古陶器画则所图乃是瑞亚以襁褓裹巨石代宙斯以进，而大神之貌亦平平耳。又想到《古孝子传》，郭巨埋儿，颇具此意。帝尧尝曰，多男子则多惧。此言大有人情，又何其相去之远耶。不佞自居于儒，但亦多近外道。我喜释氏之忍与悲，足补儒家之缺，释似经过大患难来的人，所见者深，儒则犹未也。尝思忍者忍己，故是坚忍而非残忍，悲者悲他，故是哀怜而非感伤。悲及妇孺，悲他之初步，忍于妇孺，则是忍他之末流矣。读德意志人希耳息菲尔特著书，谆谆以节育为言，对于东方妇女尤致惓惓，此真不忍人之心，中国本儒而受释之熏习，应多能了知者，然而亦不敢断言也。"

这篇文章原无题目，实在是见了莫梭利尼的讲演而作，这个怪人现在虽是过去了，但这种态度却是源远流长，至少在中国还多存在，盖即是三纲的精神，其有害于民主政治固不待言，就我们现在所说的儿童与妇女问题看来，也是极大的魔障。我的信仰本来极是质朴、明朗，因此也颇具乐观的，可是与现实接触，这便很带有阴暗的影子，因为我涉猎进化论也连及遗传论，所以我平常尊史过于尊经，主张闭门读史，而史上所说的好事情殊不多，故常有越读越懊恼之慨。专为权威张目之三纲的精神是其一，善于取巧变化之八股的精神又是其一，这在外国还是没有的物事，更是利害，自古至今大家受其毒害而不曾知觉也并无可逃避，故尤为可畏也。八九年前写一篇关于双节堂庸训的文章，从妇女问题说到这上边来，我曾说道：

"我向来怀疑，女人小孩与农民恐怕永远是被损害与侮辱，不，或是被利用的，无论在某一时代会尊女人为圣母，比小孩如天使，称农民是主公，结果总还是士大夫吸了血去，历史上的治乱因革只是他们读书人的做举业取科名的变相，所拥护与打倒的东西都同样是药渣也。"积多年的思索经验，从学理说来人的前途显有光明，而从史事看来中国的前途还是黑暗未了，这样烦闷在孔子也已觉得，他一面说是为大同，而又有《龟山操》云，吾欲望鲁兮，龟山蔽之，手无斧柯，奈龟山何。圣人尚且不免如此，我们少信的人，不能有彻底坚定的信仰，殆亦可恕也。在这似有希望似无希望的中间，言行得无失其指归，有所动摇乎，其实不然，从消极出来的积极，有如姜太公钓鱼，比有目的有希望的做事或者更可持久也说不定。蔼理斯在《性的心理》跋文中最后一节有云：

"在一个短时间内，如我们愿意，我们可以用了光明去照破我们路程周围的黑暗。正如在古代火把竞走里一样,我们手执火把,沿着道路奔向前去。不久就会有人从后面来,追上我们。我们所有的技巧便在怎样的将那光明固定的炬火递在他手内,那时我们自己就隐没到黑暗里去。"

这个意思很好,我们也愿意那么做,火传的意思释家古来曾有说及,若在我辈则原只是萤火自照而已。

过去的工作

我写文章，算自前清光绪乙巳起手，于今已四十年，这里可以分作前后两节来看。前二十年喜欢讲文学，多翻译弱小民族及被压迫的国家的作品，以匈牙利、波兰及俄国为主，但是后来渐渐觉得自己不大懂得文学，所以这方面的贩卖店也关了门了。这以后对于文化与思想问题稍为注意，虽然本来还是从文学转过来的，可是总有些不同，谈文学须是文人，现在只以一个凡人的立场也可以来谈，所以就比较自由得多了。我所注意，所想要明白的事情只是关于这几国的，即一是希腊，二是日本，其三最后却最重要的是本国中国。

在十五六年前，适值北京大学三十二周年纪念，发刊纪念册，我曾写过一篇小文，题目《北大的支路》，意思是说于普通的学问以外，有几方面的文化还当特别注重研究，即是希腊、印度、亚剌伯与日本，大家谈及西方文明，无论是骂是捧，大抵只凭工业革命以后的欧美一两国的现状以立论，总不免是笼统，为得明了真相起见，对于普通称为文明之源的古希腊非详细考察不可，况且他的文学哲学自有其独特的价值，据愚见说来其思想更有与中国很相接近的地方，总是值得萤雪十载去钻研他的。可是这事知与行都不容易，我虽然觉得对于希腊仿佛也有什么负债，但总还努力不够，不能做出一点功绩来。在过去时中以很大的苦辛克服了自己的懒与拙，才译出了一册海罗达思的《拟曲》，又译了亚坡罗陀洛思的《神话》，注释却是因事中止，至今未曾续写，毛估一下总还有十五万字，这也时时想起来，是一件未完的心愿，有如欠着一笔陈年债，根据杀人偿命，欠债还钱的老诂，终是非偿还不可的。除了为做注释的参考用以外无甚用处的书籍，如汤卜生的《希腊鸟类名汇》之类,站在书架上,差不多是一种无言的催促,我可是还未能决心继续写下去。近两年内所写杂文中,只有一篇《希腊之余光》,算是略为点缀,这种秀才人情固甚微薄,但总是诚实的表示,即对于希腊仍是不忘记也。

我谈日本的事情可以说是始于民国七年,在北京大学文科研究所与胡适之刘半农二君担任小说组,五月间写《日本近三十年小说之发达》一文,讲演一过,这可以算是起头。以后写了不少文章,一直到民国二十六年六月,给《国闻周报》写《日本管窥之四》,这才告一结束,尝戏称为日本研究小店的关门卸招牌,也正是实在的事。我们谈日本文化,多从文学艺术方面着眼,可以得到很好的结论,这固然也是对的,可是他的应用范围也有限制,不能不说是一缺点。文化研究的结论有如一把钥匙,比得不好一点,正如夜行人所用的万应钥,能够开一切的锁,这才有用,假如这结论应用在文学艺术上固然正好,但是拿去解释同一国民的别的行动便不适合,那么这里显然是有毛病,至少是偏而不全,即使这可以代表贤哲,而不曾包括英雄与无赖在里边,总之是不能解释全部国民性,亦即不得算是了解。我觉得自己二十年来的考察便是如此,文学艺术上得来的意见不能解释日本的别的事情,特别是历来对华的政治行动,往往超出情理之外,既有了这些深刻的反证,我自不能不完全抛弃以前关于日本文化的意见,声明无所知,此即是《管窥之四》的要点。一面我提出推测的意见,以为要了解日本民性,或当从其特殊的宗教入手,但是我与宗教无缘,所以结果只好干脆断念,我的徒劳的日本文化研究因此告一段落。

对于本国的事自然更是关心,这与注意别国事情,当作学问去讲者有点不同,所以不会得捏捏放放,即使遇着不懂为难的地方也不至于中途放弃,虽然目的与倾向的变动或是有的。最初的主张未必真是简单的文学救国,总之相信文学之力,以为要革命或改造,可以文学运动为基本,从清末起以至在《民报》及《新青年》上写文章始终是这样,这或者不算怎么错,但是后来也有转变了。民国八年《每周评论》发刊后,我写了两篇小文,一曰《思想革命》,一曰《祖先崇拜》,当时并无什么计划,后来想起来却可以算作一种表示,即是由文学而转向道德思想问题,其攻击的目标总结拢来是中国的封建社会与科举制度之流毒。严格的说,中国封建制度早已倒坏了,这自然是对的,但这里普通所说的封建并不是指那个,实在只是中国上下存在的专制独裁的体制,在理论上是三纲,事实上是君父夫的三重的神圣与专横。中国的思想本有为民为君的两路,前者是老百姓的本心,为道家儒学所支持,发达得很早,但至秦汉之后君权偏重,后者渐占势力,儒家的不肖子孙热心仕进,竭力为之鼓吹,推波助澜,不但君为臣纲是天经地义,父与夫的权威也同样抬高,本来相对的关系变为绝对,伦理大见歪曲,于是在国与家里历来发生许多不幸的事。一面又因为考试取士,千余年来文人养成了一套油腔滑调,能够胡说乱道,似是而非,却也说的圆到,仿佛很有道理,这便是八股策论的做法,拿来给强权帮忙,吠影吠声的闹上几百年,不但社会人生实受其害,就是书本上也充满了这种乌烟瘴气,至今人心还为所熏染,犹有余毒,未能清除。近代始有李卓吾、黄梨洲、俞理初等人出来,加以纠正,至民国初年《新青年》之后有新文化运动兴起,对于旧礼教稍有所检讨,而反动之力更为盛大,旋即为所压倒,民国成立已三十余年,民主的思想——特别是中国的固有的民为贵,为人民子媳妻女说话的思想,绝未见发达,至可惋惜。我平常很觉得历史的力量之可怕,中国虽然也曾努力想学好,可是新的影响质与量都微少,混到旧东西里面便有如杯水车薪,看不出来了。假如冷静的考察一下,则三纲式的思想,八股式的论调,依然如故,只是外边涂了一层应时的新颜色罢了。就是民清以来的陈腐思想,如因道教迷信而来的果报,因考试热中而起的预兆占卜,根据多妻制的贞节观念,在现今新式士大夫中间还是弥漫着,成为他们的意见与趣味的基本,与金圣叹所呵斥的秀才并无两样。照这样情形,大家虽然力竭声嘶的呼号民主化,殊有从何处化起之感,结果还是由于思想革命尚未成功,凡是关心中国前途者宜无不知于惧思,而思有所努力者也。但是启蒙纠缪,文字之力亦终有所限,故知与行须当并重。中国现在要紧的有两件事,即伦理之自然化,道义之事功化,只可惜我们此刻也只能写文章,提倡事功亦是谈谈而已,于世间不能发生一点影响,所可能者但在自励,勿学士大夫之专工趋避,徒知说话耳。因为是自己的本国,关心更切,所知也更深,对于将来种种问题,常是忧过于惧,虽秉烛著书,未能尽其什一之意,近年写《汉文学的传统》小文数篇,多似老生常谈,而都以中国人立场说话,尚不失为平实。我们虽生于东方,印度与亚剌伯的文字文化竟无力顾及,但能少少涉猎希腊日本的事情,亦只浅尝而止,昔日所言终未能实践其半,关于中国徒有隐忧,不特力不从心,亦且言不尽意,回顾过去的努力不过如此,其用处又复如何,此正是不可知的事,惟并不期望其有用而后始能安心的做下去,则其魄力度量须过于移山的愚公始可耳,我辈凡人能否学到几分,殆是大大的疑问也。

两个鬼的文章

鄙人读书于今五十年,学写文章亦四十年矣,累计起来已有九十年,而学业无成,可为叹息。但是不论成败,经验总是事实,可以说是功不唐捐的,有如买旧墨买石章,花了好些冤钱,不曾得到什么好东西,可是这双眼睛磨炼出来一点功夫,能够辨别好坏了,因为他知道花钱买了些次货,即此便是证据。我以数十年的光阴用在书卷笔墨上面,结果只得到这一个觉悟,自己的文章写不好,古人的思想可取的也不多。这明明是一个失败,但此失败是很值得的,比起古今来自以为成功的人,总是差胜一筹了。陆放翁《冬夜对书卷有感》诗中有句云:

"万卷虽多当具眼,一言惟恕可铭膺。"这话说得很好,可是两句话须是分开来说,恕字终身可行,是属于处世接物的事,若是读书既当具眼,就万不能再客气,固然不可故意苛刻,总之要有自信,看了贵人和花子同样不贬眼的态度。以前读《论语》,多少还徇俗论,特别看重他,近来觉得这态度不诚实,就改正了,黄式三的《论语后案》我以为颇好,但仔细阅过之后,我想这也是诸子之一,与老庄佛经都有可取处,若要作为现代国民的经训缺漏甚多,虽然原是儒家思想的重要史料。看古人的言论,有如披沙拣金,并不是全无所得,却是非常苦劳,而且略不当心,便要上当,不但认鱼目为明珠,见笑大方,或者误食蟛蜞,有中毒之危险。我以多年的苦辛,于此颇有所见,古人云,只可自怡悦,不堪持赠君,今则持赠固难得解人,中国事情想来很多懊恼,因此亦不见得可怡悦。只是生为中国人,关于中国的思想文章总该知道个大概,现在既能以自力略为辨别,不落前人的窠臼,未始不是可喜的事也。

我所写的文章都是小篇,所以篇数颇多,至于自己觉得满意的实在也没有,所以文章是自己的好,这句成语在我并不一定是确实的。人家看来不知道是如何?这似乎有两种说法。其一是说我所写的都是谈吃茶喝酒的小品文,不是革命的,要不得。其二又说可惜少写谈吃茶喝酒的文章,却爱讲那些顾亭林所谓国家治乱之原,生民根本之计,与文学离得太远。这两派对我的看法迥异,可是看重我的闲适的小文,在这一点上是意见相同的。我的确写了些闲适文章,但同时也写正经文章,而这正经文章里面更多的含有我的思想和意见,在自己更觉得有意义。甲派的朋友认定闲适文章做目标,至于别的文章一概不提,乙派则正相反,他明白看出这两类文章,却是赏识闲适的在正经文章之上。因为各人的爱好不同,原亦言之成理,我不好有什么异议,但这一点说明似乎必要。我写闲适文章,确是吃茶喝酒似的,正经文章则仿佛是馒头或大米饭。在好些年前我做了一篇小文,说我的心中有两个鬼,一个是流氓鬼,一个是绅士鬼。这如说得好一点,也可以说叛徒与隐士,但也不必那么说,所以只说流氓与绅士就好了。我从民国八年在《每周评论》上写《祖先崇拜》和《思想革命》两篇文章以来,意见一直没有什么改变,所主张的是革除三纲主义的伦理以及附属的旧礼教旧气节旧风化等等,这种态度当然不能为旧社会的士大夫所容,所以只可自承是流氓的。《谈虎集》上下两册中所收自《祖先崇拜》起,以至《永日集》的《闭户读书论》止,前后整十年间乱说的真不少,那时北京正在混乱黑暗时期,现在想起来,居然容得这些东西印出来,当局的宽大也总是难得的了。但是杂文的名誉虽然好,整天骂人虽然可以出气,久了也会厌足,而且我不主张反攻的,一件事来回的指摘论难,这种细巧工作非我所堪,所以天性不能改变,而兴趣则有转移,有时想写点闲适的所谓小品,聊以消遣,这便是绅士鬼出头来的时候了。话虽如此,这样的两个段落也并不分得清，有时是综错间隔的，在个人固然有此不同的嗜好，在工作上也可以说是调剂作用，所以要指定那个时期专写闲适或正经文章，实在是不可能的事。去年写过一篇《灯下读书论》，与十七年前所写的《闭户读书论》相比，时间相隔十有六年，却是同样的正经文章，而在这中间写了不少零碎文字，性质很不一律，正是一个好例。民国十四年《雨天的书》序中说：

"我平素最讨厌的是道学家，岂知这正因为自己是一个道德家的缘故。我想破坏他们的伪道德不道德的道德，其实却同时非意识地想建设起自己所信的新的道德来。"三十三年《苦口甘口》序中又云：

"我一直不相信自己能写好文章，如或偶有中取者也当在于思想而不是文章。总之我是不会做所谓纯文学的，我写文章总是有所为，于是不免于积极，这个毛病大约有点近于吸大烟的瘾，虽力想戒除而甚不容易，但想戒的心也常是存在的。"这也可以算作一例，其间则相差有二十个年头了。我未尝不知道谦虚是美德，也曾努力想学，但又相信过谦也就是不诚实，所以有时不敢不直说，特别是自己觉得知之为知之的时候，虽然仿佛似乎不谦虚也是没有法子。自从《新青年》《每周评论》及《语丝》以来，不断的有所写作，我自信这于中国不是没意义的事，当时有陈独秀钱玄同鲁迅诸人也都尽力于这个方向，现今他们已经去世了，新起来的自当有人，不过我孤陋寡闻不曾知道。做这种工作并不是图什么名与利，世评的好坏全不足计较，只要他认识得真，就好。我自己相信，我的反礼教思想是集合中外新旧思想而成的东西，是自己诚实的表现，也是对于本国真心的报谢，有如道士或狐所修炼得来的内丹，心想献出来，人家收受与否那是别一问题，总之在我是最贵重的贡献了。至于闲适的小品我未尝不写，却不是我主要的工作，如上文说过，只是为消遣或调剂之用，偶尔涉笔而已。外国的作品，如英吉利法兰西的随笔，日本的俳文，以及中国的题跋笔记，平素也稍涉猎，很是爱好，不但爱诵，也想学了做，可是自己知道性情才力都不及，写不出这种文字，只是偶然撰作一二篇，使得思路笔调变换一下,有如饭后喝一杯浓普洱茶之类而已。这种文章材料难找,调理不易。其实材料原是遍地皆是,牛溲马勃只要使用得好,无不是极妙文料,这里便有作者的才情问题,实做起来没有空说这样容易了。我的学问根柢是儒家的,后来又加上些佛教的影响,平常的理想是中庸,布施度忍辱度的意识也颇喜欢,但是自己所信毕竟是神灭论与民为贵论,这便与诗趣相远,与先哲疾虚妄的精神合在一起,对于古来道德学问的传说发生怀疑,这样虽然对于名物很有兴趣,也总是赏鉴里混有批判,几篇《草木虫鱼》有的便是这种毛病,有的心想避免而生了别的毛病,即是平板单调。那种平淡而有情味的小品文我是向来仰慕,至今爱读,也是极想仿做的,可是如上文所述实力不够,一直未能写出一篇满意的东西来。从此与正经文章相比,那些文章也是同样写不好,但是原来不以文章为重,多少总已说得出我的思想来了,在我自己可以聊自满足的了。乙派以为闲适的文章更好,希望我多作,未免错认门面,有如云南火腿店带卖普洱茶,他便要求他专开茶栈,虽然原出好意,无奈栈房里没有这许多货色,摆设不起来,此种实情与苦衷亦期望友人予以谅解者也。以店而论,我这店是两个鬼品开的,而其股份与生意的分配,究竟绅士鬼还只居其小部分,所以结果如此,亦正是为事实所限,无可如何也。

我不承认是文士,因为既不能写纯文学的文章,又最厌恶士流,即所谓清流名流者是也。中国的士大夫的遗传性是言行不一致,所做的事是做八股、吸鸦片、玩小脚、争权夺利,却是满口礼教气节,如大花脸说白,不再怕脸红,振古如斯,于今为烈。人生到此,吾辈真以摆脱士籍,降于堕贫为荣幸矣。我又深自欣幸的是凡所言必由衷,非是自己真实相信以为当然的事理不敢说,而且说了的话也有些努力实行,这个我自己觉得是值得自夸的。其实这样的做也只是人之常道,有如人不学狗叫或去咬干矢橛,算不得什么奇事,然而在现今却不得不当作奇事说,这样算来我的自夸也就很是可怜的了。我平常自己知道思想知识极是平凡,精神也还健全,不至于发疯打人或自大称王,可是近来仔细省察,乃觉得谦逊与自信同时并进,难道真将成为自大狂了么?假设这样下去,我很忧虑会使得我堕落。俗语云,无鸟村里蝙蝠称王。蝙蝠本何足道,可哀的是无鸟村耳,而蝙蝠乃幸或不幸而生于如是村,悲哉悲哉,蝙蝠如竟代燕雀而处于村之堂屋,则诚为蝙蝠与村的最大不幸矣。

热风冷语

祖先崇拜

远东各国都有祖先崇拜这一种风俗。现今野蛮民族多是如此，在欧洲古代也已有过。中国到了现在，还保存这部落时代的蛮风，实是奇怪。据我想，这事既于道理上不合，又于事实上有害，应该废去才是。

第一，祖先崇拜的原始的理由，当然是本于精灵信仰。原人思想，以为万物都有灵的，形体不过是暂时的住所。所以人死之后仍旧有鬼，存留于世上，饮食起居还同生前一样。这些资料须由子孙供给，否则便要触怒死鬼，发生灾祸，这是祖先崇拜的起源。现在科学昌明，早知道世上无鬼，这骗人的祭献礼拜当然可以不做了。这宗风俗，令人废时光，费钱财，很是有损，而且因为接香烟吃羹饭的迷信，许多男人往往借口于"不孝有三无后为大"的谬说，买妾蓄婢，败坏人伦，实在是不合人道的坏事。

第二，祖先崇拜的稍为高上的理由，是说"报本返始"，他们说："你试思身从何来？父母生了你，乃是昊天罔极之恩，你那可不报答他？"我想这理由不甚充足。父母生了儿子，在儿子并没有什么恩，在父母反是一笔债。我不信世上有一部经典，可以千百年来当人类的教训的，只有记载生物的生活现象的 Biologie（生物学）才可供我们参考，定人类行为的标准。在自然律上面，的确是祖先为子孙而生存，并非子孙为祖先而生存的。所以父母生了子女，便是他们（父母）的义务开始的日子，直到子女成人才止。世俗一般称孝顺的儿子是还债的，但据我想，儿子无一不是讨债的，父母倒是还债——生他的债——的人。待到债务清了，本来已是"两讫"；但究竟是一体的关系,有天性之爱,互相联系住,所以发生一种终身的亲善的情谊。至于恩这一个字,实是无从说起,倘说真是体会自然的规律,要报生我者的恩,那便应该更加努力做人,使自己比父母更好,切实履行自己的义务——对于子女的债务——使子女比自己更好,才是正当办法,倘若一味崇拜祖先,想望做古人,自羲皇上溯盘古时代以至类人猿时代,这样的做人法,在自然律上,明明是倒行逆施,决不可许的了。

我最厌听许多人说,"我国开化最早","我祖先文明什么样"。开化的早,或古时有过一点文明,原是好的。但何必那样崇拜,仿佛人的一生事业,除恭维我祖先之外,别无一事似的。譬如我们走路,目的是在前进。过去的这几步,原是我们前进的始基,但总不必站住了,回过头去,指点着说好,反误了前进的正事。因为再走几步,还有更好的正在前头呢!有了古时的文化,才有现在的文化,有了祖先,才有我们。但倘如古时文化永远不变,祖先永远存在,那便不能有现在的文化和我们了。所以我们所感谢的,正因为古时文化来了又去,祖先生了又死,能够留下现在的文化和我们——现在的文化,将来也是来了又去,我们也是生了又死,能够留下比现时更好的文化和比我们更好的人。

我们切不可崇拜祖先,也切不可望子孙崇拜我们。

尼采说:"你们不要爱祖先的国,应该爱你们子孙的国。……你们应该将你们的子孙,来补救你们自己为祖先的子孙的不幸。你们应该这样救济一切的过去。"所以我们不可不废去祖先崇拜,改为自己崇拜——子孙崇拜。

思想革命

近年来文学革命的运动渐见功效，除了几个讲"纲常名教"的经学家，同做"鸳鸯瓦冷"的诗余家以外，颇有人认为正当，在杂志及报章上面，常常看见用白话做的文章，白话在社会上的势力，日见盛大，这是很可乐观的事。

但我想文学这事物本合文字与思想两者而成，表现思想的文字不良，固然足以阻碍文学的发达，若思想本质不良，徒有文字，也有什么用处呢？我们反对古文，大半原为他晦涩难解，养成国民笼统的心思，使得表现力与理解力都不发达，但别一方面，实又因为他内中的思想荒谬，于人有害的缘故。这宗儒道合成的不自然的思想，寄寓在古文中间，几千年来，根深蒂固，没有经过廓清，所以这荒谬的思想与晦涩的古文，几乎已融合为一，不能分离。我们随手翻开古文一看，大抵总有一种荒谬思想出现。便是现代的人做一篇古文，既然免不了用几个古典熟语，那种荒谬思想已经渗进了文字里面去了，自然也随处出现。譬如署年月，因为民国的名称不古，写作"春王正月"固然有宗社党气味，写作"己未孟春"，又象遗老。如今废去古文，将这表现荒谬思想的专用器具撤去，也是一种有效的办法。但他们心里的思想，恐怕终于不能一时变过，将来老瘾发时，仍旧胡说乱道的写了出来，不过从前是用古文，此刻用了白话罢了。话虽容易懂了，思想却仍然荒谬，仍然有害。好比"君师主义"的人，穿上洋服，挂上维新的招牌，难道就能说实行民主政治？这单变文字不变思想的改革，也怎能算是文学革命的完全胜利呢？

中国怀着荒谬思想的人，虽然平时发表他的荒谬思想，必用所谓古文,不用白话,但他们嘴里原是无一不说白话的。所以如白话通行,而荒谬思想不去,仍然未可乐观,因为他们用从前做过《圣谕广训直解》的办法,也可以用了支离的白话来讲古怪的纲常名教。他们还讲三纲,却叫作"三条索子",说"老子是儿子的索子,丈夫是妻子的索子",又或仍讲复辟,却叫作"皇帝回任"。我们岂能因他们所说是白话,比那四六调或桐城派的古文更加看重呢?譬如有一篇提倡"皇帝回任"的白话文,和一篇"非复辟"的古文并放在一处,我们说那边好呢?我见中国许多淫书都用白话,因此想到白话前途的危险。中国人如不真是"洗心革面"的改悔,将旧有的荒谬思想弃去,无论用古文或白话文,都说不出好东西来。就是改学了德文或世界语,也未尝不可以拿来做"黑幕",讲忠孝节烈,发表他们的荒谬思想。倘若换汤不换药,单将白话换出古文,那便如上海书店的译《白话论语》,还不如不做的好。因为从前的荒谬思想,尚是寄寓在晦涩的古文中间,看了中毒的人,还是少数,若变成白话,便通行更广,流毒无穷了。

所以我说,文学革命上,文字改革是第一步,思想改革是第二步,却比第一步更为重要。我们不可对于文字一方面过于乐观了,闲却了这一面的重大问题。

我对于基督教的感想

我对于基督教,不曾有过精密的研究,所以不能下什么批评。但是平时翻阅"圣书",觉得基督教的精神是很好的,曾经在几篇文章上说起过,现在摘录于下,以备参考。

一九二〇年在燕京大学国文学会讲演,题为《圣书与中国文学》,有一节说:

"在《新约》里这思想更加显著,《马太福音》中登山训众的话,便是适切的例。耶稣说明是来成全律法和先知的道,所以他对于古训加以多少修正,使神的对于选民的约变成对于个人的约了。'你们听见有话说,"以眼还眼,以牙还牙。"只是我告诉他们,不要与恶人作对。'(第五章三八至三九)'你们听见有话说,"当爱你们的邻居,恨你的仇敌。"只是我告诉你们,要爱你的仇敌,为那逼迫你们的祷告。'(同上四三至四四)这是何等博大的精神!近代文艺上人道主义思想的源泉,一半便在这里,我们要想理解托尔斯泰、陀思妥也夫斯奇等的爱的福音之文学,不得不从这源泉上来注意考察。'你们中间谁是没有罪的,谁就可以先拿石头打他。'(约第八章七)'父啊,赦免他们,因为他们所做的事,他们不晓得。'(路第二三章三四)耶稣的这种言行上的表现,便是爱的福音的基词,'爱是永不止息。先知讲道之能,终必归于无有;说方言之能,终必停止,知识也终必归于无有。'(林前第十三章八)'上帝就是爱;住在爱里面的,就是住在上帝里面,上帝也住在他里面。'(约一第四章十六)这是说明爱之所以最大的理由,基督教思想的精神大抵完成了。……"

一九二一年九月,在北京《晨报》上发表的《山中杂信》第六中

间,有一节说:

"我觉得要一新中国的人心,基督教实在是很适宜的,极少数的人能够以科学艺术或社会运动去替代他的宗教的要求,但在大多数是不可能的。我想最好便以能容受科学的一神教把中国现在的野蛮残忍的多神(尤其是拜物)教打倒,民智的发达才有点希望。不过有两大条件,要紧紧的守住:其一是这新宗教的神切不可与旧的神的观念去同化,以致变成一个西装的玉皇大帝;其二是切不可造成教阀,去妨碍自由思想的发达。这第一第二的复辙,在西洋历史上实例已经很多,所以非竭力免避不可。"

以上两节,虽然是以前所写,但现在的意见还是一样,所以录呈,作为我的对于基督教的一种表示。

五四运动之功过

五四运动是国民觉醒的起头,自有其相当之价值,但亦有极大的流弊,至今日而完全暴露。五四是一种群众运动,当然不免是感情用事,但旋即转向理知方面发展,致力于所谓新文化的提倡,截至民国十年止,这是最有希望的一时期。然而自此以后感情又大占优势,从五四运动的往事中看出幻妄的教训,以为(1)有公理无强权,(2)群众运动可以成事:这两条迷信成立以后,近四年中遂无日不见大同盟小同盟之设立,凭了檄、代电、宣言、游行之神力想去解决一切的不自由不平等,把思想改造实力养成等事放在脑后。在感情兴奋的人的眼中一切事实都变了相,德意志是为公理所败,土耳其是以公理兴的,而中国情形则正如土耳其,所以一定当兴,虽无凯末耳之兵力。这种高尚而微妙的空想不幸一与事实接触,一定立即破灭,这回游行市民之再三被枪击即其实证。这回死伤的七八百的市民遂成了那两种迷信的牺牲,他们用了血来证明这迷信的谬妄:单是公理决不能战胜强权,单是口号游行也不能打倒帝国主义;这种迷信的报酬只是机关枪。五四以来前后六年,国内除兵匪起灭以外别无成绩,对外又只是排列赤手空拳的人民为乱七八糟的国家之后盾,结果乃为讲演——游行——开枪——讲演……之循环,那个造因的五四运动实不能逃其责。前清的张香涛尚知以西学为用,思利用泰西之坚舰利炮,以夷制夷,现今的明达却将以两间正气为矛,公理为甲,与敌人一决雌雄,其思想之古真远出南皮之上了。五四运动之流弊是使中国人趋于玄学的感情的发动,而缺乏科学的理知的计画,这样下去实在很是危险,正如某君所说的碰了壁。我并不赞成张香涛的中体西用之说,但是以我们现代人而识见还在其下,这不持是我们之耻,也是我们的不可恕的罪了。

五四运动之过——示威游行万能的迷信——既如上述了,其功又如何?我将如"大鸦"的回答说,"没有啦,没有啦!"打破传统一变而为继承正统,伦理改革一变而为忠孝提唱,贞操的讨论一变而为拥护道德,主张自由恋爱的记者因教授之抗议而免职,与女学生通信的教员因学校之呈请而缉捕,都是最近的事实,此外不必多举。思想言论之自由已由政府民众及外国人三方面协同迫压,旧的与新的迷信割据了全国的精神界,以前《新青年》同人所梦想的德先生和赛先生不但不见到来,恐怕反已愈逃愈远:复古与复古,这是民国的前途。我们翻历史,不禁有杞天之虑:我不信神而信鬼,我们都是祖先的鬼的重来,这是最可悲的事。

关于非宗教

一九二二年春间中国发生非宗教大同盟,有"灭此朝食"等口吻,我看了不以为然,略略表示反对,一时为世诟病,直到现在还被……等辈拿来做影射的材料,但是我并不讳言,而且现在也还是这个态度。我以为宗教是个人的事情,信仰只是个人自由的行动之一,但这个自由如为政治法律所许可保护,同时也自当受他的节制。一切的行动在不妨害别人的时候可以自由,出了这个范围便要受相当的干涉,这是世间的通例,我想宗教也就是如此,固不必因为是宗教而特别优遇,也无须因为是宗教而特别轻视他。譬如一个人信仰耶和华,在自己的教堂里祈祷,当然应该让他自由,但他如在道旁说教,恐吓诱惑,强劝人入教等,警察就当加以禁止;一个人在家吃三官素,拜财神菩萨,也可以不问,但他如画符念咒,替人家治病,或者在半夜三更祭神大放爆竹,那就应带区究办了。因为我不是任何宗教家,所以并不提倡宗教,但同时也相信要取消宗教是不可能的;我的意思是只想把信仰当作个人的行动之一,与别的行动一样的同受政治法律的保障与制裁,使他能满足个人而不妨害别人。前回江绍原君批评冯友兰博士的《人生哲学》的时候,我也对绍原说过,我倒是颇赞同冯博士的意见的,所不同者冯博士是以哲学为根据,我只是凭依我这最平凡的一点儿常识罢了。

非宗教者如为破除迷信拥护科学,要除灭宗教这东西本身,没收教会,拆毁寺庙,那我一定还是反对,还提出我的那中庸为主张来替代这太理想的破坏运动。但是,假如这不算是积极的目的,现在来反对基督教,只当作反帝国主义的手段之一,正如不买英货等的手段一样,那可是另一问题了。不买英货的理由,并不因为这是某一种货,乃是因为英国的货,所以不买,现在反基督教的运动如重在当作反帝国主义的手段,并不因为是宗教的缘故而反对他,那么非宗教的意见虽仍存在,但在这里却文不对题,一点都用不着了。我们虽相信基督教本身还是一种博爱的宗教,但理论与事实是两件事,英国自五卅以来,在上海沙基万县汉口等处迭施残暴,英国固忝然自称基督教国,而中外各教会亦无一能打破国界表示反对者,也系事实,今当中国与华洋帝国主义殊死斗之时,欲凭一番理论一纸经书,使中国人晓然于基督教与帝国主义之本系截然两物,在此刻总恐怕不是容易的事吧。城门失火,殃及池鱼,对于基督教固然不能不说是无妄之灾,但是没有法子,而且这个责任还应由英国负之,至少也应当由欧洲列强分负其责。

我所说的反对基督教运动,是指由政治的见地,由一种有组织的负责的机关破坏或阻遏外国宗教团体的事业进行而言,若福州厦门一带的反教事件,纯系愚民的暴动,当然不算在内。说教士毒死孤儿,或者挖了眼睛做药,都是拳匪时代的思想,现在却还流行着,而且还会占这样大的势力,实在可为寒心。在这一点,现在做政治的反基督教运动的人或者倒不可不多加考虑,这剂剧药里的确也不是没有余毒。

关于人身卖买

佐野学著的《日本社会史序论》在日本是禁书，我所有的一本是片上伸君送给我的。一九二四年七月片上君第二次来北京，将重游俄国，行装中带有此书，因为怕检查的缘故，表纸序文目录都已撕去，只剩了三卷本文了。我托常维钧君去改装上一个半皮面，放在书架上，今天偶然拿下来翻阅，第一卷《被支配者阶级之诸研究》中第六章是《我国人身卖买沿革考》，第八节结语云：

"未几，明治维新出现了。明治初年政府的态度对于人身卖买这件事也全是革命的。明治三年，禁止卖童男女给支那人。五年，因"卖买人身，规定终身或限期间，一任主人随意虐使，有背人伦，所不应有"，命令解放娼妓艺妓，一切定期服役人等。新律纲领上也设略卖人之条，凡略卖人为娼妓者流二等，为妻妾奴婢者徒二年半，因而杀伤人者照强盗律治罪。但是正如别的改革事业不久就变成反革命的一样，关于人身卖买，明治政府的态度也极为模胡不纯，未几经了几次的警视厅令，也就默认了艺妓娼妓的人身卖买了。

"我在上文回顾了我们过去的黑暗的历史。以上只是顺着见于文献的事迹一看罢了，本文上不曾记录的事实在文献上还有无数存在，至于文献上不曾出现的事实那更是无数了。过去的历史书只是阶级的历史书，记录我们平民的运命的地方非常稀少，我们对于这事禁不住要冷笑。现在是资本主义时代。人身卖买的暗影还没有干净地拭去。现今劳动力之卖买是要比任何时代为盛。这岂不是把人类的历史长久弄得黑暗的那人身卖买的原则之连续么？而且贫家女子卖身的事也同从前一样地实行着。滥行赞美现代的人固然也未必有，我想人类真是可以赞美这人世的时代，那还是遥远的在彼方罢。"

这固然说得不错，但也是平常的话，可是这在日本恐怕就要犯忌而被禁止了。大凡极平常的，由我们从常识看去合于道理的话，在现代往往被认作危险，轻则禁止，重则查办。我所见闻的日本人的议论，只有极少数的艺术家学者及主义者说得合理，而这些人都是带有共产或无政府主义的倾向，是现代政治道德的权威所认为大逆不道者。关于济南事件，因为孤陋寡闻的缘故，觉得日本人的话真说得通达事理的仅只一小篇，这是登在日本无政府党机关报《黑色青年》上面的。中国的各种主义者似乎同日本的是两类，所以情形不大相同。中国社会史序论这一类的书既少有人肯做，说起话来也总同别派的人差不多的奇怪。这不知道是什么理由，大约中国人的思想是统一的缘故罢？不过我也不能确说。

哑吧礼赞

俗语云,"哑吧吃黄连",谓有苦说不出也。但又云,"黄连树下弹琴",则苦中作乐,亦是常有的事。哑吧虽苦于说不出话,盖亦自有其乐,或者且在吾辈有嘴巴人之上,未可知也。

普通把哑吧当作残废之一,与一足或无目等视,这是很不公平的事。哑吧的嘴既没有残,也没有废,他只是不说话罢了。说文云,"瘖,不能言病也。"就是照许君所说,不能言是一种病,但这并不是一种要紧的病,于嘴的大体用处没有多大损伤。查嘴的用处大约是这几种,(一)吃饭,(二)接吻,(三)说话。哑吧的嘴原是好好的,既不是缺少舌尖,也并不是上下唇连成一片,那么他如要吃喝,无论番菜或是"华餐",都可以尽量受用,决没有半点不便,所以哑吧于个人的荣卫上毫无障碍,这是可以断言的。至于接吻呢?既如上述可以自由饮啜的嘴,在这件工作当然也无问题,因为如荷兰威耳德(Van de Velde)医生在《圆满的结婚》第八章所说,接吻的种种大都以香味触三者为限,于声别无关系,可见哑吧不说话之绝不妨事了。归根结蒂,哑吧的所谓病还只是在"不能言"这一点上。据我看来,这实在也不关紧要。人类能言本来是多此一举,试看世间林林总总,一切有情,莫不自遂其生,各尽其性,何曾说一句话。古人云,"猩猩能言,不离走兽,鹦鹉能言,不离飞鸟。"可怜这些畜生,辛辛苦苦,学了几句人家的口头语,结果还是本来的鸟兽,多被圣人奚落一番,真是何苦来。从前四只眼睛的仓颉先生无中生有地造文字,害得好心的鬼哭了一夜,我怕最初类猿人里那一匹直着喉咙学说话的时候,说不定还着实引起了原始天尊的长叹了呢。人生营营所为何事,"饮食男女,人之大欲存焉。"既于大欲无亏,别的事岂不是就可以随便了么?中国处世哲学里很重要的一条是,多一事不如少一事,如哑吧者,可以说是能够少一事的了。

语云,"病从口入,祸从口出。"说话不但于人无益,反而有害,即此可见。一说话,话中即含有臧否,即是危险,这个年头儿,人不能老说"我爱你"等甜美的话——况且仔细检查,我爱你即含有我不爱他或不许他爱你等意思,也可以成为祸根。哲人见客寒暄,但云"今天天气……哈哈哈!"不再加说明,良有以也,盖天气虽无知,惟说其好坏终不甚妥,故以一笑了之。往读杨恽报孙会宗书,但记其"种一顷豆,落而为萁"等语,心窃好之,却不知杨公竟因此而腰斩,犹如湖南十五六岁的女学生们以读《落叶》(系郭沫若的,非徐志摩的《落叶》)而被枪决,同样地不可思议。然而这个世界就是这样不可思议的世界,其奈之何哉。几千年来受过这种经验的先民留下遗训曰,"明哲保身。"几十年来看惯这种情形的茶馆贴上标语曰,"莫谈国事。"吾家金人三缄其口,二千五百年来为世楷模,声闻弗替。若哑吧者岂非今之金人欤?

常人以能言为能,但亦有因装哑吧而得名者,并且上下古今这样的人并不很多,即此可知哑吧之难能可贵了。第一个就是那鼎鼎大名的息夫人。她以倾国倾城的容貌,做了两任王后,她替楚王生了两个儿子,可是没有对楚王说一句话,喜欢和死了的古代美人吊膀子的中国文人于是大做特做其诗,有的说她好,有的说她坏,各自发挥他们的臭美,然而息夫人的名声也就因此大起来了。老实说,这实是妇女生活的一场悲剧,不但是一时一地一人的事情,差不多就可以说是妇女全体的运命的象征。易卜生所作《玩物之家》一剧中女主人公娜拉说,她想不到自己竟替漠不相识的男子生了两个子女,这正是息夫人的运命,其实也何尝不就是资本主义下的一切妇女的运命呢。还有一位不说话的,是汉末隐士姓焦名先的便是。吾乡金古良作《无双谱》,把这位隐士收在里面,还有一首赞题得好:

> 孑然独处,绝口不语,默隐以终,笑杀狐鼠。

并且据说"以此终身,至百余岁",则是装了哑吧,既成高士之名,又享长寿之福,哑吧之可赞美盖彰彰然明矣。

世道衰微,人心不古,现今哑吧也居然装手势说起话来了。不过这在黑暗中还是不能用,不能说话。孔子曰,"邦无道,危行言逊。"哑吧其犹行古之道也欤。

麻醉礼赞

麻醉,这是人类所独有的文明。书上虽然说,斑鸠食桑葚则醉,或云,猫食薄荷则醉,但这都是偶然的事,好象是人错吃了笑菌,笑得个一塌胡涂,并不是成心去吃了好玩的。成心去找麻醉,是我们万物之灵的一种特色,假如没有这个,人之所以异于禽兽者几希了。

麻醉有种种的方法。在中国最普通的一种是抽大烟。西洋听说也有文人爱好这件东西,一位散文家的杰作便是烟盒旁边的回忆,另一诗人的一篇《忽不列汗》的诗也是从芙蓉城的醉梦中得来的。中国人的抽大烟则是平民化的,并不为某一阶级所专享,大家一样地吱吱的抽吸,共享麻醉的洪福,是一件值得称扬的事。鸦片的趣味何在,我因为没有入过黑籍,不能知道,但总是麻苏苏地很有趣罢。我曾见一位烟户,穷得可以,真不愧为鹑衣百结,但头戴一顶瓜皮帽,前面顶边烧成一个大窟窿,乃是沉醉时把头屈下去在灯上烧去的,于此即可想见其陶然之状态了。近代传闻孙馨帅有一队烟兵,在烟瘾抽足的时候冲锋最为得力,则已失了麻醉的意义,至少在我以为总是不足为训的了。

中国古已有之的国粹的麻醉法,大约可以说是饮酒。刘伶的"死便埋我",可以算是最彻底了,陶渊明的诗也总是三句不离酒,如云,"拨置且莫念,一觞聊可挥",又云,"天运苟如此,且进杯中物",又云,"中觞纵遥情,忘彼千载忧,且极今朝乐,明日非所求",都是很好的例。酒,我是颇喜欢的,不过曾经声明过,殊不甚了解陶然之趣,只是乱喝一番罢了。但来在别人的确有麻醉的力量,它能引人着胜地,就是所谓童话之国土。我有两个族叔,尤是这样幸福的国土里的住民。有一回冬夜,他们沉醉回来,走过一乘吾乡所很多的石桥,哥哥刚一抬脚,棉鞋掉了,兄弟给他在地上乱摸,说道,"哥哥棉鞋有了。"用脚一踹,却又没有,哥哥道,"兄弟,棉鞋汪的一声又不见了!"原来这乃是一只黑小狗,被兄弟当作棉鞋捧了来了。我们听了或者要笑,但他们那时神圣的乐趣我辈外人那里能知道呢?的确,黑狗当棉鞋的世界于我们真是太远了,我们将棉鞋当棉鞋,自己说是清醒,其实却是极大的不幸,为何可惜十二文钱,不买黄汤,灌得倒醉以入此乐土乎。

信仰与梦,恋爱与死,也都是上好的麻醉。能够相信宗教或主义,能够做梦,乃是不可多得的幸福的性质,不是人人所能获得。恋爱要算是最好了,无论何人都有此可能,而且犹如采补求道,一举两得,尤为可喜。不过此事至难,第一须有对手,不比别的只要一灯一盏即可过瘾,所以即使不说是奢侈,至少也总是一种费事的麻醉罢。至于失恋以至反目,事属寻常,正如酒徒呕吐,烟客脾泄,不足为病,所当从头承认者也。末后说到死。死这东西,有些人以为还好,有些人以为很坏,但如当作麻醉品去看时,这似乎倒也不坏。伊壁鸠鲁说过,死不足怕,因为死与我辈没有关系,我们在时尚未有死,死来时我们已没有了。快乐派是相信原子说的,这种唯物的说法可以消除死的恐怖,但由我们看来,死又何尝不是一种快乐,麻醉得使我们没有,这样乐趣恐非醇酒妇人所可比拟的罢?所难者是怎样才能如此麻醉、快乐?这个我想是另一问题,不是我们现在所要谈论的了。

醉生梦死,这大约是人生最上的生活法罢?然而也有人不愿意这样。普通外科手术总用全身或局部的麻醉,惟偶有英雄独破此例,如关云长刮骨疗毒,为世人所佩服,固其宜也。盖世间所有惟辱与苦,茹苦忍辱,斯乃得度。画廊派哲人(Stoics)之勇于自杀,自成宗派,若彼得洛纽思(Petroncus)听歌饮酒,切脉以死,虽稍贵族的,故自可喜。达拉思布耳巴(Taras Bulba)长子为敌所获,毒刑致死,临死曰,"父亲,你都看见么?"达拉思匿观众中大呼曰,"儿子,我都看见!"此则哥萨克之勇士,北方之强也。此等人对于人生细细尝味,如啜苦酒,一点都不含胡,其坚苦卓绝盖不可及,但是我们凡人也就无从追踪了。话又说了回来,我们的生活恐怕还是醉生梦死最好罢——所苦者我只会喝几口酒,而又不能麻醉,还是清醒地都看见听见,又无力高声大喊。此乃是凡人之悲哀,实为无可如何者耳。

伟大的捕风

我最喜欢读《旧约》里的《传道书》。传道者劈头就说,"虚空的虚空",接着又说道,"已有的事后必再有,已行的事后必再行。日光之下并无新事。"这都是使我很喜欢读的地方。

中国人平常有两种口号,一种是说人心不古,一种是无论什么东西都说古已有之。我偶读拉瓦尔(Lawall)的《药学四千年史》,其中说及世界现存的埃及古文书,有一卷是基督前二千二百五十年的写本,(照中国算来大约是舜王爷登基的初年!)里边大发牢骚,说人心变坏,不及古时候的好云云,可见此乃是古今中外共通的意见,恐怕那天雨粟时夜哭的鬼的意思也是如此罢。不过这在我无从判断,所以只好不赞一词,而对于古已有之说则颇有同感,虽然如说潜艇即古之螺舟,轮船即隋炀帝之龙舟等类,也实在不敢恭维。我想,今有的事古必已有,说的未必对,若云已行的事后必再行,这似乎是无可疑的了。

世上的人都相信鬼,这就证明我所说的不错。普通鬼有两类。一是死鬼,即有人所谓幽灵也,人死之后所化,又可投生为人,轮回不息。二是活鬼,实在应称僵尸,从坟墓里再走到人间,《聊斋》里有好些他的故事。此二者以前都已知道,新近又有人发现一种,即梭罗古勃(Sologub)所说的"小鬼",俗称当云遗传神君,比别的更是可怕了。易卜生在《群鬼》这本剧中,曾借了阿尔文夫人的口说道,"我觉得我们都是鬼。不但父母传下来的东西在我们身体里活着,并且各种陈旧的思想信仰这一类的东西也都存留在里头。虽然不是真正的活着,但是埋伏在内也是一样。我们永远不要想脱身。有时候我拿起张报纸来看,我眼里好象看见有许多鬼在两行字的夹缝中间爬着。世界上一定到处都有鬼。他们的数目就象沙粒一样的数不清楚。"(引用潘家洵先生译文)我们参照法国吕滂(Le Bon)的《民族发展之心理》,觉得这小鬼的存在是万无可疑,古人有什么守护天使,三尸神等话头,如照古已有之学说,这岂不就是一则很有趣味的笔记材料么?

无缘无故疑心同行的人是活鬼,或相信自己心里有小鬼,这不但是迷信之尤,简直是很有发疯的意思了。然而没有法子。只要稍能反省的朋友,对于世事略加省察,便会明白,现代中国上下的言行,都一行行地写在二十四史的鬼账簿上面。画符,念咒,这岂不是上古的巫师,蛮荒的"药师"的勾当?但是他的生命实在是天壤无穷,在无论那一时代,还不是一样地在青年老年,公子女公子,诸色人等的口上指上乎?即如我胡乱写这篇东西,也何尝不是一种鬼画符之变相?只此一例足矣!

已有的事后必再有,已行的事后必再行,此人生之所以为虚空的虚空也欤?传道者之厌世盖无足怪。他说,"我又专心察明智慧狂妄和愚昧,乃知这也是捕风,因为多有智慧就多有愁烦,加增智识就加增忧伤。"话虽如此,对于虚空的惟一的办法其实还只有虚空之追迹,而对于狂妄与愚昧之察明乃是这虚无的世间第一有趣味的事,在这里我不得不和传道者的意见分歧了。勃阑特思(Brandes)批评弗罗倍尔(Flaubert)说他的性格是用两种分子合成,"对于愚蠢的火烈的憎恶,和对于艺术的无限的爱。这个憎爱,与凡有的憎恶一例,对于所憎恶者感到一种不可抗的牵引。各种形式的愚蠢,如愚行迷信自大不宽容都磁力似的吸引他,感发他。他不得不一件件的把他们描写出来。"我听说从前张献忠举行殿试,试得一位状元,十分宠爱,不到三天忽然又把他"收拾"了,说是因为实在"太心爱这小子"的缘故,就是平常人看见可爱的小孩或女人,也恨不得一口水吞下肚去,那么倒过来说,憎恶之极反而喜欢,原是可以,殆正如金圣叹说,留得三四癞疮,时呼热汤关门澡之,亦是不亦快哉之一也。

察明同类之狂妄和愚昧,与思索个人的老死病苦,一样是伟大的事业,积极的人可以当一种重大的工作,在消极的也不失为一种有趣的消遣。虚空尽由他虚空,知道他是虚空,而又偏去追迹,去察明,那么这是很有意义的,这实在可以当得起说是伟大的捕风。法儒巴思加耳(Pascal)在他的《感想录》上曾经说过:

"人只是一根芦苇,世上最脆弱的东西,但他是一根会思想的芦苇。这不必要世间武装起来,才能毁坏他。只须一阵风,一滴水,便足以弄死他了。但即使宇宙害了他,人总比他的加害者还要高贵,因为他知道他是将要死了,知道宇宙的优胜,宇宙却一点不知道这些。"

论八股文

我查考中国许多大学的国文学系的课程，看出一个同样的极大的缺陷，便是没有正式的八股文的讲义。我曾经对好几个朋友提议过，大学里——至少是北京大学应该正式地"读经"，把儒教的重要的经典，例如易，诗，书，一部部地来讲读，照在现代科学知识的日光里，用言语历史学来解释它的意义，用"社会人类学"来阐明它的本相，看它到底是什么东西，此其一。在现今大家高呼伦理化的时代，固然也未必会有人胆敢出来提倡打倒圣经，即使当日真有"废孔子庙罢其祀"的呼声，他们如没有先去好好地读一番经，那么也还是白呼的。我的第二个提议即是应该大讲其八股，因为八股是中国文学史上承先启后的一个大关键，假如想要研究或了解本国文学而不先明白八股文这东西，结果将一无所得，既不能通旧的传统之极致，亦遂不能知新的反动之起源。所以，除在文学史大纲上公平地讲过之外，在本科二三年应礼聘专家讲授八股文，每周至少二小时，定为必修科，凡此课考试不及格者不得毕业。这在我是十二分地诚实的提议，但是，呜呼哀哉，朋友们似乎也以为我是以讽刺为业，都认作一种玩笑的话，没有一个肯接受这个条陈。固然，人选困难的确也是一个重要的原因，精通八股的人现在已经不大多了，这些人又未必都适于或肯教，只有夏曾佑先生听说曾有此意，然而可惜这位先觉早已归了道山了。

八股文的价值却决不因这些事情而跌落。它永久是中国文学——不，简直可以大胆一点说中国文化的结晶，无论现在有没有人承认这个事实，这总是不可遮掩的明白的事实。八股算是已经死了，不过，它正如童话里的妖怪，被英雄剁做几块，它老人家整个是不活了，那一块一块的却都活着，从那妖形妖势上面看来，可以证明老妖的不死。我们先从汉字看起。汉字这东西与天下的一切文字不同，连日本朝鲜在内：它有所谓六书，所以有象形会意，有偏旁；有所谓四声，所以有平仄。从这里，必然地生出好些文章上的把戏。有如对联，"云中雁"对"鸟枪打"这种对法，西洋人大抵还能了解，至于红可以对绿而不可以对黄，则非黄帝子孙恐怕难以懂得了。有如灯谜，诗钟。再上去，有如律诗，骈文，已由文字的游戏而进于正宗的文学。自韩退之文起八代之衰，化骈为散之后，骈文似乎已交末运，然而不然：八股文生于宋，至明而少长，至清而大成，实行散文的骈文化，结果造成一种比六朝的骈文还要圆熟的散文诗，真令人有观止之叹。而且破题的作法差不多就是灯谜，至于有些"无情搭"显然须应用诗钟的手法才能奏效，所以八股不但是集合古今骈散的菁华，凡是从汉字的特别性质演出的一切微妙的游艺也都包括在内，所以我们说它是中国文学的结晶，实在是没有一丝一毫的虚价。民国初年的文学革命，据我的解释，也原是对于八股文化的一个反动，世上许多褒贬都不免有点误解，假如想了解这个运动的意义而不先明了八股是什么东西，那犹如不知道清朝历史的人想懂辛亥革命的意义，完全是不可能的了。

其次，我们来看一看八股里的音乐的分子。不幸我于音乐是绝对的门外汉，就是顶好的音乐我听了也只是不讨厌罢了，全然不懂它的好处在那里，但是我知道，中国国民酷好音乐，八股文里含有重量的音乐分子，知道了这两点，在现今的谈论里也就勉强可以对付了。我常想中国人是音乐的国民，虽然这些音乐在我个人偏偏是不甚喜欢的。中国人的戏迷是实在的事，他们不但在戏园子里迷，就是平常一个人走夜路，觉得有点害怕，或是闲着无事的时候，便不知不觉高声朗诵出来，是《空城计》的一节呢，还是《四郎探母》，因为是外行我不知道，但总之是唱着什么就是。昆曲的句子已经不大高明，皮簧更是不行，几乎是"八部书外"的东西，然而中国的士大夫也乐此不疲，虽然他们如默读脚本,也一定要大叫不通不止,等到在台上一发声,把这些不通的话拉长了,加上丝弦家伙,他们便觉得滋滋有味,颠头摇腿,至于忘形:我想,这未必是中国的歌唱特别微妙,实在只是中国人特别嗜好节调罢。从这里我就联想到中国人的读诗,读古文,尤其是读八股的上面去。他们读这些文章时的那副情形大家想必还记得,摇头摆脑,简直和听梅畹华先生唱戏时差不多,有人见了要诧异地问,哼一篇烂如泥的烂时文,何至于如此快乐呢?我知道,他是麻醉于音乐里哩。他读到这一出股:"天地乃宇宙之乾坤,吾心实中怀之在抱,久矣夫千百年来已非一日矣,溯往事以追维,曷勿考记载而诵诗书之典要,"耳朵里只听得自己的琅琅的音调,便如置身戏馆,完全忘记了这些狗屁不通的文句,只是在抑扬顿挫的歌声中间三魂渺渺七魄茫茫地陶醉着了。(说到陶醉,我很怀疑这与抽大烟的快乐有点相近,只可惜现在还没有充分的材料可以证明。)再从反面说来,做八股文的方法也纯粹是音乐的。它的第一步自然是认题,用做灯谜诗钟以及喜庆对联等法,检点应用的材料,随后是选谱,即选定合宜的套数,按谱填词,这是极重要的一点。从前有一个族叔,文理清通,而屡试不售,遂发愤用功,每晚坐高楼上朗读文章(《小题正鹄》?),半年后应府县考皆列前茅,次年春间即进了秀才。这个很好的例可以证明八股是文义轻而声调重,做文的秘诀是熟记好些名家旧谱,临时照填,且填且歌,跟了上句的气势,下句的调子自然出来,把适宜的平仄字填上去,便可成为上好时文了。中国人无论写什么都要一面吟哦着,也是这个缘故,虽然所作的不是八股,读书时也是如此,甚至读家信或报章也非朗诵不可,于此更可以想见这种情形之普遍了。

其次,我们再来一谈中国的奴隶性罢。几千年来的专制养成很顽固的服从与模仿根性,结果是弄得自己没有思想,没有话说,非等候上头的吩咐不能有所行动,这是一般的现象,而八股文就是这个现象的代表。前清末年有过一个笑话,有洋人到总理衙门去,出来了七八个红顶花翎的大官,大家没有话可讲,洋人开言道,"今天天气好。"

首席的大声答道，"好。"其余的红顶花翎接连地大声答道好好好……，其声如狗叫云。这个把戏，是中国做官以及处世的妙诀，在文章上叫作"代圣贤立言"，又可以称作"赋得"，换句话就是奉命说话。做"制艺"的人奉到题目，遵守"功令"，在应该说什么与怎样说的范围之内，尽力地显出本领来，显得好时便是"中式"，就是新贵人的举人进士了。我们不能轻易地笑前清的老腐败的文物制度，它的精神在科举废止后在不曾见过八股的人们的心里还是活着。吴稚晖公说过，中国有土八股，有洋八股，有党八股，我们在这里觉得未可以人废言。在这些八股做着的时候，大家还只是旧日的士大夫，虽然身上穿着洋服，嘴里咬着雪茄。要想打破一点这样的空气，反省是最有用的方法，赶紧去查考祖先的窗稿，拿来与自己的大作比较一下，看看土八股究竟死绝了没有，是不是死了之后还是夺舍投胎地复活在我们自己的心里。这种事情恐怕是不大愉快的，有些人或者要感到苦痛，有如洗刮身上的一个大疔疮。这个，我想也可以各人随便，反正我并不相信统一思想的理论，假如有人怕感到幻灭之悲哀，那么让他仍旧把膏药贴上也并没有什么不可罢。

　　总之我是想来提倡八股文之研究，纲领只此一句，其余的说明可以算是多余的废话，其次，我的提议也并不完全是反话或讽刺，虽然说得那么地不规矩相。

关于命运

我近来很有点相信命运。那么难道我竟去请教某法师某星士，要他指点我的流年或终身的吉凶么？那也未必。这些要知道我自己都可以知道，因为知道自己应该无过于自己。我相信命运，所凭的不是吾家易经神课，却是人家的科学术数。我说命，这就是个人的先天的质地，今云遗传。我说运，是后天的影响，今云环境。二者相乘的结果就是数，这个字读如数学之数，并非虚无飘渺的话，是实实在在的一个数目，有如从甲乙两个已知数做出来的答案，虽曰未知数而实乃是定数也。要查这个定数须要一本对数表，这就是历史。好几年前我就劝人关门读史，觉得比读经还要紧还有用，因为经至多不过是一套准提咒罢了，史却是一座孽镜台，他能给我们照出前因后果来也。我自己读过一部《纲鉴易知录》，觉得得益匪浅，此外还有《明季南北略》和《明季稗史汇编》，这些也是必读之书，近时印行的《南明野史》可以加在上面，盖因现在情形很象明季也。

日本永井荷风著《江户艺术论》十章，其《浮世绘之鉴赏》第五节论日本与比利时美术的比较，有云：

"我反省自己是什么呢，我非威耳哈仑（Verhaeren）似的比利时人而是日本人也，生来就和他们的运命及境遇迥异的东洋人也。恋爱的至情不必说了，凡对于异性之性欲的感觉悉视为最大的罪恶，我辈即奉戴着此法制者也。承受"胜不过啼哭的小孩和地主"的教训的人类也，知道"说话则唇寒"的国民也。使威耳哈仑感奋的那滴着鲜血的肥羊肉与芳醇的蒲桃酒与强壮的妇女的绘画，都于我有什么用呢？呜呼，我爱浮世绘。苦海十年为亲卖身的游女的绘姿使我泣。

凭倚竹窗茫然看着流水的艺妓的姿态使我喜。卖宵夜面的纸灯寂寞地停留河边的夜景使我醉。雨夜啼月的杜鹃,阵雨中散落的秋天木叶,落花飘风的钟声,途中日暮的山路的雪,凡是无常无告无望的,使人无端嗟叹此世只是一梦的,这样的一切东西,于我都是可亲,于我都是可怀。"

又第三节中论江户时代木版画的悲哀的色彩云:

"这暗示出那样暗黑时代的恐怖与悲哀与疲劳,在这一点上我觉得正如闻娼妇啜泣的微声,深不能忘记那悲苦无告的色调。我与现社会相接触,常见强者之极其强暴而感到义愤的时候,想起这无告的色彩之美,因了潜存的哀诉的旋律而将暗黑的过去再现出来,我忽然了解东洋固有的专制的精神之为何,深悟空言正义之不免为愚了。希腊美术发生于以亚坡隆为神的国土,浮世绘则由与虫豸同样的平民之手制作于日光晒不到的小胡同的杂院里。现在虽云时代全已变革,要之只是外观罢了。若以合理的眼光一看破其外皮,则武断政治的精神与百年以前毫无所异。江户木版画之悲哀的色彩至今全无时间的间隔,深深沁入我们的胸底,常传亲密的私语者,盖非偶然也。"

荷风写此文时在大正二年(一九一三)正月,已发如此慨叹,二十年后的今日不知更怎么说,近几年的政局正是明治维新的平反,"幕府"复活,不过是一阶级而非一家系的,岂非建久以来七百余年的征夷大将军的威力太大,六十年的尊王攘夷的努力丝毫不能动摇,反而自己没落了么?

以上是日本的好例,我们中国又如何呢?我说现今很象明末,虽然有些热心的文人学士听了要不高兴,其实是无可讳言的。我们且不谈那建夷,流寇,方镇,宦官以及饥荒等,只说八股和党社这两件事罢。清许善长著《碧声吟馆谈麈》卷四有论八股 ·则,中有云:

"功令以时文取士,不得不为时文。代圣贤立言,未始不是,然就题作文,各肖口吻,正如优孟衣冠,于此而欲徵其品行,觇其经济,真隔膜矣。卢抱经学士云,时义验其所学而非所以为学也,自是通论。至景范之言曰,秦坑儒不过四百,八股坑人极于天下后世,则深恶而痛疾之也。明末东林党祸惨酷尤烈，竟谓天子可欺，九庙可毁，神州可陆沉，而门户体面决不可失，终至于亡国败家而不悔，虽曰气运使然，究不知是何居心也。"

明季士大夫结党以讲道学，结社以作八股，举世推重，却不知其于国家有何用处，如许氏说则其为害反是很大。明张岱的意见与许氏同，其《与李砚翁书》云：

"夫东林自顾泾阳讲学以来，以此名目祸我国家者八九十年，以其党升沉用占世数兴败，其党盛则为终南之捷径，其党败则为元祐之党碑，风波水火，龙战于野，其血玄黄，朋党之祸与国家相为终始。盖东林首事者实多君子，窜入者不无小人；拥戴者皆为小人，招来者亦有君子。……东林之中，其庸庸碌碌者不必置论，如贪婪强横之王图，奸险凶暴之李三才，闯贼首辅之项煜，上笺劝进之周钟，以至窜入东林，乃欲俱奉之以君子，则吾臂可断决不敢徇情也。东林之尤可丑者，时敏之降闯贼曰，吾东林时敏也，以冀大用。鲁王监国，蕞尔小朝廷，科道任孔当辈犹曰，非东林不可进用，则是东林二字直与蕞尔鲁国及汝偕亡者。"

明朝的事归到明朝去，我们本来可以不管，可是天下事没有这样如意，有些痴颠恶疾都要遗传，而恶与癖似亦不在例外，我们毕竟是明朝人的子孙，这笔旧账未能一笔勾销也。——虽然我可以声明，自明正德时始迁祖起至于现今，吾家不曾在政治文学上有过什么作为，不过民族的老账我也不想赖，所以所有一切好坏事情仍然担负四百兆之一。

我们现在且说写文章的。代圣贤立言，就题作文，各肖口吻，正如优孟衣冠，是八股时文的特色，现今有多少人不是这样的？功令以时文取士，岂非即文艺政策之一面，而又一面即是文章报国乎？读经是中国固有的老嗜好，却也并不与新人不相容，不读这一经也该读别一经的。近来听说有单骂人家读《庄子》《文选》的，这必有甚深奥义，假如不是对人非对事。这种事情说起来很长，好象是专找拿笔杆的开玩笑，其实只是借来作个举一反三的例罢了。万物都逃不脱命运。我们在报纸上常看见枪毙毒犯的新闻,有些还高兴去附加一个照相的插图。毒贩之死于厚利是容易明了的,至于再吸犯便很难懂,他们何至于爱白面过于爱生命呢？第一,中国人大约特别有一种麻醉享受性,即俗云嗜好。第二,中国人富的闲得无聊,穷的苦得不堪,以麻醉消遣。有友好之劝酬,在贩卖之便利,以麻醉玩弄。卫生不良,多生病痛,医药不备,无法治疗,以麻醉救急。如是乃上瘾,法宽则蔓延,法严则骈诛矣。此事为外国或别的殖民地所无,正以此种癖性与环境亦非别处所有耳。我说麻醉享受性,殊有杜撰生造之嫌,此正亦难免,但非全无根据,如古来的念咒画符读经惜字唱皮黄做八股叫口号贴标语皆是也,或以意,或以字画,或以声音,均是自己麻醉,而以药剂则是他力麻醉耳。考虑中国的现在与将来的人士必须要对于他这可怕的命运知道畏而不惧,不讳言,敢正视,处处努力要抓住它的尾巴而不为所缠绕住,才能获得明智,死生吉凶全能了知,然而此事大难,真真大难也。

我们没有这样本领的只好消极地努力,随时反省,不能减轻也总不要去增长累世的恶业,以水为鉴,不到政治文学坛上去跳旧式的戏,庶几可对得起子孙,虽然对于祖先未免少不肖,然而如孟德斯鸠临终所言,吾力之微正如帝力之大,无论怎么挣扎不知究有何用？日本佚名的一句小诗云：

虫呵虫呵,难道你叫着,"业"便会尽了么？

关于命运之二

前几天我写了一篇《关于命运》，上海方面就有人挑剔字眼。我说：

"我近来很有点相信命运。那么难道我竟去请教某法师某星士，要他指点我的流年或终身的吉凶么？那也未必。这些要知道我自己都可以知道，因为知道自己应该无过于自己。我相信命运，所凭的不是吾家易经神课，却是人家的科学术数。我说命，这就是个人的先天的质地，今云遗传。我说运，是后天的影响，今云环境。"挑剔者乃曰：

"在历史上感觉到自己的迟暮的人，总是自觉地或不自觉地要躲在神秘中去寻觅自己的安慰，象求神拜佛呀，崇拜性灵呀，相信命运呀，总逃不开了这些圈套。"这里，我不知是他们的故意"歪曲"呢，还是真看不懂我那简单的白话文？奥国的孟特耳不幸晚出，他的学说得不到恩格尔斯的批准，中国新人碍难承认遗传说这也可以原谅的，但是遗传到底是不是象求神拜佛的一样神秘，我想这一点也总该知道吧。我又引明张岱的与人书云：

"鲁王监国，蕞尔小朝廷，科道任孔当辈犹曰，非东林不可进用，则是东林二字直与蕞尔鲁国及汝偕亡者。"挑剔者乃曰：

"甚至当时为人民抗清力量所支持下的鲁王监国，曾被那没有心肝的人斥为蕞尔小朝廷，也居然得到了知堂先生的附和。"这里，他们似乎也不知道"那没有心肝的人"原来是明末遗民张岱。据邵廷采《思复堂集》"明遗民所知传"云：

"性承忠孝，长于史学。丙戌后屏居卧龙山之仙室，短檐危壁，沉淫于有明一代纪传，名曰《石匮藏书》，以拟郑思肖之《铁函心史》也，

至于废兴存亡之际,孤臣贞士之操,未尝不感慨流连陨涕三致意也。"岱《自为墓志铭》云:

五羖大夫,焉肯自鬻,
空学陶潜,枉希梅福,
必也寻三外野人,方晓我之衷曲。

照这样看来,其有无心肝,大约就是不去寻郑所南来问也该可以明白吧。我不知道他们何所根据而断定其为没有心肝也。蕞尔,查《辞通》卷十二云,"小貌",尔者盖是语助辞,并非尔汝之尔。小朝廷一语曾有胡铨说过,系指南宋,论者不曾以为大不敬,然则以指鲁王浙江一区,似亦不能说怎么不对。今便断为说者没有心肝,如不是错看"尔"字,当是有意歪曲,如绍兴师爷之舞文周纳耳。至于张岱与鲁王的关系在《梦忆》中曾经说及,可以参考,据《砚云甲编》本第二则云:

"鲁王播迁至越,以先父相鲁先王,幸旧臣第。岱接驾。无所考仪注,以意为之,踏脚四扇,氍毹藉之,高厅事尺,设御座,席七重,备山海之供。鲁王至,冠翼善,玄色蟒袍,玉带朱玉绶。观者杂沓,前后左右用梯用台用凳,环立看之,几不能步,剩御前数步而已。传旨,忽辟人。岱进行君臣礼,献茶毕安席,再行礼,不送杯箸,示不敢为主也。趋侍坐。……二鼓转席,临不二斋梅花书屋,坐木犹龙,卧岱书榻,剧谈移时。出登席,设二席于御座傍,命岱与陈洪绶侍饮,谐谑欢笑如平交。睿量弘,已进酒半斗矣,大犀觥一气尽,陈洪绶不胜饮,呕哕御座傍。寻设一小几,命洪绶书箑,醉捉笔不起,止之。……起驾,转席后又进酒半斗,睿颜微酡,进辇,两书堂官掖之不能步。岱送至间外,命书堂官再传旨曰,爷今日大喜,爷今日喜极。君臣欢洽脱略至此,真属异数。"

张岱与鲁王君臣欢洽脱略至此,但是对于结党营私的任孔当辈仍要痛骂,正如那侍饮大醉的陈洪绶之要痛骂误国殃民的官军一样。

陈洪绶即老莲,他的画至今很有名,也是呱呱叫的明遗民,不是没有心肝的人,在他的《宝纶堂集》末有《避难诗》一卷,丙戌除夕自叙,其《作饭行》一篇序中有云:"今小民苦官兵淫杀有日矣",诗末四联云:

鲁国越官吏,江上逍遥师,避敌甚畏虎,箆民若养狸。
时日曷丧语,声闻于天知,民情即天意,兵来皆安之。

又《官军行》末四语云:

卿今冒饷欲未充,驾言输饷缚富翁。
卿先士卒抄村落,分明教我亦淫掠。

又《搜牢行》中有云:

长官亦如贼所为,人则何赖有此国。

我想在这里可以不必再加说明,只请读者自己去看这种官与兵是不是该痛骂。张陈皆明遗民,与鲁王又有这种关系,而使二人都忍不住说及汝偕亡或时日曷丧的话,岂不哀哉,当时的情形也就可想而知了。

前回我说现今很象明末,但这其间自然也有些不同,现在的人总比三百年前的人要聪明一点了吧。如断定明遗民张岱是没有心肝的人,一也;根据我所引的永井荷风的话,断定是前期年青人的反对黑暗之英雄的悲叫,二也。荷风原已说过:

"我反省自己是什么呢,我非威耳哈伦似的比利时人而是日本人也,生来就和他们的运命及境遇迥异的东洋人也。"

在原论第一节中又曾云:

"余初甚愤且悲。但是幸而此悲愤绝望乃成为使余入于日本人古来遗传性的死心之无差别观。不见上野的老杉乎,默默不语亦不诉说,独知自己的命教,从容地渐就枯死耳。无情的草木岂不远胜有情的人类耶。

"我如今才知道现代我们的社会乃是现代人的东西,决非我等所得容喙。我于此对于古迹的毁弃与时代的丑化不复引起何等愤慨,觉得此反足以供给最上的讽刺的滑稽材料,故一变而成为最有诡辩的兴味之中心焉。"

死心一语原文作"谛",本是审义,因审谛事理而死心断念,其消极过于绝望,是为今通行的第二义,其用此字盖与佛教四谛有关亦未可知。永井荷风的"前期年青人"的叫声如往别的书里去找或者也有一句二句,但在我所引的这篇文章里就想利用,实在未免太聪明一点了。

近来文坛上的"批评"的方法与手段的确大有进步了。兹姑不列举。总之他们的态度是与任孔当辈一鼻孔出气的。这也正是中国人的遗传性——或是命运吧。诗云:

虫呵虫呵,难道你叫着,"业"便会尽了么?

读 禁 书

禁书目的刻版大约始于《咫进斋丛书》，其后有《国粹学报》的排印本，最近有杭州影印本与上海改编索引式本。这代表三个时期，各有作用：一是讲掌故，学术的；二是排满，政治的；三是查考，乃商业的了。在现今第三时期中，我们想买几本旧书看的人于是大吃其亏，有好些明末清初的著作都因为是禁书的缘故价格飞涨，往往一册书平均要卖十元以上，无论心里怎么想要也终于没有法子可以"获得"。果真是好书善本倒也罢了，事实却并不这样，只要是榜上有名的，在旧书目的顶上便标明禁书字样，价钱便特别地贵，如尹会一王锡侯的著述实在都是无聊的东西，不值得去看，何况更花了大钱。话虽如此，好奇心到底都有的，说到禁书谁都想看一看，虽然那蓝胡子的故事可为鉴戒，但也可以知道禁的效力一半还是等于劝。假如不很贵，王锡侯的《字贯》我倒也想买一部，否则想借看一下如是太贵而别人有这部书。至于看了不免多少要失望，则除好书善本外的禁书大抵都不免，我也是预先承认的。近时上海禁书事件发生，大家谈起来都知道，可是《闲话皇帝》一文谁也没有见过，以前不注意，以后禁绝了。听说从前有《闲话扬州》一文激怒了扬州人，闹了一个小问题，那篇《闲话》我也还不曾见到。这篇《闲话》因为事情大了，所以设法去借了一个抄本来，从头至尾用心读了一遍，觉得文章还写得漂亮，此外还是大失望。这是我最近读禁书的一个经验。

不过天下事都有例外。我近日看到明末的一册文集，十足有可禁的程度，然而不是禁书。这书叫作《拜环堂文集》，会稽陶崇道著，即陶石篑石梁的侄子，我所有的只是残本，第五六两卷，内容都是尺牍。从前我翻阅姚刻《禁书目》，仿佛觉得晚明文章除七子外皆在禁中，何况这陶路甫的文中有许多奴虏字样，其宜全毁明矣，然而重复检查索引式的《禁书总录》，却终未发见他的名字，这真真是大运气吧。虽然他的文集至今也一样地湮没，但在发现的时候头上可以不至于加上标识，定价也不至过高，我们或者还有得到的机会，那么这又可以算是我们读者的运气了。

文集卷四复杨修翎总督云：

"古人以犬羊比夷虏，良有深意。触我啮我则屠之，弭耳乞怜则抚而驯之。"又与张雨苍都掌科云：

"此间从虏中逃归者言，虏张甚，日则分掠，暮则饱归。为大头目者二，胡妓满帐中，醉后鼓吹为乐。此虽贼奴常态，然非大创势不即去，奈何。"看这两节就该禁了。此外这类文字尚多，直叙当时的情形，很足供今日的参考。最妙的如答毛帅（案即毛文龙）云：

"当奴之初起也，彼密我疏，彼狡我拙，彼合我离，彼捷我钝，种种皆非敌手，及开铁一陷，不言守而言战，不言战而且言剿。正如衰败大户，仍先世余休，久驾人上，邻居小民见室中虚实，故来挑搆，一不胜而怒目张牙，诧为怪事，必欲尽力惩治之，一举不胜，墙垣户牖尽为摧毁，然后紧闭门扇，面面相觑，各各相讥。此时从颓垣破壁中一人跃起，招摇僮仆，将还击邻居，于是群然色喜，望影纳拜，称为大勇，岂知终是一人之力。"形容尽致，真可绝倒，不过我们再读一遍之后，觉得有点不好单笑明朝人了，仿佛这里还有别的意义，是中国在某一时期的象征，而现今似乎又颇相象了。集中也有别的文章，如复朱金岳尚书云：

"凡人作文字，无首无尾，始不知何以开，后不知何以阖，此村郎文字也。有首有尾，未曾下笔，便可告人或用某事作开，或用某事作阖，如观旧戏，锣鼓未响，关目先知，此学究文字也。苏文忠曰，吾文如万斛源泉，不择地而布，行乎不得不行，止乎不得不止。夫所谓万斛者，文忠得而主之者也；不得不行不得不止者，文忠不得而主之者也。识此可以谈文，可以谈兵矣。"作者原意在谈兵，因为朱金岳本来

就是兵家,但是这当作谈文看,也说得很有意思。谢章铤《赌棋山庄笔记》云:

"窃谓文之未成体者冗剽芜杂,其气不清,桐城诚为对症之药。然桐城言近而境狭,其美亦殆尽矣,而迤逦陵迟,其势将合于时文。"这所说的正是村郎文字与学究文字,那与兵法合的乃是文学之文耳。陶路甫毕竟是石篑石梁的犹子,是懂得文章的,若其谈兵如何,则我是外行,亦不能知其如何也。

《思痛记》及其他

中国近世的丧乱记事我也曾搜集一点来读，可是所见很不多。如关于道光壬寅（一八四二）"嘆夷"犯江南之事，见有上海曹静山的《十三日备尝记》，丹徒法又白的《京口偾城录》，杨羡门的《出围城记》，朱月樵的《草间日记》等。长毛即太平天国时的记载有山阴陈昼卿的《蠡城被寇记》，会稽杨华庭的《夏虫自语》，鲁叔容的《虎口日记》，都是关于绍兴的，李小池著《思痛记》二卷则记江宁句容金坛一带，汪悔翁《乙丙日记》卷一亦记江宁破城事。这里边与我最有情分的要算是《思痛记》了。这一小册书我已买有三本，第一次是在光绪戊戌（一八九八），据日记上所记云：

"十二月十三日，阴。午，至试前看案尚未出，购《思痛记》二卷，江宁李圭小池撰，洋一角。"其次是在北平，今年一月二日买得，价二元四角。复次则在上海，三月中托友人代为买来，价一元二角八分也。我看这本书前后几四十年，大有韦编三绝之概，每看时或不看而想起时辄发生许多感慨，因为太多而且深切了，所以觉得无从说起，只好不说。这回决心想写小文绍介，可是仍旧没法子抄录，我想这书是应该整本子的读下去的。假如有志士仁人肯出资刊印，我想这书应该与孙秀楚的《扬州十日记》，"辛稼轩"的《南渡录》，——不问所说徽钦二帝的事真伪如何，或辛君的名字确系假冒，总之这三部书是值得合刻，给中国人读一遍的。还有一个缘故，单抄出几节残杀的记事也不是好方法，这岂不是与节抄《金瓶梅词话》的淫事相似么？唱经堂《杜诗解》卷四举三绝句的第一首云：

"前年渝州杀刺史，今年开州杀刺史，群盗相随剧虎狼，杀人更肯留妻子。"圣叹评云：

"杀人句妙于更肯字，本是杀其人而淫其妻，却写得一似蒙其肯留，感出意外者，非是写惨恶事犹用滑稽笔，不尔便恐粗犷不可读也。"金君故是解人，此语说得很好，读了更令我难于选抄，其实只怕抄得不好使文章没有气力，粗犷还是托词而已。我重复的说，这书是须得全读的，部分的选抄不适宜也没有用。吾乡孙子久著《退宜堂诗集》卷二有"严鞠泉广文逸自贼中赋赠"一首，并序云：

城陷，鞠泉房系，夜将半，贼遍索赂，斫一人颅，衔刀灯下示怖众，寻缚十四人递戮之，既十人，遽止。鞠泉竟免，次三人袁杜姚并得逸。

听谈已事泪交颐生死须臾命若丝，
夜半灯光亮于雪，衔刀提出髑髅时。

还不如引这别一件事的诗聊以填空，若是原书那一定是非全读不可者也。

不过想介绍《思痛记》而一句都不引，似乎也不相宜，所以我这里来弃武就文，撇开太平天国的残杀淫掠而稍谈其文化政策吧。《思痛记》卷上记咸丰庚申（一八六〇）闰三月二十五日在金坛城外时事云：

李贼出坐殿中椅上，语一年约二十余，发已如辫长，面白身矮瘦贼曰，掌书大人，要备表文敬天父。贼随去，少顷握黄纸一通置桌上，又一贼传人曰，俱来拜上帝。随见长发贼大小十三四人至，分两边挨次立，李贼立正中面向外，复谓一贼曰，可令新傢伙们立廊前观听。余众至，则李贼首倡，众贼和之，似系四字一句不了了，约二十余句，唱毕，所谓掌书大人者趋至桌前北向捧黄纸，不知喃喃作何语，读罢就火焚之。闻七日一礼拜，届期必若是，是即贼剿袭西洋天主教以惑众也。

悔翁《乙丙日记》卷一,记咸丰癸丑(一八五三)二月中事有云:

> 十二日,邻人刘宅有贼于其家打馆夕食,闻诵经声毕则齐声呼杀妖而罢。初闻惊恐,谓其有邪术也。先是传言贼能放青烟以迷人,相去甚远可以忽至人前,有青烟酸入人鼻不可耐云云,其言出于藩署幕友,谓为信然,既闻此益坚信不疑。十三日,见娄宅壁上粘赞美云云,不知何为。既至城外,贼持一单令人人诵读,不熟者将挞之。其词云:
> 赞美上帝,惟天圣父。赞美耶稣,为救世真主。
> 赞美圣神,夙为神灵。赞美三位,为合一真神。
> 真道岂与,世道相同。能救人灵,享福无穷。
> 智者踊跃,接之为福。愚者省悟,天堂路通。
> 天父宏恩,广大无边。不惜太子,遣降凡间。
> 捐命代赎,吾侪罪孽。人知悔改,魂得升天。
> 云云,即娄宅壁上所粘,又即刘宅贼匪所诵也。时城外谭宅厅事为道州贼,后为歙人,道州贼日食必率其徒诵此,又教歙人率吾辈诵之,乃知其空言恐吓,实无邪术也。

悔翁自己曾经诵过赞美,其后妻亦因诵读不熟将被挞,二女愿代,七月中记云:

"十六日,女婆来打,二女代其母受扑五十。"至九月初十日,二女终以不食死,悔翁记之云:

"此后日子难过,后母气难受,日甚一日也。"悔翁此一节日记及文集中"次女哀辞"均极酸楚,其所记关于女人生活的偏激之论盖亦从此出也。胡光国著《愚园诗话》卷一载周葆濂所作《哀江南》曲,有一节云:

可记得,逢七日,奏章烧。
甚赞美,与天条,下凡天父遗新诏。
一桩桩胡闹,都是这小儿曹。

盖即指此事。《思痛记》在叙述敬天父后又云:

贼目令众坐,于是踞者蹲者,跷足者,倚肩搭背、舞手动脚,贼相毕露。小贼二三人立贼目后装水烟,呼余众至问姓名,各报讫,掌书一一注簿。贼目又言,尔众系新来人,宜一心归顺天朝,不可逃走,逃走必死。复问能挑担打先锋者须自言,强壮者咸答曰能。余五人答皆不能挑担,只会打杂,贼乃派令打杂,心始定。又曰,我是典圣粮官,指各贼曰,他们都是老兄弟。……自明日起逐日随老兄弟们去打粮,不能去者留馆烧火当差。说毕令人带回,贼众亦都散,此又贼中所讲道理也。

陈子庄著《庸闲斋笔记》卷四有一条云:

贼之最无道理者曰讲道理。每遇讲道理之时,必有所为也。凡掳众搜粮则讲道理,行军出令则讲道理,选女色为妃嫔则讲道理,驱蠢夫壮丁为极苦至难之事则讲道理。究其所讲者,其初必称天父造成山海,莫大功德,天王东王操心劳力,安养世人,莫大功德,理应供奉欢喜,娱其心志,畅其体肤,尔等众小安得妄享天父之财禄,骄淫怠惰,犯天条律云。以后则宣扬贼将欲为之事,以一众心,而复引天父之语以证之,如谓孔子为不通秀才,天父前日已将其责打手心等语,闻之令人发指,即在贼中之人听之亦不复信也。

《愚园诗话》又载马寿龄的新乐府一首,题曰"讲道理",其词云:

> 锣鼓四声挥令旗,听讲道理鸡鸣时。
> 桌有围,椅有披,五更鹄立拱候之。
> 日午一骑红袍驰,戈矛簇拥箫管吹。
> 从容下马严威仪,升座良久方致辞:
> 我辈金田起义始,谈何容易来至斯。
> 寒暑酷烈,山川险峨,千辛万苦成帝基。
> 尔辈生逢太平日,举足便上天堂梯。
> 夫死自有夫,妻死自有妻,无怨无恶无悲啼。
> 妖魔扫尽享天福,自有天父天兄为提携。
> 听者已倦讲未已,男子命退又女子,
> 女子痴憨笑相语,不讲顺理讲倒理。

陈马二君似未尝被掳,所说或难免传闻异辞,但大体当可信,盖李君所遇或是普通仪式,陈马则属于特殊者,而其中又有分别,即一是政治的宣传,一乃教义的训练是也。

太平天国在反抗满清这一点上总是应当称赞的,虽然他的估价不能高出朱洪武之上。明朝文化恐怕只有八股,假如其间没有一个王伯安出来乱闹一阵子。洪门文化不幸尚未建立成功,他以会党作基础再加上了教会,这个样子很有点蹩跷,至少我是觉得没有多少意思的。至于武化,杀妖是一件事,杀人又是一件事,这里暂且不谈。《思痛记》所记杀人事很可观,自有原书在也。

汉文学的传统

这里所谓汉文学，平常说起来就是中国文学，但是我觉得用在这里中国文学未免意思太广阔，所以改用这个名称。中国文学应当包含中国人所有各样文学活动，而汉文学则限于用汉文所写的，这是我所想定的区别，虽然外国人的著作不算在内。中国人固以汉族为大宗，但其中也不少南蛮北狄的分子，此外又有满蒙回各族，而加在中国人这团体里，用汉文写作，便自然融合在一个大潮流之中，此即是汉文学之传统，至今没有什么变动。要讨论这问题不是容易事，非微力所能及，这里不过就想到的一两点略为陈述，聊贡其一得之愚耳。

这里第一点是思想。平常听人议论东方文化如何，中国国民性如何，总觉得可笑，说得好不过我田引水，否则是皂隶传话，尤不堪闻。若是拿专司破坏的飞机潜艇与大乘佛教相比，当然显得大不相同，但是查究科学文明的根源到了希腊，他自有其高深的文教，并不亚于中国，即在西洋也尚存有基督教，实在是东方的出品，所以东西的辩论只可作为政治宗教之争的资料，我们没有关系的人无须去理会他。至于国民性本来似乎有这东西，可是也极不容易把握得住，说得细微一点，衣食住方法不同于性格上便可有很大差别，如吃饭与吃面包，即有用筷子与用刀叉之异，同时也可以说是用毛笔与铁笔不同的原因，这在文化上自然就很有些特异的表现。但如说得远大一点，人性总是一样的，无论怎么特殊，难道真有好死恶生的民族？抓住一种国民，说他有好些拂人之性的地方，不管主意是好或是坏，结果只是领了题目做文章的八股老调罢了，看穿了是不值一笑的。我说汉文学的传统中的思想，恐怕会被误会也是那赋得式的理论，所以岔开去讲了些闲话,其实我的意思是极平凡的,只想说明汉文学里所有的中国思想是一种常识的,实际的,姑称之曰人生主义,这实即古来的儒家思想。后世的儒教徒一面加重法家的成分,讲名教则专为强者保障权利,一面又接受佛教的影响,谈性理则走入玄学里去,两者合起来成为儒家衰微的缘因。但是我想原来当不是如此的。《孟子》卷四《离娄下》有一节云:

"禹稷当平世,三过其门而不入,孔子贤之。颜子当乱世,居于陋巷,一箪食,一瓢饮,人不堪其忧,颜子不改其乐,孔子贤之。孟子曰,禹稷颜回同道。禹思天下有溺者,由己溺之也,稷思天下有饥者,由己饥之也,是以如是其急也。禹稷颜子易地则皆然。今有同室之人斗者,救之,虽被发缨冠而救之,可也。乡邻有斗者,被发缨冠而往救之,则惑也,虽闭户可也。"末了的譬喻有点不合事理,但上面禹稷颜回并列,却很可见儒家的本色。我想他们最高的理想该是禹稷,但是儒家到底是懦弱的,这理想不知何时让给了墨者,另外排上了一个颜子,成为闭户亦可的态度,以平世乱世同室乡邻为解释,其实颜回虽居陋巷,也要问为邦等事,并不是怎么消极的。再说就是消极,只是觉得不能利人罢了,也不会如后世"酷儒莠书"那么至于损人吧。焦里堂著《易余籥录》卷十二有一则云:

"先君子尝曰,人生不过饮食男女,非饮食无以生,非男女无以生生。惟我欲生,人亦欲生,我欲生生,人亦欲生生,孟子好货好色之说尽之矣。不必屏去我之所生,我之所生生,但不可忘人之所生,人之所生生。循学《易》三十年,乃知先人此言圣人不易。"此真是粹然儒者之言,意思至浅近,却亦以是就极深远,是我所谓常识,故亦即真理也。刘继庄著《广阳杂记》卷二云:

"余观世之小人未有不好唱歌看戏者,此性天中之《诗》与《乐》也,未有不看小说听说书者,此性天中之《书》与《春秋》也,未有不信占卜祀鬼神者,此性天中之《易》与《礼》也。圣人六经之教原本人情,而后之儒者乃不能因其势而利导之,百计禁止遏抑,务以成周之刍狗茅塞人心,是何异壅川使之不流,无怪其决裂溃败也。夫今之儒

者之心为刍狗之所塞也久矣,而以天下大器使之为之,爰以图治,不亦难乎."案《淮南子·泰族训》中云:

"民有好色之性,故有大婚之礼,有饮食之性,故有大飨之谊,有喜乐之性,故有钟鼓管弦之音,有悲哀之性,故有衰绖哭踊之节。故先王之制法也,因民之所好而为之节文者也."古人亦已言之,刘君却是说得更有意思。由是可知先贤制礼定法全是为人,不但推己及人,还体贴人家的意思,故能通达人情物理,恕而且忠,此其所以为一贯之道欤。章太炎先生著《菿汉微言》中云:

"仲尼以一贯为道为学,贯之者何,只忠恕耳。诸言絜矩之道,言推己及人者,于恕则已尽矣。人食五谷,麋鹿食荐,即且甘带,鸱鸦嗜鼠,所好未必同也,虽同在人伦,所好高下亦有种种殊异,徒知絜矩,谓以人之所好与之,不知适以所恶与之,是非至忠焉能使人得职耶。尽忠恕者是惟庄生能之,所云齐物即忠恕两举者也。二程不悟,乃云佛法厌弃己身,而以头目脑髓与人,是以己所不欲施人也,诚如是者,鲁养爱居,必以太牢九韶耶?以法施人,恕之事也,以财及无畏施人,忠之事也."用现在的话来说,恕是用主观,忠是用客观的,忠恕两举则人己皆尽,诚可称之曰圣,为儒家之理想矣。此种精神正是世界共通文化的基本分子,中国人分得一点,不能就独占了,以为了不得,但总之是差强人意的事,应该知道珍重的罢。我常自称是儒家,为朋友们所笑,实在我是佩服这种思想,平常而实在,看来毫不新奇,却有很大好处,正好比空气与水,我觉得这比较昔人所说布帛菽粟还要近似。中国人能保有此精神,自己固然也站得住,一面也就与世界共通文化血脉相通,有生存于世界上的坚强的根据,对于这事我倒是还有点乐观的,儒家思想既为我们所自有,有如树根深存于地下,即使暂时衰萎,也还可以生长起来,只要没有外面的妨害,或是迫压,或是助长。你说起儒家,中国是不会有什么迫压出现的,但是助长则难免,而其害处尤为重大,不可不知。我常想孔子的思想在中国是不会得绝的,因为孔子生于中国,中国人都与他同系统,容易发生同样的倾向,程度自然有深浅之不同,总之无疑是一路的,所以有些老辈的忧虑实是杞忧,我只怕的是儒教徒的起哄,前面说过的师爷化的酷儒与禅和子化的玄儒都起来,供着孔夫子的牌位大做其新运动,就是助长之一,结果是无益有损,至少苗则槁矣了。对于别国文化的研究也是同样,只要是自发的,无论怎么慢慢的,总是在前进,假如有了别的情形,或者表面上成了一种流行,实际反是僵化了,我想如要恢复到原来状态,估计最少须得五十年工夫。说到这里,我觉得上边好些不得要领的话现在可以结束起来了。汉文学里的思想我相信是一种儒家的人文主义(Humanism),在民间也未必没有,不过现在只就汉文的直接范围内说而已。这自然是很好的东西,希望他在现代也仍强健,成为文艺思想的主流,但是同时却并无一毫提倡的意思,因为我深知凡有助长之一切事物都是有害的。为人生的文学如被误解了,便会变为流氓的口气或是慈善老太太的态度,二者同样不成东西,可以为鉴。俞理初著《癸巳存稿》卷四有文题曰《女》,中引《庄子·天道篇》数语,读了很觉得喜欢,因查原书具抄于此云:

"昔者舜问于尧曰,天王之用心何如?尧曰,吾不敖无告,不为穷民,苦死者,嘉孺子而哀妇人,此吾所以用心已。"此与禹稷的意思正是一样,文人虽然比不得古圣先王,空言也是无补,但能如此用心,庶几无愧多少年读书作文耳。

还有第二点应当说,这便是文章。但是上边讲了些废话,弄得头重脚轻,这时只好不管,简单的说几句了事。汉文学是用汉字所写的,那么我们对于汉字不可不予以注意。中国话虽然说是单音,假如一直从头用了别的字母写了,自然也不成问题,现在既是写了汉字,我想恐怕没法更换,还是要利用下去。《尚书》实在太是古奥了,不知怎的觉得与后世文体很有距离,暂且搁在一边不表,再看《诗》与《易》,《左传》与《孟子》,便可见有两路写法,就是现在所谓选学与桐城这两派的先祖,我们各人尽可以有赞成不赞成,总之这都不是偶然的,用时式话说即是他自有其必然性也。从前我在《论八股文》的一篇小文里曾说,"汉字这东西与天下的一切文字不同,连日本朝鲜在内。他有所谓六书,所以有象形会意,有偏旁,有所谓四声,所以有平厌。从这里，必然地生出好些文章上的把戏。"这里除重对偶的骈体，讲腔调的古文外，还有许多雅俗不同的玩艺儿，例如对联，诗钟，灯谜，是雅的一面，急口令，笑话，以至拆字，要归到俗的一面去了，可是其生命同样的建立在汉字上，那是很明显的。我们自己可以不做或不会做诗钟之类，可是不能无视他的存在和势力，这会向不同的方面出来，用了不同的形式。近几年来大家改了写白话文，仿佛是变换了一个局面，其实还是用的汉字，仍旧变不到那里去，而且变的一点里因革又不一定合宜，很值得一番注意。白话文运动可以说是反对"选学妖孽桐城谬种"而起来的，讲到结果则妖孽是走掉了，而谬种却依然流传着，不必多所拉扯，只看洋八股这名称，即是确证。盖白话文是散文中之最散体的，难以容得骈偶的辞或句，但腔调还是用得着，因了题目与著者的不同，可以把桐城派或八大家，《古文观止》或《东莱博议》应用上去，结果并没有比从前能够改好得多少。据我看来，这因革实在有点儿弄颠倒了。我以为我们现在写文章重要的还是努力减少那腔调病，与制艺策论愈远愈好，至于骈偶倒不妨设法利用，因为白话文的语汇少欠丰富，句法也易陷于单调，从汉字的特质上去找出一点妆饰性来，如能用得适合，或者能使营养不良的文章增点血色，亦未可知。不过这里的难问题是在于怎样应用，我自己还不能说出办法来，不知道敏感的新诗人关于此点有否注意过，可惜一时无从查问。但是我总自以为这意见是对的，假如能够将骈文的精华应用一点到白话文里去，我们一定可以写出比现在更好的文章来。我又恐怕这种意思近于阿芙蓉，虽然有治病的效力，乱吸了便中毒上瘾，不是玩耍的事。上边所说思想一层也并不是没有同样的危险。我近来常感到，天下最平常实在的事往往近于新奇，同时也容易有危险气味，芥川氏有言，危险思想者，欲将常识施诸实行之思想是也，岂不信哉。

中国的国民思想

今天是中等学校教员暑期讲习班开始的一天，暑假讲习班照例每年举行一次，本届已经是第三次了，所以关于暑期讲习班的意义，不必再加说明了。照预定的程序里面，我有两小时的讲话，实在说，我没有什么东西可讲，虽然我从民初以来都是作教员生活，可是讲演非我所长，不过既然规定了有这种讲话，所以我就把平常所想到的极平常的几句话提出来同大家谈谈。至于许多新的问题，说的人很多，我就不必说了。我所说的，是极平常的，没有新的东西，不过是我个人多少年以来想出来的一点问题，就是中国固有的国民思想究竟是什么？它的优点与劣点在那里？

这个问题与我们很有关系。我认为这个问题好象一个人对于自己的身体一样的重要，可是平常不注意它，等到身体有病的时候，才想起来，我的身体怎样，要请医生检查检查，究竟那一部分不好，应当赶紧医治；也有许多人讳疾忌医，有了病不肯请医生看，惟恐经过医生检查之后，会发现某部分发生毛病，心里反更不安适，所以不如不去检查；但这是没有用的，毛病在那里，不去医治，随他去，结果自然越来越厉害。一个人对于自己的身体是如此，国民对于国民的思想也是如此。中国的国民思想，现在已经到了病得很重的时期了，非请医生检查不可，必须明了那部分健全，那部分不健全有毛病，这是很重要的。不过看法各人不一样，我所说的是我个人的看法，虽然是很平凡很旧的，不过我相信没有假话，应该怎样说就怎样说，决没有怎样说得好就怎样说的地方，完全根据我一二十年来所想过的几点意见同大家谈谈。

中国国民的思想，说来说去，无论人喜欢不喜欢，根本思想还是儒家的思想。再具体一点说，就是孔孟的思想。为什么呢？这道理很简单，因为孔子是中国人，他的学问特别高，思想特别好，可以做我们的代表，无论什么人，有学问的，没有学问的，他的根本思想完全根据于孔子的思想，即是所谓儒家的思想。这是二千年以来，由种种方面可以看出来的。

儒家的思想那一点最重要呢？简单的说，就是利人——这是我假定的名称——，对于他人，对于民众，要给他幸福，为民众求福利，这是古今的中国国民思想，也就是儒家的思想。我从前念过《四书》，记得《孟子》里有一段，讲禹稷。禹是治水的，"三过其门而不入"。治水是禹的责任，天下只要有一个人被水淹死，就是禹自己的不好，如同禹淹死这个人一样。稷是种田的，天下只要有一个人挨饿就是稷自己的不好，如同稷叫这个人挨饿一样。所以禹稷都有圣人的心理。再如孟子与梁惠王讲仁政——所谓王道——，孟子说得很简单，只要人民不饥不寒，年老的人有绸衣可穿，有肉可吃，等到人民的生活安定了，然后办学校，申之以孝悌之义，这样就是王道。简单的说，我以为中国思想的优点，完全在为人谋福利，并不是为自己。我是圣人圣王，责任就很重大，所有的人民，有一个没饭吃，没有衣穿，都是我的责任，决没有"我是皇帝，我应该享福"的思想。这种享福的思想，是后来才有的。孔孟的利人思想，拿这两个例子就可以代表了。

还有一位清朝的学者焦里堂先生，曾经说过一段话，他说，他的父亲告诉他："天下的事情很简单，第一就是自己要生存，第二就是子孙要不断的绵延下去。自己生存，子孙绵延，天下事就完了。不过，自己生存，同时也要使他人生存；自己的子孙绵延下去，同时也要使他人的子孙绵延下去。"焦里堂听了他父亲的话，研究多少年，也没有明白，后来研究《周易》，才知道他父亲所说的，都是经验之谈。简言之，就是很平常的人生观。人是要生存的，不但要自己能生存，而且要他人也能生存，这样才能大家平平安安的生存下去。讲得玄妙一点，我们不大懂，平常说，就是所谓仁。孔子无论怎样玄妙，讲到底就是个仁字。曾子说过:"夫子之道,忠恕而已矣。"恕就是推己及人,我能生存,他人也能生存。不过,恕是主观的,我喜欢吃甜的,他人也有不喜欢吃甜的,于是就要讲忠了。忠就是科学上所谓客观的态度,我喜欢吃甜的,他人有不喜欢吃甜的,我要了解他喜欢吃什么东西,与我有什么不同,这就是忠。所以孔子之道,一以贯之,就是仁,分说就是忠恕。

关于这一点,我以为从孔孟起,到老百姓为止,没有什么不懂的,这是最简单的人生观。自己要生存,他人也要生存;自己的子孙要绵延下去,他人的子孙也要绵延下去。凡事都不要损人利己。这个观念不见得只有中国人有,是人人都有的,不过中国人对于这点特别明了而已。这是从书籍上看来,就可以完全知道的,有了这点理论,第二点实际,也就是由这一点研究出来的。

第二点是讲实际,不是理论,完全是就事论事。由讲实际看来,孔子的学说不是宗教。因为宗教有很大的理论,譬如佛教,他认为这世界的种种人生都是无聊的,所以要与这个世界断绝,求自己的解脱。基督教也是如此,认为人生在这污浊的恶世里非常痛苦,必须在这时候祷告上帝,领入天堂,才可以有永生。而孔子就没有这种思想。他认为这个世界就是我们的世界,至于死后如何,就不去考虑了。孔子曾说过:"未知生,焉知死?"对于死后问题毫无研究兴趣,而对于现在则非常重视,只要现在的几十年之中好好的过,对于父子兄弟夫妇朋友,好好的处,一生的目的就完了。照佛教说起来,父子兄弟夫妇朋友种种关系,使人不得自由,于是要出家,去求个人的解脱。儒家却是相反,这是孔子学说与宗教不同之点。至于中国人的崇信宗教,也是完全为帮助现在的生活,并不是为死后的永生。试看到妙峰山拜菩萨的人很多,可是他们朝山拜佛,大多数是求现在的幸福的。再举一个显明的例,财神庙是很有名的,到了财神菩萨生日的那一天,大家去求发财,可是到了第二天,大家就把财神菩萨忘记了,其实并不是永久忘记,其所以崇拜财神菩萨的原因,无非只是祈求现在发财而已,不象基督教徒一样每饭不忘,吃饭也祈祷,睡觉也祈祷,同时他们的祈祷只是求神的保佑,没有其他的目的,由这点看来,孔子学说与宗教就完全不同了。孔子只要现在的问题解决,目的就达到了,并不是死后能否免去轮回,引入天国。所以把孔子作为宗教家,根本是不通的。可是孔子虽然只求现实,但也不是功利主义者。因为实际主义往往容易变成功利主义,而孔子则不然。《论语》里面说,"知其不可而为之",明知道做不成功,他还是要做,但并不是有利的才去做,无利的就不去做,可能的就做,不可能的就不做,与功利主义完全不同。

第三点,中国国民的思想是讲中庸的,不偏于任何一方面。固然中庸的弊病可以变成骑墙,不过中国国民的思想并不是骑墙,大体上看来,还是比较偏重于儒家,他还是有他的宗旨。中国的思想,除了儒家之外,还有道家的老子,庄子,法家的韩非,商鞅,不过这两派不大发达。法家偏于积极,太拘泥法理,一切照预定方针做下去,一点没有变通,虽然在西洋法家比较成功,而在中国的历史上看来,秦,王莽,以及王安石等想求法治,却都没有成功,可知法家在中国社会是不容易成功的。至于道家则偏于消极,知其不可为而不为,虽然他也不是宗教,不求解脱,但是一切只求敷衍。儒家在法家道家之间,你说他消极,他不消极,你说他积极,他也不积极,只是适乎其中。西洋的哲学家也有人说"人生没有极端",也就是中庸的意思。譬如走路,不动当然不能走,两腿一齐动,也不能跳得很长久,只有两腿一前一后的向前走,才可以达到目的地的。又有一位英国人说,"一个人吃东西可以有两个极端办法,一个是纵欲,一个是禁欲。"所谓纵欲,是今天有好吃的,就尽量的吃,原来吃三碗饭,因为是好吃的就吃五碗饭;所谓禁欲,就是根本不吃。这两极端都是不行的。多吃了胃中容纳不下,会发生胃病;不吃也不能生活。为图生活快活,有好吃的也要少吃一点,今天吃一部分,明天再吃一部分,使我们的口腹之欲天天能满足,少吃虽然也是禁欲,但不是单纯的绝对的禁欲,是纵欲与禁欲两者之间的。这话本来是很简单很平常的。除了少吃之外,两极端是没有人能做得通的。所以人生就是中庸。吃饭,走路,睡觉,都要合乎中庸,才能生活。中国人从孔子起,到一般老百姓止,都有中庸的思想。希望中国人做大事业,是做不出来的,可是叫他维持长久,他的力量却很大。试看中国过去的历史,倒霉的历史也很多,这就是中国思想的弱点,由于没有宗教家的热诚,希望信仰的缘故;但是因为思想中庸,却能够保持长久,所以在历史上虽有时期长短不一的患难,而中国的思想仍然保存,仍然可以复活过来。

我以为中国国民的思想的特色,就是以上的三点,这三点也就是根据于儒家的思想,上自孔圣,下至不识字的老百姓,他们的人生观都是如此,这是我个人的观察。

人本来是生物之一,生物当然要生存,这是最简单的欲望。有一位外国人问我:"中国的国民性怎样?"我说:"中国人是人,是生物,他要生存,这是中国人的国民性,此外并无什么古怪异常的地方。"因为中国人是人,是生物,要生存,所以你不让他生存他是要反抗的。有许多宗教,不希望现社会的生存,而希望永久的生存,因此性格转变了。中国就没有这种转变,所以中国思想是很平常很健全的。不过后来出一种毛病,因此有人责备儒家,其实这是出于别一来源的,这就是考试制度。从唐朝起,一直到清朝末叶,都靠诗文取士,最近五百年则文章又限于八股,无论什么人,只要考中了,就可以做官。这种制度,把中国好好的国民性都弄坏了。考试本来是很好的制度,据外国人看起来,是很有道理的。可是这仅是就好的理论方面来讲,而没有看见考试的流弊。考试制度最大的流弊有两点:第一,因为作文章不肯说真话,完全是说谎。我们平常作文学的文章,自己照自己的思想去作,今天心里高兴,写出来的文章就是高兴的,今天有悲伤的事情,写出来的文章就是悲痛的。但是考试的文章却不能如此,虽然我有很悲痛的事情,在考场上出了庆贺皇太后八十万寿的题目,就非得作颂扬的文章不可。因此千余年来,中国人作文章的本领很好,一般外国人,特别是友邦人,说中国人的宣传本领很好,这是由于千年来学成的遵命文学的缘故。人家说杯子是圆的,我就作一篇杯子是圆的文章;人家说杯子是方的,我就作一篇杯子是方的文章;就是有人说这不是杯子,我也照样可以作一篇文章,于是文章完全依据题目去作了。我们从前学作论文,先生就是这样教,若不这样作,文章就作不好。但这种文章,决不是自己的文章,完全是替题目说话,弊病很大。第二,是胡说八道。从前在书房里作什么"汉高祖论","管仲论",谈论一二千年以前的事情,汉高祖怎样与匈奴作战,我们完全不知道,怎样作论文呢?结果只好乱说了。如果向来大家都说汉高祖如何的好,你能翻案,说他如何不好,这便是好的文章了。有了这样的好文章,一旦考中,点了翰林,做了御史,就更可胡说八道了。从前汉高祖打匈奴都可批评,都可以骂,何况是现代的人?因为有考试,所以要作文章;因为作文章,所以不说真话,胡说八道。这种习气养成之后,于是把中国的国民性弄坏了。中国儒家的思想,原来并不是如此。孔子对子路说:"知之为知之,不知为不知,是知也。"这才是真实的知道。可是因为考试制度,把这点精神完全丧失了,变成了说谎同胡说八道,因此只在文章上讲空论,真实的学问一齐都不发达了,科学也因此不能发达了。

　　以上所说,是中国因为考试制度把中国国民思想弄坏了,只知说谎,胡说,把真实的学问都阻塞了,因此中国的科学也不能发达了。譬如拿医学来说,从前有人说,"不为良相,则为良医",医生同宰相一样,都可以救人的。可是我们中国人,对于医学向来就不注重,为什么呢?因为一般医生都不拿医作为专门职业,虽然医生所负的责任非常重大,病人的生命完全交付在医生的身上,而做医生的都是不第的童生,以及失业的塾师,一方面行医,一方面还准备应考;一旦考中,就可飞黄腾达,即使自己考不取,再教他儿子念书,儿子考中了,就可以做老太爷,就可以不再行医了,因此对于医学不去深究,医学就永远不进步,不发达。

　　我们再拿日本的医学来比较一下:日本很受中国思想的影响,对于孔孟程朱的思想,尽量的吸收,可是他们对于科学的态度,就与中国完全不一样了。其所以不同的原因,第一,因为他们没有考试的制度,仍然保持孔孟的思想,一切讲实际,不讲空论,不说谎;第二,因为日本在明治维新以前，都是封建制度，做医生的人永远做医生，并且他的子孙也大抵是永远做医生，做工的人本人以及他的子孙永远做工人，做工人的人要想做官，是绝对不行的。不象中国无论什么人，只要考中之后，就可做官。并且他们学什么做什么，不象中国学非所用，甚至象前清候补道一样，什么事都办。在日本决没有这种现象，学医的永远做医生，以医生为职业。因为永远做医生，诊治得多，经验也多，并且一代传一代，经验越积越多。以往日本都是汉医，因为他们以医生为职业，所以设法研究，使医学进步，于是又探求西洋人如何医治，最初自己研究荷兰文，看荷兰的医书，逐渐完全转变为西洋医学了。几百年前由中国传过去的中药秘方，有如行军散避瘟丹之流，经过他们几代的研究，也完全改变了。譬如宝丹，是二三百年前的秘方，可是这二三百年之内，经过他们的研究改良，才成为今日的宝丹。我有一位朋友，是学中医的，他说："宝丹的好处，在于冰片多。可是冰片的价值很昂贵，照宝丹里的冰片分量，成本很可观。但宝丹的售价，只二角钱，不知他们用什么方法代替冰片，而效用完全与冰片一样。"日本能用中国的旧方，求新的方法来改良，所以他的医药能够进步发达。他们何以能如此呢？就是由于两国的国民性不同，虽然同一儒教的根源，但是他们没有阻碍知识发达的考试制度。中国现在虽然已取消了考试制度，可是这种弊病还遗留在那里，依然没有去掉。

现在我们已经把中国的身体检查过了，好的部分也看出来了，坏的部分也看出来了，我们要使中国的身体健全起来，当然要发展好的部分，去掉坏的部分，否则是没有方法可救的。中国国民固有的思想是好的，应该加上什么东西，就可以救中国呢？据我想，还是科学教育。我这样说，好象也是看题目做文章，因为各位都是理科教员，所以说科学教育来救中国，其实不然，这是我向来的主张。我觉得中国根本思想是好的，不过是后来变坏了，只要再加上科学文明，就可以把固有的国民性恢复过来。

科学文明现在已不是时髦话了，现在最时髦的是精神文明。可是我说科学文明可以恢复固有的国民性,是有道理的。物质文明的流弊不能说没有,中国因为科学不发达,所以没有感受痛苦,西洋各国因为科学发达,受到很大的痛苦。前几天,有一位日本朋友来看我,他说:"中国现在一切事情,关于教育与文化,应该拿日本作为前车之鉴。日本因为偏重科学的物质文明,对于自己的文明不注重,所以发生了流弊,中国不要再蹈覆辙才好。好在中国的科学没有发达,还来得及预防。怎样预防呢?那就是一面输入西洋的物质文明,同时还要注意本国原来的文明。"我觉得他这话很可作我们的参考。中国的确还没有充分的物质文明,必须输入西洋的物质文明。可是别国现成的药方不能吃,我们生什么病,开什么方子,吃什么药,西洋的物质文明虽然我们很需要,可是我们只拿西洋文明的一段输进来,其余的一段不过问,势必发生流弊。我们输入十九世纪后叶至二十世纪的西洋文明,同时也要注意到十九世纪以前的文明;否则只看见飞机大炮以及各种机器,以为西洋的文明全都在这里了,这是完全不对的。飞机的用途,现在说起来好象只是专门轰炸的利器,但当初发明制造飞机的并不是这种用意,所以我们一方面输入科学文明,一方面还要明白科学文明的历史。

西洋的科学文明发源于希腊罗马,要输入西洋的科学文明,就要了解中古时代希腊罗马的人文科学。从希腊的文明看来,我们觉得物质文明与精神文明没有什么区别,他的文明又同中国很有相象的地方。希腊的宗教,文明,历史,与基督教的国家相比,差得很远,可是与中国相比,却很相近。希腊的宗教,崇拜天地日月,与中国差不多。他的哲学,以苏格拉底(Socrates)为代表,与中国的孔孟相似。孔孟讲到最后是中庸,他们的哲学虽然另有名称,而意思也是讲中庸。希腊的道德观以春夏秋冬气候变化的情形为基础,譬如夏天很热,但是不能永远更热下去,热至极点,到了大暑,就逐渐凉爽,成为秋天,再逐渐冷下去,就到了冬天,可是冷到极点,也不会再冷,于是又逐渐热起来,成为春天。无论什么事都是如此,不能太过,所以希腊人的道德最重适中,最忌过中,而其根据则以自然律为本,这种观念,完全与中国一样。这样看来,科学源流的希腊文明,在我们中国人觉得是很容易了解的。

希腊的文化既然与中国相近,何以科学发源于希腊,而中国的科学如此不发达呢？要知道希腊之科学文明,也不是自己创造的,是接受巴比伦埃及的文明,而发生光大则完全由于苏格拉底,其弟子柏拉图(Plato)及再传弟子亚理斯多德(Aristotle),当时他们的地位与时代,正同中国的孔孟一样,曾子是孔孟的弟子,孟子也可说是孔子的再传弟子。可是苏格拉底的再传弟子亚理斯多德,除了伦理学、政治学、哲学以外,对于各种科学都有很多的著作;而孟子只著了论道的七篇书。亚理斯多德的著作之中,有四部讲动物学的,后世的达尔文看见他的著作,说他能够在若干年之前研究出后世学者所未发现的学理,非常的佩服他。希腊接受巴比伦埃及的文明,发挥希腊的文明,可以作我们很好的教训。

我们再看,日本近代科学非常发达,也是我们很好的教训。

希腊的精神文明同中国不相上下,何以亚理斯多德变成世界自然科学的祖师,而我们的科学落伍呢？日本的文明是根据由中国传去的孔孟程朱陆生的学问,而接受了西洋文明,于是科学发达,但我们何以不能接受西洋文明呢？在这里,我们应该深深的反省。古代因为贤哲只讲哲学,不讲科学,所以科学落后;近代因为我们受了科举制度的流弊,所以就不能接受西洋文明了。过去的已经过去,没有办法了,只有第二步求补救的方法,就是以中国固有的国民思想为基础,再尽量的吸收西洋自然科学以及物质文明,现在努力去做,还来得及。

关于以中国固有的国民思想为基础一点,有人说要保存国粹,提倡中国的思想,这种办法与我的意思有点不同,因为中国固有的国民思想——就是儒教的思想——本来是健全的,只要中国不消灭,这种思想也不会消灭的,没有保存提倡的必要。为什么呢？我可以拿一个比喻来说:假定中国人是松树,那么孔子也是松树,不过孔子的那棵松树特别高大茂盛,作为松树的代表,但是无论如何,同是一个根,同是一个种,把所有的松树种子松树根都使他长得同孔子的那棵松树一样高大茂盛,那是不可能的,但能好好的培养灌溉,长出来的反正都是同样的松树,也能茂盛起来,不会死的。所以不必怕儒教思想消灭,不必多事的说保存提倡,如果不想法培养灌溉,却去拨弄撮拔他,那是不会茂盛反而要坏的。怎样培养灌溉呢?就是孟子所说的不饥不寒,再进一步,使他们受教育,一方面把考试制度的流弊去掉,把物质文明的肥料加上去,自然就会茂盛起来了。

考试制度的流弊怎样去掉呢?我以为一方面把物质文明建设起来,一方面从教育方面着手,把自然科学普遍起来,养成科学的思想方法。只有这种药,才可以医治考试制度的病。英国有一位学者说:"学校里理科的课目并不是给学生预备将来研究专门学问的,而是普通的知识,养成科学的头脑,任何方面都可以应用。"譬如数学是整理思想的方法,平常对于题目怎样解决,训练好之后,就可以应用到政治,经济,外交上去,同样的将问题整理之后,就可以把要点抓住。文法也是如此。文法熟悉之后,不但说话都依照文法,将来对于办理事件也就可以用文法即论理的头脑,把要点抓住了。中国向来没有文法,不但八股文章没有文法,就是说话也没有文法。自从施行新教育之后,一般学校都添了英文,可是英文有一缺点,就是文法不密,这样讲也可以,那样讲也似乎可以,所以要学外国语或第二外国语,最好添学老的拉丁文或新的德文,古典文一个动词有一百零八个变化。德文文法也很严密,先多费点心去学了,后来很有用处。学习文法不仅是为学外国语,是为养成科学的头脑,以便将来应用到任何事件去,所以这种科学训练,可以改变以往不讲实际的弊端。

中国还没有物质文明的流弊,这是因为中国还没有充分建设起物质文明的原故。可是不能因为物质文明有流弊我们就不要物质文明,这是不对的。物质文明比如是鱼肉,别人因为吃鱼肉而生病,我们根本吃不起鱼肉,也说我不吃鱼肉,这未免笑话。没有吃过鱼肉,怎会生病呢?我们的态度应该是:别人吃鱼肉生了病,我们就用别的方法,把他配合起来吃,这是我的主张。

总结以上所说的话，中国的思想本来是好的，可以乐观的，第一是利人，讲仁，讲忠恕，要使大家安居乐业；第二是讲实际，不讲玄虚，死后如何，永生如何，天堂如何，一概不问，只知道现在生活的几十年中好好的过活；第三是讲中庸。中国的思想就是很平凡，可是经过考试制度之后，中国的思想变坏了，我们要补救他，就要吸收世界的科学知识，不偏于物质，同时还要注意科学的根源，一方面发展有用的机械文明，普遍自然科学的知识，一方面顾到固有的文化，如此则中国的缺点可以补足，原有的优点也可以发扬了。这样办法与从前所说的"中学为体，西学为用"不同，因为他们把中学与西学分为两截，中学是人的身体，西学是人的衣服，我的意见不是如此。西学是我们没有的东西，可是由外国拿过来之后，就不是西学了，譬如拿医学来说，中医与西医当然不同，可是仔细一看，只有时代的不同，中医是十七八世纪的医学，西医是现代的医学，我们把西医拿进来之后，就是我们的医学，也无所谓西医了。我们利用西洋的文明来补救中国的弊病，并不是"中学为体，西学为用"，保存国粹，还在其次，必须首先将固有的精神思想健全起来，然后再用科学方法选择西洋文明的优点输入进来，这才是最好的办法。当然这不是一件容易的事，社会如此不安定，无从下手，惟一的方法只有由教育机关设法进行了。今天在座的诸位，都是教理科的，虽然文科方面的教师责任也重大，可是诸位对于中国的责任更重大，除了使学生得到理科的学问之外，还要使学生养成科学的头脑，这是救中国最重要的一点。

　　我对于科学完全是门外汉，今天借这个机会，把我从前所想到放在心里的几句话和大家谈谈，所说的话平常得很，没有新意见，不过完全是真实不假的意见，应该怎样就怎样说，这一点是可以贡献给诸君的。

中国文学上的两种思想

我们平时读书,往往遇见好些事情,觉得意见纷岐,以至互相抵触,要来辨别决定,很费一悉心思,而其结果则多是倾向于少数的,非正宗的方面。这是为什么呢?难道真是有些怪人,如李卓吾俞理初等人,喜欢发为怪论,而这又能惑世诬民么?我想这未必然。据我的意见来说,关于政治道德中国本来有两种绝不同的思想,甲种早起,乙种后来占了势力,可是甲的根本深远,还时常出现,于是成了冲突。简单的用假定的名称来说,这可以说甲是一切都为人民,乙是一切都为君主的主张。这里最好借黄梨洲的现成的话来说明,在《明夷待访录·原君篇》中云:

"古者以天下为主,君为客,凡君之所毕世而经营者,为天下也。今也以君为主,天下为客,凡天下之无地而得安宁者,为君也。"《原臣篇》中云:

"天下之大,非一人之所能治,而分治之以群工,故我之出而仕也,为天下,非为君也,为万民,非为一姓也。"又《置相篇》中云:

"孟子曰,天子一位,公一位,侯一位,伯一位,子男同一位,凡五等。君一位,卿一位,大夫一位,上士一位,中士一位,下士一位,凡六等。盖自外而言之,天子之去公犹公侯伯子男之递相去,自内而言之,君之去卿犹卿大夫士之递相去,非独至于天子遂截然无等级也。"这几节话已经说的很简要,现在再引经书来加以证明,重要的还是在《孟子》里,如《尽心下》云:

"民为贵,社稷次之,君为轻。是故,得乎丘民而为天子,得乎天

子为诸侯,得乎诸侯为大夫。诸侯危社稷,则变置。牺牲既成,粢盛既洁,祭祀以时,然而旱干水溢,则变置社稷。"《离娄下》云:

"禹稷当平世,三过其门而不入,孔子贤之,颜子当乱世,居于陋巷,一箪食,一瓢饮,人不堪其忧,颜子不改其乐,孔子贤之。孟子曰,禹稷颜回同道。禹思天下有溺者,由己溺之也,稷思天下有饥者,由己饥之也,是以如是其急也。禹稷颜子易地则皆然。"《万章上》说伊尹云:

"思天下之民,匹夫匹妇有不被尧舜之泽者,若己推而内之沟中,其自任以天下之重如此。"此外如《万章上》之说天下之民讴歌舜禹,《梁惠王上》《尽心上》之叙五亩之宅等办法,《离娄下》之说君之视臣如土芥则臣视君如寇雠,也都是这宗主张的表现,可以说即是黄梨洲说的根源。孔子并未明白说过,《尚书》多载政事祭祀,也未见说及,但是在传说上很有许多留存,如舜与禹之受禅,许由务光之逃避,禹稷之辛劳,以及汤之祷雨,皆是。据《太平御览》卷八三引《帝王世纪》云:

"汤自伐桀后大旱七年,洛川竭。殷史卜曰,当以人祷。汤曰,吾所为请雨者民也,若必以人祷,吾请自当。遂斋戒,剪发断爪,以己为牲,祷于桑林之社。"查照文化人类学的研究,古代君王与野蛮酋长一样,负有燮理阴阳的责任,如或旱干水溢,调整无功,往往有为牲之虞,有如晒城隍神相似。又据说君长的坐立衣食也多有拘束,如坐高座,足不着地之类,我们看《月令》中对于天子之衣的颜色,食的种类,有不近人情的规定,似乎有点近似。所以有些地方找人做酋长,候补者不愿意,有时竟至拒捕。这些《金枝》上的另碎话,虽然都出在非澳各蛮地,却颇可帮助我们证明传说中事实之可能,即使时代与人物未必便那么可以明确认定。在中国有文字纪录的时候,这样的时代早已过去很久了,事实上君权十分确立,其思想当如《洪范》所说,惟辟作福,惟辟作威,惟辟玉食,那是殆无可疑的了。但是在想象中还存留着这么一个影子,成为传说,一直流传下来,而一般思想家中之特殊者也就由此传说而成为理论,于是为人民为天下的思想遂以成立,如孟子,如王介甫,如李卓吾黄梨洲,如俞理初,都是属于这一系的。至于为君主的主张则为君权时代之正宗思想,千百年来说的很是堂皇,但分析起来,大旨只如《明夷待访录》所说,《原君篇》云:

"后之为人君者,以为天下利害之权皆出于我,我以天下之利尽归于己,以天下之害尽归于人,亦无不可。使天下之人不敢自私,不敢自利,以我之大私为天下之公。始而惭焉,久而安焉,视天下为莫大之产业,传之子孙,受享无穷,汉高帝所谓某业所就孰与仲多者,其逐利之情不觉溢之于辞矣。"又《原臣篇》云:

"世之为臣者,以为臣为君而设者也,君分吾以天下而后治之,君授吾以人民而后牧之,视天下人民为人君囊中之私物,今以四方之劳扰,民生之憔悴,足以危吾君也,不得不讲治之牧之之术,苟无系于社稷之存亡,则四方之劳扰,民生之憔悴,虽有诚臣,亦以为纤芥之疾也。"这里批评的很彻透,不过事实上一直具有绝大势力,这大抵起于有史以来,至秦而力量更加大,至宋而理论更加强,以至于今,民国成立以来犹未能清算。但是向民间去看,那里的思想相当保有原来的纯朴,他们现实方面畏惧皇帝的威力,理想方面却仍归依于治水的大禹,养老的西伯,一般老百姓所期待的所谓真命天子,实在即是孟子所云天与之人与之的为人民治事的君,若说弥勒菩萨转世,乃是附带的装点而已。这样看来,现今觉得对立着的两种主张,为君主的思想乃是后起,虽然支持了很久的时间,但其根柢远不及为人民为天下的思想之深长,况且在民国建国以后,这最古老的固有思想也就最为适宜而合理,此其重点当然在政治道德上,有加以扶植之必要,惟在一般从事于文史工作的人也很值得注意的事也。

上面所说都是泛论,现在且就文学方面来一看,究竟这两种思想占的势力如何。据理来推测,为君主的主张既在实际上占着势力很大也很久,应当各方面都已侵入浸透了,至少也有相当的根基,但是实在未必如此。文学上现今且只以诗歌为例。据我浅陋的知识说来,大约只有《离骚》一篇可以说是真是这种为君的思想的文学,此外就不大容易再去找寻。这实是无怪的,屈原据《史记》说是楚之同姓,别的诗人忧生悯乱,感念身世,屈子则国事亦即是家事,所以那么特别迫切。可是我们仔细想来,《离骚》的文学价值就在于此么?刘彦和在《文心雕龙》上说得好,叙情怨则郁伊而易感,述离居则怆怏而难怀,论山水则循声而得貌,言节候则披文而见时,枚贾追风而入丽,马杨沿波而得奇,其衣被词人,非一代也。语虽简略,却能得其概要。我们回过去再看《诗经》,差不多也可以这样说。现在且依据小序去看,《大雅》与《颂》本来是以政事祭祀为主的篇什,倒是合例的,但以文学论这部分不占重要的位置,正如后来的郊祀歌一样。《国风》好色而不淫,《小雅》怨诽而不乱,这是很好的诗了,然而其中也有差别。据本文或序语看出确有本事的若干篇中,美少而刺多,诗人之意也只是忧国为主而非思君,至于后世传诵,很有影响的诗则又大都是忧生悯乱的悲哀之作,别一部分是抒情叙景的,随便举例,前者有《黍离》,《兔爰》,《山有枢》,《中谷有蓷》,《谷风》,《氓》,《卷耳》,《燕燕》等,后者如《七月》,《东山》,《野有死麇》,《静女》,《绸缪束薪》,《溱洧》,《风雨》,《蒹葭》,是也。这里所说极不精密,但大概情形也就是如此吧。

关于古今体诗,这里也只得草率的说一下。不能广泛的去查考,只好利用一二选本,如闻人倓的《古诗笺》,张琦的《古诗录》,暂且应用。《古诗十九首》,有些评家都以为是逐臣或失志之士之词,这个我们实在看不出来,恐怕大家也有同一感想。阮嗣宗的《咏怀》五十首,陶渊明的大部分的诗,照例是被归入这一类里去的,我们可以重复说关于《诗经》作者的话,他们诚然是忧时,但所忧者乃是魏晋之末的人民的运命,不是只为姓曹的或姓司马的一家也。以后我们且只看唐诗,而且唐诗中也只看杜少陵,因为唐诗固无从谈起,而杜少陵足为其代表,且亦正以每饭不忘君的诗人著名也。这里我所依据的是芸叶庵的二十卷本《杜工部集》,可是恰巧有名的古诗都是早年之作,收在前几卷里,检阅甚便,据我看来,《咏怀》《述怀》与《北征》诸诗,确如东坡所云,可以见其忠义之气,但如说其诗的价值全都在此,那有如说茶只是热得好,事实当然未必如此。老杜这类诗的好处如自己说过,正在其"忧端齐终南,颃洞不可掇",如上述诸诗外,有《哀江头》《哀王孙》,新安石壕二吏,新婚垂老无家三别,《悲陈陶》,《兵车行》,前后《出塞》,《彭衙行》,《羌村三首》,《春望》,《月夜忆舍弟》,《登岳阳楼》,这些虽然未能泣鬼神,确有惊心动魄之力,此全出于慈爱之情,更不分为己为人,可谓正是文艺的极致。世乱遭飘荡,生还偶然遂,我们现在读了,能不感到一种怅惘。我不懂得诗,尤其不敢来讲杜少陵的事情,这里只是乱抓的抓到他,请他帮我证明一下,为君主的思想怎样的做不成好诗,结果倒是翻过来,好诗多是忧生悯乱的,这就是为人民为天下的思想的产物。这也就可以说是中国本来的文学思想的系统,自《诗经》以至杜少陵是如此,以后也是如此,可以一直把民国以来的新文学也算在里边。散文方面的例我没有引,因为这事情太是繁重了,一时来不及着手。在那里面为君主的思想当更占有势力,臣罪当诛天王圣明的话头在诗中难免稍为触目,文中便用得惯了,更肉麻些也还不妨,所以那边的情形自然会得稍有不同,须待查考了再说。但是我相信,至少是依据我对于中国思想与文学的意见来说,这种一切为君主的思想本是后起的,因了时代的关系一时间大占势力,在文化表面上很是蔓延,但是终于扎不下深的根,凡是真正好的文学作品都不是属于这一路的,现在又因了时代的关系明显的已失势力,复兴的应该是那一切为人民为天下的思想,不但这是中国人固有的思想,一直也就是中国文学的基调。这里的例证与说明或者还不甚充足,有待于将来的补订,但我想这两种思想的交代总是无疑的事实,而且此与普通思潮之流行变化不同,乃是与民族的政治文化的运动密切相关,现今从事于文学工作的人正有极须注意之必要。末了觉得又须加上一点蛇足的说明,以上只是我个人对于中国文学思想之一种观察,应用的范围自然就以中国为限。自然科学的定理世间只有一个,假如有了两个,其中之一必将被证明为假,若在人文方面便可以容得不同,不好用了一条定例去断定一切,所以论中国的事情,其结论即使正确,其通行范围亦姑且限于本国,不当以此结论妄去应用于外国事情之上,亦不可以外国之结论拿来随便应用。人的头脚虽同,鞋帽却难通用,此小事人无不知者,而吾于此乃犹哓哓费词,此其所以为蛇足也。

甲申怀古

甲申年又来到了。我们这么说,好象是已经遇见过几回甲申年似的,这当然不是。我也是这回才算遇见第二回的甲申年,虽然精密一点的算,须得等到民国三十四年,我才能那么说,因为六十年前的今日我实在还没有出世也。说到甲申,大家仿佛很是关心,这是什么缘故呢?崇祯十年甲申是崇祯皇帝殉国明亡的那一年,至今恰是三百年了。这个意义之重大是不必说的。

民国初年我在绍兴,看见大家拜朱天君,据说这所拜的就是崇祯皇帝。朱天君象红脸披发赤足,手执一圈,云即象征缢索,此外是否尚有一手握蛇,此像虽曾见过,因为系三十年前事,也记不清楚了。民国还流行一种《太阳经》,只记得头一句云:

"太阳明明朱光佛。"这显然是说明朝皇帝,其中间又有一句云:

"太阳三月十九生。"三月十九日正是崇祯皇帝的忌辰,则意义自益明了了。年代相隔久远,东南海边的人民尚在那么怀念不忘,可见这一年的印象是多么深刻。现今民国建立,初次遇见甲申之年,抚今追昔,乐少哀多,闻有识者将发起大会,以为纪念,此正是极当然的事也。

中国古来皇帝国亡身殉者并不少,民间并未见得怎么纪念。李自成本来不是好东西,但总也比得过明太祖,若是他做得下去,恐怕这件事或者也就麻胡过下了吧。可是清兵被吴三桂请了进来,定鼎燕京,遗老在东南及西南方面力谋反抗,事虽不成,其影响于人心者实深而且大,末后虽化而为宗教仪式,亦尚历久不灭焉。但是就当年事实而论,崇祯与明朝其时已为人所共弃,不,至少也为北京内臣外臣之所弃了。吴庆坻著《蕉廊脞录》卷五云：

> 阅《流寇长编》，卷十七纪甲申三月甲辰日一事云，京官凡有公事，必长班传单，以一纸列衔姓，单到写知字。兵部魏提塘，杭州人，是日遇一所识长班亟行，叩其故，于袖出所传单，乃中官及文武大臣公约开门迎贼，皆有知字，首名中官则曹化淳，大臣则张缙彦。此事万斯同面问魏提塘所说。按京师用长班传送知单，三百年来尚沿此习，特此事绝奇，思宗孤立之势已成，至中官宰相倡率开门迎敌，可为痛哭者矣。

京中大小臣工既已如此，人民却是如何？知单开城这种阔绰举动，固然没有他们的分，但是秦晋燕豫这几省当流寇的人虽是为生计所迫，而倒戈相向，也显然是视君如寇仇了。朱舜水著《阳九述略》中第一篇致虏之由云：

> 中国之有逆虏之难，贻羞万世，固逆虏之负恩，亦中国士大夫之自取之也。语曰，木必朽而后蛀生之，未有不朽之木蛀能生之者也。杨镐养寇卖国，前事不暇渎言，即如崇祯末年缙绅罪恶贯盈，百姓痛入骨髓，莫不有时日曷丧及汝偕亡之心，故流贼至而内外响应，逆虏入而迎刃破竹，惑其邪说流言，竟有前徒倒戈之势，一旦土崩瓦解，不可收拾耳。不然，河北二十四郡岂无坚城，岂无一义士，而竟令其韬戈服矢，入无人之境至此耶。总之莫大之罪尽在上大夫，而细民尢知，徒欲泄一朝之愤，图未获之利，不顾终身及累世之患，不足责也。

下义叙说明朝以制义举士，士人以做文章为手段，做官为目的，不复知读书之义，因此无恶不作，列举现任官与在乡官害民之病，凡七八

百言,末了结论云:

> 总之官不得人,百敝丛集。百姓者黄口孺子也,绝其乳哺,立可饿死,今乃不思长养之方,独工掊克之术,安得而不穷。既被其害,无从表白申诉,而又愁苦无聊,安得不愤懑切齿,为盗为乱,思欲得当,以为出尔反尔之计。……是以逆虏乘流寇之讧而陷北京,遂布散流言,倡为均田均役之说,百姓既以贪利之心,兼欲乘机而伸其抑郁无聊之志,于是合力一心,翘首徯后。彼百姓者,分而听之则愚,合而听之则神,其心既变,川决山崩。以百姓内溃之势,歆之以意外可欲之财,以到处无备之城,怖之以狡虏威约之渐,增虏之气,以相告语,诱我之众,以为前驱,所以逆虏因之,溥天沦丧。非逆虏之兵强将勇,真足无敌也,皆士大夫为之驱除耳。

《阳九述略》收在舜水文集中,作为卷二十七,又有单行本,与卷二十八《安南供役纪事》同作一册,寒斋于全集外亦有此本,封套上有椭圆朱文术印云,全集抄出印本五十部之一。民国初年有重编铅印全集,云校勘出马一浮手,而颇多谬误,今所据仍为日本刻本。此文末署辛丑年六月,盖明亡后十七年,留予其门人安东守约。文经传刻,多有生涩处,或由字误亦未可知,今悉仍其旧。所说官民断送明朝本非新的发见,惟语颇深切,且谓清兵宣传均田,人民悉受其愚,此种传说殊有意义,觉得更值得提出来加以注意者也。

民不聊生,铤而走险,此亦是古已有之,或者如朱君所言,不足责矣。但是士大夫,为什么至于那么不成样子的呢?说是崇祯皇帝刻薄寡恩,却也并没有什么对不起他们的地方,何至与流寇同一鼻孔出气。这个原因一定是有而且很深的。我在小时候看过些明末的野史,至今还不能忘记的是张献忠这一段之外便是魏忠贤的一段,我觉得造生祠是划时代的大事,是士大夫堕落的顶点。看过的书一时找不着了，只就《二申野录》卷七天启六年丙寅项下摘抄本文云："浙江巡抚潘汝桢请俯顺舆情，鼎建厂臣祠宇，赐额以垂不朽，从之。"小注云：

> 礼部阎可升曰，二三年建媚献祠，几半海内，除台臣所劾外，尚有创言建祠者李蕃也。其天津河间真定等处倡率士女，醵金建祠，上梁迎像，行五拜礼，呼九千九百岁，目中真不知有君父矣。创建两祠者李精白也。其迎忠像旗帜上对联有云：至神至圣，中乾坤而立极；多福多寿，同日月以常明。若乃毛一鹭之建祠应天，姚宗文张翼明建祠于湖广大同，朱蒙童建祠于延绥，刘诏蓟州建祠用冕旒金像，吴淳夫临清祠毁民房万余间，河南建祠毁民房一万七千余间，江西建祠毁先贤澹台灭明之祠，诸如此辈不可胜纪。上得罪于名教，下播恶于生民，取百取千，只博泥沙之用，筑愁筑怨，争承尸祝之欢，皆汝桢之疏作之俑也。

至于生祠的名号，据《两朝识小录》说，自永恩祠创始而后，有怀仁、崇仁、隆仁、彰德、显德、怀德、昭德、茂德、戴德、瞻德、崇功、报功、元功、旌功、崇勋、茂勋、表勋、感恩、祝恩、瞻恩、德馨、鸿惠、隆禧，已是应有尽有，就只没有说出圣神这两字来，但杭州的祠建于关岳两祠之间，国子监生陆万龄呈请祠于太学之侧，则也就是这个意思了。陆监生请以魏忠贤配享孔子疏云，"孔子作《春秋》，厂臣作《要典》，孔子诛少正犯卯，厂臣诛东林党人，礼宜并尊。"此种功夫原是土八股的本色，惟其有此精神，乃能知单迎贼。舜水列举士大夫的恶迹，而未曾根究到这里，殆只知症候而未明其病根也。

十几年前我曾写过一篇《闭户读书论》，其中有云，我始终相信二十四史是一部好书，他很诚恳地告诉我们过去曾如此，现在是如此，将来也是如此。这话未免太阴沉一点了吧，我愿意改过来附和巴枯宁的旧话，说历史的用处是在警告我们不要再如此。明朝甲申之变至少也该给我们一个大的教训。民不聊生，为盗为乱，又受外诱，全体崩溃，是其一。士人堕落，惟知做官，无恶不作，民不聊生，是其二。这两件事断送了明朝，至今已是三百年，引起现在人的追悼，继以嗟叹，末了却须得让我们来希望，如巴枯宁所说，以后再没有这些毛病了。《阿房宫赋》云，秦人不暇自哀而后人哀之，后人哀之而不鉴之，亦使后人而复哀后人也。这两句话已经成为老生常谈，却是很有意义的，引来作结，倒也适宜。论史事亦殊危险，容易近于八股，故即此为止，不复多赘。

焦里堂的笔记

清朝后半的学者中间，我最佩服俞理初与郝兰皋，思想通达，又颇有风趣，就是在现代也很难得。但是在此二人之外，还可以加上一个，这便是焦里堂。《雕菰楼集》以及《焦氏遗书》还是去年才买来的，《易余籥录》二十卷却早已见到了，最初是木犀轩刻版的单印本，随后在"木犀轩丛书"全部中，其中还有焦君的《论语通释》一卷。《籥录》本是随笔，自经史政教诗文历律医卜以至动植无不说及，其中我所最喜欢的是卷十二的一节，曾经引用过好几次，现在不禁又要重抄一遍，其文曰：

> 先君子尝曰，人生不过饮食男女，非饮食无以生，非男女无以生生。惟我欲生，人亦欲生，我欲生生，人亦欲生生，孟子好货好色之说尽之矣。不必屏去我之所生，我之所生生，但不可忘人之所生，人之所生生。循学《易》三十年，乃知先人此言，圣人不易。

焦君这里自述其家学，本来出于《礼记》，而发挥得特为深切著明，称为圣人不易，确实不虚。戴东原《孟子字义疏证》卷下论权第五条，反对释教化的儒生绝欲存理之主张，以为天下必无舍生养之道而得存者，君子亦无私而已矣，不贵无欲，后又申明之曰：

"夫尧舜之忧四海困穷，文王之视民如伤，何一非为民谋其人欲之事，惟顺而导之，使归于善。"戴氏此项意见可以说是与古圣人多相合，清末革命思想发生的时候，此书与《原善》均有翻印，与《明夷待访录》同为知识阶级所尊重。焦里堂著《论语通释》及集中《性善解》等十数篇，很受戴氏的影响，上文所引的话也即是一例。本是很简单的道理，而说出来不容易，能了解也不容易，我之所以屡次引用，盖有感于此，不仅为的我田引水已也。

但是这里我想抄录绍介的却并非这些关于义理的话，乃是知人论世、实事求是的部分，这是于后人最有益的东西。如卷八有一则云：

> 《汉书》霍光传，光废昌邑王，太后被珠襦，盛服坐武帐中。如淳曰，以珠饰襦也。晋灼曰，贯以为襦，形若今革襦矣。按此太后即昭帝上官皇后也，外戚传言六岁入宫立为皇后，昭帝崩时后年十四五，当昌邑王废时去昭帝崩未远，然则太后仅年十四五耳，故衣珠襦。读诏至中，太后遽曰止，全是描摩童稚光景，说者以为班氏效左氏"魏绛和戎"篇后羿何如之笔法，尚影响之见也。晋灵公立于文公六年，穆嬴常抱之，至宣公二年亦仅十四五耳，从台上弹人而观其辟丸，熊蹯不熟，杀宰夫置诸畚，皆童稚所为。故读史必旁览博证，其事乃见。仅就一处观之，则珠襦之太后以为老妇人，嗾獒之灵公且以为长君，以老妇而著珠襦，以长君而弃人用犬，遂出情理之外矣。

此则所说，可谓读书的良法，做学问的人若能如此用心，一隅三反，自然读书得间，能够切实的了解。这一方面是求真实，在别方面即是疾虚妄，《篝录》卷二十中实例很多，都很有意思，今依次序抄录数则于后：

> 《鹤林玉露》言，陆象山在临安市肆观棋，如是者累日，乃买棋局一副，归而悬之室中，卧而仰视之者两日，忽悟曰，此河图数也，遂往与棋对，棋工连负二局，乃起谢曰：某是临

安第一手棋,凡来着者俱饶一先,今官人之棋反饶得某一先,天下无敌手矣。此妄说也。天下事一技之微非习之不能精,未有一蹴便臻其极者,至云河图数尤妄,河图与棋局绝不相涉,且河图当时传自陈希夷者无甚深奥,以此悟之于棋,遂无敌天下,尤妄说也。此等不经之谈,最足误人,所关非细故也。

《酉阳杂俎》记一行事,言幼时家贫,邻母济之。后邻母儿有罪,求救于一行,一行徒大瓮于空室,授奴以布囊,属以从午至昏有物入来其数七,可尽掩之。奴如言往,有豕至,悉获置瓮中。诘朝中使叩门急,召至便殿,玄宗问曰,太史奏昨夜北斗不见,何祥也?一行请大赦天下,从之,其夕太史奏北斗一星见,凡七日而复。按一行精于天算,所撰《大衍术》最精,然非迂怪之士也,当时不学徒不知天算之术,妄为此言耳。近时婺源江慎修通西术,撰《翼梅》等书,亦一行之俦也,有造作《新齐谐》者称其以筒寄音于人,以口向筒言,远寄其处,受者以耳承之,尚闻其声。又称其一日自沉于水,或救之起,曰,吾以代吾子也,是日其子果溺死。此傅会诬蔑,真令人发指。嘉庆庚申六月阮抚部在浙拒洋盗于松门,有神风神火事(余别有记记之,在《雕菰集》),遂有传李尚之借风者。尚之精天算,为一行之学者也,余时在浙署,与尚之同处诚本堂,尚之实未从至松门。大抵街谈巷议,本属无稽,而不学者道听途说,因成怪妄耳。

《宋史》,庞安常治已绝妇人,用针针其腹,腹中子下而妇苏,子下,子手背有针迹。旧《扬州府志》乃以此事属诸仪征医士殷榘,而牵合更过其实,前年余修《府志》,乃芟去而明辨之。又有一事与此相类,相传高邮老医袁体庵家有一仆病咳喘,袁为诊视,曰不起矣,宜急归。其仆丹徒人,归而求治于何澹庵,何令每日食梨,竟愈。明年复到袁所,袁大惊异,云云。按此事见于《北梦琐言》,亦如庞安常事傅会于殷也。(案:原本录有《北梦琐言》原文,今略。)所传袁何之事,正是从此傅会。余每听人传说官吏断狱之事,或妖鬼,大抵皆从古事中转贩而出,久之忘其所由来。偶举此一端,以告世之轻信传闻者。

张世南《游宦纪闻》记僧张锄柄事云,张一日游白面村,有少妇随众往谒,张命至前,痛啜其颈。妇号呼,观者哄堂大哂。妇语其夫,夫怒奋臂勇往诟骂。僧笑曰,子毋怒,公案未了,宜令再来。骂者不听,居无何,妇以他患投缳以死。此即世所传僧济颠事,大约街谈巷议,转相贩易,不可究诘。乾隆己酉庚戌间,郡城西方寺有游僧名兰谷者,出外数十年归,共传其异,举国若狂,余亦往视之,但语言不伦,无他异,未几即死。至今传其事者尚籍籍人口,大抵张冠李戴,要之济颠啜颈之事,贩自张锄柄,而张锄柄之啜颈,不知又贩自何人,俗人耳食,多张世南"往往传诸口笔"之书,遂成故事矣。宋牧仲《筠廊偶笔》,记扬州水月庵杉木上,俨然白衣大士像,鹦鹉竹树善才皆具,费滋衡亲验此木,但节间虫蠹影响略似人形,作文辨其讹。

这几则的性质都很相近,对于世俗妄语轻信的恶习痛下针砭,却又说的很好,比普通做订讹正误工作的文章更有兴趣。我们只翻看周栎园的同书和禹门福申的续同书,便可看见许多相同的事,有的可以说是偶合,有的出于转贩,或甲有此事,而张冠李戴,转展属于乙丙,或本无其事,而道听涂说,流传渐广,不学者乃信以为真。最近的例如十年前上海报上说叶某受处决,作绝命诗云:黄泉无客店,今夜宿谁家。案此诗见于《玉剑尊闻》,云是孙蕡作,又见于《五代史补》,云是江为作,而日本古诗集《怀风藻》中亦载之,云是大津皇子作,《怀风藻》编成在中国唐天宝之初,盖距今将千二百年矣。此种辨证很足以养成读书力,遇见一部书一篇文或一件事,渐能辨别其虚实是非,决定取舍,都有好处,如古人所云,开卷有益,即是指此,非谓一般的滥读妄信也。

焦里堂的这些笔记可以说是绣出鸳鸯以金针度人,虽然在著者本无成心,但在后人读之对于他的老婆心不能不致感谢之意。焦君的学问渊博固然是很重要的原因,但是见识通达尤为难得,有了学问而又了解物理人情,这才能有独自的正当的见解,回过去说,此又与上文所云义理相关,根本还是思想的问题,假如这一关打不通,虽是有学问能文章,也总还济不得事也。

关于焦里堂的生平,有阮云台所作的传可以参考,他的儿子廷琥所作《先府君事略》,共八十八则,纪录一生大小事迹,更有意思。其中一则云:

> 湖村二八月间赛神演剧,铙鼓喧阗,府君每携诸孙观之,或乘驾小舟,或扶杖徐步,群坐柳阴豆棚之间。花部演唱,村人每就府君询问故事,府君略为解说,莫不鼓掌解颐。府君有《花部农谈》一卷。

案焦君又著有《剧说》六卷,其为学并不废词曲,可见其气象博大,清末学者如俞曲园谭复堂平景孙诸君亦均如此,盖是同一统系也。焦君所著《忆书》卷六云:

> 余生平最善容人,每于人之欺诈不肯即发,而人遂视为可欺可诈。每积而至于不可忍,遂猝以相报;或见余之猝以相报也,以余为性情卞急。不知余之病不在卞急,而正坐姑息。故思曰容,容作圣,必合作肃作乂作哲作谋,否则徒容而转至于不能容矣。自知其病,乃至今未能改。

此一节又足以见其性情之一斑,极有价值。昔日读郝兰皋的《晒书堂诗抄》,卷下有七律一首,题曰:"余家居有模糊之名,年将及壮,志业未成,自嘲又复自励。"又《晒书堂笔录》卷六中有"模糊"一则,叙述为奴仆所侮,多置不问,由是家人被以模糊之名,笑而领之。焦郝二君在这一点上也有相似之处,觉得颇有意思。

照我的说法,郝君的模糊可以说是道家的,他是模糊到底,心里自然是很明白的。焦君乃是儒家的,他也模糊,但是有个限度,过了这限度就不能再容忍。这个办法可以说是最合理,却也最难,容易失败,如《忆书》所记说的很明白。前者有如佛教的羼提,已近于理想境,虽心向往之而不能至,若后者虽不免多有尤悔,而究竟在人情中,吾辈凡人对之自觉更有同感耳。

杂学种种

童话略论

一　绪言

儿童教育与童话之关系，近已少少有人论及，顾不揣其本而齐其末，鲜有不误者。童话研究当以民俗学为据，探讨其本原，更益以儿童学，以定其应用之范围，乃为得之。聊举所知，以与留意斯事者一商兑焉。

二　童话之起原

童话（Marchen）本质与神话（Mythos）世说（Saga）实为一体。上古之时，宗教初萌，民皆拜物，其教以为天下万物各有生气，故天神地祇，物魅人鬼，皆有定作，不异生人，本其时之信仰，演为故事，而神话兴焉。其次亦述神人之事，为众所信，但尊而不威，敬而不畏者，则为世说。童话者，与此同物，但意主传奇，其时代人地皆无定名，以供娱乐为主，是其区别。盖约言之，神话者原人之宗教，世说者其历史，而童话则其文学也。

故有同一传说，在甲地为神话者，在乙地则降为童话，大抵随文化之变而为转移，故童话者不过神话世说之一支，其流行区域非仅限于儿童，特在文明之国，古风益替，此种传说多为儿童所喜，因得藉以保存。然在农民社会流行亦广，以其心理单纯，同于小儿，与原始思想合也。或乃谓童话起原由于儿童好奇多问，大人造作故事以应其求,则是望文生义,无当于正解也。

三　童话之分类

童话大要可分为二部:

(一)纯正童话,即从世说出者,中分二类。

甲,代表思想者。多以天然物为主,出诸想象,备极灵怪,如变形复活等式皆是。又物源童话,说明事物原始,如猿何以无尾亦属之。

乙,代表习俗者。多以人事为主,亦极怪幻,在今日视若荒唐,而实根于原人之礼俗。如食人掠女诸式童话属之。

(二)游戏童话,非出于世说,但以娱悦为用者,中分三类。

甲,动物谈,模写动物习性动作,如狐之狡,狼之贪,各因其本色以成故事。

乙,笑话。多写人之愚钝刺谬,以供哄笑,如后世谐曲,越中有呆女婿故事,其说甚多。

丙,复叠故事。历述各事,或反复重说,渐益引长,初无义旨,而儿童甚好之,如英国 That is the House Jack built 最有名,是盖介于儿歌与童话之间者,顾在乡村农民亦或乐此,则固未能谓纯属于儿童也。

四　童话之解释

童话取材既多怪异,叙述复单简,率尔一读,莫明其恉,古人遂以为荒唐之言,无足稽考,或又附会道德,以为外假谰言,中寓微旨,如英人之培庚,即其一人。近世德人缪勒(Max Müller)欲以语病说解之,亦卒不可通。英有安特路阑(Andrew Lang)姑以人类学法治比较神话学,于是世说童话乃得真解。其意以为今人读童话不能解其意,然考其源流来自上古,又旁征蛮地,则土人传说亦有类似,可知童话本意今人虽不能知,而古人知之,文明人虽不能知,而野人知之。今考野人宗教礼俗,率与其所有世说童话中事迹两相吻合,故知童话解释不难于人类学中求而得之,盖举凡神话世说以至童话,皆不外于用以表见原人之思想与其习俗者也。

今如变形之事,童话中多有之。人兽易形,木石能言,事若甚奇,然在野人则笃信精灵,人禽木石,同具精气,形躯但为寄托之所,随意变化,正复当然,不足为异。他若杀人而食,掠女为妻,在野蛮社会中亦习见之事。童话又言帝王多近儿戏,王子牧豕于野,行人叩门,则王自倒屣启关,是亦非故为简单,求合于童心也,实则在酋长制度之下,其所谓元首之尊严,正亦不过尔尔。明于此,斯童话之解释不难了然矣。

五　童话之变迁

童话中事实既与民族思想及习俗相合,在当时人心固了不以为诡异。及文化上遂,旧俗渐革,惟在传说之中尚存踪迹,而时代邈远,忘其往昔,则以为异俗惊人,率加粉饰,遂至渐失本真。惟推原见始,犹不难知。童话中食人之习,其初本人自相食,渐变而为物魅,终复改为猛兽。又如物婚式童话,初为以兽偶人,次为物魅能幻为人者,终为本是生人,而以魔术诃禁,暂见兽形,复得解脱者。凡此皆应时饰意,以免骇俗,变迁之迹,至为显著者也。

故童话者,本于原始宗教以及相关之习俗以成,顾时代既遥,亦因自然生诸变化。如放逸之思想,怪恶之习俗,或凶残丑恶之事实,与当代人心相抵触者,自就删汰,以成新式。今之以童话教儿童者,多取材于传说,述而不作,但删繁去秽,期合于用,即本此意,贤于率意造作者远矣。

六　童话之应用

童话应用于教育,今世论者多称有益,顾所主张亦人人殊。今第本私意,以为童话有用于儿童教育者,约有三端。

(一)童话者,原人之文学,亦即儿童之文学,以个体发生与系统发生同序,故二者,感情趣味约略相同。今以童话语儿童,既足以餍其喜闻故事之要求,且得顺应自然,助长发达,使各期之儿童得保其自然之本相,按程而进,正蒙养之最要义也。

(二)凡童话适用,以幼儿期为最,计自三岁至十岁止。其时小儿最富空想,童话内容正与相合,用以长养其想象,使即于繁富,感受之力亦渐敏疾,为后日问学之基。

(三)童话叙社会生活,大致略具,而悉化为单纯,儿童闻之,能了知人事大概,为将来入世之资。又所言事物及鸟兽草木,皆所习见,多识名物,亦有裨诵习也。

以上三端,皆其显者,若寄寓训戒,犹为其次。德国学者以狼与七小羊(《格林童话集》第五篇)一话教母子相依之谊,不过假童话本事,引起儿童注意,暗示其理,若寓言之用,亦正在令人意会。后缀格言,犹为蛇足,以敷陈道理,非数岁儿童所能领解,兴趣又复索然,且将失其本来之价值也。

七 童话之评骘

民族童话大抵优劣杂出,不尽合于教育之用,当决择取之。今举其应具之点,约有数端:

(一)优美。以艺术论童话,则美为重,但其美不在藻饰而重自然,若造作附会,则趣味为之杀,而俗恶者更无论矣。

(二)新奇。此点凡天然童话大抵有之。

(三)单纯。单纯原为童话固有之德,其合于儿童心理者亦以此,如结构之单纯,脚色之单纯(人地皆无定名),叙述之单纯,皆其特色。若事情复杂,敷叙冗长,又寄意深奥,则甚所忌也。

(四)匀齐。谓段落整饬,无所偏倚。若次序凌乱,首尾不称,皆所不取。故或多用楔子,以足篇幅,徒见杂糅,无所益也。

中国童话未经搜集，今所有者，出于传译，有《大拇指》及《玻璃鞋》为佳，以其系纯正童话。《无猫国》盛行于英，但犹《今古奇观》中"洞庭红"故事，实世说之流也。《大拇指》各国均有传说，格林（Grimm）童话集中第三十七及五十皆其一则，英国所传以市本（Chap-book）中所出一本为胜，多滑稽之趣。《玻璃鞋》者通称灰娘（Cinderella），其事皆根于上古礼俗，颇耐探讨，今所通用以法 Perault 所述本为最佳，华译删易过多，致失其意，如瓜车鼠马，托之梦中，老婆亦突然而来，线索不接，执鞋求妇，不与失履相应，则后之适合为无因，殊病支离也。此外中国史实，本非童话，但足演为传记故事，以供少年期之求。若陶朱公事，世故人情阅历甚深，顾幼儿不能解，且其气分郁塞，无愉快之气，亦非童话之所宜也。

八 人为童话

天然童话亦称民族童话，其对则有人为童话，亦言艺术童话也。天然童话者，自然而成，具种人之特色；人为童话则由文人著作，具其个人之特色，适于年长之儿童，故各国多有之。但著作童话，其事甚难，非熟通儿童心理者不能试，非自具儿童心理者不能善也。今欧土人为童话惟丹麦安兑尔然（Anderson）为最工，即因其天性自然，行年七十，不改童心，故能如此，自郐以下皆无讥矣。故今用人为童话者，亦多以安氏为限，他若美之诃森（Hawthorne）等，其所著作大抵复述古代神话，加以润色而已。

九 结论

上来所述，已略明童话之性质，及应用于儿童教育之要点，今总括之，则治教育童话，一当证诸民俗学，否则不成为童话，二当证诸儿童学，否则不合于教育，且欲治教育童话者，不可不自纯粹童话入手，此所以于起原及解释不可不三致意，以求其初步不误者也。

外国之童话

童话者，艺文之一种，其源最古。在未有文字以前，文化渐进，民或采其美粹，融成英雄神话，如希腊阿迪修思故事，流传为诗；而纯朴野人，则犹口相传授，不失其旧。西方童话，亦散在民间，近始辑存之，如德格林兄弟所编书，最闻于世，此皆自然童话也。路易十四时，法人始有仿之为小品者，假其旧式，以抒新思，人称曰文学童话，如陶耳诺夫人所著，今犹通行。英国有铿斯来、凯洛尔，各著数书，儿童喜诵之。又有摩陀那尔特，著《幻景记》，寄其神秘主义。而丹麦人安兇尔然最有名，作书若干卷，各国传译殆遍。近见荷阑人亚覃著《小约翰传》，则托覃思于丽文，渊微幽妙矣。法之孟代，英之淮尔特（亦作王尔德），亦有著作，皆极优美。孟代书曰《纺轮小话》，淮尔特书二，一曰《榴实之家》，一曰《安乐王子》也。

各国童话，靡不自具特色，足以见风物人情，而以俄国之秾厚瑰奇为最。若文人之作，行辞抽思，悉本文心，故复盎然多诗致。异国初学人，读之甚适，视诵近人通俗小说，较为佳胜，得益亦多。尝思中国旧来，鲜知自然之美，虽风花雪月，时时见于诗句，而信能欣赏物色，于是中得少佳趣者，盖复寥寥。童话取材，不离天然，虫言鸟语，莫不可亲，至足以涵养童心，进于优美，而教训所予，尚其次焉。中国童话，自昔散逸，儿时所闻，仅有《蛇郎》等数则，又未经识者搜集，虑不更越一世，将尽湮失，亦可惜已。见英人辑译本，则其中所录，皆未前闻，意其采自闽粤。童话亦因地而异，越之童话，将亦越所独有欤。搜而存之，是诚益不可缓者矣。

中国小说里的男女问题

问题小说,是近代平民文学的出产物。这种著作,照名目所表示,就是论及人生诸问题的小说。所以形式内容上,必须具备两种条件,才可当得这个名称。一、必具小说体裁。二、必涉及或一问题。中国从来对于人生问题不大关心,又素以小说为闲书,这种小说,自然难以发生。但也不能说全然没有,不过种类不多,意见不甚高明罢了。

中国人向来以道德第一自命,大抵喜欢作教训小说。那种劝善戒恶的淫书,不必说了。即使真正讲教训的小说,我们也须细心将他分别,使他勿与问题小说相混。凡标榜一种教训,借小说来宣传他,教人遵行的,是教训小说。提出一种问题,借小说来研究他,求人解决的,是问题小说。问题小说有时也说出解决的方法,但与教训小说截然不同。教训小说所宣传的,必是已经成立的过去的道德;问题小说所提倡的,必是尚未成立却不可不有的将来的道德。一个是重申旧说,一个是特创新例,大不相同。譬如《红楼梦》写家庭里种种关系,我们很可研究,至于《儿女英雄传》所写安老爷一家,多是世俗的所谓全德全能,入迷的人除极口颂扬,亲身则效外,别无可为,还有什么问题呢?

但《红楼梦》也不是正式的问题小说,他对于男女道德不曾提出什么问题,也未尝特创一种新例。只有那金玉姻缘,以悲剧终,含有一种意义,无形中成了问题,引起后人许多狗尾续貂的圆梦续梦。所以我承认他是所谓中国问题小说的代表,有研究的价值。本来闲书全以娱乐为目的,讲不着什么人生大题目,但是无论何种小说,总少不了异性做陪衬,自然发生问题。这问题的如何解决,便只看著者的思想如何。那种抱非人思想的文豪,往往将这问题办一个团圆大喜,造成一部八美或十美缘,以后更无话可说。此外一种办法是悲剧的散场,留下那个问题,任我们去解决,《红楼梦》就是这种办法。

男女问题范围很大,现在我们说《红楼梦》,且限定不自由的结婚这一事说。其中又可分为未婚的与已婚的两种。相爱的两个人,因了家庭或社会上的障碍,不能配合,这原是一个大悲剧,在东方尤为常见。但要想解决,却还算不甚困难。因为这问题,是个人与家庭或社会抗争。照理说来,结婚这事,只是当事者两人的事情,第三者没有干涉的权利,所以抗争的曲直,十分明显。在个人方面应该竭力抵抗,在家庭或社会方面,应该竭力退让,在人类的道德上,这正是"天经地义",更不必多费说话了。在西洋各国几乎早已没有这问题,所以也少见这样著作。但在中国,现在的家庭社会,还是顽固胡涂的多,不免仍有悲剧,也便仍有这种问题小说存在的必要。不过这问题乃是对家庭社会而言,只是指示他们反对天经地义的结果的悲剧,教他们自己反省;至于在当事者一面已经不成问题,不必研究了。《红楼梦》虽是一部古书,在现在社会上,却仍有意义。因为书中的问题,现在依然存留,可以借鉴不少。作《红楼梦》的人不将黛玉一并配给宝玉,却任他死了,任宝玉去做和尚,这是他的见识,推他做中国问题小说的代表也正为这缘故。倘将来文化稍高,大家更懂得道理,晓得结婚只是两个人的事情,再没有第三者无理取闹,那时这问题便完全勾消。《红楼梦》在文学上虽仍是一部好小说,他的社会的意义可是同时撤去了。

关于已婚者的问题,解决却更困难,因为这是个人与个人的关系,曲直最为难分。欧洲小说论这问题的很多,现在且举出几种,做一个例。这问题俗称"非神圣的三位一体",是指一夫一妇又一个男子的关系,如基督教的神灵三位一体一般。一八四七年俄国海尔然作《谁的罪》一书,说克路什弗斯奇的妻留波加爱了贝尔多夫,但二人都很守礼节,贝尔多夫看得不能再留,怏怏的出发,漂流去了。留波加郁郁的不久死了,克路什弗斯奇很是悲伤,只是喝酒,成了一个废人了。这是谁的罪呢? 一时可不容易对答。十六年后,契尼绥夫斯奇作了一部《怎么好》,解决这问题。医学生罗普柯夫爱一个叫微拉的女子,娶了过来。其后微拉爱了基沙诺夫,罗普柯夫便假作自杀,逃往美洲,让他们可以结婚;过了几年,回到本国,仍同他们往来,同亲友一样。这样解决法,从前法国女小说家乔治珊特也曾说过,表面上似乎不近人情,其实极有道理。因为爱的心理,对于所爱,必有专有的利己思想,一面却也有献身的别一种利他思想,所以爱的极致,便可以有自己牺牲的一境地。但这是那一方面的办法,还有这一方面,须得怎样才好呢? 照理说来,也只有力求自由这一法,否则就只好同贝尔多夫与留波加一样的散场。一八七三年托尔斯泰作《安娜加来尼那》,就是中国译的《婀娜小传》,也是论这问题的小说。安娜嫁了加来尼,本是无爱情的结婚,后来遇见扶朗斯奇,互相爱恋,便同他逃去。加来尼也饶恕了他们,可是听了一种迷信的话,不肯正式的离婚。安娜受了社会的排挤,又因家里的不安,终于投在火车下死了。中国道学家见了,必定说是不贞之报,其实著者的原意,对于安娜的行为并不责难。安娜的死,乃因信了社会的话的缘故,这是他的错处。社会的错处却更大了,因为他们没有责难他的权利。托尔斯泰在卷头引《答罗马人书》云,"伸冤在我,我必报应",这并非说"天网恢恢,疏而不漏",乃是说,人不应该判断别人罪恶,只应互相饶恕,正是他责社会的话。

关于这一问题,中国小说怎么说呢? 据我所晓得的,却不曾有什么话说过。中国小说喜谈人家闺阃,多是报私怨讲坏话两种动机,此外别无意思了。近时流行的《玉梨魂》,虽文章很是肉麻,为鸳鸯胡蝶派小说的祖师,所记的事却可算是一个问题。但这仍是上面所说第一问题的变相,并不是非神圣的三位一体,解决本极容易。他们的结果,却弄到同《谁的罪》一样,可见中国社会的罪大恶极了。如有多数女子仰慕一个男子,本是一件难处理的问题,中国却可以一把抓来,全配给那一个人,成一段佳话。倘如"有寡妇见鳏夫而欲嫁之",那便断乎不可,这种道德真可谓绝无仅有的了。中国有许多人对于这类事实有一种神妙的态度,他悼惜《玉梨魂》中的不幸的人,却又不以造成这不幸的现存社会为非。发乎情,止乎礼义,终于死了,很足为他们社会的光荣,供他们咏叹的材料,这叫作非人情的痛苦的玩赏。做苦情哀情小说的人,每每有这种态度,不知《玉梨魂》著者原意如何?现在原书不在面前,无从晓得了。

儿童的文学

今天所讲儿童的文学,换一句话便是"小学校里的文学"。美国的斯喀特尔(H. E. Scudder)、麦克林托克(P. L. Maclintock)诸人都有这样名称的书,说明文学在小学教育上的价值,他们以为儿童应该读文学的作品,不可单读那些商人杜撰的读本。读了读本,虽然说是识字了,却不能读书,因为没有读书的趣味。这话原是不错,我也想用同一的标题,但是怕要误会,以为是主张叫小学儿童读高深的文学作品,所以改作今称,表明这所谓文学,是单指"儿童的"文学。

以前的人对于儿童多不能正当理解,不是将他当作缩小的成人,拿"圣经贤传"尽量的灌下去,便将他看作不完全的小人,说小孩懂得甚么,一笔抹杀,不去理他。近来才知道儿童在生理心理上,虽然和大人有点不同,但他仍是完全的个人,有他自己的内外两面的生活。儿童期的二十几年的生活,一面固然是成人生活的预备,但一面也自有独立的意义与价值;因为全生活只是一个生长,我们不能指定那一截的时期,是真正的生活。我以为顺应自然生活各期,——生长,成熟,老死,都是真正的生活。所以我们对于误认儿童为缩小的成人的教法,固然完全反对,就是那不承认儿童的独立生活的意见,我们也不以为然。那全然蔑视的不必说了,在诗歌里鼓吹合群,在故事里提倡爱国,专为将来设想,不顾现在儿童生活的需要的办法,也不免浪费了儿童的时间,缺损了儿童的生活。我想儿童教育,是应当依了他内外两面的生活的需要,适如其分的供给他,使他生活满足丰富,至于因了这供给的材料与方法而发生的效果,那是当然有的副产物,不必是供给时的惟一目的物。换一句话说,因为儿童生活上有文学的需要,我们供给他,便利用这机会去得一种效果,——于儿童将来生活上有益的一种思想或习性,当作副产物,并不因为要得这效果,便不管儿童的需要如何,供给一种食料,强迫他吞下去。所以小学校里的文学的教材与教授,第一须注意于"儿童的"这一点,其次才是效果,如读书的趣味,智情与想象的修养等。

儿童生活上何以有文学的需要?这个问题,只要看文学的起源的情形,便可以明白。儿童那里有自己的文学?这个问题,只要看原始社会的文学的情形,便可以明白。照进化说讲来,人类的个体发生原来和系统发生的程序相同:胚胎时代经过生物进化的历程,儿童时代又经过文明发达的历程;所以儿童学(Paidologie)上的许多事项,可以借了人类学(Anthropologie)上的事项来作说明。文学的起源,本由于原人的对于自然的畏惧与好奇,凭了想象,构成一种感情思想,借了言语行动表现出来,总称是歌舞,分起来是歌、赋与戏曲小说。儿童的精神生活本与原人相似,他的文学是儿歌童话,内容形式不但多与原人的文学相同,而且有许多还是原始社会的遗物,常含有野蛮或荒唐的思想。儿童与原人的比较,儿童的文学与原始的文学的比较,现在已有定论,可以不必多说;我们所要注意的,只是在于怎么样能够适当的将"儿童的"文学供给于儿童。

近来有许多人对于儿童的文学,不免怀疑,因为他们觉得儿歌童话里多有荒唐乖谬的思想,恐于儿童有害。这个疑惧本也不为无理,但我们有这两种根据,可以解释他:

第一,我们承认儿童有独立的生活,就是说他们内面的生活与大人不同,我们应当客观地理解他们,并加以相当的尊重。婴儿不会吃饭,只能给他乳吃;不会走路,只好抱他:这是大家都知道的。精神上的情形,也正同这个一样。儿童没有一个不是拜物教的,他相信草木能思想,猫狗能说话,正是当然的事;我们要纠正他,说草木是植物猫狗是动物,不会思想或说话,这事不但没有什么益处,反是有害的,因为这样使他们的生活受了伤了。即使不说儿童的权利那些话,但不自然的阻遏了儿童的想象力,也就所失很大了。

第二，我们又知道儿童的生活，是转变的生长的。因为这一层，所以我们可以放胆供给儿童需要的歌谣故事，不必愁他有什么坏的影响，但因此我们又更须细心斟酌，不要使他停滞，脱了正当的轨道。譬如婴儿生了牙齿可以吃饭，脚力强了可以走路了，却还是哺乳提抱，便将使他的胃肠与脚的筋肉反变衰弱了。儿童相信猫狗能说话的时候，我们便同他们讲猫狗说话的故事，不但要使得他们喜悦，也因为知道这过程是跳不过的——然而又自然的会推移过去的，所以相当的对付了，等到儿童要知道猫狗是什么东西的时候到来，我们再可以将生物学的知识供给他们。倘若不问儿童生活的转变如何，只是始终同他们讲猫狗说话的事，那时这些荒唐乖谬的弊害才真要出来了。

据麦克林托克说，儿童的想象如被迫压，他将失了一切的兴味，变成枯燥的唯物的人；但如被放纵，又将变成梦想家，他的心力都不中用了。所以小学校里的正当的文学教育，有这样三种作用：(1)顺应满足儿童之本能的兴趣与趣味，(2)培养并指导那些趣味，(3)唤起以前没有的新的兴趣与趣味。这(1)便是我们所说的供给儿童文学的本意，(2)与(3)是利用这机会去得一种效果。但怎样才能恰当的办到呢？依据儿童心理发达的程序与文学批评的标准，于教材选择与教授方法上，加以注意，当然可以得到若干效果。教授方法的话可以不必多说了，现在只就教材选择上，略略说明以备参考。

儿童学上的分期，大约分作四期，一婴儿期（一至三岁），二幼儿期（三至十），三少年期（十至十五），四青年期（十五至二十）。我们现在所说的是学校里一年至六年的儿童，便是幼儿期及少年期的前半，至于七年以上所谓中学程度的儿童，这回不暇说及，当俟另外有机会再讲了。

幼儿期普通又分作前后两期，三至六岁为前期，又称幼稚园时期，六至十为后期，又称初等小学时期。前期的儿童，心理的发达上最旺盛的是感觉作用，其他感情意志的发动也多以感觉为本，带着冲动的性质。这时期的想象，也只是所动的，就是联想的及模仿的两种,对于现实与虚幻,差不多没有什么区别。到了后期,观察与记忆作用逐渐发达,得了各种现实的经验,想象作用也就受了限制,须与现实不相冲突,才能容纳;若表现上面,也变了主动的,就是所谓构成的想象了。少年期的前半大抵也是这样,不过自我意识更为发达,关于社会道德等的观念,也渐明白了。

约略根据了这个程序,我们将各期的儿童的文学分配起来,大略如下:

幼儿前期

(1)诗歌 这时期的诗歌,第一要注意的是声调。最好是用现有的儿歌,如北平的"水牛儿""小耗子"都可以用,就是那趁韵而成的如"忽听门外人咬狗",咒语一般的决择歌如"铁脚斑斑",只要音节有趣,也是一样可用的。因为幼儿唱歌只为好听,内容意义不甚紧要,但是粗俗的歌词也应该排斥,所以选择诗歌,不必积极的罗致名著,只须消极加以别择便好了。古今诗里有适宜的,当然可用;但特别新做的儿歌,我反不大赞成,因为这是极难的,难得成功的。

(2)寓言 寓言实在只是童话的一种,不过略为简短,而多含着教训的意思,普通就称作寓言。在幼儿教育上,他的价值单在故事的内容,教训实是可有可无;倘这意义是自明的,儿童自己能够理会,原也很好,如借此去教修身的大道理,便不免背谬了。这不但因为在这时期教了不能了解,且恐要养成曲解的癖,于将来颇有弊病。象征的著作须得在少年期的后期(第六七学年)去读,才有益处。

(3)童话 童话也最好利用原有的材料,但现在的尚未有人收集,古书里的须待修订,没有恰好的童话集可用。翻译别国的东西,也是一法,只须稍加审择便好。本来在童话里,保存着原始的野蛮的思想制度,比别处更多。虽然我们说过儿童是小野蛮,喜欢荒唐乖谬的故事,本是当然,但有几种也不能不注意:就是凡过于悲哀、苦痛、残酷的,不宜采用。神怪的事只要不过恐怖的限度,总还无妨;因为将来理智发达,儿童自然会不再相信这些,若是过于悲哀或痛苦,便永远在脑里留下一个印象,不会消灭,于后来思想上很有影响;至于残酷的害,更不用说了。

幼儿后期

(1)诗歌　这期间的诗歌不只是形式重要,内容也很重要了;读了固然要好听,还要有意思,有趣味。儿歌也可应用,前期读过还可以重读,前回听他的音,现在认他的文字与意义,别有一种兴趣。文学的作品倘有可采用的,极为适宜,但恐不很多。如选取新诗,须择协韵而声调和谐的;但有词调小曲调的不取,抽象描写或讲道理的也不取。儿童是最能创造而又最是保守的;他们所喜欢的诗歌,恐怕还是五七言以前的声调,所以普通的诗难得受他们的赏鉴;将来的新诗人能够超越时代,重新寻到自然的音节,那时真正的新的儿歌才能出现了。

(2)童话　小学的初年还可以用普通的童话,但是以后儿童辨别力渐强,对于现实与虚幻已经分出界限,所以童话里的想象也不可太与现实分离。丹麦安兑尔然(Hans C. Andersen)作的童话集里,有许多适用的材料。传说也可以应用,但应当注意,不可过量的鼓动崇拜英雄的心思,或助长粗暴残酷的行为。中国小说里的《西游记》讲神怪的事,却与《封神传》不同,也算纯朴率真,有几节可以当童话用。《今古奇观》等书里边,也有可取的地方,不过须加以修订才能适用罢了。

(3)天然故事　这是寓言的一个变相;以前读寓言是为他的故事,现在却是为他所讲的动物生活。儿童在这时期,好奇心很是旺盛,又对于牧畜及园艺极热心,所以给他读这些故事,随后引到记述天然的著作,便很容易了。但中国这类著作非常缺少,不得不取材于译书,如《万物一览》等书了。

少年期

(1)诗歌　浅近的文言可以应用,如唐代的乐府及古诗里多有好的材料;中国缺少叙事的民歌(Ballad),只有《孔雀东南飞》等几篇可以算得佳作,《木兰行》便不大适用。这时期的儿童对于普通的儿歌,大抵已经没有什么趣味了。

（2）传说　传说与童话相似，只是所记的是有名英雄，虽然也含有空想的分子，比较的近于现实。在自我意识团体精神渐渐发达的时期，这类故事，颇为合宜；但容易引起不适当的英雄崇拜与爱国心，极须注意。最好采用各国的材料，使儿童知道人性里共通的地方，可以免去许多偏见。奇异而有趣味的，或真切而合于人情的，都可采用；但讲明太祖那颇仑的故事，还以不用为宜。

（3）写实的故事　这与现代的写实小说不同，单指多含现实分子的故事，如欧洲的《鲁滨孙》(Robinson Crusoe)或《吉诃德先生》(Don Quixote)而言。中国的所谓社会小说里，也有可取的地方，如《儒林外史》及《老残游记》之类，纪事叙景都可，只不要有玩世的口气，也不可有夸张或感伤的"杂剧的"气味。《官场现形记》与《广陵潮》没有什么可取，便因为这个缘故。

（4）寓言　这时期的教寓言，可以注意在意义，助成儿童理智的发达。希腊及此外欧洲寓言作家的作品，都可选用；中国古文及佛经里也有许多很好的譬喻。但寓言的教训，多是从经验出来，不是凭理论的，所以尽有顽固或背谬的话，用时应当注意；又篇末大抵附有训语，可以删去，让儿童自己去想，指定了反妨害他们的活动了。滑稽故事此时也可以用，童话里本有这一部类，不过用在此刻也偏重意义罢了。古书如《韩非子》等的里边，颇有可用的材料，大都是属于理智的滑稽，就是所谓机智。感情的滑稽实例很少；世俗大多数的滑稽都是感觉的，没有文学的价值了。

（5）戏曲　儿童的游戏中本含有戏曲的原质，现在不过伸张综合了，适应他们的需要。在这里边，他们能够发扬模仿的及构成的想象作用，得到团体游戏的快乐。这虽然是指实演而言，但诵读也别有兴趣。不过这类著作，中国一点都没有，还须等人去研究创作：能将所读的传说去戏剧化，原是最好，却又极难，所以也只好先从翻译入手了。

以上约略就儿童的各期，分配应用的文学种类，还只是理论上的空谈，须经过实验，才能确实的编成一个详表。以前所说多偏重"儿童的",但关于"文学的"这一层,也不可将他看轻;因为儿童所需要的是文学,并不是商人杜撰的各种文章,所以选用的时候还应当注意文学的价值。所谓文学的,却也并非要引了文学批评的条例,细细的推敲,只是说须有文学趣味罢了。文章单纯、明了、匀整;思想真实、普遍:这条件便已完备了。麦克林托克说,小学校里的文学有两种重要的作用,(1)表现具体的影象,(2)造成组织的全体。文学之所以能培养指导及唤起儿童的新的兴趣与趣味,大抵由于这个作用。所以这两条件,差不多就可以用作儿童文学的艺术上的标准了。

中国向来对于儿童,没有正当的理解,又因为偏重文学,所以在文学中可以供儿童之用的,实在绝无仅有;但是民间口头流传的也不少,古书中也有可用的材料,不过没有人采集或修订了,拿来应用。坊间有几种唱歌和童话,却多是不合条件,不适于用。我希望有热心的人,结合一个小团体,起手研究,逐渐收集各地歌谣故事,修订古书里的材料,翻译外国的著作,编成几部书,供家庭学校的用,一面又编成儿童用的小册,用了优美的装帧,刊印出去,于儿童教育当有许多的功效。我以前因为汉字困难,怕这事不大容易成功,现在有了注音字母,可以不必多愁了。但插画一事,仍是为难。现今中国画报上的插画,几乎没有一张过得去的,要寻能够为儿童书作插画的,自然更不易得了,这真是一件可惜的事。

天　足

我最喜见女人的天足。——这句话我知道有点语病,要挨性急的人的骂。评头品足,本是中国恶少的恶习,只有帮闲文人象李笠翁那样的人,才将买女人时怎样看脚的法门,写到《闲情偶寄》里去。但这实在是我说颠倒了。我的意思是说,我最嫌恶缠足!

近来虽然有学者说,西妇的"以身殉美观"的束腰,其害甚于缠足,但我总是固执己见,以为以身殉丑观的缠足终是野蛮。我时常兴高采烈的出门去,自命为文明古国的新青年,忽然的当头来了一个一撅一拐的女人,于是乎我的自己以为文明人的想头,不知飞到那里去了。倘若她是老年,这表明我的叔伯辈是喜欢这样丑观的野蛮;倘若年青,便表明我的兄弟辈是野蛮;总之我的不能免为野蛮,是确定的了。这时候仿佛无形中她将一面藤牌,一枝长矛,恭恭敬敬的递过来,我虽然不愿意受,但也没有话说,只能也恭恭敬敬的接收,正式的受封为什么社的生番。

我每次出门,总要受到几副牌矛,这实在是一件不大愉快的事。惟有那天足的姊妹们,能够饶恕我这种荣誉,所以我说上面的一句话,表示喜悦与感激。

《爱的创作》

《爱的创作》是与谢野晶子《感想集》的第十一册。与谢野夫人（她本姓凤）曾作过好些小说和新诗，但最有名的还是她的短歌，在现代歌坛上仍占据着第一流的位置。十一卷的《感想集》，是十年来所做的文化批评的工作的成绩，总计不下七八百篇，论及人生各方面，范围也很广大，但是都很精彩，充满着她自己所主张的"博大的爱与公明的理性"，此外还有一种思想及文章上的温雅（Okuyukashisa），这三者合起来差不多可以表出她的感想文的特色。我们看日本今人的"杂感"类文章，觉得内田鲁庵的议论最为中正，与她相仿，惟其文章虽然更为轻妙，温雅的度却似乎更减少一点了。

《爱的创作》凡七十一篇，都是近两年内的著作。其中用作书名的一篇关于恋爱问题的论文，我觉得很有趣味，因为在这微妙的问题上她也能显出独立而高尚的判断。普通的青年都希望一劳永逸的不变的爱，著者却以为爱原是移动的，爱人各须不断的创作，时时刻刻共相推移，这才是养爱的正道。她说：

"人的心在移动是常态，不移动是病理。幼少而不移动是为痴呆，成长而不移动则为老衰的征候。

"在花的趣味上，在饮食的嗜好上，在衣服的选择上，从少年少女的时代起，一生不知要变化多少回。正是因为如此，人的生活所以精神的和物质的都有进步。……世人的俗见常以为夫妇亲子的情爱是不变动的。但是在花与衣服上会变化的心，怎么会对于与自己更直接有关系的生活倒反不敏感的移动呢？

"就我自己的经验上说，这二十年间我们夫妇的爱情不知经过多大的变化来了。我们的爱,决不是以最初的爱一贯继续下去,始终没有变动的,固定的静的夫妇关系,我们不断的努力,将新的生命吹进两人的爱情里去,破坏了重又建起,锻使坚固,使他加深,使他醇化。……我们每日努力重新播种,每日建筑起以前所无的新的爱之生活。

"我们不愿把昨日的爱就此静止了,再把他涂饰起来,称作永久不变的爱;我们并不依赖这样的爱。我们常在祈望两人的爱长是进化移动而无止息。

"倘若不然,那恋爱只是心的化石,不能不感到困倦与苦痛了罢。

"我们曾把这意见告诉生田长江君,他很表同意,答说,'理想的夫妇是每日在互换爱的新证书的。'我却想这样的说,更适切的表出我们的实感,便是说夫妇是每日在为爱的创作的。"

凯本德在《爱与死之戏剧》上引用爱伦凯的话说,"贞义决不能约束的,只可以每日重新的去赢得。"又说,"在古代所谓恋爱法庭上,武士气质的人明白了解的这条真理,到了现今还必须力说,实在是可悲的事。恋爱法庭所说明的,恋爱与结婚不能相容的理由之一,便是说妻决不能从丈夫那边得到情人所有的那种殷勤,因为在情人当作恩惠而承受者,丈夫便直取去视若自己的权利。"理想的结婚便是在夫妇间实行情人们每日赢得交互的恩惠的办法。凯本德归结的说,"要使恋爱年年保存这周围的浪漫的圆光,以及这侍奉的深情,便是每日自由给与的恩惠,这实在是一个大艺术。这是大而且难的,但是的确值得去做的艺术。"这个爱术到了现代已成为切要的研究,许多学者都着手于此,所谓爱的创作就是从艺术见地的一个名称罢了。

中国关于这方面的文章,我只见到张竞生君的一篇《爱情的定则》。无论他的文句有怎样不妥的地方,但我相信他所说的"凡要讲真正完全爱情的人不可不对于所欢的时时刻刻改善提高彼此相爱的条件,一可得了爱情上时时进化的快感,一可杜绝敌手的竞争"这一节话,总是十分确实的。但是道学家见了都着了忙,以为爱应该是永久不变的,所以这是有害于世道人心的邪说。道学家本来多是"神经变质的"(Neurotic)，他的特征是自己觉得下劣脆弱；他们反对两性的解放，便因为自知如没有传统的迫压他必要放纵不能自制，如恋爱上有了自由竞争他必没有侥幸的希望。他们所希冀的是异性一时不慎爱上了他，于是便可凭了永久不变的恋爱的神圣之名把她占有专利，更不怕再会逃脱。这好象是"出店不认货"的店铺，专卖次货，生怕买主后来看出破绽要来退还，所以立下这样规则，强迫不慎的买主收纳有破绽的次货。真正用爱者当如园丁，想培养出好花，先须用上相当的精力，这些道学家却只是性的渔人罢了。大抵神经变质者最怕听于自己不利的学说，如生存竞争之说很为中国人所反对，这便因为自己没有生存力的缘故，并不是中国人真是酷爱和平；现在反对爱之移动说也正是同样的理由。但是事实是最大的威吓者，他们粉红色的梦能够继续到几时呢。

爱是给与，不是酬报。中国的结婚却还是贸易，这其间真差得太远了。

附记

近来阅蔼理斯的《性的心理研究》第五卷《色情的象征》，第六章中引法国泰耳特(G. Tarde)的论文《病的恋爱》，有这几句话："我们在和一个女人恋爱以前，要费许多时光，我们必须等候，看出那些节目，使我们注意，喜悦，而且使我们因此掩过别的不快之点。不过在正则的恋爱上，那些节目很多而且常变。恋爱的真义无非是一种环绕着情人的航行，一种探险的航行而永远得着新的发见。最诚实的爱人，不会两天接续的同样的爱着一个女人。"他的话虽似新奇，却与《爱的创作》之说可以互相参证。编订时追记。

猥亵论

蔼理斯（Havelock Ellis）是现代英国的有名的善种学及性的心理学者，又是文明批评家。所著的一卷《新精神》（The New Spirit），是世界著名的文艺思想评论。近来读他的《随感录》（Impressions and Comments 1914），都是关于艺术与人生的感想，范围很广，篇幅不长，却含蓄着丰富深邃的思想；他的好处，在能贯通艺术与科学两者而融和之，所以理解一切，没有偏倚之弊。现在译述他的一篇论文艺上之猥亵的文章，作为他思想的健全的一例。

"四月二十三日（1913），我今天（在报纸上）看见判事达林在总结两造供词的时候对陪审官说，他'不能够念完拉布来（Rebelais）的一章书而不困倦得要死'。这句话里的意义似乎是说拉布来是一个猥亵的作家。至于其中的含蓄似乎是说在那法官一样的健全地端正而且高等的心里看来，猥亵的东西只是觉得无聊罢了。

"我引这句话，并不当作一种乖谬的言行，只因为他实在是代表的。我仿佛记得年幼的时候，曾经很用心的读麦考来的论文，在那里也见到很相象的话，虽然并不含蓄着相象的深意。我那时便去把拉布来买来，亲自检查，却发见了拉布来是一个大哲学家，这个发见并不是从麦考来那边得来的，所以我以为是我的独得。过了几年偶然遇见辜勒律己的议论，说及拉布来的可惊的哲学的才能和他的优雅高尚的道德，我才晓得自己不是孤立，感到一种不能忘记的喜悦。

"这似乎很是的确的：在文艺上有猥亵的分子出现的时候，——我说猥亵这个字是用在没有色彩的，学术的意思上，表示人生的平常看不见的那一面，所谓幕后的一面，并不含有什么一定不好的意味，——在大半数的读者这便立刻占据了他的全个的视野。读者对于这个或者喜欢或者不喜欢，但是他的反应似乎非常强烈，倘若是英国人尤甚，以至就吸收了他们的精神活动的全体。——我说'倘若是英国人尤甚'，因为这种倾向虽是普遍的，在盎格鲁索逊人的心里却特别有力。'法国女优'伽比特斯利曾说在伦敦舞台上，做出一种单想引起娱乐的动作，往往只得到看客的非常庄重的神气，觉得很是惶惑：'我着紧身袴上场的时候，观众似乎都屏住气了！'——因此那种书籍不是秘密沉默的被珍重，便是高声的被反对与骂詈。这个反应不但限于愚蒙的读者，他还影响到常人，以及有智识的高等的人，有时还影响到伟大的文学家。这书或者是一个大哲学家所著，包含着他的最深的哲学，只要有一个猥亵的字出现在里边，这一个字便牵引了各国读者注意。所以莎士比亚曾被当作猥亵的作家，必需经过删节，或者在现今还是被人这样看待，虽然在我们端淑的现代读者的耳朵里，觉得猥亵的文句实在极少，一总收集拢来不过只是一叶罢了。所以即使是圣书，基督教徒的天启之书，也被合法的宣告为猥亵。这或者是合理的判决，因为合法的判决一定应当代表公众的意见；法官必须是合法的，无论他是否公正。

"我们不明白，这有多少是由于缺陷的教育，因此是可以改变的，或者多少是出于人心的一种可以消除的倾向。猥亵的形式当然因了时代而变化，他是每日都在变化的。有许多在古罗马人以为猥亵的，我们看了并不如此，有许多我们以为猥亵的，罗马人见了将要笑我们的简单了。但是野蛮人有时也有原始的善良社会上不应说的猥亵话，有一种很是严密的礼法，犯了这礼法便算是猥亵。在他那部不朽的著作上，拉布来穿着一件奇异而华丽的，的确有很猥亵的质地的衣服，因此把曾经生在世上的最大最智的精神之一从俗眼的前面隐藏过了，大约他自己正是希望这样的。我觉得很是愉快，想到将来或有一日，在这样快活勇敢而且深邃的把人生整个地表示出来，又以人生为甘美的人们的面前，平常的人都将本能地享乐这个影像，很诚敬的，即使不跪下去，感谢他的神给与他这个特权。但是人还不能深信将来就会如此。"

关于伽比特斯利的演艺,蔼理斯在十月二十二日的一条下写着很好的评论,巴黎式的自由的艺术,到了伦敦经绅士们的干涉,便恶化了,躲躲闪闪的反加上了许多卑猥的色彩。"在这淫佚与端淑之巧妙的混合里面,存着一种不愉快,苦痛而且使人堕落的东西。观众倘若一加思想,便当明白在这平常的演艺中间,他们的感情是很卑劣的被玩弄了,而且还加上一层侮辱的防范,这是只适用于疯人院,而不适于当然自能负责的男女的。末了,人就不得不想,这还不如看在舞台上的,是的,在舞台上的纯粹裸体,要更多有使人清净高尚的力量。"这一节话很可以说明假道学的所以不道德的地方,因为那种反抗实在即是意志薄弱易受诱惑的证据。蔼理斯竭力排斥这种的端淑正是他的思想健全的缘故,在《新思想》中极倾倒于惠特曼,也就因为他是同拉布来一样的能够快活勇敢而且深邃的把人生整个地表示出来,虽然在美国也被判为猥亵而革去了他的职务。

蔼理斯的话

蔼理斯（Havelock Ellis）是我所最佩服的一个思想家，但是他的生平我不很知道，只看他自己说十五岁时初读斯温朋（Swinburne）的《日出前之歌》，计算大约生于一八五六年顷。我最初所见的是他的《新精神》，系《司各得丛书》之一，价一先令，近来收在美国的《现代丛书》里。其次是《随感录》及《断言》。这三种都是关于文艺思想的批评，此外有两性，犯罪，以及梦之研究，是专门的著述，都处处有他的对于文化之明智的批判，也是很可贵的。但其最大著作总要算是那六册的《性的心理研究》。这种精密的研究或者也还有别人能做，至于那样宽广的眼光，深厚的思想，实在是极不易得。我们对于这些学问原是外行人，但看了他的言论，得到不少利益，在我个人总可以确说，要比各种经典集合起来所给的更多。但是这样的思想，在道学家的群众面前，不特难被理解，而且当然还要受到迫害，所以这研究的第一卷出版，即被英国政府禁止发卖，后来改由美国的一个医学书局发行，才算能够出版。这部大著当然不是青年的读物，惟在常识完具的成人，看了必有好处；道学家在中国的流毒并不小于英国的清教思想，所以健全思想之养成是切要的事。

蔼理斯排斥宗教的禁欲主义，但以为禁欲亦是人性之一分子；欢乐与节制二者并存，且不相反而实相成；人有禁欲的倾向，即所以防欢乐的讨量，并即以增欢乐的程度。他在《圣芳济与其他》一篇论文中曾说，"有人以此二者（即禁欲与耽溺）之一为其生活的惟一目的者，其人将在尚未生活之前早已死了。有人先将其一推至极端，再转而之他,其人才真能了解人生是什么,日后将被记念为模范的圣徒。但是始终尊重这二重理想者,那才是知生活法的明智的大师。……一切生活是一个建设与破坏,一个取进与付出,一个永远的构成作用与分解作用的循环。要正当地生活,我们须得模仿大自然的豪华与其严肃。"他在上边又曾说道,"生活之艺术,其方法只在于微妙地混和取与舍二者而已,"很能简明的说出这个意思。

在《性的心理研究》第六卷跋文末尾有这两节话:"有些人将以我的意见为太保守,有些人以为太偏激。世上总常有人很热心的想攀住过去,也常有人热心的想攫得他们所想象的未来。但是明智的人,站在二者之间,能同情于他们,却知道我们是永远于过渡时代。在无论何时,现在只是一个交点,为过去与未来相遇之处,我们对于二者都不能有什么争向。不能有世界而无传统,亦不能有生命而无活动。正如赫拉克来多思(Herakleitos)在现代哲学的初期所说,我们不能在同一川流中入浴二次,虽然如我们在今日所知,川流仍是不断的回流。没有一刻无新的晨光在地上,也没有一刻不见日没。最好是闲静地招呼那熹微的晨光,不必忙乱的奔向前去,也不要对于落日忘记感谢那曾为晨光之垂死的光明。"

"在道德的世界上,我们自己是那光明使者,那宇宙的顺程即实现在我们身上。在一个短时间内,如我们愿意,我们可以用了光明去照我们路程的周围的黑暗。正如在古代火炬竞走——这在路克勒丢思(Lucretius)看来似是一切生活的象征——里一样,我们手里持炬,沿着道路奔向前去。不久就要有人从后面来,追上我们。我们所有的技巧,便在怎样的将那光明固定的炬火递在他的手内,我们自己就隐没到黑暗里去。"

这两节话我最喜欢,觉得是一种很好的人生观。《现代丛书》本的《新精神》卷首,即以此为题词(不过第一节略短些),或者说是蔼理斯的代表思想亦无不可。最近在《人生之舞蹈》的序里也有相类的话,大意云,赫拉克来多思云人不能在同一川流中入浴二次,但我们实在不得不承认一连续的河流,有同一的方向与形状。关于河中的常变不住的浴者,也可以同样的说。"因此,世界不但有变化,亦有统一,多之差异与一之固定保其平均。此所以生活必为舞蹈,因为舞蹈正是这样:永久的微微变化的动作,而与全体的形状仍不相乖忤。"

（上边的话,有说的不很清楚的地方,由于译文词不达意之故,其责全在译者。）

论女袴

绍原兄：

你的"裙要长过裤"的提议，我当然赞同，即可请你编入民国新礼的草案里。但我们在这里应当声明一句，这条礼的制定乃是从趣味（这两个字或者有点语病，因为心理学家怕要把它定为"味觉"）上著眼，并不志在"挽靡习"。我在《妇女周报》及《妇女杂志》上看见什么教育会联合会的一件议决案，主张女生"应依章一律着用制服"，至于制服则"袖必齐腕，裙必及胫"，一眼看去与我们的新礼颇有阳虎貌似孔子之概，实际上却截然不同。原案全文皆佳，今只能节录其一部分于后：

"衣以蔽体，亦以彰身，不衷为灾，昔贤所戒，矧在女生，众流仰望，虽曰末节，所关实巨。……甚或故为宽短，豁敞脱露，扬袖见肘，举步窥膝，殊非谨容仪尊瞻视之道。……"

《妇女周报》（六十一期）的奚明先生对于这篇卫道的大文加以批评，说得极妙，不必再等我来多话。他说，

"教育会会员诸公当然也是众流之一流，仰望也一定很久，……仰望的结果，便是加上'故为宽短云云'这十六字的考语。其中尤足以使诸公心荡神摇的，是所见的肘和所窥的膝。本来肘与膝也是无论男女人人都有的东西，无足为奇；但因为诸公是从地下'仰'着头向上而'望'的缘故，所以更从肘膝而窥见那肘膝以上的非肘膝，便不免觉得'殊非谨容仪尊瞻视之道'起来了。"

奚明先生的话的确不错，教育会诸公的意思实在如李笠翁所说

在于"掩藏秘器,爱护家珍"而已。笠翁怕人家的窥见以致心荡神摇,诸公则怕窥见人家而心荡神摇,其用意不同而居心则一,都是一种野蛮思想的遗留。野蛮人常把自己客观化了,把自己行为的责任推归外物,在小孩狂人也都有这种倾向。就是在文明社会里也还有遗迹,如须勒特耳(Th. Schroeder,见 Euis 著《梦之世界》第七章所引)所说,现代的禁止文艺科学美术等大作,即本于此种原始思想,以为猥亵在于其物而不在感到猥亵的人,不知道倘若真需禁止,所应禁者却正在其人也。教育会诸人之取缔"豁敞脱露",正是怕肘膝的蛊惑力,所以是老牌的野蛮思想,不能冒我们新开店的招牌:为防鱼目混珠起见,不得不加添这张仿单,请赐顾者认明玉玺为记,庶不致误。

我的意思,衣服之用是蔽体即以彰身的,所以美与实用一样的要注意。有些地方露了,有些地方藏了,都是以彰身体之美;若是或藏或露,反而损美的,便无足取了。裙下无论露出一只裤脚两只裤脚,总是没有什么好看,自然应在纠正之列。

"西洋女子不穿裤"的问题,我因为关于此事尚缺查考,这回不能有所论列为歉。

神话的辩护

为神话作辩护,未免有点同善社的嫌疑。但是,只要我自信是凭了理性说话,这些事都可以不管。

反对把神话作儿童读物的人说,神话是迷信,儿童读了要变成义和团与同善社。这个反对迷信的热心,我十分赞同,但关于神话养成迷信这个问题我觉得不能附和。神话在儿童读物里的价值是空想与趣味,不是事实和知识。我在《神话与传说》中曾说:

"文艺不是历史或科学的记载,大家都是知道的;如见了化石的故事,便相信人真能变石头,固然是个愚人,或者又背着科学来破除迷信,断断地争论化石故事之不合物理,也未免成为笨伯了。"(《自己的园地》第九)又在《儿童的文学》中说过:

"儿童相信猫狗能说话的时候,我们便同他们讲猫狗说的故事,不但要使得他们喜悦,也因为知道这过程是跳不过的,——然而又自然地会推移过去的,所以相当的应付了,等到儿童知道猫狗是什么东西的时候到来,我们再可以将生物学的知识供给他们。"

现在反对者的错误,即在于以儿童读物中的神话为事实与知识,又以为儿童听了就要终身迷信,便是科学知识也无可挽救。其实神话只能滋养儿童的空想与趣味,不能当作事实,满足知识的要求。这个要求,当由科学去满足他,但也不能因此而遂打消空想。知识上猫狗是哺乳类食肉动物,空想上却不妨仍是会说话的四足朋友;有些科学家兼做大诗人,即是证据。缺乏空想的人们以神话为事实,没有科学知识的便积极的信仰,有科学知识的则消极的趋于攻击,都是错了。迷信之所以有害者,以其被信为真实;倘若知是虚假,则在迷信之中也可以发见许多的美,因为我们以为美的不必一定要是真实。神话原是假的,他决不能妨害科学的知识的发达,也不劳科学的攻击,——反正这不过证明其虚假,正如笑话里证明胡子是有胡须的一般,于其原来价值别无增减。我承认,用神话是教儿童读诳话,但这决无害处,只要大家勿误认读神话之目的为求知识与教训。

有些人以为神话是妖人所造,用以宣传迷信,去蛊惑人的。这个说法完全是不的确。神话的发生,普通在神话学上都有说明,但我觉得德国翁特(Wundt)教授在民族心理学里说的很得要领。我们平常把神话包括神话、传说、童话三种,仿佛以为这三者发生的顺序就是如此的,其实却并不然。童话(广义的)起的最早,在"图腾"时代,人民相信灵魂和魔怪,便借了空想传述他们的行事,或借以说明某种的现象;这种童话有几样特点,其一是没有一定的时地和人名,其二是多有魔术,讲动物的事情,大抵与后世存留的童话相同,所不同者只是那些童话在图腾社会中为群众所信罢了。其次的是翁特所说的英雄与神的时代,这才是传说以及神话(狭义的)发生的时候。童话的主人公多是异物,传说的主人公是英雄,乃是人;异物都有魔力,英雄虽亦常有魔术与法宝的辅助,但仍具人类的属性,多凭了自力成就他的事业。童话中也有人,但大率处于被动的地位,现在则有独立的人格,公然与异物对抗,足以表见民族思想的变迁。英雄是理想的人,神即是理想的英雄;先以人与异物对立,复折衷而成为神的观念,于是神话就同时兴起了。不过神既是不死不变的东西,便没有什么兴衰事迹可记,所以纯粹的狭义的神话几乎是不能有的,一般所称的神话其实多是传说的变体,还是以英雄为主的故事。这两种发生的关系很是密切,指出一定的人物时地也都相同,与童话的渺茫殊异。上边的话固然"语焉不详",但大约可以知道神话发生的情形,其非出于邪教之宣传作用也可明白了。在发生的当时大抵是为大家所信的,到了后来,已经失却信用,于是转移过来,归入文艺里供我们的赏鉴。

即使真是含有作用的妖言,如方士骗秦汉皇帝的话,我们现在既不复信以为真,也正不妨拿来作故事看。我们不能容许神话作家(Mythopoios)再编造当作事实的神话,去宣传同善社的教旨,但是编造假的神话,不但可以做而且值得称赞的,因为这神话作家在现代就成了诗人了。

科学小说

科学进到中国的儿童界里，不曾建设起"儿童学"来，只见在那里开始攻击童话，——可怜中国儿童固然也还够不上说有好童话听。在"儿童学"开山的美国诚然也有人反对，如勃朗（Brown）之流，以为听了童话未必能造飞机或机关枪，所以即使让步说儿童要听故事，也只许读"科学小说"。这条符命，在中国正在"急急如律令"的奉行。但是我对于"科学小说"总很怀疑，要替童话辩护。不过教育家的老生常谈也无重引的必要，现在别举一两个名人的话替我表示意见。

以性的心理与善种学研究著名的医学博士蔼理斯在《凯沙诺伐论》中说及童话在儿童生活上之必要，因为这是他们精神上的最自然的食物。倘若不供给他，这个缺损永远无物能够弥补，正如使小孩单吃淀粉质的东西，生理上所受的饿不是后来给予乳汁所能补救的一样。吸收童话的力不久消失，除非小孩有异常强盛的创造想象力，这方面精神的生长大抵是永久的停顿了。在他的《社会卫生的事业》（据序上所说这社会卫生实在是社会改革的意思，并非普通的卫生事项）第七章里也说："听不到童话的小孩自己来造作童话，——因为他在精神的生长上必需这些东西，正如在身体的生长上必需糖一样，——但是他大抵造的很坏。"据所引医学杂志的实例，有一位夫人立志用真实教训儿童，废止童话，后来却见小孩们造作了许多可骇的故事，结果还是拿《杀巨人的甲克》来给他们消遣。他又说少年必将反对儿时的故事，正如他反对儿时的代乳粉，所以将来要使他相信的东西以不加在里边为宜。这句话说的很有意思，不但荒唐的童话因此不会有什么害处，而且正经的科学小说因此也就不大有什么用处了。

阿那多尔法兰西（Anatol France）是一个文人，但他老先生在法国学院里被人称为无神论者无政府主义者，所以他的论童话未必会有拥护迷信的嫌疑。《我的朋友的书》是他早年的杰作，第二编《苏珊之卷》里有一篇《与D夫人书》，发表他的许多聪明公正的意见：

"那位路易菲该先生是个好人，但他一想到法国的少年少女还会在那里读《驴皮》，他平常的镇静便完全失掉了。他做了一篇序，劝告父母须得从儿童手里把贝洛耳的故事夺下，给他们看他友人菲古斯博士的著作：'琼英姑娘，请把这书合起了罢，不要再管那使你喜欢得流泪的天青的鸟儿了，请你快点去学了那以太麻醉法罢。你已经七岁了，还一点都不懂得一酸化窒素的麻醉力咧！'路易菲该先生发见了仙女都是空想的产物，所以他不准把这些故事讲给他们听。他给他们讲海鸟粪肥料，在这里边是没有什么空想的。——但是，博士先生，正因为仙女是空想的，所以他们存在。他们存在在那些素朴新鲜的空想之中，自然形成为不老的诗——民众传统的诗的空想之中。

"最琐屑的小书，倘若它引起一个诗的思想，暗示一个美的感情，总之倘若它触动人的心，那在小孩少年就要比你们的讲机械的所有的书更有无限的价值。

"我们必须有给小孩看的故事，给大孩看的故事，使我们笑，使我们哭，我们置身于幻惑之世界里的故事。"

这样的抄下去，实在将漫无限制，非至全篇抄完不止；我也很想全抄，倘若不是因为见到自己译文的拙劣而停住了。但是我还忍不住再要抄他一节：

"请不要怕他们（童话的作者）将那些关于妖怪和仙女的废话充满了小孩的心，会把他教坏了。小孩着实知道这些美的形象不是这世界里所有的。有害的倒还是你们的通俗科学，给他那些不易矫正的谬误的印象。深信不疑的小孩一听威奴先生这样说，便真相信人能够装在一个炮弹内放到月亮上面去，及一个物体能够轻易地反抗重力的定则。

"古老尊严的天文学之这样的滑稽拟作,既没有真,也没有美,是一无足取。"

照上边说来,科学小说总是弄不好的:当作小说与《杀巨人的甲克》一样的讲给小孩听呢,将来反正同甲克一样的被抛弃,无补于他的天文学的知识;当作科学与海鸟粪一样的讲呢,无奈做成故事,不能完全没有空想,结果还是装在炮弹里放到月亮上去,不再能保存学术的真实了。即如法阑玛利唵(Flamarion)的《世界如何终局》当然是一部好的科学小说,比焦尔士威奴(Jules Verne,根据梁任公先生的旧译)或者要好一点了,但我见第二篇一章里有这样的几句话:

"街上没有雨水,也没有泥水:因为雨一下,天空中就布满了一种玻璃的雨伞,所以没有各自拿伞的必要。"

这与童话里的法宝似乎没有什么差别,只是更笨相一点罢了。这种玻璃雨伞或者自有做法,在我辈不懂科学的人却实在看了茫然,只觉得同金箍棒一样的古怪。如其说只是漠然的愿望,那么千里眼之于望远镜,顺风耳之于电话等,这类事情童话中也"古已有之"了。科学小说做得好的,其结果还是一篇童话,这才令人有阅读的兴致,所不同者,其中偶有抛物线等的讲义须急忙翻过去,不象童话的行行都读而已。有些人借了小说写他的"乌托邦"的理想,那是别一类,不算在科学小说之内。又上文所说系儿童文学范围内的问题,若是给平常人看,科学小说的价值又当别论,不是我今日所要说的了。

上下身

> 戈丹的三个贤人,
> 坐在碗里去漂洋去。
> 他们的碗倘若牢些,
> 我的故事也要长些。
>
> ——英国儿歌

人的肉体明明是一整个(虽然拿一把刀也可以把他切开来),背后从头颈到尾闾一条脊椎,前面从胸口到"丹田"一张肚皮,中间并无可以卸拆之处,而吾乡(别处的市民听了不必多心)的贤人必强分割之为上下身——大约是以肚脐为界。上下本是方向,没有什么不对,但他们在这里又应用了大义名分的大道理,于是上下变而为尊卑,邪正,净不净之分了:上身是体面绅士,下身是"该办的"下流社会。这种说法既合于圣道,那么当然是不会错的了,只是实行起来却有点为难。不必说要想拦腰的"关老爷一大刀"分个上下,就未免断送老命,固然断乎不可,即使在该办的范围内稍加割削,最端正的道学家也决不答应的。平常沐浴时候(幸而在贤人们这不很多),要备两条手巾两只盆两桶水,分洗两个阶级,稍一疏忽不是连上便是犯下,紊了尊卑之序,深于德化有妨,又或坐在高凳上打盹,跌了一个倒栽葱,更是本末倒置,大非佳兆了。由我们愚人看来,这实在是无事自扰,一个身子站起睡倒或是翻个筋斗,总是一个身子,并不如猪肉可以有里脊五花肉等之分,定出贵贱不同的价值来。吾乡贤人之所为,虽曰合于圣道,其亦古代蛮风之遗留欤。

有些人把生活也分作片段，仅想选取其中的几节，将不中意的梢头弃去。这种办法可以称之曰抽刀断水，挥剑斩云。生活中大抵包含饮食，恋爱，生育，工作，老死这几样事情，但是联结在一起，不是可以随便选取一二的。有人希望长生而不死，有人主张生存而禁欲，有人专为饮食而工作，有人又为工作而饮食，这都有点象想齐肚脐锯断，钉上一块底版，单把上半身保留起来。比较明白而过于正经的朋友则全盘承受而分别其等级，如走路是上等而睡觉是下等，吃饭是上等而饮酒喝茶是下等是也。我并不以为人可以终日睡觉或用茶酒代饭吃，然而我觉得睡觉或饮酒喝茶不是可以轻蔑的事，因为也是生活之一部分。百余年前日本有一个艺术家是精通茶道的，有一回去旅行，每到驿站必取出茶具，悠然的点起茶来自喝。有人规劝他说，行旅中何必如此，他答得好："行旅中难道不是生活么。"这样想的人才真能尊重并享乐他的生活。沛德(W. Pater)曾说，我们生活的目的不是经验之果而是经验本身。正经的人们只把一件事当作正经生活，其余的如不是不得已的坏癖气是可有可无的附属物罢了：程度虽不同，这与吾乡贤人之单尊重上身（其实是，不必细说，正是相反），乃正属同一种类也。

戈丹(Gotham)地方的故事恐怕说来很长，这只是其中的一两节而已。

净　　观

日本现代奇人废姓外骨(本姓宫武)在所著《猥亵与科学》(一九二五出版,非卖品)附录《自著秽亵书目解题》中"猥亵废语辞汇"项下注云:

"大正六年发行政治杂志《民本主义》,第一号出去即被禁止,兼处罚金,且并表示以后每号均当禁止发行。我实在无可如何,于是动手编纂这书,自序中说:

"'我的性格可以说是固执着过激与猥亵这两点,现在我所企画的官僚政治讨伐,大正维新建设之民本主义宣传既被妨害窘迫,那么自然的归着便不得不倾于性的研究与神秘泄漏。此为本书发行之理由,亦即我天职之发挥也。'云云。"

著者虽然没有明言,他的性情显然是对于时代的一种反动,对于专制政治及假道学的教育的反动。我不懂政治,所以这一方面没有什么话说,但在反抗假道学的教育一方面则有十二分的同感。外骨氏的著书,如关于浮世绘川柳以及笔祸赌博私刑等风俗研究各种,都觉得很有兴味,惟最使我佩服的是他的所谓猥亵趣味,即对于礼教的反抗态度。平常对于猥亵事物可以有三种态度,一是艺术地自然,二是科学地冷淡,三是道德地洁净:这三者都是对的,但在假道学的社会中我们非科学及艺术家的凡人所能取的态度只是第三种,(其实也以前二者为依据,)自己洁净地看,而对于有不洁净的眼的人们则加以白眼,嘲弄,以至于训斥。

我最爱欧洲文艺复兴时代的文人,因为他们有一种非礼法主义显现于艺术之中,意大利的波加屈(Boccaccio)与法国的拉勃来(Rabelais)可为代表。波加屈是艺术家,拉勃来则是艺术而兼科学家,但一样的也都是道德家,《十日谈》中满漂着现世思想的空气,《大渴王》(Pantagruel)故事更是猛烈地攻击政教的圣殿,一面建设起理想的德勒玛寺来,拉勃来所以不但"有伤风化",还有"得罪名教"之嫌,要比波加屈更为危险了。他不是狂信的殉道者,也异于冷酷的清教徒,他笑着,闹着,披着猥亵的衣,出入于礼法之阵,终于没有损伤,实在是他的本领,他曾象征地说,"我生来就够口渴了,用不着再拿火来烤。"他又说将固执他的主张,直到将要被人荼毗为止:这一点很使我们佩服,与我们佩服外骨氏之被禁止三十余次一样。

中国现在假道学的空气浓厚极了,官僚和老头子不必说,就是青年也这样,如批评心琴画会展览云,"绝无一幅裸体画,更见其人品之高矣!"中国之未曾发昏的人们何在,为什么还不拿了"十字架"起来反抗?我们当从艺术科学尤其是道德的见地,提倡净观,反抗这假道学的教育,直到将要被火烤了为止。

与友人论性道德书

雨村兄：

　　长久没有通信，实在因为太托熟了，况且彼此都是好事之徒，一个月里总有几篇文字在报纸上发表，看了也抵得过谈天，所以觉得别无写在八行书上之必要。但是也有几句话，关于《妇人杂志》的，早想对你说说，这大约是因为懒，拖延至今未曾下笔，今天又想到了，便写这一封信寄给你。

　　我如要称赞你，说你的《妇人杂志》办得好，即使是真话也总有后台喝彩的嫌疑，那是我所不愿意说的，现在却是别的有点近于不满的意见，似乎不妨一说。你的恋爱至上的主张，我仿佛能够理解而且赞同，但是觉得你的《妇人杂志》办得不好，——因为这种杂志不是登载那样思想的东西。《妇人杂志》我知道是营业性质的，营业与思想——而且又是恋爱，差的多么远！我们要谈思想，三五个人自费赔本地来发表是可以的，然而在营业性质的刊物上，何况又是 The LADY'S Journal……那是期期以为不可。我们要知道，营业与真理，职务与主张，都是断乎不可混同，你却是太老实地"借别人的酒杯浇自己的块垒"，虽不愧为忠实的妇女问题研究者，却不能算是一个好编辑员。所以我现在想忠告你一声，请你留下那些"过激"的"不道德"的两性伦理主张预备登在自己的刊物上，另外重新依据营业精神去办公家的杂志，千万不要再谈为 LADIES and gentlemen 所不喜的恋爱；我想最好是多登什么做鸡蛋糕布丁杏仁茶之类的方法以及刺绣裁缝梳头束胸捷诀，——或者调查一点缠脚法以备日后需要时登载尤佳。《白话丛书》里的《女诫注释》此刻还可采取转录，将来读经潮流自北而南的时候自然应该改登《女儿经》了。这个时代之来一定不会很迟，未雨绸缪现在正是时候，不可错过。这种杂志青年男女爱读与否虽未敢预言，但一定很中那些有权威的老爷们的意，待多买几本留着给孙女们读，销路不愁不广。即使不说销路，跟着圣贤和大众走总是不会有过失的，纵或不能说有功于世道人心而得到褒扬。总之我希望你划清界限，把气力卖给别人，把心思自己留起，这是酬世锦囊里的一条妙计，如能应用，消灾纳福，效验有如《波罗密多心咒》。

然而我也不能赞成你太热心地发挥你的主张，即使是在自办的刊物上面。我实在可叹，是一个很缺少"热狂"的人，我的言论多少都有点游戏态度。我也喜欢弄一点过激的思想，拨草寻蛇地去向道学家寻事，但是如法国拉勃来（Rabelais）那样只是到"要被火烤了为止"，未必有殉道的决心。好象是小孩踢球，觉得是颇愉快的事，但本不期望踢出什么东西来，踢到倦了也就停止，并不预备一直踢到把腿都踢折，——踢折之后岂不还只是一个球么？我们发表些关于两性伦理的意见也只是自己要说，难道就希冀能够于最近的或最远的将来发生什么效力？耶稣，孔丘，释迦，苏格拉底的话，究竟于世间有多大影响，我不能确说，其结果恐不过自己这样说了觉得满足，后人读了觉得满足——或不满足，如是而已。我并非绝对不信进步之说，但不相信能够急速而且完全地进步；我觉得世界无论变到那个样子，争斗，杀伤，私通，离婚这些事总是不会绝迹的。我们的高远的理想境到底只是我们心中独自娱乐的影片，为了这种理想，我也愿出力，但是现在还不想拼命。我未尝不想志士似的高唱牺牲，劝你奋斗到底，但老实说我惭愧不是志士，不好以自己所不能的转劝别人，所以我所能够劝你的只是不要太热心，以致被道学家们所烤。最好是望见白炉子留心点，暂时不要走近前去，当然也不可就改入白炉子党——白炉子的烟稍淡的时候仍旧继续做自己的工作，千万不要一下子就被"烤"得如翠鸟牌香烟。我也知道如有人肯拼出他的头皮，直向白炉子的口里钻，或者也可以把他掀翻；不过，我重复地说，自己还拼不出，不好意思坐在交椅里乱嚷，这一层要请你愿谅。

上礼拜六晚写到这里,夜中我们的小女儿忽患急病,整整地忙了三日,现在虽然医生声明危险已过,但还需要十分慎重的看护,所以我也还没有执笔的工夫,不过这封信总得寄出了,不能不结束一句。总之,我劝你少发在中国是尚早的性道德论,理由就是如上边所说,至于青年黄年之误会或利用那都是不成问题。这一层我不暇说了,只把陈仲甫先生一九二一年所说的话(《新青年》随感录一一七)抄一部分在后面:

青年底误会

"教学者如扶醉人,扶得东来西又倒。"现代青年底误解,也和醉人一般。……你说婚姻要自由,他就专门把写情书寻异性朋友做日常重要的功课。……你说要脱离家庭压制,他就抛弃年老无依的母亲。你说要提倡社会主义共产主义,他就悍然以为大家朋友应该养活他。你说青年要有自尊底精神,他就目空一切,妄自尊大,不受善言了。……

你看,这有什么办法,除了不理它之外?不然你就是只讲做鸡蛋糕,恐怕他们也会误解了,吃鸡蛋糕吃成胃病呢!匆匆不能多写了,改日再谈。

萨满教的礼教思想

四川督办因为要维持风化，把一个犯奸的学生枪毙，以昭炯戒。

湖南省长因为求雨，半月多不回公馆去，即"不同太太睡觉"，如《京副》上某君所说。

弗来则博士（J. G. Frazer）在所著《普须该的工作》（Psyche's Task）第三章迷信与两性关系上说，"他们（野蛮人）想象，以为只须举行或者禁戒某种性的行为，他们可以直接地促成鸟兽之繁殖与草木之生长。这些行为与禁戒显然都是迷信的，全然不能得到所希求的效果。这不是宗教的，但是法术的；就是说，他们想达到目的，并不用恳求神灵的方法，却凭了一种错误的物理感应的思想，直接去操纵自然之力。"这便是赵恒惕求雨的心理，虽然照感应魔术的理论讲来，或者该当反其道而行之才对。

同书中又说，"在许多蛮族的心里，无论已结婚或未结婚的人的性的过失，并不单是道德上的罪，只与直接有关的少数人相干；他们以为这将牵涉全族，遇见危险与灾难，因为这会直接地发生一种魔术的影响，或者将间接地引起嫌恶这些行为的神灵之怒。不但如此，他们常以为这些行为将损害一切禾谷瓜果，断绝食粮供给，危及全群的生存。凡在这种迷信盛行的地方，社会的意见和法律惩罚性的犯罪便特别地严酷，不比别的文明的民族，把这些过失当作私事而非公事，当作道德的罪而非法律的罪，于个人终生的幸福上或有影响，而并不会累及社会全体的一时的安全。倒过来说，凡在社会极端严厉地惩罚亲属奸，既婚奸，未婚奸的地方，我们可以推测这种办法的动机是在于迷信；易言之，凡是一个部落或民族，不肯让受害者自己来罚这些过失,却由社会特别严重地处罪,其理由大抵由于相信性的犯罪足以扰乱天行,危及全群,所以全群为自卫起见不得不切实地抵抗,在必要时非除灭这犯罪者不可。"这便是杨森维持风化的心理。固然,捉奸的愉快也与妒忌心有关,但是极小的一部分罢了,因为合法的卖淫与强奸社会上原是许可的,所以普通维持风化的原因多由于怕这神秘的"了不得"——仿佛可以译多岛海的"太步"。

中国据说以礼教立国,是崇奉至圣先师的儒教国,然而实际上国民的思想全是萨满教的(Shamanistic 比称道教的更确)。中国决不是无宗教国:虽然国民的思想里法术的分子比宗教的要多得多。讲礼教者所喜说的风化一语,我就觉得很是神秘,含有极大的超自然的意义,这显然是萨满教的一种术语。最讲礼教的川湘督长的思想完全是野蛮的,既如上述,京城里"君师主义"的诸位又如何呢?不必说,都是一窟陇的狸子啦。他们的思想总不出两性的交涉,而且以为在这一交涉里,宇宙之存亡,日月之盈昃,家国之安危,人民之生死,皆系焉。只要女学生斋戒——一个月,我们姑且说,便风化可完而中国可保矣,否者七七四十九之内必将陆沉。这不是野蛮的萨满教思想是什么?我相信要了解中国须得研究礼教,而要了解礼教更非从萨满教入手不可。

道学艺术家的两派

我最爱那"不道德"的诗人惠耳伦（Paul Verlaine），尤其是法朗西（France）小说中所描写的那个老罪人，我真想发命令说，"葛思达斯，进天堂来！"倘若我有这个权力。然而我因此很讨厌那道学家，以及那道学的"艺术家"（Pharisaic "Artists"）。这种道学艺术家可以分作两类，却是一样的讨厌；我所最讨厌的东西除了这个之外只有非戏子而喜高声唱戏的人们了（但在我耳目所及之外唱着我也不去管他）。这两类如具体的说，可以称作《情波记》派与《赠娇寓》派。

《情波记》的著者是什么人，现在可以不说，因为我们不是在评论个人，只是"借光"请来代表他这一派的思潮。这一派的教条是：假如男女有了关系，这都是女的不好，男的是分所当然，因为现社会许可男子如是，而女子则古云"倾城倾国"，又曰"祸水"。倘若后来女子厌弃了他，他可以发表二人间的秘密，恫吓她逼她回来，因为夫为妻纲，而且女子既失了贞当然应受社会的侮辱，连使她失贞的也当然在内。这些态度真不配说有一毫艺术气，但是十足地道学气了，道学云者即照社会公众所规定许可而行，自觉满足，并利用以损人利己之谓也。所谓拆白党的存在之理由也即在此，不过他们不自称艺术家，稍有不同耳。这类《情波记》派的思想如不消灭，新的性道德难有养成的希望，因为他是传统的一个活代表。

《赠娇寓》的妙诗想大家不曾忘记罢？他是传统的又一个活代表，所以也是真正的老牌道德学家。大家或者要问，那样猥亵的诗怎样会是道学的呢？我说，猥亵我是决不反对的，而且还仿佛有点欢迎的样子，但是要猥亵得好，即是一则要有艺术趣味，二则要他是反道学的,与现行的礼教权威相抗的,这才可取;若是照现社会所许可而说猥亵话,那与《情波记》的利用男性的权利一样地是卑劣的道学根性? 只看诗中"杂事还堪续《秘辛》"一句便表示道学气无复余蕴,因为杨升庵做过一篇《杂事秘辛》,所以敢续他一下子:第一个敢做的是艺术家,跟着走的便无意思,他不是冒险只是取巧了。野蛮社会里对于男女私情惩办极严,却有敢尝试的人,可以称作殉情,没有这个勇气而循俗去狎妓或蓄妾,却不免是卑怯的渔色。这个譬喻可以拿来用在艺术上,我们承认《雅歌》或《杂事秘辛》或《沉沦》是艺术作品,但不能不拒绝传统的肉麻诗于门外,请他同《情波记》一类归在所谓道学艺术项下去。近来青年缺少革命气,偶有稍新或近似激烈的言行,仔细一看却仍是传统思想的变相,上边所说两派思潮即其一例,特为指出其谬,"或于世道人心不无裨益云尔。"

关于假道学

翁源县的黄哥俚先生：

十月四日的来信到今天刚才收到，足足走了三十天。但是想一想这封信是从赤化的贵处走到白化的敝地来的，那么觉得三十天也不为多。（翁源是属于广东韶州，这是刚从李兆洛的书上查来的。）所奇怪的是这信竟不曾 Censored by the Censor，也并没有丁文江督办拆信的椭圆印记，我说中国南北本无界限，似乎因此更加证实了。

原信为省篇幅计想我略去不登了，因为你所说的贵校长的神气言动都是极普通的，是一种常见的假道学家，没有详细记述的必要。你叫我切实地批评他，我也没有别的话说，除了说他是一个假道学。讲到他的缺点诚然是很多，但实在也并不是他自己的不好，乃是教育之罪，虽然本人的性质原也不能完全辞责，正如传染病的侵入一半也由于体质的虚弱。简单地说一句，这个病叫作"儒教中毒"。儒家的现世偏重主义我也以为是对的，只是教主的做官热传到后世变做主要的教旨，成为一种势利主义，而且与道教思想混在一起，道德还是靠迷信做根底，结果便造出中国独特的假道学，一个戴着古衣冠的淫逸本体。来信说他老先生斥《语丝》为诲淫的东西，而自己"每夜偷看《种子新法》"，便是最明白的一个证据。从假道学里抽去了淫逸不净的思想，古衣冠便噗的一声掉在地上，只剩了赤裸裸的人，那就是真的活人；只可惜这个法术是几乎不可能地不容易罢了。我们的时代比较好一点，有机会得到些科学的知识，破除些道德上的迷信，自然不会再中毒了。我们觉得世间没有什么东西是不净的，也无所谓什么淫，（当作"过度"讲的淫，那自然是不好的，因为我以为凡过度都不好,)所以并不觉得这个或那个讲不得,也就没有什么东西要偷看,无论这是什么新法。假道学是旧中国的天然的土产,是没有法的,其实也是颇可怜的,你想,好好的一个人不自主地被做成那个样子!我们只要不再学新的假道学就很满足了,那些前朝的遗产只好让他们自己去罢。

北沟沿通信

某某君：

一个月前你写信给我，说"蔷薇社"周年纪念要出特刊，叫我做一篇文章，我因为其间还有一个月的工夫，觉得总可以偷闲来写，所以也就答应了。但是，现在收稿的日子已到，我还是一个字都没有写，不得不赶紧写一封信给你，报告没有写的缘故，务必要请你原谅。

我的没有工夫作文，无论是预约的序文或寄稿，一半固然是忙，一半也因为是懒，虽然这实在可以说是精神的疲倦，乃是在变态政治社会下的一种病理，未必全由于个人之不振作。还有一层，则我对于妇女问题实在觉得没有什么话可说。我于妇女问题，与其说是颇有兴趣，或者还不如说很是关切，因为我的妻与女儿们就都是女子，而我因为是男子之故对于异性的事自然也感到牵引，虽然没有那样密切的关系。我不很赞同女子参政运动，我觉得这只在有些宪政国里可以号召，即使成就也没有多大意思，若在中国无非养成多少女政客女猪仔罢了。想来想去，妇女问题的实际只有两件事，即经济的解放与性的解放。然而此刻现在这个无从谈起，并不单是无从着手去做，简直是无可谈，谈了就难免得罪，何况我于经济事情了无所知，自然更不能开口，此我所以不克为《蔷薇》特刊作文之故也。

我近来读了两部书，觉得都很有意思，可以友人深省。他们的思想虽然很消极，却并不令我怎么悲观，因为本来不是乐天家，我的意见也是差不多的。其中的一部是法国吕滂（G. Le Bon）著《群众心理》，中国已有译本，虽然我未曾见，我所读的第一次是日本文，还在十七八年前，现在读的乃是英译本。无论人家怎样地骂他是反革命，但他所说的话都是真实,他把群众这偶像的面幕和衣服都揭去了,拿真相来给人看,这实在是很可感谢虽然是不常被感谢的工作。群众还是现在最时新的偶像,什么自己所要做的事都是应民众之要求,等于古时之奉天承运,就是真心做社会改造的人也无不有一种单纯的对于群众的信仰,仿佛以民众为理性与正义的权化,而所做的事业也就是必得神佑的十字军。这是多么谬误呀!我是不相信群众的,群众就只是暴君与顺民的平均罢了,然而因此凡以群众为根据的一切主义与运动,我也就不能不否认——这不必是反对,只是不能承认他是可能。妇女问题的解决,似乎现在还不能不归在大的别问题里,而且这又不能脱了群众运动的范围,所以我实在有点茫然了。妇女之经济的解放是切要的,但是办法呢?方子是开了,药是怎么配呢?这好象是一个居士游心安养净土,深觉此种境界之可乐,乃独不信阿弥陀佛,不肯唱佛号以求往生,则亦终于成为一个乌托邦的空想家而已!但是,此外又实在是没有办法了。

还有一部书是维也纳妇科医学博士鲍耶尔(B. A. Bauer)所著的《妇女论》,是英国两个医生所译,声明是专卖给从事于医学及其他高等职业的人与心理学社会学的成年学生的,我不知道可以有那一类的资格,却承书店认我是一个 Sexologiste,也售给我一本,得以翻读一过。奥国与女性不知有什么甚深因缘,文人学士对于妇女总特别有些话说,这位鲍博士也不是例外,他的意见倒不受佛洛依特的影响,却是有点归依那位《性与性格》的著者华宁格耳的,这于妇女及妇女运动都是没有多大好意的。但是我读了却并没有什么不以为然,而且也颇以为然,虽然我自以为对于女性稍有理解,压根儿不是一个憎女家(Misogyniste)。我固然不喜欢象古代教徒之说女人是恶魔,但尤不喜欢有些女性崇拜家,硬颂扬女人是圣母,这实在与老流氓之要求贞女有同样的可恶。我所赞同者是混和说,华宁格耳之主张女人中有母妇娼妇两类,比较地有点儿相近了。这里所当说明者,所谓娼妇类的女子,名称上略有语病,因为这只是指那些人,她的性的要求不是为种族的继续,乃专在个人的欲乐,与普通娼妓之以经济关系为主的全不相同。鲍耶尔以为女子的生活始终不脱性的范围,我想这是可以承认的,不必管他这有否损失女性的尊严。现代的大谬误是在一切以男子为标准,即妇女运动也逃不出这个圈子,故有女子以男性化为解放之现象,甚至关于性的事情也以男子观点为依据,赞扬女性之被动性,而以有些女子性心理上的事实为有失尊严,连女子自己也都不肯承认了。其实,女子的这种屈服于男性标准下的性生活之损害,决不下于经济方面的束缚,假如鲍耶尔的话是真的,那么女子这方面即性的解放,岂不更是重要了么?鲍耶尔的论调虽然颇似反女性的,但我想大抵是真实的,使我对于妇女问题更多了解一点,相信在文明世界里这性的解放实是必要,虽比经济的解放或者要更难也未可知:社会文化愈高,性道德愈宽大,性生活也愈健全,而人类关于这方面的意见却也最顽固不易变动,这种理想就又不免近于昼梦。

反女性的论调恐怕自从"天雨粟鬼夜哭"以来便已有之,而憎女家之产生,则大约在盘古开天辟地以后不远ží。世人对于女性喜欢作种种非难毁谤,有的说得很无聊,有的写得还好,我在小时候见过《唐代丛书》里的一篇《黑心符》,觉得很不错,虽然三十年来没有再读,文章差不多都忘记了。我对于那些说女子的坏话的也都能谅解,知道他们有种种的缘由和经验,不是无病呻吟的;但我替她们也有一句辩解:你莫怪她们,这是宿世怨怼!我不是奉《安士全书》人生观的人,却相信一句话曰"远报则在儿孙",《新女性》发刊的时候来征文,我曾想写一篇小文题曰"男子之果报",说明这个意思,后来终于未曾做得。男子几千年来奴使妇女,使她在家庭社会受各种苛待,在当初或者觉得也颇快意,但到后来渐感到胜利之悲哀,从不平等待遇中养成的多少习性发露出来,身当其冲者不是别人,即是后世子孙,真是所谓天网恢恢疏而不漏,怪不得别人,只能怨自己。若讲补救之方,只在莫再种因,再加上百十年的光阴淘洗,自然会有转机。象普通那样地一味怨天尤人,全无是处。但是最后还有一件事,不能算在这笔账里,这就是宗教或道学家所指点的女性之狂荡。我们只随便引佛经里的一首偈,就是好例,原文见《观佛三昧海经》卷八:

若有诸男子　年皆十五六
盛壮多力势　数满恒河沙
持以供给女　不满须臾意

这就是视女人如恶魔,也令人想起华宁格耳的娼妇说来。我们要知道,人生有一点恶魔性,这才使生活有些意味,正如有一点神性之同样地重要。对于妇女的狂荡之攻击与圣洁之要求,结果都是老流氓(Rouè)的变态心理的表现,实在是很要不得的。华宁格尔在理论上假立理想的男女性(FM),但知道在事实上都是多少杂糅,没有纯粹的单个,故所说母妇娼妇二类也是一样地混和而不可化分,虽然因分量之差异可以有种种的形相。因为娼妇在现今是准资本主义原则卖淫获利的一种贱业,所以字面上似有侮辱意味,如换一句话说女子有种族的继续与个人的欲乐这两种要求,有平均发展的,有偏于一方的,则不但语气很是平常,而且也还是极正当的事实了。从前的人硬把女子看作两面,或是礼拜,或是诅咒,现在才知道原只是一个,而且这是好的,现代与以前的知识道德之不同就只是这一点,而这一点却是极大的,在中国多数的民众(包括军阀官僚学者绅士遗老道学家革命少年商人劳农诸色人等)恐怕还认为非圣无法,不见得能够容许哩。古代希腊人曾这样说过,一个男子应当娶妻以传子孙,纳妾以得侍奉,友妓(Hetaira 原语意为女友)以求悦乐。这是宗法时代的一句不客气的话,不合于现代新道德的标准了,但男子对于女性的要求却最诚实地表示出来。义大利经济学家密乞耳思(Pobert Michels)著《性的伦理》(英译在"现代科学丛书"中)引有威尼思地方的谚语,云女子应有四种相,即是:

街上安详(Matrona in strada,)
寺内端庄(Modesta in chiesa,)
家中勤勉(Massaia in casa,)

□□颠狂（Mattona in letto.）

可见男子之永远的女性便只是圣母与淫女（这个佛经的译语似乎比上文所用的娼妇较好一点，）的合一，如据华宁格耳所说，女性原来就是如此，那么理想与事实本不相背，岂不就很好么？以我的孤陋寡闻，尚不知中国有何人说过，（上海张竞生博士只好除外不算，因为他所说缺少清醒健全），但外国学人的意见大抵不但是认而且还有点颂扬女性的狂荡之倾向，虽然也只是矫枉而不至于过直。古来的圣母教崇奉得太过了，结果是家庭里失却了热气，狭邪之巷转以繁盛；主妇以仪式名义之故力保其尊严，又或恃离异之不易，渐趋于乖戾，无复生人之乐趣，其以婚姻为生计，视性为敲门之砖，盖无不同；而别一部分的女子致意于性的技巧者又以此为生利之具：过与不及，其实都可以说殊属不成事体也。我最喜欢谈中庸主义，觉得在那里也正是适切，若能依了女子的本性使她平匀发展，不是既合天理，亦顺人情，而两性间的有些麻烦问题也可以省了去？不过这在现在也是空想罢了，我只希望注意妇女问题的少数青年，特别是女子，关于女性多作学术的研究，既得知识，也未始不能从中求得实际的受用，只是这须得求之于外国文书，中国的译著实在没有什么，何况这又容易以"有伤风化"而禁止呢？

我看了鲍耶尔的书，偶然想起这一番空话来，至于答应你的文章还是写不出，这些又不能做材料，所以只能说一声对不起，就此声明恕不做了。草草不一。

妇女问题与东方文明等

妇女问题是全人类的问题,不单是关于女性的问题。英国凯本德(E. Carpenter)曾说过,妇女运动不能与劳工运动分离,这实在是社会主义中之一部分,如不达到纯正的共产社会时,妇女问题终不能彻底解决。无论政治改革到怎样,但如妇女在妊孕生产时不能得政府的扶助,或在平时尚有失业之虑,结果不能不求男子的供养,则种种形相的卖淫与奴隶生活仍不能免,与资本主义时代无异。苏俄现任驻挪威公使科隆泰(A. Kollontai)女士在所著小说《姊妹》一篇里描写这种情形,很是明白,在举世称为共产共妻的俄国,妇女的地位还是与世界各国相同,她如不肯服从那依旧专横的丈夫,容忍他酗酒或引娼女进家里来,她便只好独自走出去,去做那娼女的姊妹,因为此外无职业可就。这样看来,妇女问题的根本解决在此刻简直是不可能,而所谓纯正的共产社会也还只好当作乌托邦看罢了。

这个年头儿,本来也不必讲什么太理想的话,太理想容易近于过激,所以还是来"卑之,无甚高论"吧。在此刻讲妇女问题,就可讲的范围去讲,实在只有"缝穷"之一法,这就是说在破烂的旧社会上打上几个补钉而已。女子的职业开放,权利平等(选举及从政权,遗产承受权等),这自然都是很好的,一面是妇女问题的部分的改造,一面也确可以使妇女生活渐进于自由。但我所想说的,却在还要抽象的一方面,虽是比较地不切实,其实还比较地重要一点,因为我觉得中国妇女运动之不发达实由于女子之缺少自觉,而其原因又在于思想之不通彻,故思想改革实为现今最应重视的一件事。这自然,我的意思是偏于智识阶级的一边,一切运动多由他们发起煽动,已是既往的事实,大众本是最"安分守己"的,他的理想世界还是在辛亥以前,如没有人去叫他,一直还是愿意这样睡下去的:智识阶级无论是否即将被"奥伏赫变"的东西,总之这是他们的责任。去叫醒别人,最初自然须得先使自己觉醒。我所说的便是关于这自己觉醒的问题,也即是青年的思想改革。

第一重要的事,青年必须打破什么东方文明的观念。自从不知是那一位梁先生高唱东方文明的赞美歌以来,许多遗老遗少随声附和,到处宣传,以致青年耳濡目染,也中了这个毒,以为天下真有两种文明,东方是精神的,西方是物质的,而精神则优于物质,故东方文化实为天下至宝,中国可亡,此宝永存。这种幼稚的夸大也有天真烂漫之处,本可以一笑了之,惟其影响所及,不独拒绝外来文化,成为思想上的闭关,而且结果变成复古与守旧,使已经动摇之旧制度旧礼教得了这个护符,又能支持下去了。就是照事实上说来,东方文明这种说法也是不通的。他们见了佛陀之说寂灭,老庄之说虚无,孔孟之说仁义,与泰西的舰坚炮利很是不同,便以为东西文化有精神物质之殊;其实在东方之中,佛老或者可以说是精神的(假如这个名词可通),孔孟则是专言人事的实际家,其所最注意的即是这个物质的人生,而西方也有他们的基督教,虽是犹太的根苗,却生长在希腊罗马的土与空气里,完全是欧化了的宗教,其"精神的"之处恐怕迥非华人所能及,一方面为泰西物质文明的始基之希腊文化则又有许多地方与中国思想极相近,亚列士多德一路的格致家我们的确惭愧没有,但如苏格拉底之与儒家,衣壁鸠鲁之与道家,画廊派(Stoics)之与墨家,就是不去征引蔡孑民先生的话,也可以说是不少共通之点。其实这些议论都是废话,人类只是一个,文明也只是一个,其间大同小异,正如人的性情肢体一般,无论怎样变化,总不会眼睛生到背后去,或者会得贪死恶生的吧?那些人强生分别,妄自尊大,有如自称黄种得中央戊己土之颜色,比别的都要尊贵,未免可笑。又从别一方面说,人生各种活动大抵是生的意志之一种表现,所以世间没有真的出世法,自迎蛇拜龟,吐纳静坐,以至耶之永生,佛之永寂,以至各主义者之欲建天国于此秽土之上,几乎都是这个意思,不过手段略有不同罢了。讲到这里,便有点分不出那个是物质的,那个是精神的,因为据我看来,佛教对于人生之奢望过于耶教,而耶教的奢望也过于共产主义者,共产主义者自然又过于普通政治家:但是这未必可以作为精神文明的等级吧？总之,这东方文明的礼赞完全是一种谬论或是误解,我们应当理解明白,不要人云亦云的当作时髦话讲,否则不但于事实不合,而且谬种流传,为害非浅,家族主义与封建思想都将兴盛起来,成为反动时代的起头了。

其次也就是末了的一件事,即是科学思想的养成。我们无论做什么事情,科学思想都是不可少的,但在妇女问题研究上尤其要紧。我尝想,孔子说"惟女子与小人为难养也",不过是据他的观察而论事实,只要事实改变,这便成了虚论,不若佛道教的不净观之为害尤甚,民间迷信不必说了,就是后来的礼教在表面上经过儒家的修改,仿佛是合理的礼节,实在还是以原始道教即萨满教 Shamanism（本当译作沙门教,恐与佛教相混,故从改译）为基本,凡是关于两性间的旧道德禁戒几乎什九可以求出迷信的原义来。要破除这种迷信与礼教,非去求助于科学知识不可,法律可以废除这些表面的形迹,但只有科学之光才能灭它内中的根株。还有,直视事实的勇气,我们也很缺乏,非从科学训练中去求得不可。中国近来讲主义与问题的人都不免太浪漫一点,他们做着粉红色的梦,硬不肯承认说帐子外有黑暗。譬如谈革命文学的朋友便最怕的是人生的黑暗,有还是让它有着,只是没有这勇气去看,并且没有勇气去说,他们尽嚷着光明到来了,农民都觉醒了,明天便是世界大革命！至于农民实际生活是怎样的蒙昧,卑劣,自私,那是决不准说,说了即是有产阶级的诅咒。关于妇女问题也有相似的现象,男子方面有时视女子若恶魔,有时视若天使,女子方面有时自视如玩具,有时又视如帝王:但这恐怕都不是真相吧？人到底是奇怪的东西,一面有神人似的光辉,一面也有走兽似的嗜好,要能够睁大了眼冷静地看着的人才能了解这人与其生活的真相。研究妇女问题的人必须有这个勇气,考察盾的两面,人类与两性的本性及诸相,对于什说都不出惊,这才能够加以适当的判断与解决。关于恋爱问题尤非有这个眼光不可,否则如科隆泰女士小说《三种恋爱》中所说必苦于不能理解。不过,中国现社会还是中世纪状态,象书中祖母的恋爱还有点过于时新,不必说别的了;总之,即使不讲太理想的话,养成科学思想也仍是很有益的事吧?——病后不能作文章,今日勉强写这一篇,恐怕很有些胡涂的地方。

娼女礼赞

这个题目，无论如何总想不好，原拟用古典文字写作 Apologia pro Pornes，或以国际语写之，则为 Apologia por Prostituistino，但都觉得不很妥当，总得用汉文才好，因此只能采用这四个字。虽然礼赞应当是 Enkomion 而不是 Apologia，但也没有法子了。

贯华堂古本《水浒传》第五十回叙述白秀英在郓城县勾栏里说唱笑乐院本，参拜了四方，拍下一声界方，念出四句定场诗来：

> 新鸟啾啾旧鸟归，
> 老羊羸瘦小羊肥，——
> 人生衣食真难事，
> 不及鸳鸯处处飞。

雷横听了喝声彩。金圣叹批注很称赞道好，其实我们看了也的确觉得不坏。或有句云，世事无如吃饭难，此事从来远矣。试观天下之人，固有吃饱得不能再做事者，而多做事却仍缺饭吃的朋友，盖亦比比然也。尝读民国十年十月廿一日《觉悟》上所引德国人柯祖基（Kautzky）的话：

"资本家不但利用她们（女工）的无经验，给她们少得不够自己开销的工钱，而且对她们暗示，或者甚至明说，只有卖淫是补充收入的一个法子。在资本制度之下，卖淫成了社会的台柱子。"我想，资本家的意思是不错的。在资本制度之下,多给工资以致减少剩余价值,那是断乎不可,而她们之需要开销亦是实情:那么还有什么办法呢,除了设法补充?圣人有言,饮食男女,人之大欲存焉。世之人往往厄于贫贱,不能两全,自手至口,仅得活命,若有人为"煮粥",则吃粥亦即有两张嘴,此穷汉之所兴叹也。若夫卖淫,乃寓饮食于男女之中,犹有鱼而复得兼熊掌,岂非天地间仅有的良法美意,吾人欲不喝彩叫好又安可得耶?

美国现代批评家里有一个姓们肯(Mencken)的人,他也以为卖淫是很好玩的。《妇人辩护论》第四十三节是讲花姑娘的,他说卖淫是这些女人所可做的最有意思的职业之一,普通娼妇大抵喜欢她的工作,决不肯去和女店员或女堂倌调换位置。先生女士们觉得她是堕落了,其实这种生活要比工场好,来访的客也多比她的本身阶级为高。我们读西班牙伊巴涅支(Ibanez)的小说《侈华》,觉得这不是乱说的话,们肯又道:

> 牺牲了贞操的女人,别的都是一样,比保持贞洁的女人却更有好的机会,可以得到确实的结婚。这在经济的下等阶级的妇女特别是如此。他们一同高等阶级的男子接近,——这在平时是不容易,有时几乎是不可能的,——便能以女性的稀奇的能力逐渐收容那些阶级的风致趣味与意见。外宅的女子这样养成姿媚,有些最初是姿色之恶俗的交易,末了成了正式的结婚。这样的结婚数目在实际比表面上所发现者要大几倍,因为两造都常努力想隐藏他们的事实。

那么,这岂不是"终南捷径",犹之绿林会党出身者就可以晋升将官,比较陆军大学生更是阔气百倍乎。

哈耳波伦(Heilborn)是德国的医学博士,著有一部《异性论》,第三篇是论女子的社会的位置之发达。在许多许多年的黑暗之后,到了希腊的雅典时代，才发现了一点光明，这乃是希腊名妓的兴起。这种女子在希腊称作赫泰拉（Hetaira），意思是说女友，大约是中国的鱼玄机薛涛一流的人物，有几个后来成了执政者的夫人。"因了她们的精炼优雅的举止，她们的颜色与姿媚，她们不但超越普通的那些外宅，而且还压倒希腊的主妇，因为主妇们缺少那优美的仪态，高等的教养，与艺术的理解。而女友则有此优长，所以在短时期中使她们在公私生活上占有极大的势力。"哈耳波伦结论道。

"这样，欧洲妇女之精神的与艺术的教育因卖淫制度而始建立。赫泰拉的地位可以算是所谓妇女运动的起始。"这样说来，柯祖基的资本家真配得高兴，他们所揭示的卖淫原来在文化史上有这样的意义。虽然这上边所说的光荣的营业乃是属于"非必要"的，独立的游女部类，与那徒弟制包工制的有点不同。们肯的话注解得好，"凡非必要的东西在世上常得尊重，有如宗教，时式服装，以及拉丁文法"，故非为餬口而是营业的卖淫自当有其尊严也。

总而言之，卖淫足以满足大欲，获得良缘，启发文化，实在是不可厚非的事业，若从别一方面看，她们似乎是给资本主义背了十字架，也可以说是为道受难，法国小说家路易非立（Louis Philippe）称她们为可怜的小圣女，虔敬得也有道理。老实说，资本主义是神人共佑，万打不倒的，而有些诗人空想家又以为非打倒资本主义则妇女问题不能根本解决。夫资本主义既有万年有道之长，所有的办法自然只有讴歌过去，拥护现在，然而卖淫之可得而礼赞也盖彰彰然矣。无论雷横的老母怎样骂为"千人骑万人压乱人入的贼母狗"，但在这个世界上，白玉娇所说的"歌舞吹弹普天下伏侍看官"总不失为最有效力最有价值的生活法。我想到书上有一句话道，"夫人，内掌柜，姨太太，校书等长短期的性的买卖，真是滔滔者天下皆是"，恐怕女同志们虽不赞成我的提示，也难提出抗议。我又记起友人传述劝卖男色的古歌，词虽粗鄙，亦有至理存焉，在现今什么都是买卖的世界，我们对于卖什么东西的能加以非难乎？日本歌人石川啄木不云乎：

我所感到不便的,不仅是将一首歌写作一行这一件事情。但是我在现今能够如意的改革,可以如意的改革的,不过是这桌上的摆钟砚台墨水瓶的位置,以及歌的行款之类罢了。说起来,原是无可无不可的那些事情罢了。此外真是使我感到不便,感到苦痛的种种的东西,我岂不是连一个指头都不能触他一下么?不但如此,除却对了它们忍从屈服,继续的过那悲惨的二重生活以外,岂不是更没有别的生于此世的方法么?我自己也用了种种的话对于自己试为辩解,但是我的生活总是现在的家族制度,阶级制度,资本制度,知识买卖制度的牺牲。(见《陀螺》二二〇页)

童　话

　　以前曾有一个时候，我颇留意找外国的童话，这也是三十多年前的事了。其实童话我到现在还是有兴味，不过后来渐偏于民俗学的方面，而当初大抵是文学的，所以在从司各得丛书中得到哈忒兰以及叶支所编英伦爱耳兰童话集的时候，不免有点失望，虽然岩谷小波那样复述的世界童话集也觉得不满意。大约那时的意见只承认童话有两大类，一是文艺的，如丹麦安徒生所作，一是自然的，如德国格林兄弟所集录者，是也。但是安徒生那样的天才，世间少有，而德国又不大新奇，因为当时注意的也是西欧以外的文学，所以童话用了同样的看法，最看重的是东北欧方面的出品。这些在英译本中当然不会多，凑巧在十九纪末期出了一个怪人，名为尼斯贝忒培因，他专翻译许多奇怪国语的书，我买到他所译匈加利芬兰丹麦俄国的小说，童话集中最可喜的三种也正都是他的译本。一是俄国，二是哥萨克，三是土耳其，根据匈加利文译出，后附罗马尼亚的一部分。他懂的方言真不少，也肯不辞劳苦的多译，想起来还觉得可以佩服感激。这三册书各值六先令，本不算贵，当时省节学费买来，也着实不容易，虽然陀耳译的俄国童话有复制的比利平插画，价美金二圆，要高出四分之一，也终于勉力买到，至今并为我书架的镇守。民国以后格林一类的书也要搜集了，觉得哈忒兰的分类编法很有意义，他的《童话之科学》与麦克洛支的《小说之童年》二书成为童话的最好参考书，别方面的安徒生也另行搜集，虽然童话全集英译以克莱格夫妇本为佳，培因却亦有译本，又据说英文《安徒生传》也以培因所著为最，可惜我未曾得到，虽有别的二三本，大率平平，或不及勃兰特斯之长论更能得要领也。

文人旧事

怀爱罗先珂君

十月已经过去了,爱罗君还未回来。莫非他终于不回来了么?他曾说过,若是回来,十月末总可以到京;现在十月已过去了。但他临走时在火车中又说,倘若不来,当从芬兰打电报来通知;而现在也并没有电报到来。

他在北京只住了四个月,但早已感到沙漠上的枯寂了。我们所缺乏的,的确是心情上的润泽,然而不是他这敏感的不幸诗人也不能这样明显的感着,因为我们自己已经如仙人掌类似的习惯于干枯了。爱罗君虽然被日本政府驱逐出来,但他仍然怀恋着那"日出的国,花的国"的日本。初夏的一天下午,我同他在沟沿一带,踏着柔细的灰沙,在柳阴下走着,提起将来或有机会可以重往日本的话,他力说日本决不再准他去,但我因此却很明瞭地看出他的对于日本的恋慕。他既然这样的恋着日本,当然不能长久安住在中原的平野上的了。(这是趣味上的,并不是政治上的理由。)

他是一个世界主义者,但是他的乡愁却又是特别的深。他平常总穿着俄国式的上衣,尤其喜欢他的故乡乌克拉因式的刺绣的小衫——可惜这件衣服在敦贺的船上给人家偷了去了。他的衣箱里,除了一条在一日三浴的时候所穿的缅甸的筒形白布裤以外,可以说是没有外国的衣服。即此一件小事,也就可以想见他是一个真实的"母亲俄罗斯"的儿子。他对于日本正是一种情人的心情;但是失恋之后,只有母亲是最亲近的人了。来到北京,不意中得到归国的机会,便急忙奔去,原是当然的事情。前儿大接到英国达特来夫人寄来的三包书籍,拆开看时乃是七本神智学的杂志名《送光明者》(The

Light-bringer），却是用点字印出的，原来是爱罗君在京时所定，但等得寄到的时候，他却已走的无影无踪了。

爱罗君寄住在我们家里，两方面都很是随便，觉得没有什么窒碍的地方。我们既不把他做宾客看待，他也很自然的与我们相处：过了几时，不知怎的学会侄儿们的称呼，差不多自居于小孩子的辈分了。我的兄弟的四岁的男孩是一个很顽皮的孩子，他时常和爱罗君玩耍。爱罗君叫他的诨名道，"土步公呀！"他也回叫道，"爱罗金哥君呀！"但爱罗君极不喜欢这个名字，每每叹道，"唉唉，真窘极了！"四个月来不曾这样叫，"土步公"已经忘记爱罗金哥君这一句话，而且连曾经见过一个"没有眼睛的人"的事情也几乎记不起来了。

有各处的友人来问我，爱罗君现在什么地方，我实在不能回答：在芬兰呢，在苏俄呢，在西伯利亚呢，有谁知道？我们只能凭空祝他的平安罢。他出京后没有一封信来过。或者因为没有人替他写信，或者因为他出了北京，便忘了北京了：他离去日本后，与日本友人的通信也很不多。——飘泊孤独的诗人，我想你自己的悲哀也尽够担受了，我希望你不要为了住在沙漠上的人们再添加你的忧愁的重担也罢。

故乡的野菜

我的故乡不止一个,我住过的地方都是故乡。故乡对于我并没有什么特别的情分,只因钓于斯游于斯的关系,朝夕会面,遂成相识,正如乡村里的邻舍一样,虽然不是亲属,别后有时也要想念到他。我在浙东住过十几年,南京东京都住过六年,这都是我的故乡;现在住在北京,于是北京就成了我的家乡了。

日前我的妻往西单市场买菜回来,说起有荠菜在那里卖着,我便想起浙东的事来。荠菜是浙东人春天常吃的野菜,乡间不必说,就是城里只要有后园的人家都可以随时采食,妇女小儿各拿一把剪刀一只"苗篮",蹲在地上搜寻,是一种有趣味的游戏的工作。那时小孩们唱道:"荠菜马兰头,姊姊嫁在后门头。"后来马兰头有乡人拿来进城售卖了,但荠菜还是一种野菜,须得自家去采。关于荠菜向来颇有风雅的传说,不过这似乎以吴地为主。《西湖游览志》云:"三月三日男女皆戴荠菜花。谚云:三春戴荠花,桃李羞繁华。"顾禄的《清嘉录》上亦说:"荠菜花俗呼野菜花,因谚有三月三蚂蚁上灶山之语,三日人家皆以野菜花置灶陉上。以厌虫蚁。侵晨村童叫卖不绝。或妇女簪髻上以祈清目,俗号眼亮花。"但浙东人却不很理会这些事情,只是挑来做菜或炒年糕吃罢了。

黄花麦果通称鼠曲草,系菊科植物,叶小微圆互生,表面有白毛,花黄色,簇生梢头。春天采嫩叶,捣烂去汁,和粉做糕,称黄花麦果糕。小孩们有歌赞美之云:

黄花麦果韧结结,

关得大门自要吃；
半块拿弗出，一块自要吃。

清明前后扫墓时，有些人家——大约是保存古风的人家——用黄花麦果作供，但不作饼状，做成小颗如指顶大，或细条如小指，以五六个作一攒，名曰茧果，不知是什么意思，或因蚕上山时设祭，也用这种食品，故有是称，亦未可知。自从十二三岁时外出不参与外祖家扫墓以后，不复见过茧果，近来住在北京，也不再见黄花麦果的影子了。日本称作"御形"，与荠菜同为春的七草之一，也采来做点心用，状如艾饺，名曰"草饼"，春分前后多食之，在北京也有，但是吃法总是日本风味，不复是儿时的黄花麦果糕了。

扫墓时候所常吃的还有一种野菜，俗名草紫，通称紫云英。农人在收获后，播种田内，用作肥料，是一种很被贱视的植物，但采取嫩茎瀹食，味颇鲜美，似豌豆苗。花紫红色，数十亩接连不断，一片锦绣，如铺着华美的地毯，非常好看，而且花朵状若蝴蝶，又如鸡雏，尤为小孩所喜。间有白色的花，相传可以治痢，很是珍重，但不易得。日本《俳句大辞典》云："此草与蒲公英同是习见的东西，从幼年时代便已熟识。在女人里边，不曾采过紫云英的人，恐未必有吧。"中国古来没有花环，但紫云英的花球却是小孩常玩的东西，这一层我还替那些小人们欣幸的，浙东扫墓用鼓吹，所以少年常随了乐音去看"上坟船里的姣姣"；没有钱的人家虽没有鼓吹，但是船头上篷窗下总露出些紫云英和杜鹃的花束，这也就是上坟船的确实的证据了。

济南道中

伏园兄：

你应该还记得"夜航船"的趣味罢？这个趣味里的确包含有些不很优雅的非趣味，但如一切过去的记忆一样，我们所记住的大抵只是一些经过时间熔化变了形的东西，所以想起来还是很好的趣味。我平素由绍兴往杭州总从城里动身，（这是二十年前的话了，）有一回同几个朋友从乡间趁船，这九十里的一站路足足走了半天一夜；下午开船，傍晚才到西郭门外，于是停泊，大家上岸吃酒饭。这很有牧歌的趣味，值得田园画家的描写。第二天早晨到了西兴，埠头的饭店主人很殷勤地留客，点头说"吃了饭去"，进去坐在里面（斯文人当然不在柜台边和"短衣帮"并排着坐），破板桌边，便端出烤虾小炒腌鸭蛋等"家常便饭"来，也有一种特别的风味。可惜我好久好久不曾吃了。

今天我坐在特别快车内从北京往济南去，不禁忽然的想起旧事来。火车里吃的是大菜，车站上的小贩又都关在木栅栏外，不容易买到土俗品来吃。先前却不是如此，一九〇六年我们乘京汉车往北京应练兵处（那时的大臣是水竹村人）的考试的时候，还在车窗口买到许多东西乱吃，如一个铜子一只的大雅梨，十五个铜子一只的烧鸡之类；后来在什么站买到兔肉，同学有人说这实在是猫，大家便觉得恶心不能再吃，都摔到窗外去了。在日本旅行，于新式的整齐清洁之中，（现在对于日本的事只好"轻描淡写"地说一句半句，不然恐要蹈邓先生的覆辙，）却仍保存着旧日的长闲的风趣。我在东海道中买过一箱"日本第一的吉备团子"，虽然不能证明是桃太郎的遗制，口味却真不坏，可惜都被小孩们分吃，我只尝到一两颗，而且又小得可恨。

还有平常的"便当",在形式内容上也总是美术的,味道也好,虽在吃惯肥鱼大肉的大人先生们自然有点不配胃口。"文明"一点的有"冰激凌",装在一只麦粉做的杯子里,末了也一同咽下去。——我坐在这铁甲快车内,肚子有点饿了,颇想吃一点小食,如孟代故事中王子所吃的,然而现在实属没有法子,只好往餐堂车中去吃洋饭。

我并不是不要吃大菜的。但虽然要吃,若在强迫的非吃不可的时候,也会令人不高兴起来。还有一层,在中国旅行的洋人的确太无礼仪,即使并无什么暴行,也总是放肆讨厌的。即如在我这一间房里的一个怡和洋行的老板,带了一只小狗,说是在天津花了四十块钱买来的;他一上车就高卧不起,让小狗在房内撒尿,忙得车侍三次拿布来擦地板,又不喂饱,任它东张西望,呜呜的哭叫。我不是虐待动物者,但见人家昵爱动物,搂抱猫狗坐车坐船,妨害别人,也是很嫌恶的;我觉得那样的昵爱,正与虐待同样地是有点兽性的。洋人中当然也有真文明人,不过商人大抵不行,如中国的商人一样。中国近来新起一种"打鬼"——便是打"玄学鬼"与"直脚鬼"——的倾向,我大体上也觉得赞成,只是对于他们的态度有点不能附和。我们要把一切的鬼或神全数打出去,这是不可能的事,更无论他们只是拍令牌,念退鬼咒,当然毫无功效,只足以表明中国人士气之十足,或者更留下一点恶因。我们所能做,所要做的,是如何使玄学鬼或直脚鬼不能为害。我相信,一切的鬼都是为害的,倘若被放纵着,便是我们自己"曲脚鬼"也何尝不如此。……人家说,谈天谈到末了,一定要讲到下作的话去,现在我却反对地谈起这样正经大道理来,也似乎不大合式,可以不再写下去了罢。

济南道中之二

过了德州,下了一阵雨,天气顿觉凉快,天色也暗下来了。室内点上电灯,我向窗外一望,却见别有一片亮光照在树上地上,觉得奇异,同车的一位宁波人告诉我,这是后面护送的兵车的电光。我探头出去,果然看见末后的一辆车头上,两边各有一盏灯,(这是我推想出来的,因为我看的只是一边,)射出光来,正如北京城里汽车的两只大眼睛一样。当初我以为既然是兵车的探照灯,一定是很大的,却正出于意料之外,它的光只照着车旁两三丈远的地方,并不能直照见树林中的贼踪。据那位买办所说,这是从去年故孙美瑶团长在临城做了那"算不得什么大事"之后新增的,似乎颇发生效力,这两道神光真吓退了沿路的毛贼,因为以后确不曾出过事,而且我于昨夜也已安抵济南了。但我总觉得好笑,这两点光照在火车的尾巴头,好象是夏夜的萤火,太富于诙谐之趣。我坐在车中,看着窗外的亮光从地面移在麦子上,从麦子移到树叶上,心里起了一种离奇的感觉,觉得似危险非危险,似平安非平安,似现实又似在做戏,仿佛眼看程咬金腰间插着两把纸糊大板斧在台上踱着时一样。我们平常有一句话,时时说起却很少实验到的,现在拿来应用,正相适合,——这便是所谓浪漫的境界。

十点钟到济南站后,坐洋车进城,路上看见许多店铺都已关门,——都上着"排门",与浙东相似。我不能算是爱故乡的人,但见了这样的街市,却也觉得很是喜欢。有一次夏天,我从家里往杭州,因为河水干涸,船只能到牛矢浜,在早晨三四点钟的时分坐轿出发,通过萧山县城;那时所见街上的情形,很有点与这回相象。其实绍兴和南京的夜景也未尝不如此，不过徒步走过的印象与车上所见到底有些不同，所以叫不起联想来罢了。城里有好些地方也已改用玻璃门，同北京一样，这是我今天下午出去看来的。我不能说排门是比玻璃门更好，在实际上玻璃门当然比排门要便利得多。但由我旁观地看去，总觉得旧式的铺门较有趣味。玻璃门也自然可以有它的美观，可惜现在多未能顾到这一层，大都是粗劣潦草，如一切的新东西一样。旧房屋虽粗拙，全体还有些调和，新式的却只见轻率凌乱这一点而已。

今天下午同四个朋友去游大明湖，从鹊华桥下船。这是一种"出坂船"似的长方的船，门窗做得很考究，船头有匾一块，文云："逸兴豪情"，——我说船头，只因它形式似船头，但行驶起来，却变了船尾，一个舟子便站在那里倒撑上去。他所用的家伙只是一支天然木的篙，不知是什么树，剥去了皮，很是光滑，树身却是弯来扭去的并不笔直；他拿了这件东西，能够使一只大船进退回旋无不如意，并且不曾遇见一点小冲撞，在我只知道使船用桨橹的人看了不禁着实惊叹。大明湖在《老残游记》里很有一段描写，我觉得写不出更好的文章来，而且你以前赴教育改进社年会时也曾到过，所以我可以不絮说了。我也同老残一样，走到历下亭铁公祠各处，但可惜不曾在明湖居听得白妞说梨花大鼓。我们又去看"大帅张少轩"捐资倡修的曾子固的祠堂，以及张公祠，祠里还挂有一幅他的"门下子婿"的长髯照相和好些"圣朝柱石"等等的孙公德政牌。随后又到北极祠去一看，照例是那些塑像，正殿右侧一个大鬼，一手倒提着一个小妖，一手掐着一个，神气非常活现，右脚下踏着一个女子，它的脚跟正落在腰间，把她踹得目瞪口呆，似乎喘不过气来，不知是到底犯了什么罪。

大明湖的印象仿佛象南京的玄武湖，不过这湖是在城里，很是别致。清人铁保有一联云，"四面荷花三面柳，一城山色半城湖"，实在说得好，（据老残说这是铁公祠大门的楹联，现今却已掉下，在享堂内倚墙放着了，）虽然我们这回看不到荷花，而且湖边渐渐地填为平地，面积大不如前，水路也很窄狭，两旁变了私产，一区一区地用苇塘围绕,都是人家种蒲养鱼的地方,所以《老残游记》里所记千佛山倒影入湖的景色已经无从得见,至于"一声渔唱"尤其是听不到了。但是济南城里有一个湖,即使较前已经不如,总是很好的事;这实在可以代一个大公园,而且比公园更为有趣,于青年也很有益。我遇见许多船的学生在湖中往来,比较中央公园里那些学生站在路边等看头发象鸡窠的女人要好得多多,——我并不一定反对人家看女人,不过那样看法未免令人见了生厌。

这一天的湖逛得很快意,船中还有王君的一个三岁的小孩同去,更令我们喜悦。他从宋君手里要蒲桃干吃,每拿几颗例须唱一出歌加以跳舞,他便手舞足蹈唱"一二三四"给我们听,交换五六个蒲桃干,可是他后来也觉得麻烦,便提出要求,说"不唱也给我罢"。他是个很活泼可爱的小人儿,而且一口的济南话,我在他口中初次听到"俺"这一个字活用在言语里,虽然这种调子我们从北大徐君的话里早已听惯了。

济南道中之三

六月二日午前,往工业学校看金线泉。这天正下着雨,我们乘暂时雨住的时候,踏着湿透的青草,走到石池旁边,照着老残的样子侧着头细看水面,却终于看不见那条金线,只有许多水泡,象是一串串的珍珠,或者还不如说水银蒸汽,从石隙中直冒上来,仿佛是地下有几座丹灶在那里炼药。池底里长着许多植物,有竹有柏,有些不知名的花木,还有一株月季花,带着一个开过的花蒂;这些植物生在水底,枝叶青绿,如在陆上一样,到底不知道是怎么一回事。金线泉的邻近,有陈遵留客的投辖井,不过现在只是一个六尺左右的方池,辖虽还可以投,但是投下去也就可以取出来了。次到趵突泉,见大池中央有三股泉水向上喷涌,据《老残游记》里说翻出水面有二三尺高,我们看见却不过尺许罢了。池水在雨后颇是浑浊,也不曾流得"汩汩有声",加上周围的石桥石路以及茶馆之类,觉得很有点象故乡的脂沟汇,——传说是越王宫女倾脂粉水,汇流此地,现在却俗称"猪狗汇",是乡村航船的聚会地了。随后我们往商埠游公园,刚才进门雨又大下,在茶亭中坐了许久,等雨霁后再出来游玩。园中别无游客,容我们三人独占全园,也是极有趣味的事。公园本不很大,所以便即游了,里边又别无名胜古迹,一切都是人工的新设,但有一所大厅,门口悬着匾额,大书曰"畅趣游情,马良撰并书",我却瞻仰了好久。我以前以为马良将军只是善于打什么拳的人,现在才知道也很有风雅的趣味,不得不陈谢我当初的疏忽了。

此外我不曾往别处游览,但济南这地方却已尽够中我的意了。我觉得北京也很好,只是太多风和灰土,济南则没有这些;济南很有江南的风味,但我所讨厌的那些东南的脾气似乎没有,(或未免有点速断?)所以是颇愉快的地方。然而因为端午将到,我不能不赶快回北京来,于是在五日午前二时终于乘了快车离开济南了。

我在济南四天,讲演了八次。范围题目都由我自己选定,本来已是自由极了,但是想来想去总觉得没有什么可讲,勉强拟了几个题目,都没有十分把握,至于所讲的话觉得不能句句确实,句句表现出真诚的气氛来,那是更不必说了。就是平常谈话,也常觉得自己有些话是虚空的,不与心情切实相应,说出时便即知道,感到一种恶心的寂寞,好象是嘴里尝到了肥皂。石川啄木的短歌之一云:

> 不知怎地,
> 总觉得自己是虚伪之块似的,
> 将眼睛闭上了。

这种感觉,实在经验了好许多次。在这八个题目之中,只有末了的"神话的趣味"还比较的好一点;这并非因为关于神话更有把握,只因世间对于这个问题很多误会,据公刊的文章上看来,几乎尚未有人加以相当的理解,所以我对于自己的意见还未开始怀疑,觉得不妨略说几句。我想神话的命运很有点与梦相似。野蛮人以梦为真,半开化人以梦为兆,"文明人"以梦为幻,然而在现代学者的手里,却成为全人格之非意识的显现;神话也经过宗教的,"哲学的"以及"科学的"解释之后,由人类学者解救出来,还他原人文学的本来地位。中国现在有相信鬼神托梦魂魄入梦的人,有求梦占梦的人,有说梦是妖妄的人,但没有人去从梦里寻出他情绪的或感觉的分子,若是"满愿的梦"则更求其隐秘的动机,为学术的探讨者;说及神话,非信受则排斥,其态度正是一样。我看许多反对神话的人虽然标榜科学,其实他的意思以为神话确有信受的可能,倘若不是竭力抗拒;这正如性意识很强的道学家之提倡戒色,实在是两极相遇了。真正科学家自己既不会轻信,也就不必专用攻击,只是平心静气地研究就得,所以怀疑与宽容是必要的精神,不然便是狂信者的态度,非耶者还是一种教徒,非孔者还是一种儒生,类例很多。即如近来反对太戈尔运动也是如此,他们自以为是科学思想与西方化,却缺少怀疑与宽容的精神,其实仍是东方式的攻击异端;倘若东方文化里有最大的毒害,这种专制的狂信必是其一了。不意话又说远了,与济南已经毫无关系,就此搁笔;至于神话问题,说来也嫌唠叨,改日面谈罢。

新旧医学斗争与复古

丙寅医学社发行周刊已有两年了,我于医学虽是外行,却是注意地傍观着,更关心地看守它的成长和发展。近年上海方面中西医争论起来了,江绍原先生根据了他的迷信研究的阵地也加到里边去,对于中医很有所攻击,这个我也觉得极有意思,远迢迢地望着,关心听那接触的消息。我为什么这样多事,难道真是"有闲"到非管闲事不能过日么?这当然不是的。我于医学完全是个外行,既与西医无亲,亦与中医无仇,不想帮了那个来打那个,只是从我的立场看来我是十分重视西医的,因此我就衷心地期待它的发展,希望它的胜利。

为什么呢?老实地一句话,我所最怕的是复古的反动。现在的中国却正在这种反动潮流之中,中西医的争论即是新势力对于旧势力迫压之反抗的一种表现,所以它的成败是很可注意的。新势力的反抗当然发现于种种方面,惟关于政治经济道德各方面的几乎统以"赤化"之名而被压倒,只有医学以系纯正科学之故,虽其主张不与"国粹医"相合,尚未蒙"准共党"之徽号,可以自由说话。倘若连这个都没有了,那时反动便已大告成功,实现了右倾派的理想世界,有力者与下民"相安一时",虽袁吴段张之盛世也要相形见绌了罢。

因为这个缘故,中西医学这名称实在是讲不通,应该称为新旧医学之争才对。世间常说什么中学为体西学为用,什么东方文明高于西方文明,我总不能了解,我想文明总只是一个,因为人性只是一个,不过因为嗜好有偏至,所以现出好些大同小异的文化,结果还总是表示人性的同一趋向。譬如故部丘教授(S. H. Butcher)讲希腊人的特性,引以色列斐尼基二民族相比较,其实以色列人的"精神"生活和斐尼基人的"物质"生活与希腊之生活的艺术何尝不是同道,同是求生意志的一种实现方法呢?我想世界也只有一个学问,一个艺术,但也因闻道有后先之故,生出种种形相,实在是等级程度之不齐,并不是什么"质"上面的分别。中医学不是中国所独有,西医学也不是西洋所得独有,医学本只是一个,这些原是这整个医学发展上的几个时期,有次序上的前后新旧,没有方位上的东西中外。据英国肯斯敦博士所著《医学史》(C. G. Cumston, The History of Medicine, 1926)说,医学发达有四个时期,即(1)本能的医学,(2)神学的医学,(3)玄学的医学与(4)科学的医学。现在所谓西医是科学的医学,而中国的"国粹医"无论怎么看法总还是玄学的,其间当然还夹杂着不少的神学的分子。遗留的蛮风在西洋也有,如德国玛格奴思博士在《医学上的迷信》中所引,十九世纪的英国还有蔼提太太(Mrs. Eddy)之提倡"基督教科学",道威牧师(Rev. J. A. Dowie)之"锡安的基督公教会",都主张信仰治疗,但这都不是医生,只是善男信女的热心罢了。中国则有科学训练的医生反要算是例外,成千成万的中医实在不是现代意义的医生,全然是行医的玄学家。什么辰州祝由科,灵子术的灵学家,国民精神养成所,这是原始社会的巫师行径,是再早一个时代的东西,不必说了,就是最纯正的中医学说也都是玄学的说法,倘若真是说得特别,即使荒唐古怪,也总还够得上说是独有,可以标榜一个国字而名之曰"国术"!但是不幸某一时期之医学的玄学说法却是世上普通的事,"以天地五运六气配人身五藏六腑"与西洋中古之以七曜十二宫配人身各器官,阴阳湿燥之说与病源体液说(Humora'ism)等,药物之形色数的意义与表征说(Theory of Signature),根本上是一致,这种例不必等我外行人来多举,只要请去查世界及中国医学史就可看到许多。江绍原先生著《血与天癸》第一章说,"惟理的医学系统在人类历史中是出生得很晚,生长得很慢的。"在它未曾出生,未曾生长之前,这种玄学的医学统治全世界实在是无可免而且也当然的,因为解剖学生理学还没有发达,病理学说也就多有错误,而且人总喜欢知道一切,不肯存疑,于是对于不知的事物只好用空想去造出虚构的解说，结果自然走到玄学里去了。但是，在哈威(Harvey)发见血液循环以后，医学界起了一个大革命，科学的医学终于成立，玄学的医学成为前时期的遗物，它的运命是已经规定要被"赫伏奥变"的了。

这样看来，中国的医学原不是什么固有的国粹，只是世界的医学的发达上某一时期的产物，在现今是已经过去，正如歌白尼以后的天圆地方说，不能称之曰"中"与西去对抗，只可称之曰旧医学，才与事实相合。论理，旧时代的遗物不应该再会得势，然而现在中国却正相反，不但得势，而且还出于反攻，有压倒新的科学的医学之形势；这是什么缘故呢？简明的解说是，（一）旧医生的生存竞争，（二）群众的保守心理。这两个固然是主要的原因，但此外还有一个更普遍重大的原动力，——这便是现在社会上复古的反动的潮流。近两三年来北京在段张治下，厉行复古的工作，一切颇著成效，而旧医之勃兴亦其一端，我每走过旧刑部街看见什么中国医药学校的章士钊所写的匾额，总不禁想到这是很有意义的一个象征。现在各方面的复古已多成功了，政治道德上凡新的都就是左的赤的，可以归入刑事范围处分之，只有医学上的新势力还没有什么名义可以抑制它，所以尚在反抗，这就是新旧医学斗争的现象。这最后一枝孤军的运命如何，很可令人注意。我虽不是医生的同行，但与他们实在是休戚相关，因为我最怕复古的反动，所以希望新医学的胜利，保留一点新势力的生命。

志摩纪念

面前书桌上放着九册新旧的书,这就是志摩的创作,有诗,文,小说,戏剧,——有些是旧有的。有些给小孩们拿去看丢了,重新买来的。《猛虎集》是全新的,衬页上写了这几行字:"志摩飞往南京的前一天,在景山东大街遇见,他说还没有送你《猛虎集》,今天从志摩的追悼会出来,在景山书社买得此书。"

志摩死了,现在展对遗书,就只感到古人的人琴俱亡这一句话,别的没有什么可说。志摩死了,这样精妙的文章再也没有人能做了。但是,这几册书遗留在世间,志摩在文学上的功绩也仍长久存在。中国新诗已有十五六年的历史,可是大家都不大努力,更缺少锲而不舍地继续努力的人,在这中间志摩要算是惟一的忠实同志,他前后苦心地创办诗刊,助成新诗的生长,这个劳绩是很可纪念的,他自己又孜孜矻矻地从事于创作,自《志摩的诗》以至《猛虎集》,进步很是显然,便是象我这样外行也觉得这是显然。散文方面志摩的成就也并不小。据我个人的愚见,中国散文中现有几派:适之、仲甫一派的文章清新明白,长于说理讲学,好象西瓜之有口皆甜;平伯、废名一派涩如青果;志摩可以与冰心女士归在一派,仿佛是鸭儿梨的样子,流丽轻脆,在白话的基本上加入古文方言欧化种种成分,使引车卖浆之徒的话进而为一种富有表现力的文章,这就是单从文体变迁上讲也是很大的一个贡献了。志摩的诗、文以及小说、戏剧在新文学上的位置与价值,将来自有公正的文学史家会来精查公布,我这里只是笼统地回顾一下,觉得他半生的成绩已经很够不朽,而在这壮年,尤其是在这艺术地"复活"的时期中途凋丧,更是中国文学的一大损失了。

但是，我们对于志摩之死所更觉得可惜的是人的损失。文学的损失是公的，公摊了时个人所受到的只是一份，人的损失却是私的，就是分担也总是人数不会太多而分量也就较重了。照交情来讲，我与志摩不算顶深，过从不密切，所以留在记忆上想起来时可以引动悲酸的情感的材料也不很多，但即使如此，我对于志摩的人的悼惜也并不少。的确如适之所说，志摩这人很可爱，他有他的主张，有他的派路，或者也许有他的小毛病，但是他的态度和说话总是和蔼真率，令人觉得可亲近，凡是见过志摩几面的人，差不多都受到这种感化，引起一种好感，就是有些小毛病小缺点也好象脸上某处的一颗小黑痣，也是造成好感的一小小部分，只令人微笑点头，并没有嫌憎之感。有人戏称志摩为诗哲，或者笑他的戴印度帽，实在这些戏弄里都仍含有好意的成分，有如老同窗要举发从前吃戒尺的逸事，就是有派别的作家加以攻击，我相信这所以招致如此怨恨者也只是志摩的阶级之故，而决不是他的个人。适之又说志摩是诚实的理想主义者，这个我也同意，而且觉得志摩因此更是可尊了。这个年头儿，别的什么都有，只是诚实却早已找不到，便是爪哇国里恐怕也不会有了罢，志摩却还保守着他天真烂漫的诚实，可以说是世所希有的奇人了。我们平常看书看杂志报章，第一感到不舒服的是那伟大的说诳，上自国家大事，下至社会琐闻，不是恬然地颠倒黑白，便是无诚意地弄笔头，其实大家也各自知道是怎么一回事，自己未必相信，也未必望别人相信，只觉得非这样地说不可。知识阶级的人挑着一副担子，前面是一筐子马克思，后面一口袋尼采，也是数见不鲜的事。在这时候有一两个人能够诚实不欺地在言行上表现出来，无论这是那一种主张，总是很值得我们的尊重的了。关于志摩的私德，适之有代为辩明的地方，我觉得这并不成什么问题。为爱惜私人名誉起见，辩明也可以说是朋友的义务，若是从艺术方面看去这似乎无关重要。诗人文人这些人，虽然与专做好吃的包子的厨子、雕好看的石像的匠人略有不同，但总之小德逾闲与否于其艺术没有多少关系，这是我想可以明言的。不过这也有例外，假如是文以载道派的艺术家，以教训指导我们大众自任,以先知哲人自任的,我们在同样谦恭地接受他的艺术以前,先要切实地检察他的生活,若是言行不符,那便是假先知,须得谨防上他的当。现今中国的先知有几个禁得起这种检察的呢,这我可不得而知了。这或者是我个人的偏见亦未可知,但截至现在我还没有找到觉得更对的意见,所以对于志摩的事也就只得仍是这样地看下去了。

　　志摩死后已是二十几天了,我早想写小文纪念他,可是这从那里去着笔呢? 我相信写得出的文章大抵都是可有可无的,真的深切的感情只有声音、颜色、姿势,或者可以表出十分之一二,到了言语便有点儿可疑,何况又到了文字。文章的理想境我想应该是禅,是个不立文字,以心传心的境界,有如世尊拈花,迦叶微笑,或者一声"且道",如棒敲头,夯地一下顿然明了,才是正理,此外都不是路。我们回想自己最深密的经验,如恋爱和死生之至欢极悲,自己以外只有天知道,何曾能够于金石竹帛上留下一丝痕迹,即使呻吟作苦,勉强写下一联半节,也只是普通的哀辞和定情诗之流,那里道得出一分苦甘,只看汗牛充栋的集子里多是这样物事,可知除圣人天才之外谁都难逃此难。我只能写可有可无的文章,而纪念亡友又不是可以用这种文章来敷衍的,而纪念刊的收稿期限又迫切了,不得已还只得写,结果还只能写出一篇可有可无的文章,这使我不得不重又叹息。这篇小文的次序和内容差不多是套适之在追悼会所发表的演辞的,不过我的话说得很是素朴粗笨,想起志摩平素是爱说老实话的,那么我这种老实的说法或者是志摩的最好纪念亦未可知,至于别的一无足取也就没有什么关系了。

半农纪念

七月十五日夜我们来到东京，次日定居本乡菊坂町。二十日我同妻出去，在大森等处跑了一天，傍晚回寓，却见梁宗岱先生和陈女士已在那里相候。谈次，陈女士说在南京看见报载刘半农先生去世的消息，我们听了觉得不相信，徐耀辰先生在座，也说这恐怕又是别一个刘复吧，但陈女士说报上说的不是刘复而是刘半农，又说北京大学给他照料治丧，可见这是不会错的了。我们将离开北京的时候，知道半农往绥远方面旅行去了，前后不过十日，却又听说他病死了已有七天了。世事虽然本来是不可测的，但这实在来得太突然，只觉得出意外，惘然若失而外，别无什么话可说。

半农和我是十多年的老朋友，这回半农的死对于我是一个老友的丧失，我所感到的也是朋友的哀感，这很难得用笔墨记录下来。朋友的交情可以深厚，而这种悲哀总是淡泊而平定的，与夫妇子女间沉挚激越者不同，然而这两者却是同样的难以文字表示得恰好。假如我同半农要疏一点，那么我就容易说话，当作一个学者或文人去看，随意说一番都不要紧。很熟的朋友都只作一整个人看，所知道的又太多了，要想分析想挑选了说极难着手，而且褒贬稍差一点分量，心里完全明了，就觉得不诚实，比不说还要不好。荏苒四个多月过去了，除了七月二十四日写了一封信给刘半农的女儿小惠女士外，什么文章都没有写，虽然有三四处定期刊物叫我写纪念的文章，都谢绝了，因为实在写不出。九月十四日，半农死后整两个月，在北京大学举行追悼会，不得不送一幅挽联，我也只得写这样平凡的几句话去：

> 十七年尔汝旧交,追忆还在卯字号,
> 廿余日驰驱大漠,归来竟作丁令威。

这是很空虚的话,只是仪式上所需的一种装饰的表示而已。学校决定要我充当致辞者之一,我也不好拒绝,但是我仍是明白我的不胜任,我只能说说临时想出来的半农的两种好处。其一是半农的真。他不装假,肯说话,不投机,不怕骂,一方面却是天真烂漫,对什么人都无恶意。其二是半农的杂学。他的专门是语音学,但他的兴趣很广博,文学美术他都喜欢,做诗,写字,照相,搜书,讲文法,谈音乐。有人或者嫌他杂,我觉得这正是好处,方面广,理解多,于处世和治学都有用,不过在思想统一的时代,自然有点不合适。我所能说者也就是极平凡的这寥寥几句。

前日阅《人间世》第十六期,看见半农遗稿《双凤凰专斋小品文》之五十四,读了很有所感。其题目曰《记砚兄之称》,文云:

> 余与知堂老人每以砚兄相称,不知者或以为儿时同窗友也。其实余二人相识,余已二十七,岂明已三十三。时余穿鱼皮鞋,犹存上海少年滑头气,岂明则蓄浓髯,戴大绒帽,披马夫式大衣,俨然一俄国英雄也。越十年,红胡入关主政,北新封,语丝停,李丹忱捕,余与岂明同避菜厂胡同一友人家。小厢三楹,中为膳食所,左为寝室,席地而卧,右为书室,室仅一桌,桌仅一砚。寝,食,相对枯坐而外,低头共砚写文而已,砚兄之称自此始。居停主人不许多友来视,能来者余妻岂明妻而外,仅有徐耀辰兄传递外间消息,日或三四至也。时民国十六,以十月二十四日去,越一星期归,今日思之,亦如梦中矣。

这文章写得颇好,文章里边存着作者的性格,读了如见半农其人。民国六年春间我来北京,在《新青年》上初见半农的文章,那时他还在南方，留下一种很深的印象，这是几篇《灵霞馆笔记》，觉得有清新的生气，这在别人笔下是没有的。现在读这篇遗文，恍然记及十七年前的事，清新的生气仍在，虽然更加上一点苍老与着实了。但是时光过得真快，鱼皮鞋子的故事在今日活着的人里，只有我和玄同还知道吧，而菜厂胡同一节说起来也有车过腹痛之感了。前年冬天半农同我谈到蒙难纪念，问这是那一天，我查旧日记，恰巧民国十六年中间有几个月不曾写，于是查对《语丝》末期出版月日等等，查出这是在十月二十四，半农就说下回要大举请客来作纪念，我当然赞成他的提议，去年十月不知道怎么一混大家都忘记了，今年夏天半农在电话里还说起，去年可惜忘记了，今年一定要举行，今年一定要举行，然而半农在七月十四日就死了，计算到十月二十四日恰是一百天。

  昔时笔祸同蒙难，菜厂幽居亦可怜。
  算到今年逢百日，寒泉一盏荐君前。

  这是我所作的打油诗，九月中只写了两首，所以在追悼会上不曾用，今日半农此文，便拿来题在后面。所云菜厂在北河沿之东，是土肥原的旧居，居停主人即土肥原的后任某少佐也。秋天在东京本想去访问一下，告诉他半农的消息，后来听说他在长崎，没有能见到。

还有一首打油诗，是拟近来很时髦的浏阳体的，结果自然是仍旧拟不象，其辞曰：

  漫云一死恩仇泯，海上微闻有笑声。
  空向刀山长作揖，阿旁牛首太狰狞。

  半农从前写过一篇《作揖主义》，反招了许多人的咒骂。我看他实在并不想侵犯别人。但是人家总喜欢骂他，仿佛在他死后还有人骂。本来骂人没有什么要紧，何况又是死人，无论骂人或颂扬人，里边所表示出来的反正都是自己,我们为了交谊的关系,有时感到不平,实在是一种旧的惯性,倒还是看了自己反省要紧。譬如我现在来写纪念半农的文章,固然并不想骂他,就是空虚地说上好些好话,于半农了无损益,只是自己出乖露丑。所以我今日只能说这些闲话,说的还是自己,至多是与半农的关系罢了,至于目的虽然仍是纪念半农。半农是我的老朋友之一,我很惮惜他的死。在有些不会赶时髦结识新相好的人,老朋友的丧失实在是最可悼惜的事。

关于苦茶

去年春天偶然做了两首打油诗,不意在上海引起了一点风波,大约可以与今年所谓中国本位的文化宣言相比,不过有这差别,前者大家以为是亡国之音,后者则是国家将兴必有祯祥罢了。此外也有人把打油诗拿来当作历史传记读,如字的加以检讨,或者说玩骨董那必然有些钟鼎书画吧,或者又相信我专喜谈鬼,差不多是蒲留仙一流人。这些看法都并无什么用意,也于名誉无损,用不着声明更正,不过与事实相远这一节总是可以奉告的。其次有一件相象的事,但是却颇愉快的,一位友人因为记起吃苦茶的那句话,顺便买了一包特种的茶叶拿来送我。这是我很熟的一个朋友,我感谢他的好意,可是这茶实在太苦,我终于没有能够多吃。

据朋友说这叫作苦丁茶。我去查书,只在日本书上查到一点,云系山茶科的常绿灌木,干粗,叶亦大,长至三四寸,晚秋叶腋开白花,自生山地间,日本名曰唐茶(Tocha),一名龟甲茶,汉名皋芦,亦云苦丁。赵学敏《本草拾遗》卷六云:

"角刺茶,出徽州。土人二三月采茶时兼采十大功劳叶,俗名老鼠刺,叶曰苦丁,和匀同炒,焙成茶,货与尼庵,转售富家妇女,云妇人服之终身不孕,为断产第一妙药也。每斤银八钱。"案十大功劳与老鼠刺均系五加皮树的别名,属于五加科,又是落叶灌木,虽亦有苦丁之名,可以制茶,似与上文所说不是一物,况且友人也不说这茶喝了可以节育的。再查类书关于皋芦却有几条,《广州记》云:

"皋卢,茗之别名,叶大而涩,南人以为饮。"又《茶经》有类似的话云:

"南方有瓜芦木，亦似茗，至苦涩，取为屑茶饮亦可通夜不眠。"《南越志》则云：

"茗苦涩，亦谓之过罗。"此木盖出于南方，不见经传，皋卢云云本系土俗名，各书记录其音耳。但是这是怎样的一种植物呢，书上都未说及，我只好从茶壶里去拿出一片叶子来，仿佛制腊叶似的弄得干燥平直了，仔细看时，我认得这乃是故乡常种的一种坟头树，方言称作枸朴树的就是，叶长二寸，宽一寸二分，边有细锯齿，其形状的确有点象龟壳。原来这可以泡茶吃的，虽然味大苦涩，不但我不能多吃，便是且将就斋主人也只喝了两口，要求泡别的茶吃了。但是我很觉得有兴趣，不知道在白菊花以外还有些什么叶子可以当茶？《毛诗草木鸟兽虫鱼疏》"山有栲"一条下云：

"山樗生山中，与下田樗大略无异，叶似差狭耳，吴人以其叶为茗。"《五杂俎》卷十一云：

"以绿豆微炒，投沸汤中倾之，其色正绿，香味亦不减新茗，宿村中觅茗不得者可以此代。"此与现今炒黑豆作咖啡正是一样。又云：

"北方柳芽初苞者采之入汤，云其味胜茶。曲阜孔林楷木其芽可烹。闽中佛手柑橄榄为汤，饮之清香，色味亦旗枪之亚也。"卷十记孔林楷木条下云：

"其芽香苦，可烹以代茗，亦可干而茹之，即俗云黄连头。"孔林吾未得瞻仰，不知楷木为何如树，惟黄连头则少时尝茹之，且颇喜欢吃，以为有福建橄榄豉之风味也。关于以木芽代茶，《湖雅》卷二亦有二则云：

"桑芽茶，案山中有木俗名新桑芖，采嫩芽可代茗，非蚕所食之桑也。"

"柳芽茶，案柳芽亦采以代茗，嫩碧可爱，有色而五香味。"汪谢城此处所说与谢在杭不同，但不佞却有点左袒汪君，因为其味胜茶的说法觉得不大靠得住也。

许多东西都可以代茶，咖啡等洋货还在其外，可是我只感到好玩，有这些花样，至于我自己还只觉得茶好，而且茶也以绿的为限，红茶以至香片嫌其近于咖啡,这也别无多大道理,单因为从小在家里吃惯本山茶叶耳。口渴了要喝水,水里照例泡进茶叶去,吃惯了就成了规矩,如此而已。对于茶有什么特别了解,赏识,哲学或主义么?这未必然。一定喜欢苦茶,非苦的不喝么?这也未必然。那么为什么诗里那么说,为什么又叫作庵名,岂不是假话么?那也未必然。今世虽不出家亦不打诳语。必要说明,还是去小学上找罢。吾友沈兼士先生有诗为证,题曰《又和一首自调》,此系后半首也:

  端透于今变澄澈 鱼模自古读歌麻
  眼前一例君须记 茶苦原来即苦茶

弃文就武

我是江南水师出身的。我学海军还未毕业得到把总衔的时候便被派往日本留学，但是在管轮班里住过六个年头，比我以后所住的任何学校为久，所以在我没有专门职业的专门中，计算起来还要算是海军。历来海军部中有我的好些老师，同学少年也多不贱，部长司长也都有过，科长舰长更不必说，有的还已成为烈士，如在青岛被张宗昌所杀害的前渤海舰队司令吴椒如君，便是我的同班老友，大家叫他作"书店老板"的。我自己有过一个时候想弄文学，不但喜读而且还喜谈，差不多开了一间稻香村的文学小铺，一混几年，不惑之年候焉已至，忽然觉得不懂文学，赶快下匾歇业，预备弃文就武。可是不相干，这文人的名号好象同总长大帅一样，在下野之后也还是粘在头上，不容易能够或者是肯拿下来的。我的当然不是我而是人家不肯让我拿掉。似乎文人必定是终身的职务，而其职务则是听权威的分付去做赋得的什么文学。我的弃文于是大犯其罪，被一班维新的朋友从年头直骂到年尾。现在是民国二十三年的年终了，我想该不该来清算一下。仔细想过，还是决定拉倒。第一，人家以为我不去跟着呐喊，他们的大事业便不能成，那是太看得起我，正如说斯人不出如苍生何，我岂敢当，更何敢生气？第二，这骂于我有什么害处？至多影响着我的几本书的销路，一季少收点版税。为了这点利益去争闹，未免太是商贾气了。第三，这骂于人家有什么好处？至少可以充好些杂志的材料，卖点稿费。这事于人有利，我为什么不赞成呢。还有一层，明季的情形已经够象了，何必多扮一个几社复社人去凑热闹。总之，我早走出文坛来了，还管这文坛的甚鸟？老实说，我对于文事真是没有什么兴趣,可以不谈了,还不如翻过来谈武备吧。

且慢,文事不好谈,武备难道是很容易谈的么?我知道这是不然。北京从前到处的茶楼酒馆贴过莫谈国事的纸条,关于武备固然不见明文,似乎没有禁令,但是军机何等重要,岂可妄谈,况且这又岂非即国事的一部分乎?即使如日本军部前回的发布小册子,要使人民都知道国防的紧要,那也是在上者要说的话,人民怎么开得口来,只有代表人民替他们做喉舌的议员老爷与新闻记者大人们才有说话的分,可是他们照例还是说在上者的话,说了还如不说,或者还不如不说。我半路出了家,没有能够钻到军部里去,议员在中国是没有,就是有我也拿不出这笔本钱,记者又是不会当,不敢当。很可惜我那时不曾接受这件事:张大元帅的时代,官方要办一种关于海军的月刊,部里的一个同班老友介绍别一位来访我,要我担任编辑。其时大元帅部下接收北京大学,改组为京师大学之一部,我与二三友人被赶了出来,正是在野的时候,老同学保荐我当这差使,实在非常感激,可是也实在觉得自己弄不来,很难为情地辞谢了。假如我办了那个月刊,现在便有说话的地方,然而事在七八年之前,便是怎么后悔也都来不及了。

其实我所要说或能说的话本来也是很普通的,或者未必有什么违碍,也未必有登专门刊物的资格。这大抵是普通市民无论已登记或未登记的都想得到,只是没有工夫来说,我们虽然也并不怎么有闲,却在以前养成了一种忙中说闲话的习惯,所以来代为说出罢了。我的意思第一是想问问对于目前英日美的海军会议我国应作何感想?日本因为不服五与三的比例把会议几乎闹决裂了,中国是怎样一个比例,五与零还是三与零呢?其次我想先问问海军当局,——陈先生是我的老同学,可惜现在告病了,再请教别的军事专家,现在要同外国打仗,没有海军是不是也可以?据我妄想,假如两国相争,到得一国的海军歼灭了,敌舰可以来靠岸的时候,似乎该是讲和了罢?不但甲辰的日俄之战如此,就是甲午的中日之战也是如此。中国甲午以来至于甲戌这四十年间便一直只保有讲和状态的海军,此是明显的事实无庸讳言，盖这四十年来的政治实以不同外国打仗为基础而进行着的，到了今日这个情形恐怕还没有变吧？在别人——不，就是在自己以前也如此，只好讲和的状况之下，现今要开始战争，如是可能，那是否近于奇迹？本来政府未曾对人民表示过，将来是否要与外国或预料与那一国打仗，我们人民也不必多疑以自取"樊恼"。但是我看报章上常有代表舆论的主笔做社论，政界要人对人谈话，多说一九三六年的中国怎样怎样，这就使人民想起几个问题，想问一下，便是打不打，同谁打，怎么打？头两个属于军机秘密，大约不好问吧，末了一个似乎不妨请教，却也很是重要，因为必须先决定了没有海军也可以打，那才能说到打谁或打不打。有些本来是公开的秘密我想为政者也可以就公开了，不必再当作什么秘密，反使得人民怀疑，不信任。《论语》十九，子夏曰，君子信而后劳其民，未信则以为厉己也。现在政府正在崇圣尊经，我愿以卜子的这句话奉献。

末了我想关于军事训练说一两句话。我于教育是外行，并不想说军事训练对于中小学学业的妨害，那去问校长教员们都知道，我只说学校里的军训之无意义。这军事训练在日本是有意义的，日本是征兵制，青年总得去当兵，不过从前在学时期可以"犹豫"，现在则即就学校加以训练，实即移樽就教法耳。中国学生大学毕业，非去做各种的官也得充当教书匠，失业即未得业者往学术咨询处注册，大约没有百分之一去入伍吧。那么这多少年月的训练至少也总是白费。再说南边几处的训练壮丁，用意与待遇未始不好，然而有些农民宁愿逃亡，流落在外做苦工，不肯在乡训练几个月，仍有工资可拿。何也？民未信也。游定县农村，村长曰全村户数几何，但官厅记录则数更少，因种种支应摊派以户口计，不能堪也，此亦是未信之例。说到农村，敝人对于此亦全是门外汉也，多谈恐有误，我的闲话可以就此打住了。

阿Q的旧帐

阴历年关来到了,商界都要结帐,中国文学界上也有一笔帐该得清算一下子,这便是那阿Q欠下来的胡涂老帐。

《阿Q正传》最初发表是在《晨报副镌》上,每星期日登一次。那时编者孙伏园的意思,星期日的一张要特别"轻松"一点,蒲伯英每次总做文章,《阿Q正传》当时署名"巴人",所以曾有些人疑心也是蒲君所写。这已是十多年前的事情了,好些年青的朋友大约不记得了吧。

不久有左翼作家新兴起来了,对于阿Q开始攻击,以为这是嘲笑中国农民的,把《正传》作者骂得个"该死十三元"。我想这是对的。因为《正传》嘲笑阿Q及其子孙是确实无疑,虽然所云阿Q死了没有,其时代过去了没有,这些问题我无从代为决定,本来我也是毫不知道的。

不久听说,《阿Q正传》的作家也转变了。阿Q究竟死了没有呢,新兴的批评家们还未能决断定,而作者转变了,阿Q的死生事小,所以就此搁起了。不久《阿Q正传》等都被承认为新兴正统的文学了,有广告上说《正传》是中国普罗文学的代表作,阿Q是中国普罗阶级的代表,于是阿Q既然得到哀荣,似乎文坛上的阿Q问题也就可以结束了。

然而不然。对人是没有问题了,而对事的问题仍然存在,即《阿Q正传》究竟是否嘲笑农民,阿Q究竟是否已死,这些问题仍未解决,这都是新兴批评家们的责任,任何人都应负责来清算一下。

假如《阿Q正传》本来并不是反动的,不是嘲笑农民的,那么当初那些批评家们群起攻击,何其太没有眼睛？当初既然没有眼睛,何以在作者转变后眼睛忽然亮了,知道《正传》又是好的了？假如《正传》确是反动的,攻击正是应该,何以在作者转变后就不攻击,而且还恭维？

这阿Q一案的结论不外两种,一是新兴批评家之无眼识,一是新兴批评家之不诚实。看错,无眼识也。歪曲,不诚实也。本来不反动的作品,在转变前也要说它不对,本来是反动的,在转变后就要说它也对,都是不诚实。无眼识不过瞎说,说的不可信任；不诚实则是有作用,近于欺骗了。唯物史观的文学批评本亦自成一家,在中国也不妨谈谈,但是我希望大家先把上面所说的这笔烂污帐算清了再说,不然正如商界普通的规矩,前帐未清,免开尊口。

鄙人孤陋寡闻,对于世界上这派新批评未能详知,惟日本的译著亦略见一二,觉得足供参考,其所说自有固执处,但如阿Q事件这种无诚意态度盖未曾有也。上文所说故以中国为限,且只就事论事,与理论别无关系。

十竹斋的小摆设

前两天隆福寺的书贾拿来一本《十竹斋笺谱》，——看官勿惊！这当然不会是原刊本。那是海内孤本，据我所知道只有北通州的王先生藏有一部，此外则东京的田中先生也有一部，不过那已是海外。我说的是民国新刻本，全书四册，今先出第一册，卖价银四元半，据云"初版共印二百零一部，内二十一部为赠送本，一百八十部为发售本，此为发售本第四十一部。"题叶后面有一长方框，魏建功先生手书云：

  中华民国二十三年十二月版画丛刊会假通县王孝慈先生藏本翻印，编者鲁迅、西谛，画者王荣麟，雕者左万川，印者崔毓生、岳海亭，经理其事者北平荣宝斋也。纸墨良好，镌刻精工，近时少见，明鉴者知之矣。

因为原本既然那样的难得，镌刻本又是这样的精良，所以我就奋发作为百八十波尔乔亚之一，留下了这第四十一部，四块半钱记在账上再说。

  唔，纸墨良好，镌刻精工，这倒都说得不假，在现今还有这样的刻工印工，北平的工艺的确还有它可以佩服的特色。卷首李克恭序中有云：

  夫绘之与诗相为表里，昔人论诗有初终盛晚，而笺绘亦犹之。昭代自嘉隆以前笺制朴拙，至万历中年稍尚鲜华，然未盛也，至中晚而称盛矣，历天崇而愈盛矣。十竹诸笺汇古

> 今之名迹,集艺苑之大成,化旧翻新,穷工极变,无乃太盛乎。

简单的几句话概括晚明百年间笺绘的变迁,眼前有极盛时代的若干样本,且想且看也是颇有意思的事情。但是看的人大约也必同时想到一件事,这便是序文的年月。头一篇是小引,末题"崇祯甲申新秋九龙李于坚撰",其次是序,题曰"崇祯甲申夏上元李克恭书"。不知怎的我对于有些年号很是敏感,对于崇祯甲申特别觉得刺目,虽然崇祯十七年也是同样,不过程度却要差点。三月十九崇祯皇帝吊死煤山,我对明朝向来虽无甚好感,总觉得这收场太悲惨了,一半也为了时代近,我们自己曾受过清朝的统治,所以特有感触吧。甲申五月史可法等奉福王由崧为帝,乙酉四月清兵下扬州,史可法死,五月弘光被背去献俘了。《十竹斋笺谱》之刻就在那个时节,时为甲申六七月,地在南京,然则当正是马阮二公得意时也。前在厂甸买到明刻《萨婆多部毗尼摩得勒伽》十卷二册,系毛晋与人同校刊,末一行云:"崇祯甲申仲秋虞山华严阁识"。这是同类的例。毛子晋原来是以刻书为业的,他差不多是一年到头在刻书的吧,这原不足为异,我又有几本《出三藏记集》及论部的书也都是崇祯癸未孟夏至甲申孟春所刻,可见他是陆续在办这工作。《笺谱》之刻据李于坚小引中说:

"曰从庄语余曰,兹不敏代耕具也,家世著书,肩畚耜,忆昔堂上修髓之供,此日屋下生聚之瞻,于是托焉。"那么胡曰从也是以刻书为业的,而且还实在靠此为生活,其在任何年日刊刻任何图书,这也不足见怪也。本来我不怪他们,我所考虑者只是现今清流的正论耳。

崇祯甲申,岂非明之国难乎,情形严重殆不下于九一八,至乙酉而清兵下江南矣。于斯时也而刻《笺谱》,清流其谓之何?夫刻木板已"玩物丧志"矣,木板而又画图,岂不更玩而益丧欤。抑画图之中或可以有"匕首"亦说不定,若画图而至于诗笺,则非真正"小摆设"而何?使明末而有批评家,十竹斋主人之罪当过于今之小品作家矣。

虽然,十竹斋本是小摆设店,北平称之曰小器作者是也,小器作制造小摆设原是常事,若兵器铺玻璃罩内陈列黄杨木雕钟进士或鼻烟壶则大费解矣。中国本是文字之邦,巧妙的说法自古有之,如门联云:

> 磨砺以须,笑天下头颅几许。
> 及锋而试,看老夫手段何如。

这是剃头铺的联,见于《楹联丛话》之流,其铺名则我想擅将北京的一家牌号移送给他,曰"尊元阁"。然而这样的例却还没有,如联语云:

> 打倒小摆设,切勿玩物丧志。
> 制作大兵仗,都来雪恨报仇。

再看这是什么店呢?原来还是一爿小器作,或题曰维新古玩铺,专收汉玉魏碑云云。

　　这样的例在外国却也并非没有。苏俄要人赏识中国男扮女的旧戏,这个解释不知道应该根据卢那却耳斯奇的《艺术论》还是齐如山的《国剧的学理》呢?这在中国的批评家恐怕也是同样棘手的一个问题吧。

关于鲁迅

《阿Q正传》发表以后，我写过一篇小文章，略加以说明，登在那时的《晨报副镌》上。后来《阿Q正传》与《狂人日记》等一并编成一册，即是《呐喊》，出在新潮社丛书里，其时傅孟真罗志希诸君均已出国留学去了，《新潮》交给我编辑，这丛书的编辑也就用了我的名义。出版以后大被成仿吾所挖苦，说这本小说集既然是他兄弟编的，一定好得了不得。——原文不及查考，大意总是如此。于是我恍然大悟，原来关于此书的编辑或评论我是应当回避的。这是我所得的第一个教训。不久在中国文坛上又起了《阿Q正传》是否反动的问题。恕我记性不好，不大能记得谁是怎么说的了，但是当初决定《正传》是落伍的反动的文学的，随后又改口说这是中国普罗文学的正宗者往往有之。这一笔"阿Q的旧账"至今我还是看不懂，本来不懂也没有什么要紧，不过这切实的给我一个教训，就是使我明白这件事的复杂性，最好还是不必过问。于是我就不再过问，就是那一篇小文章也不收到文集里去，以免为无论那边的批评家所援引，多生些小是非。现在鲁迅死了，一方面固然也可以如传闻乡试封门时所祝，正是"有恩报恩有怨报怨"的时候，一方面也可以说，要骂的捧的或利用的都已失了对象，或者没有什么争论了亦未可知。这时候我想来说几句话，似乎可以不成问题，而且未必是无意义的事，因为鲁迅的学问与艺术的来源有些都非外人所能知，今本人已死，舍弟那时年幼亦未闻知，我所知道已为海内孤本，深信值得录存，事虽细微而不虚诞，世之识者当有取焉。这里所说限于有个人独到之见独创之才的少数事业，若其他言行已有人云亦云的毁或誉者概置不论,不但仍以避免论争,盖亦本非上述趣意中所摄者也。

鲁迅本名周樟寿,生于清光绪辛巳八月初三日。祖父介孚公在北京做京官,得家书报告生孙,其时适有张——之洞还是之万呢?来访,因为命名曰张,或以为与灶君同生日,故借灶君之姓为名,盖非也。书名定为樟寿,虽然清道房同派下群从谱名为寿某,祖父或忘记或置不理均不可知,乃以寿字属下,又定字曰豫山,后以读音与雨伞相近,请于祖父改为豫才。戊戌春间往南京考学堂,始改名树人,字如故,义亦可相通也。留学东京时,刘申叔为河南同乡办杂志曰《河南》,孙竹丹来为拉稿,豫才为写几篇论文,署名一曰迅行,一曰令飞,至民七在《新青年》上发表《狂人日记》,于迅上冠鲁姓,遂成今名。写随感录署名唐俟,唐者"功不唐捐"之唐,意云空等候也,《阿Q正传》特署巴人,已忘其意义。

鲁迅在学问艺术上的工作可以分为两部,甲为搜集辑录校勘研究,乙为创作。今略举于下:

甲部

一、会稽郡故书杂集。

二、谢承后汉书(未刊)。

三、古小说钩沉(未刊)。

四、小说旧闻钞。

五、唐宋传奇集。

六、中国小说史。

七、嵇康集(未刊)。

八、岭表录异(未刊)。

九、汉画石刻(未完成)。

乙部

一、小说:《呐喊》,《彷徨》。

二、散文:《朝华夕拾》,等。

这些工作的成就有大小，但无不有其独得之处，而其起因亦往往很是久远，其治学与创作的态度与别人颇多不同，我以为这是最可注意的事。豫才从小就喜欢书画，——这并不是书家画师的墨宝，乃是普通的一册一册的线装书与画谱。最初买不起书，只好借了绣像小说来看。光绪癸巳祖父因事下狱，一家分散，我和豫才被寄存在大舅父家里，住在皇甫庄，是范啸风的隔壁，后来搬往小皋步，即秦秋渔的娱园的厢房。这大约还是在皇甫庄的时候，豫才向表兄借来一册《荡寇志》的绣像，买了些叫作吴公纸的一种毛太纸来，一张张的影描，订成一大本，随后仿佛记得以一二百文钱的代价卖给书房里的同窗了。回家以后还影写了好些画谱，还记得有一次在堂前廊下影描马镜江的《诗中画》，或是王冶梅的《三十六赏心乐事》，描了一半暂时他往，祖母看了好玩，就去画了几笔，却画坏了，豫才扯去另画，祖母有点怅然。后来压岁钱等等略有积蓄，于是开始买书，不再借抄了。顶早买到的大约是两册石印本冈元凤所著的《毛诗品物图考》，这书最初也是在皇甫庄见到，非常歆羡，在大街的书店买来一部，偶然有点纸破或墨污，总不能满意，便拿去掉换，至再至三，直到伙计烦厌了，戏弄说，这比姊姊的面孔还白呢，何必掉换，乃愤然出来，不再去买书。这书店大约不是墨润堂，却是邻近的奎照楼吧。这回换来的书好象又有什么毛病，记得还减价以一角小洋卖给同窗，再贴补一角去另买了一部。画谱方面那时的石印本大抵陆续都买了，《芥子园画传》自不必说，可是却也不曾自己学了画。此外陈淏子的《花镜》恐怕是买来的第一部书，是用了二百文钱从一个同窗的本家那里得来的。家中原有几箱藏书，却多是经史及举业的正经书，也有些小说如《聊斋志异》，《夜谈随录》，以至《三国演义》，《绿野仙踪》等，其余想看的须得自己来买添，我记得这里边有《酉阳杂俎》，《容斋随笔》，《辍耕录》，《池北偶谈》，《六朝事迹类编》，"二酉堂丛书"，《金石存》，《徐霞客游记》等。新年出城拜岁，来回总要一整天，船中枯坐无聊，只好看书消遣，那时放在"帽盒"中带了去的大抵是《游记》或《金石存》，——

后者自然是石印本，前者乃是图书集成局的扁体字。《唐代丛书》买不起，托人去转借来看过一遍，我很佩服那里的一篇《黑心符》，钞了《平泉草木记》，豫才则抄了三卷《茶经》和《五木经》。好容易凑了块把钱，买来一部小丛书，共二十四册，现在头本已缺无可查考，但据每册上特请一位族叔题的字，或者名为"艺苑捃华"吧，当时很是珍重耽读，说来也很可怜，这原来乃是书估从《龙威秘书》中随意抽取，杂凑而成的一碗"拼拢坳羹"而已。这些事情都很琐屑，可是影响却颇不小，它就"奠定"了半生学问事业的倾向，在趣味上到了晚年也还留下好些明了的痕迹。

戊戌往南京，由水师改入陆师附设的路矿学堂，至辛丑毕业派往日本留学，此三年中专习科学，对于旧籍不甚注意，但所作随笔及诗文盖亦不少，在我的旧日记中略有录存。如戊戌年作《戛剑生杂记》四则云：

"行人于斜日将堕之时，暝色逼人，四顾满目非故乡之人，细聆满耳皆异乡之语，一念及家乡万里，老亲弱弟必时时相语，谓今当至某处矣，此时真觉柔肠欲断，涕不可抑。故予有句云，日暮客愁集，烟深人语喧，皆所历，非托诸空言也。"

"生鲈鱼与新粳米炊熟，鱼须斫小方块，去骨，加秋油，谓之鲈鱼饭。味甚鲜美，名极雅饬，可入林洪《山家清供》。"

"夷人呼茶为梯，闽语也。闽人始贩茶至夷，故夷人效其语也。"

"试烧酒法，以缸一只猛注酒于中，视其上面浮花，顷刻迸散净尽者为活酒，味佳，花浮水面不动者为死酒，味减。"又《莳花杂志》二则云：

"晚香玉本名土秘螺斯，出塞外，叶阔似吉祥草，花生穗间，每穗四五球，每球四五朵，色白，至夜尤香，形如喇叭，长寸余，瓣五六七不等，都中最盛。昔圣祖仁皇帝因其名俗，改赐今名。"

"里低母斯，苔类也，取其汁为水，可染蓝色纸，遇酸水则变为红，遇砸水又复为蓝。其色变换不定，西人每以之试验化学。"诗则有庚子年作《莲蓬人》七律,《庚子送灶即事》五绝,各一首,又庚子除夕所作《祭书神文》一首,今不具录。辛丑东游后曾寄数诗,均分别录入旧日记中,大约可有十首,此刻也不及查阅了。

在东京的这几年是鲁迅翻译及写作小说之修养时期,详细须得另说,这里为免得文章线索凌乱,姑且从略。鲁迅于庚戌(一九一〇年)归国,在杭州两级师范、绍兴第五中学及师范等校教课或办事,民元以后任教育部佥事,至十四年去职,这是他的工作中心时期,其间又可分为两段落,以《新青年》为界。上期重在辑录研究,下期重在创作,可是精神还是一贯,用旧话来说可云不求闻达。鲁迅向来勤苦作事,为他人所不能及,在南京的时候手抄汉译赖耶尔(C. Lyell)的《地学浅说》(案即是 Principles of Geology)两大册,图解精密,其他教本称是,但因为我不感到兴趣,所以都忘记是什么书了。归国后他就开始抄书,在这几年中不知共有若干种,只是记得的就有《穆天子传》,《南方草木状》,《北户录》,《桂海虞衡志》,程瑶田的《释虫小记》,郝懿行的《燕子春秋》,《蜂衙小记》与《记海错》,还有从《说郛》抄出的多种。其次是辑书。清代辑录古逸书的很不少,鲁迅所最受影响的还是张介侯的二酉堂吧,如《凉州记》,段颎阴铿的集,都是乡邦文献的辑集也。(老实说,我很喜欢张君所著书,不但是因为辑古逸书收存乡邦文献,刻书字体也很可喜,近求得其所刻《蜀典》,书并不珍贵,却是我所深爱。)他一面翻古书抄唐以前小说逸文,一面又抄唐以前的越中史地书。这方面的成绩第一是一部《会稽郡故书杂集》,其中有谢承《会稽先贤传》,虞预《会稽典录》,钟离岫《会稽后贤传记》,贺氏《会稽先贤像赞》,朱育《会稽土地记》,贺循《会稽记》,孔灵符《会稽记》,夏侯曾先《会稽地志》,凡八种,各有小引,卷首有叙,题曰太岁在阏逢摄提格(民国三年甲寅)九月既望记,乙卯二月刊成,木刻一册。叙中有云:

"幼时尝见武威张澍所辑书,于凉土文献撰集甚众,笃恭乡里,尚此之谓,而会稽故籍零落,至今未闻后贤为之纲纪,乃创就所见书传

刺取遗篇,累为一帙。"又云:

"书中贤俊之名,言行之迹,风土之美,多有方志所遗,舍此更不可见,用遗邦人,庶几供其景行,不忘于故。"这里辑书的缘起与意思都说得很清楚,但是另外有一点值得注意的,叙文署名"会稽周作人记",向来算是我的撰述,这是什么缘故呢?查书的时候我也曾帮过一点忙,不过这原是豫才的发意,其一切编排考订,写小引叙文,都是他所做的,起草以至誊清大约有三四遍,也全是自己抄写,到了付刊时却不愿出名,说写你的名字吧,这样便照办了,一直拖了二十余年。现在觉得应该说明了,因为这一件小事我以为很有点意义。这就是证明他做事全不为名誉,只是由于自己的爱好。这是求学问弄艺术的最高的态度,认得鲁迅的人平常所不大能够知道的。其所辑录的古小说逸文也已完成,定名为《古小说钩沉》,当初也想用我的名字刊行,可是没有刻版的资财,托书店出版也不成功,至今还是搁着。此外又有一部谢承《后汉书》,因为谢伟平是山阴人的缘故,特为辑集,可惜分量太多,所以未能与《故书杂集》同时刊版,这从笃恭乡里的见地说来也是一件遗憾的事。豫才因为古小说逸文的搜集,后来能够有《小说史》的著作,说起缘由来很有意思。豫才对于古小说虽然已有十几年的用力,(其动机当然还在小时候所读的书里,)但因为不喜夸示,平常很少有人知道。那时我在北京大学中国文学系做"票友",马幼渔君正当主任,有一年叫我讲两小时的小说史,我冒失的答应了回来,同豫才说起,或者由他去教更为方便,他说去试试也好,于是我去找幼渔换了别的什么功课,请豫才教小说史,后来把讲义印了出来,即是那一部书。其后研究小说史的渐多,如胡适之马隅卿郑西谛孙子书诸君,各有收获,有后来居上之概,但那些似只在后半部,即宋以来的章回小说部分,若是唐以前古逸小说的稽考恐怕还没有更详尽的著作,这与《古小说钩沉》的工作正是极有关系的。对于画的爱好使他后来喜欢翻印外国的版画,编选北平的诗笺,为世人所称,但是他半生精力所聚的汉石刻画像终于未能编印出来,或者也还没有编好吧。

末了我们略谈鲁迅创作方面的情形。他写小说其实并不始于《狂人日记》，辛亥冬天在家里的时候曾经写过一篇，以东邻的富翁为"模特儿"，写革命的前夜的事，性质不明的革命军将要进城，富翁与清客闲汉商议迎降，颇富于讽刺的色彩。这篇文章未有题名，过了两三年由我加了一个题目与署名，寄给《小说月报》，那时还是小册，系恽铁樵编辑，承其复信大加称赏，登在卷首，可是这年月与题名都完全忘记了，要查民初的几册旧日记才可知道。第二次写小说是众所共知的《新青年》时代，所用笔名是鲁迅，在《晨报副镌》为孙伏园每星期日写《阿Q正传》则又署名巴人，所写随感录大抵署名唐俟，我也有一两篇是用这个署名的，都登在《新青年》上，近来看见有人为鲁迅编一本集子，里边所收就有一篇是我写的，后来又有人选入什么读本内，觉得有点可笑。当时世间颇疑巴人是蒲伯英，鲁迅则终于无从推测，教育部中有时纷纷议论，毁誉不一，鲁迅就在旁边，茫然相对，是很有"幽默"趣味的事。他为什么这样做的呢？并不如别人所说，因为言论激烈所以匿名，实在只如上文所说不求闻达，但求自由的想或写，不要学者文人的名，自然也更不为利，《新青年》是无报酬的，《晨报·副刊》多不过一字一二厘罢了。以这种态度治学问或做创作，这才能够有独到之见，独创之才，有自己的成就，不问工作大小都有价值，与制艺异也。鲁迅写小说散文又有一特点，为别人所不能及者，即对于中国民族的深刻的观察。大约现代文人中对于中国民族抱着那样一片黑暗的悲观的难得有第二个人吧。豫才从小喜欢"杂览"，读野史最多，受影响亦最大，——譬如读过《曲洧旧闻》里的"因子巷"一则，谁会再忘记，会不与《一个小人物的忏悔》所记的事情同样的留下很深的印象呢？在书本里得来的知识上面，又加上亲自从社会里得来的经验，结果便造成一种只有苦痛与黑暗的人生观，让他无条件（除艺术的感觉外）的发现出来，就是那些作品。从这一点说来，《阿Q正传》正是他的代表作，但其被普罗批评家所（曾）痛骂也正是应该的。这是寄悲愤绝望于幽默，在从前那篇小文里我曾说用的是显克微支夏目漱石的手法，著者当时看了我的草稿也加以承认的，正如《炭画》一般里边没有一点光与空气，到处是愚与恶，而愚与恶又复厉害到可笑的程度。有些牧歌式的小话都非佳作，《药》里稍露出一点的情热，这是对于死者的，而死者又已是做了"药"了，此外就再也没有东西可以寄托希望与感情。不被礼教吃了肉去就难免被做成"药渣"，这是鲁迅对于世间的恐怖，在作品上常表现出来，事实上也是如此。讲到这里我的话似乎可以停止了，因为我只想略讲鲁迅的学问艺术上的工作的始基，这有些事情是人家所不能知道的，至于其他问题能谈的人很多，还不如等他们来谈罢。

关于鲁迅之二

我为《宇宙风》写了一篇关于鲁迅的学问的小文之后便拟暂时不再写这类文章，所以有些北平天津东京的新闻杂志社的嘱托都一律谢绝了，因为我觉得多写有点近乎投机学时髦，虽然我所有的资料都是事实，并不是普通《宦乡要则》里的那些祝文祭文。说是事实，似乎有价值却也没价值，因为这多是平淡无奇的，不是奇迹，不足以满足观众的欲望。一个人的平淡无奇的事实本是传记中的最好资料，但惟一的条件是要大家把他当作"人"去看，不是当作"神"，——即是偶像或傀儡，这才有点用处，若是神则所需要者自然别有神话与其神学在也。乃宇宙风社来信，叫我再写一篇，略说豫才在东京时的文学的修养，算作前文的补遗，因为我在那边曾经提及，却没有叙述。这也成为一种理由，所以补写了这篇小文，姑且当作一点添头也罢。

豫才的求学时期可以分作三个段落，即自光绪戊戌（一八九八）至辛丑（一九〇一）在南京为前期，自辛丑至丙午（一九〇六）在东京及仙台为中期，自丙午至己酉（一九〇九）又在东京为后期。这里我所要说的只是后期，因为如他的自述所说，从仙台回到东京以后他才决定要弄文学。但是在这以前他也未尝不喜欢文学，不过只是赏玩而非攻究，且对于文学也还未脱去旧的观念。在南京的时候豫才就注意严几道的译书，自《天演论》以至《法意》，都陆续购读。其次是林琴南，自《茶花女遗事》出后随出随买，我记得最后的一部是在东京神田的中国书林所买的《黑太子南征录》，一总大约有二三十种罢。其时"冷血"的文章正很时新，他所译述的《仙女缘》《白云塔》我至今还约略记得，还有一篇嚣俄（Victorv Hugo）的侦探谈似的短篇小说，叫作什么尤皮的,写得很有意思。苏曼殊又同陈独秀在《国民日日新闻》上译登《惨世界》,于是一时嚣俄成为我们的爱读书,搜来些英日文译本来看。末了是梁任公所编刊的《新小说》《清议报》与《新民丛报》的确都读过,也很受影响,但是《新小说》的影响总是只有更大不会更小。梁任公的《论小说与群治之关系》当初读了的确很有影响,虽然对于小说的性质与种类,后来意见稍稍改变,大抵由科学或政治的小说渐转到更纯粹的文艺作品上去了。不过这只是不看重文学之直接的教训作用,本意还没有什么变更,即仍主张以文学来感化社会,振兴民族精神,用后来的熟语来说,可以说是属于为人生的艺术这一派的。丙午年夏天豫才在仙台的医学专门学校退了学,回家去结婚,其时我在江南水师学堂,前一年的冬天到北京练兵处考取留学日本,在校里闲住半年,这才决定被派去学习土木工程,秋初回家一转,同豫才到东京去。豫才再到东京的目的他自己已经在一篇文章中说过,不必重述,简单的一句话就是欲救中国须从文学始。他的第一步的运动是办杂志。那时留学生办的杂志并不少,但是没有一种是讲文学的,所以发心想要创办,名字定为《新生》,——这是否是借用但丁的,有点记不清楚了,但多少总有关系。其时留学界的空气是偏重实用,什九学法政,其次是理工,对于文学都很轻视,《新生》的消息传出去时大家颇以为奇,有人开玩笑说这不会是学台所取的进学新生么。又有人(仿佛记得是胡仁源)对豫才说,你弄文学做甚,有什么用处?答云,学文科的人知道学理工也有用处,这便是好处。客乃默然。看这种情形,《新生》的不能办得好原是当然的。《新生》的撰述人共有几个我不大记得了,确实的人数是有一位许季黻(寿裳),听说还有袁文薮,但他往西洋去后就没有通信。结果这杂志没有能办成,我曾根据安特路朗(Andrew Lang)的几种书写了半篇《日月星之神话》,稿今已散失,杂志的原稿纸却还有好些存在。

办杂志不成功,第二步的计画是来译书。翻译比较通俗的书卖钱是别一件事,赔钱介绍文学又是一件事,这所说的自然是属于后者。结果经营了好久,总算印出了两册《域外小说集》。第一册上有

一篇序言,是豫才的手笔,说明宗旨云:

> 《域外小说集》为书,词致朴讷,不足方近世名人译本,特收录至审慎,移译亦期弗失文情。异域文术新宗,由此始入华土。使有士卓特,不为常俗所囿,必将犁然有当于心,按邦国时期,籀读其心声,以相度神思之所在。则此虽大海之微沤与,而性解思维,实寓于此。中国译界,亦由是无迟莫之感矣。己酉正月十五日。

过了十一个年头,民国九年春天上海群益书社愿意重印,加了一篇新序,用我名,也是豫才所写的,头几节是叙述当初的情形的,可以抄在这里:

> 我们在日本留学的时候,有一种茫漠的希望,以为文艺是可以转移性情,改造社会的。因为这意见,便自然而然的想到介绍外国新文学这一件事。但做这事业,一要学问,二要同志,三要工夫,四要资本,五要读者。第五样逆料不得,上四样在我们却几乎全无。于是又自然而然的只能小本经营,姑且尝试,这结果便是译印《域外小说集》。
>
> 当初的计画,是筹办了连印两册的资本,待到卖回本钱,再印第三第四,以至第多少册的。如此继续下去,积少成多,也可以约略介绍了各国各家的著作了。于是准备清楚,在一九〇九年二月,印出第一册,到六月间,又印出了第二册。寄售的地方,是上海和东京。
>
> 半年过去了,先在就近的东京寄售处结了帐。计第一册卖去了二十一本,第二册是二十本,以后可再也没有人买了。那第一册何以多卖一本呢?就因为有一位极熟的友人,怕寄售处不遵定价,额外需索,所以亲去试验一回,果然划一不二,就放了心,第二本不再试验了。但由此看来,足

见那二十位读者,是有出必看,没有一人中止的,我们至今很感谢。

至于上海,是至今还没有详细知道,听说也不过卖出了二十册上下,以后再没有人买了。于是第三册只好停版,已成的书便都堆在上海寄售处堆货的屋子里。过了四五年,这寄售处不幸失了火。我们的书和纸版都连同化成灰烬。我们这过去的梦幻似的无用的劳力,在中国也就完全消灭了。

这里可以附注几句。《域外小说集》第一册印了一千本,第二册只有五百本。印刷费是蒋抑卮(鸿林)代付的,那时蒋君来东京医治耳疾,听见译书的计画甚为赞成,愿意帮忙,上海寄售处也即是他的一家绸缎庄。那个去试验买书的则是许季黻也。

《域外小说集》两册中共收英美法各一人一篇,俄四人七篇,波兰一人三篇,波思尼亚一人二篇,芬兰一人一篇。从这上边可以看出一点特性来,即一是偏重斯拉夫系统,一是偏重被压迫民族也。其中有俄国的安特来夫(Leonidv Andrejev)作二篇,伽尔洵(V. Garshin)作一篇,系豫才根据德文本所译。豫才不知何故深好安特来夫,我所能懂而喜欢者只有短篇《齿痛》(Ben Tobit),《七个绞死的人》与《大时代的小人物的忏悔》二书耳。那时日本翻译俄国文学尚不甚发达,比较的绍介得早且亦稍多的要算屠介涅夫,我们也用心搜求他的作品,但只是珍重,别无翻译的意思。每月初各种杂志出版,我们便忙着寻找,如有一篇关于俄文学的绍介或翻译,一定要去买来,把这篇拆出保存,至于波兰自然更好,不过除了《你往何处去》《火与剑》之外不会有人讲到的,所以没有什么希望。此外再查英德文书目,设法购求古怪国度的作品,大抵以俄,波兰,捷克,塞尔比亚,勃耳伽利亚,波思尼亚,芬兰,匈加利,罗马尼亚,新希腊为主,其次是丹麦瑙威瑞典荷兰等,西班牙意大利便不大注意了。那时日本大谈自然主义,这也觉得是很有意思的事,但是所买的法国著作大约也只是弗罗贝尔,莫泊三,左拉诸大师的二三卷,与诗人波特来耳,威耳伦的一二小册子而已。上边所说偏僻的作品英译很少,德译较多,又多收入勒клам等丛刊中,价廉易得,常开单托相模屋书店向丸善定购,书单一大张而算账起来没有多少钱,书店的不惮烦肯帮忙也是很可感的,相模屋主人小泽死于肺病,于今却已有廿年了。德文杂志中不少这种译文,可是价太贵,只能于旧书摊上求之,也得了许多,其中有名叫什么 Aus Fremden Zungen(记不清楚是否如此)的一种,内容最好,曾有一篇批评荷兰凡蔼覃的文章,豫才的读《小约翰》与翻译的意思实在是起因于此的。

这许多作家中间,豫才所最喜欢的是安特来夫,或者这与爱李长吉有点关系罢,虽然也不能确说。此外有伽尔洵,其《四日》一篇已译登《域外小说集》中,又有《红花》则与莱耳孟托夫(M. Lermontov)的《当代英雄》,契诃夫(A. Tchekhov)的《决斗》,均未及译,又甚喜科洛连珂(V. ko—rolenko),后来只由我译其《玛加耳的梦》一篇而已。高尔基虽已有名,《母亲》也有各种译本了,但豫才不甚注意,他所最受影响的却是果戈里(N. Gogol),《死灵魂》还居第二位,第一重要的还是短篇小说《狂人日记》,《两个伊凡尼支打架》,喜剧《巡按》等。波兰作家最重要的是显克微支(H. Sienkiewicz),《乐人扬珂》等三篇我都译出登在小说集内,其杰作《炭画》后亦译出,又《得胜的巴耳得克》未译至今以为憾事。用幽默的笔法写阴惨的事迹,这是果戈里与显克微支二人得意的事,《阿 Q 正传》的成功其原因亦在于此,此盖为不懂幽默而乱骂乱捧的人所不及知者也。(《正传》第一章的那样缠夹亦有理由,盖意在讽刺历史癖与考据癖,但此本无甚恶意,与《故事新编》中的《治水》有异。)捷克有纳卢陀(Neruda)扶尔赫列支奇(Vrch—licki),亦为豫才所喜,又芬阑乞食诗人丕佛林多(Paiavrinta)所作小说集亦所爱读不释者,均未翻译。匈牙利则有诗人裴彖飞(Petoofi Sandor),死于革命之战,豫才为《河南》杂志作《摩罗诗力说》,表章摆伦等人的"撒旦派",而以裴彖飞为之继,甚致赞美,其德译诗集一卷,又小说曰《绞手之绳》,从旧书摊得来时已破旧,豫才甚珍重之。对于日本文学当时殊不注意,森鸥外,上田敏,长谷川二叶亭诸人,差不多只重其批评或译文,惟夏目漱石作俳谐小说《我是猫》有名,豫才俟其印本出即陆续买读,又热心读其每日在《朝日新闻》上所载的《虞美人草》,至于岛崎藤村等的作品则始终未曾过问,自然主义盛行时亦只取田山花袋的《棉被》,佐藤红绿的《鸭》一读,似不甚感兴味。豫才后日所作小说虽与漱石作风不似,但其嘲讽中轻妙的笔致实颇受漱石的影响,而其深刻沉重处乃自果戈里与显克微支来也。豫才于拉丁民族的艺术似无兴会,德国则只取尼采一人,《札拉图斯忒拉如是说》常在案头,曾将序说一篇译出登杂志上,这大约是《新潮》吧。尼采之进化论的伦理观我也觉得很有意思,但是我不喜欢演剧式的东西,那种格调与文章就不大合我的胃口,所以我的一册英译本也搁在书箱里多年没有拿出来了。

  豫才在医学校的时候学的是德文,所以后来就专学德文,在东京的独逸语学协会的学校听讲。丁未年(一九〇七)同了几个友人共学俄文,有季巿,陈子英(浚,因徐锡麟案避难来东京),陶望潮(铸,后以字行曰冶公),汪公权(刘申叔的亲属?后以侦探嫌疑被同盟会人暗杀于上海),共六人,教师名孔特夫人(MariavKonde),居于神田,盖以革命逃至日本者。未几子英先退,独自从师学,望潮因将往长崎从俄人学造炸药亦去,四人暂时支撑,卒因财力不继而散。戊申年(一九〇八)从太炎先生讲学,来者有季巿,钱均甫(家治),朱逷先(希祖),钱德潜(夏,今改名玄同),朱蓬仙(宗莱),龚未生(宝铨),共八人,每星期日至小石川的民报社,听讲《说文解字》。丙丁之际我们翻译小说,还多用林氏的笔调,这时候就有点不满意,即严氏的文章也嫌他有八股气了。以后写文多喜用本字古义,《域外小说集》中大都如此,斯谛普虐克(Stepniak)的《一文钱》(这篇小品我全今还是很喜欢)曾登在《民报》上,请太炎先生看过,改定好些地方,至民九重印,因恐印刷为难,始将这些古字改为通用的字。这虽似一件小事,但影响却并不细小,如写鸟字下面必只两点,见梁字必觉得讨嫌,即其例,此所谓文字上的一种洁癖,与复古全无关系,且正以有此洁癖乃能知复古之无谓,盖一般复古之徒皆不通,本不配谈,若穿深衣写篆字的复古,虽是高明而亦因此乃不可能也。

豫才那时的思想,我想差不多可以民族主义包括之,如所介绍的文学亦以被压迫的民族为主,俄则取其反抗压制也。但他始终不曾加入同盟会,虽然时常出入民报社,所与往来者多是同盟会的人。他也没有入光复会。当时陶焕卿(成章)也亡命来东京。因为同乡的关系常来谈天,未生大抵同来。焕卿正在连络江浙会党,计画起义,太炎先生每戏呼为焕强盗或焕皇帝,来寓时大抵谈某地不久可以"动",否则讲春秋时外交或战争情形,口讲指画,历历如在目前。尝避日本警吏注意,携文件一部分来寓属代收藏,有洋抄本一,系会党的联合会章,记有一条云,凡犯规者以刀劈之。又有空白票布,红布上盖印,又一枚红缎者,云是"龙头"。焕卿尝笑语曰,填给一张正龙头的票布何如?数月后焕卿移居,乃复来取去。以浙东人的关系,豫才似乎应该是光复会中人了,然而又不然。这是什么缘故呢?我不知道。我所记述的都重在事实,并不在意义,这里也只是报告这么一件事实罢了。

这篇补遗里所记是丙午至己酉这四五年间的事,在鲁迅一生中属于早年,且也是一个很短的时期,我所要说的本来就只是这一点,所以就此打住了。我尝说过,豫才早年的事情大约我要算知道得顶多,晚年的是在上海的我的兄弟懂得顶清楚,所以关于晚年的事我一句都没有说过,即不知为不知也。早年也且只谈这一部分,差不多全是平淡无奇的事,假如可取,可取当在于此,但或者无可取也就在于此乎。

附记

为行文便利起见,除特别表示敬礼者外,人名一律称姓字,不别加敬称。

关于自己

　　以上是民国十九年我还在燕京大学的时候，应《燕大月刊》社的要求而写的自传，已经是七八年前事了。这回《宇宙风》社又来要我写自叙之一节，想来想去觉得实在没有什么东西可说，因为重违雅意，又不好不写一篇来凑凑热闹，所以把上文抄在这里，再来加上些说明，也就可以充数。不过我挑不出一个段落，讲起来自己觉得有意义，人家看了觉得有意思的，现在只就所读过的杂书里找出两三个重要的来谈谈，算是引申上文末尾的话，从一方面说也就只是更主观一点的夜读抄而已。

　　现在我想说的书与人大抵可以分作两组，各举二人为例，即第一组是俄国克鲁泡金（Petr Kropotkin）与丹麦勃阑兑思（Georg Brandes），第二组是英国弗来则(J. G. Frazer)与蔼理斯。克鲁泡金的著作我也读过《面包的获得》等，又从《在英法狱中》一书内译出一篇《西伯利亚纪行》，登在《民报》第二十四期上，凑巧这期出版刚被日本政府查禁，所以不大有人见到，但是我所最喜欢的还是别的两种，即《一个革命者的自叙》与《俄国文学的理想与事实》。《自叙》在中国有李芾甘的译本，只可惜似乎知道的人并不多。这是一部很好的书，我还是民国以前所读，现在原书也久已遗失了，但有好些地方还记得，其中有讲到虚无主义（Nigilism）处，于我们读《父与子》的时候大有好处，可以知道巴札罗夫的模型是实在的，即是著者也可以算是一个。有许多人看了关于虚无党的小说，以为这些虚无论者一定都是十三妹的流亚，另一方面又有人依据老庄，疑心他们是清谈家，是很可笑的事。当时我曾抄引了好些《自叙》的话，写过一篇小文，登在刘申叔所办的《天义报》上,说明所谓虚无论的意思实在只是中国所云无征不信,换句话说就是唯物的人生观,重实证而轻理想,并不是什么新奇的事物。这件事前后将有三十年了,昨今看见有文章说谁的思想近于虚无论者,就引起许多抗辩,盖大家似仍当作老庄派讲也,我不禁深深感到新文学思想之不普及,屠介涅夫的大作固少人知,即《革命者的自叙》虽有好译本似乎也不大有人读,这我觉得是很可惜的事。《俄国文学》所给我的影响大略与勃阑兑思的《俄国印象记》相同,因为二者讲文学都看重社会,教我们看文章与思想并重,这种先入之见一直到后来很占势力。我还不忘记怎样的佩服莱耳芒多夫(Mikhail Lermontov),以不能见他的《木齐利》(Mtsyri)一诗为恨,同时对于普式庚(B. Pushkin)很感到不满意。普式庚被称为俄国的摆伦,但他没有摆伦那样的对于自由的忻求与对于伪善的憎恶。克鲁泡金说:

"到了晚年他就不能再与那些读者们接近,他们以为在尼古拉一世的军队压服波兰以后去颂扬俄国的武力,不是诗人所应做的。"勃阑兑思也说:

"普式庚少年时的对于自由的信仰,到了中年时代,却投降于兽性的爱国主义了。"他又引普式庚在一八三一年所作《给谤毁俄国的人们》一诗为例,即是为辩护俄国用武力压服波兰的独立运动而作。昨今时价不同,普式庚的名声很大了,究竟如何我辈外行无从得知,但多少总是先入为主,觉得上述二人的话仍有些可信耳。

勃阑兑思著作极多,我只见到英译的一部分。除大部的《十九世纪文学主潮》外,有《莎士比亚》,《易卜生》,《拉萨勒》,《尼采》,《耶稣》,《十九世纪的名人》,《希腊》,《俄国印象记》,《波兰印象记》等。《十九世纪的名人》原书大约即是《现代精神》吧,由美国前丹麦公使安得生辑译,后加增订,改称《创造的精神》,这两种本子我都有。所添加的有一篇"加里波的",虽然我也很喜欢,曾经有好几次想翻译他,但最于我有利益的还是在旧版这几篇里,如安徒生,如福楼拜,都使我对于这人与其著作思想能稍有了解,使我知道文艺批评给与读者的益处，至今想起来还觉得愉快，因为在此外很少遇到这样的经验。两种印象记留下的印象确是很深，比较起来波兰的一部分或者更深刻一点，因为他更是阴暗。波兰的二复仇诗人，密子克微支与斯洛伐支奇，特别是后者诗中狂人似的男女主人公，前者波兰母亲之歌等，在文学论内讲到，真可以泣鬼神，令人难忘，在别的波兰文学史里却没有说得那么详细。民国六七年间我在北大教书，关于十九世纪东欧北欧的文学较为用力，差不多就受的勃阑兑思的恩惠，这里本来想抄引一点，旧讲义已找不着，只好作罢。波兰小说家中我最喜显克微支，这也是《印象记》的影响。其时显克微支的历史小说《你往何处去》及《火与剑》三部作正风靡一世，勃阑兑思却说他的短篇更好，举出《炭画》为代表作，其次有《天使》与《灯台守》。我很高兴能够把这三篇与《乐人扬珂》以及《酋长》都翻译成中文，只可惜还有一篇《得胜的巴耳忒克》没有译出。

克鲁泡金是旧公爵而信无政府共产主义者，勃阑兑思是犹太系统的自由思想者，但是我们所接受到的影响大抵还多是文艺批评方面的，关于文化批评方面的影响我却不得不感谢蔼理斯了。蔼理斯是医师，是性的心理研究专家，所著书自七大册的《性的心理》以至文艺思想社会问题都有，一总有三十册以上，我所得的从《新精神》至去年所出的《选集》共只二十七册。《新精神》出在"司各得文库"中，是一本小册子，其中论惠德曼处已有很明智的意见给予我们，但是读到《断言》中的《论加沙诺伐》，《论圣芳济及其他》，这才使我了悟，生活之艺术原来即是那难似易的中庸。他在《圣芳济》中说：

"生活之艺术，其方法只在于微妙地混和取与舍二者而已。"又云：

"要正当地生活，我们须得模仿大自然的豪华与其严肃。"我就此意又演之曰，生活之艺术即中庸，即节制，即为纵欲的禁欲，——虽然这看去似稍有语病。蔼理斯的理论如此，至于事实则具在《性的心理研究》中。我在《自己的文章》中曾云：

"古人有面壁悟道的，或是看蛇斗懂得写字的道理，我却从妖精打架上想出道德来,恐不免为傻大姐所窃笑罢。"我这样的说不只一次,一半固然想表白对于蔼理斯的感谢,一半也因为不愿独善其身,想大家也可供点参考,从这里边打过滚出来的性道德无论怎样总是站得住的,不至于后来转变成多妻主义的新护符,如滔滔者天下皆是。谈妇女问题的人也可参考,盖妇女独立问题是二重的,即经济与性道德,我就只怕这太难太险,我自己轻易不想多开口。俗语云,是非都为多开口。我在别的方面已经乱谈得不少了,在这里以"打住"为宜,危行言逊虽不能充分做到,亦总是做得一分是一分,庶几乎不背古人垂训之苦心也。

十三年前我写过一篇《蔼理斯的话》,引用《性的心理研究》第六卷末尾两节算作他的代表思想,其文云:

> 有些人将以我的意见为太保守,有些人以为太偏激。世上总常有人很热心的想攀住过去,也常有人热心的想攫得他们所想象的未来。但是明智的人站在二者之间,能同情于他们,却知道我们是永远在于过渡时代。在无论何时,现在只是一个交点,为过去与未来相遇之处,我们对于二者都不能有什么争执。不能有世界而无传统,亦不能有生命而无活动。正如赫拉克来多思在现代哲学的初期所说,我们不能在同一川流中入浴二次,虽然如我们在今日所知,川流仍是不断的回流。没有一刻无新的晨光在地上,也没有一刻不见日没。最好是闲静地招呼那熹微的晨光,不必忙乱地奔向前去,也不要对于落日忘记感谢那曾为晨光之垂死的光明。
>
> 在道德的世界上我们自己是那光明使者,那宇宙的顺程即实现在我们身上。在一个短时间内,如我们愿意,我们可以用了光明去照我们路程的周围的黑暗,正如古代火把竞走——这在路克勒丢思看来似是一切生活的象征——里一样,我们手中持炬,沿着道路奔向前去。不久就要有人从

后面来,追上我们。我们所有的技巧便在怎样的将那光明固定的炬火递在他的手内,我们自己就隐没到黑暗里去。

这两节的意思我很喜欢,觉得这是一种很好的人生观。近年"现代丛书"本的《新精神》卷首即以此为题词,不过第一节略短,没有那上三句而已,可见以此代表蔼理斯的思想当无不可。我们生在现代中国的人,当然不能象蔼理斯那么安静,可是意思总是对的。不知道那里有晨光,手里也并没有什么炬火可拿,不过跑总还得跑。从蔼理斯得来的教训虽多,觉得能实行的也不过一点,可谓少矣,但少总比无为多,故我仍不妨自认为受蔼理斯的影响最多也。

弗莱则是文化人类学专家,我因为也颇喜欢涉猎这方面的书物,故对于这位大家致其尊崇之意,若思想上的影响原不大有。昔读威斯忒玛克著《道德观念之起源与发达》,得知道德随时地而变,曾大喜悦,读弗来则书所得盖亦正是此类耳。

记蔡孑民先生的事

蔡孑民先生原籍绍兴山阴，住府城内笔飞坊，吾家则属会稽之东陶坊，东西相距颇远，但两家向有世谊，小时候曾见家中有蔡先生的硃卷，文甚难懂，详细已不能记得。光绪辛丑至丙午我在江南水师学堂，这其间大约是癸卯罢，蔡先生回绍兴去办劝学所，有同学前辈封君传命，叫我回乡帮忙，因为不想休学，正在踌躇，这时候蔡先生也已辞职，盖其时劝学所（或者叫作学务公所亦未可知）的所长月薪三十元，在乡间是最肥缺，早已有人设法来抢了去了。以后十二年倏忽过去，民国五年冬天蔡先生由欧洲回国，到故乡来，大家欢迎他，在花巷布业会馆讲演，我也去听，那时我在第五中学教书兼管教育会事，蔡先生来会一次，我往笔飞弄拜访，都不曾会见。不久蔡先生往北京，任北京大学校长之职，六年春天写信见招，我于四月抵京，蔡先生来绍兴会馆见访，这才是初次的见面。当初他叫我担任希腊罗马及欧洲文学史、古英文，但见面之后说只有美学需人，别的功课中途不能开设，此外教点预科国文吧，这些都非我所能胜任，本想回家，却又不好意思，当时国史馆刚由北京大学接收，改为国史编纂处，蔡先生就派我为编纂员之一，与沈兼士先生二人分管英日文的资料，这样我算进了北京大学了。

民国六年八月我改任北京大学文科教授仍暂兼了编纂员一年，自此以后至二十六年，我一直在北京大学任职。民六至民八，北京大学文理科都在景山东街，我们上课余暇常顺便至校长室，与蔡先生谈天，民八以后文科移在汉花园，虽然相距亦只一箭之遥，非是特别有事情就不多去了。还有一层，五四运动前后文化教育界的空气很是不稳，校外有《公言报》一派日日攻击，校内也有响应，黄季刚谩骂章氏旧同门曲学阿世，后来友人都戏称蔡先生为"世"，往校长室为阿世去云。我那时在国文学系与《新青年》社都是票友资格，也就站开一点，不常去谈闲天，可是我觉得对于蔡先生的了解也还相当的可靠。民六的夏天，北京闹过公民团，接着是督军团，张勋作他们的首领，率领辫子兵入京，我去访蔡先生，这时已是六月末，我问他行止如何，蔡先生答说，只要不复辟，我是不走的。查旧日记，这是六月廿六日事，阅四日而复辟事起。这虽似一件小事，但是我很记得清楚，至今不忘，觉得他这种态度甚可佩服。蔡先生貌很谦和，办学主张古今中外兼容并包，可是其精神却又强毅，认定他所要做的事非至最后不肯放手，其不可及处即在于此。此外尽多有美德，但在我看来最可佩服的总要算是这锲而不舍的态度了。

蔡先生曾历任教育部，北京大学，大学院，研究院等事，其事业成就彰彰在人耳目间，毋庸细说，若撮举大纲，当可以中正一语该之，亦可称之曰唯理主义。其一，蔡先生主张思想自由，不可定于一尊，故在民元废止祭孔，其实他自己非是反对孔子者，若论其思想，倒是真正之儒家也。其二，主张学术平等，废止以外国语讲书，改用国语国文，同时又设立英法德俄日各文学系，俾得多了解各国文化。其三，主张男女平等，大学开放，使女生得入学。以上诸事，论者所见不同，本亦无妨，以我所见则悉合于事理，若在现今社会有所扞格，未恪尽实行，此乃是别一问题，与是非盖无关者也。蔡先生的教育文化上的施为既多以思想主张为本，因此我以为他一生的价值亦着重在思想，至少当较所施为更重。蔡先生的思想有人戏称之为古今中外派，或以为近于折衷，实则无宁解释兼容并包，可知其并非是偏激一流，我故以为是真正儒家，其与前人不同者，只是收容近世的西欧学问，使儒家本有的常识更益增强，持此以判断事物，以合理为止，故即可目为唯理主义也。《蔡孑民先生言行录》二册，成于民国八九年顷，距今已有二十年，但仍为最好的结集，如诸公肯细心一读，当信吾言不谬。在这以前有《中国伦理学史》一卷，还是民国前用蔡振名所著，近年商务印书馆又收入"中国文化丛书"中,虽是三十余年前的小册子,至今却还没有比他更好的书,这最足以表现他的态度,我想正是他最重要的功绩。说到最近则是民国二十三年,在"安徽丛书"第三集《俞理初年谱》中有他的一篇跋文,也值得注意,其时蔡先生盖是六十八岁矣。起头便云:

"余自十余岁时,得俞先生之《癸卯类稿》及《存稿》而深好之,历五十年而好之如故。"文中分认识人权与认识时代两项,列举俞氏思想公平通达处,而于主张男女平等尤为注重,此与《伦理学史》所说正是一致,可知非是偶然。我最爱重汉王仲任明李卓吾清俞理初这三位,尝称为中国思想界不灭之三灯,曾以语亡友玄同,颇表赞可,蔡先生在其书中盖亦有同意也。王仲任提示宗旨曰疾虚妄,李卓吾与俞理初亦是一路,其特色是有常识,惟理而复有情,其实即是儒家的精髓,惜一般多已枯竭,遂以偶有为奇怪耳。王君自昔不为正人君子所齿,李君乃至以笔舌之祸杀身,俞君幸而隐没不彰,至今始为人表而出之,若蔡先生自己因人多知其名者,遂不免有时被骂,世俗声影之谈盖亦是当然,惟不佞对于知不知略有自信,亦自当称心而言,原不期待听者之必以我为是也。

我与蔡先生平常不大通问,故手头别无什么遗迹可以借用,只有民国廿三年春间承其寄示和我茶字韵打油诗三首,其二是和自寿诗,均从略,一首题云《新年用知堂老人自寿韵》,别有风趣,今录于下方:

新年儿女便当家,不让沙弥袈了裟。(原注,吾乡小孩子留发一圈而剃其中边者,谓之沙弥。《癸巳存稿》三,《精其神》一条引经了筵阵了亡等语,谓此自一种文理。)鬼脸遮颜徒吓狗,龙灯画足似添蛇。六幺轮掷思赢豆,(吾乡小孩子选炒蚕豆六枚,于一面去壳少许,谓之黄,其完好一面谓之黑,二人以上轮掷之,黄多者赢,亦仍以豆为筹码。)数语蝉联号绩麻。(以成语首字与其他末字相同者联句,如甲说"大学之道",乙接说"道不远人",丙接说"人之初"等,谓之绩麻。)乐事追怀非苦话,容吾一样吃甜茶。(吾乡有"吃甜茶讲苦话"语。)

署名则仍是蔡元培,并不用别号。此于游戏之中自有谨厚之气,我前谈《春在堂杂文》时也说及此点,都是一种特色。蔡先生此时已年近古希,而记叙新年儿戏情形,细加注解,犹有童心,我的年纪要差二十岁,却还没有记得那样清楚,读之但有怅惘,即在极小处前辈亦自不可及也。

报载蔡先生于三月五日以脑溢血卒于九龙,因写此小文以为纪念。

怀废名

　　余识废名在民十以前，于今将二十年，其间可记事颇多，但细思之又空空洞洞一片，无从下笔处。废名之貌奇古，其额如螳螂，声音苍哑，初见者每不知其云何。所写文章甚妙，但此是隐居西山前后事，《莫须有先生传》与《桥》皆是，只是不易读耳。废名曾寄住余家，常往来如亲属；次女若子亡十年矣，今日循俗例小作法事，废名如在北平，亦必来赴，感念今昔，弥增怅触。余未能如废名之悟道，写此小文，他日如能觅路寄予一读，恐或未必印可也。

以上是民国二十七年十一月末所写，题曰《怀废名》，但是留得底稿在，终于未曾抄了寄去。于今又已过了五年了，想起要写一篇同名的文章，极自然地便把旧文抄上，预备拿来做个引子，可是重读了一遍之后，觉得可说的话大都也就有了，不过或者稍为简略一点，现在所能做的只是加以补充，也可以说是作笺注罢了。关于认识废名的年代，当然是在他进了北京大学之后，推算起来应当是民国十一年考进预科，两年后升入本科，中间休学一年，至民国十八年才毕业。但是在他来北京之前，我早已接到他的几封信，其时当然只是简单地叫冯文炳，在武昌当小学教师，现在原信存在故纸堆中，日记查找也很费事，所以时日难以确知，不过推想起来这大概总是在民九民十之交吧，距今已是二十年以上了。废名眉棱骨奇高，是最特别处。在《莫须有先生传》第四章中房东太太说，莫须有先生，你的脖子上怎么那么多的伤痕？这是他自己讲到的一点，此盖由于瘰疬，其声音之低哑或者也是这个缘故吧。

废名最初写小说，登在胡适之的《努力周报》上，后来结集为《竹林的故事》，为新潮社文艺丛书之一。这《竹林的故事》现在没有了，无从查考年月，但我的序文抄存在《谈龙集》里，其时为民国十四年九月，中间说及一年多前答应他做序，所以至迟这也就是民国十二年的事吧。废名在北京大学进的是英文学系，民国十六年张大元帅入京，改办京师大学校，废名失学一年余，及北大恢复乃复入学。废名当初不知是住公寓还是寄宿舍，总之在那失学的时代也就失所寄托，有一天写信来说，近日几乎没得吃了。恰好章矛尘夫妇已经避难南下，两间小屋正空着，便招废名来住，后来在西门外一个私立中学走教国文，大约有半年之久，移住西山正黄旗村里，至北大开学再回城内。这一期间的经验与他的写作很有影响，村居，读莎士比亚，我所推荐的《吉诃德先生》，李义山诗，这都是构成《莫须有先生传》的分子。从西山下来的时候，也还寄住在我们家里，以后不知是那一年，他从故乡把妻女接了出来，在地安门里租屋居住，其时在北京大学国文学系做讲师，生活很是安定，到了民国二十五六年，不知怎的忽然又将夫人和子女打发回去，自己一个人住在雍和宫的喇嘛庙里。当然大家觉得他大可不必，及至芦沟桥事件发生，又很羡慕他，虽然他未必真有先知。废名于那年的冬天南归，因为故乡是拉锯之地，不能在大南门的老屋里安住，但在附近一带托迹，所以时常还可彼此通信，后来渐渐消息不通，但是我总相信他仍是在那一个小村庄里隐居，教小学生念书，只是多"静坐沉思"，未必再写小说了吧。

翻阅旧日稿本，上边抄存两封给废名的信，这可以算是极偶然的事，现在却正好利用，重录于下。其一云：

"石民君有信寄在寒斋，转寄或恐失落，信封又颇大，故拟暂留存，俟见面时交奉。星期日林公未来，想已南下矣。旧日友人各自上飘游之途，回想《明珠》时代，深有今昔之感。自知如能将此种怅惘除去，可以近道，但一面也不无珍惜之意：觉得有此怅惘，故对于人间世未能恝置，此虽亦是一种苦，目下却尚不忍即舍去也。匆匆。九月十五日。"时为民国二十六年,其时废名盖尚在雍和宫。这里提及《明珠》,顺便想说明一下。废名的文艺的活动大抵可以分几个段落来说。甲是《努力周报》时代,其成绩可以《竹林的故事》为代表;乙是《语丝》时代,以《桥》为代表;丙是《骆驼草》时代,以《莫须有先生传》为代表。以上都是小说。丁是《人间世》时代,以《读论语》这一类文章为主;戊是《明珠》时代,所作都是短文。那时是民国二十五年冬天,大家深感到新的启蒙运动之必要,想再来办一个小刊物,恰巧《世界日报》的副刊《明珠》要改编,便接受了来,由林庚编辑,平伯、废名和我帮助写稿,虽然不知道读者觉得如何,在写的人则以为是颇有意义的事。但是报馆感觉得不大经济,于二十六年元旦又断行改组,所以林庚主编的《明珠》只办了三个月,共出了九十二号,其中废名写了很不少,十月九篇,十一二月各五篇,里边颇有些好文章、好意思。例如十月份的《三竿两竿》、《陶渊明爱树》、《陈亢》,十一月份的《中国文章》、《孔门之文》,我都觉得很好。《三竿两竿》起首云:

"中国文章,以六朝人文章为最不可及。"《中国文章》也劈头就说道:

"中国文章里简直没有厌世派的文章,这是很可惜的事。"后边又说,

"我尝想,中国后来如果不是受了一点佛教影响,文艺里的空气恐怕更陈腐,文章里恐怕更要损失好些好看的字面。"这些话虽然说的太简单,但意思极正确,是经过好多经验思索而得的,里边有其颠扑不破的地方。废名在北大读莎士比亚,读哈代,转过来读本国的杜甫、李商隐,诗经、论语、老子、庄子,渐及佛经,在这一时期我觉得他的思想最是圆满,只可惜不曾更多所述著,这以后似乎更转入神秘不可解的一路去了。

我的第二封信已在废名走后的次年,时为民国二十七年三月,其文云:

"偶写小文,录出呈览。此可题曰《读大学中庸》,题目甚正经,宜为世所喜,惜内容稍差,盖太老实而平凡耳。惟亦正以此故,可以

抄给朋友们一看，虽是在家人亦不打诳语，此鄙人所得之一点滴的道也。日前寄一二信，想已达耶，匆匆不多赘。三月六日晨，知堂白。"所云前寄一二信悉未存底，惟《读大学中庸》一文系三月五日所写，则抄在此信稿的前面，今亦抄录于后：

"近日想看《礼记》，因取郝兰皋笺本读之，取其简洁明了也。读《大学》《中庸》各一过，乃不觉惊异。文句甚顺口，而意义皆如初会面，一也。意义还是很难懂，懂得的地方也只是些格言，二也。《中庸》简直多是玄学，不佞盖犹未能全了物理，何况物理后学乎。《大学》稍可解，却亦无甚用处；平常人看看想要得点受用，不如《论语》多多矣。不知道世间何以如彼珍重，殊可惊诧，此其三也。从前书房里念书，真亏得小孩们记得住这些。不佞读《下中》时是十二岁了，愚钝可想，却也背诵过来，反复思之，所以能成诵者，岂不正以其不可解故耶。"此文也就只是《明珠》式的一种感想小篇，别无深义，寄去后也不记得废名复信云何，只在笔记一叶之末录有三月十四日黄梅发信中数语云：

"学生在乡下常无书可读，写字乃借改男的笔砚，乃近来常觉得自己有学问，斯则奇也。"寥寥的几句话，却很可看出他特殊的谦逊与自信。废名常同我们谈莎士比亚、庾信、杜甫、李义山，《桥》下篇第十八章中有云：

"今天的花实在很灿烂，——李义山咏牡丹诗有两句我很喜欢，我是梦中传彩笔，欲书花叶寄朝云。你想，红花绿叶，其实在夜里都布置好了，——朝云一刹那见。"此可为一例。随后他又谈论语、庄子以及佛经，特别是佩服涅槃经，不过讲到这里，我是不懂玄学的，所以就觉得不大能懂，不能有所评述了。废名南归后曾寄示所写小文一二篇，均颇有佳处，可惜一时找不出，也有很长的信讲到所谓道，我觉得不能赞一辞，所以回信中只说些别的事情，关于道字了不提及，废名见了大为失望，于致平伯信中微露其意，但即是平伯亦未敢率尔与之论道也。

关于废名的这一方面的逸事，可以略记一二。废名平常颇佩服其同乡熊十力翁,常与谈论儒道异同等事,等到他着手读佛书以后,却与专门学佛的熊翁意见不合,而且多有不满之意。有余君与熊翁同住在二道桥,曾告诉我说,一日废名与熊翁论僧肇,大声争论,忽而静止,则二人已扭打在一处,旋见废名气哄哄的走出,但至次日,乃见废名又来,与熊翁在讨论别的问题矣。余君云系亲见,故当无错误。废名自云喜静坐深思,不知何时乃忽得殊特的经验,趺坐少顷,便两手自动,作种种姿态,有如体操,不能自已,仿佛自成一套,演毕乃复能活动。鄙人少信,颇疑是一种自己催眠,而废名则不以为然。其中学同窗有为僧者,甚加赞叹,以为道行之果,自己坐禅修道若干年,尚未能至,而废名偶尔得之,可为幸矣。废名虽不深信,然似亦不尽以为妄。假如是这样,那么这道便是于佛教之上又加了老庄以外的道教分子,于不佞更是不可解,照我个人的意见说来,废名谈中国文章与思想确有其好处,若舍而谈道,殊为可惜。废名曾撰联语见赠云:微言欣其知之为海,道心恻于人不胜天。今日找出来抄录于此,废名所赞虽是过量,但他实在是知道我的意思之一人,现在想起来,不但有今昔之感,亦觉得至可怀念也。

博　　物

　　我们说看国史有如查阅先人的行状和病时的脉案,那么动植物也够到上说是远年的老亲,总之不是全没有什么关系的,只有矿物恐怕有点拉不上罢了。普通性教育的书,要使儿童理解两性生殖的原理,大抵都是从动植物讲起,渐渐的到了人类,不但可以讲得明净而有兴趣,实在也是自然的顺序。手头有两册西文的小书,其一名曰《性是什么》,他先从单细胞的动植说起,随后一面讲到苔类以及显花植物之生殖,一面接着说过的阿米巴讲到水螅,以后是蚯蚓,蛙,鸡和狗,末了才是人类。其一名曰《小孩是怎么生的》,从风媒花虫媒花说到鱼,鸡和狗,以至于人类,文章更是浅明美丽,适于儿童的阅读,曾见中国译本,原本的醇雅不免稍有损失。这两种书都是以博物的资料为性教育之用,再放大了来说,生物学的知识也未始不可以为整个的人生问题研究之参考资料。在好许多年前我曾这样说过,我不信世上有一部经典可以千百年来当作人类的教训的,只有记载生物的生活现象的比阿洛支,才可供我们参考,定人类行为的标准。这话似乎说的太简括一点,但是我至今还是这样想,觉得知道动植生活的概要,对于了解人生有些问题比较容易,即使只是初中程度的博物知识,如能活用得宜,也就可以应用。分类的一部分看去似不甚重要,但是如《论语》上所说,多识于鸟兽草木之名,与读诗有关,青年多认识种种动植物,养成对于自然之爱好,也是好事,于生活很有益,不但可以为赏识艺文之助。生理生态我想更为重要,从这里看出来的生活现象与人类原是根本一致,要想考虑人生的事情便须得于此着手。我在《谈中国的思想问题》中曾说过:

"饮食以求个体之生存,男女以求种族之生存,这本是一切生物的本能,进化论者所谓求生意志,人也是生物,所以这本能自然也是有的。不过一般生物的求生是单纯的,只要达到生存的目的便不问手段,只要自己能够生存,便不惜危害别个的生存,人则不然,他与生物同样的要求生存,但最初觉得单独不能达到目的,须得与别个联络,互相扶助,才能好好的生存,随后又感到别人也与自己同样的有好恶,设法圆满的相处。前者是生存的方法,动物中也有能够做到的,后者乃是人所独有的生存道德,古人云,人之所以异于禽兽者几希,盖即此也。"中国国民的中心思想之最高点为仁,即是此原始的生存道德所发达而成,如不从生物学的立脚地来看,不能了解其意义之深厚。我屡次找机会劝诱青年朋友留意动物的生活,获得生物学上的常识,主要的目的就在这里。其次是希望利用这些知识,去纠正从前流传下来的伦理化的自然观。我们只要一翻开书本,自周朝以至清末,前后二千年间,象甘蔗渣儿嚼了又嚼的,记着好许多怪话,如雀入大水为蛤,腐草化为萤,蚯蚓与阜螽为偶等,又如羔羊跪乳,乌反哺,枭食母等,皆是。第一类只是奇怪罢了,第二类乃很荒谬,二者虚妄不实虽然相同,后者更要不得,歪曲事实,假借名教,尤为恶性的也。略知动物生态的人,自能明瞭小羊不跪不便吃奶,乌无家庭,无从找寻老乌,枭只吞食小动物,不能啄食母肉,可以不至于上他的当。人禽有别,人类自有伦理,不必通行及于禽兽,此类虚饰无实之词亟宜清除,以存真相。我们人类不必太为异物操心,只须自己多多反省,勿过徇私欲,违反自然,多做出禽兽所不为之事,如奴隶及卖淫制度等,斯已足矣。

饼斋的尺牍

饼斋（钱玄同君）于民国廿八年一月去世，于今已是六年半了。因为讲经学是受崔觯甫的影响，属于今文家这一派，以卖饼家自居，故别号饼斋，不知其始于何时，我曾见有朱文方印曰饼斋钱夏，大约这名称也总不是很新的吧。在最后的一年里，我记得他曾说过，找出好些关于饼的文章，想请朋友们分写一篇，集作一册以为纪念。他分派给我的是束晢的《饼赋》，说这做的颇有风趣，写起来还不沉闷。在他的计画后边藏着一种悲凉的意思，就是觉得自己渐就衰老，人生聚散不常，所以想要收集一点旧友手迹，稍留过去的梦痕。虽然这时情形已不大好，新小川町《民报》社、头发巷教育局、马神庙北大卯字号的旧人几乎都已散尽，留在北京的已经没有几个人了。我当时也感到这个意思，可是不曾料到那么急迫，从《全晋文》中找出《饼赋》来看了一遍之后，未及问他要规定的纸来，准备抄写，在这迁延犹豫之中饼斋遽尔溘然，以后想起《饼赋》，便觉得象是欠着一笔债，古人或者可以补写一本焚化以了心愿，我想现在却也不必这样做了。但因此想到饼斋这别号大约是他最喜欢的一个，恰巧也顶能够表示他的性格，谨严峻烈，平易诙谐，都集在一起，疑古还只是一端，所以现今写这篇小文也就用这名字作为题目。

人家单读饼斋的文章，觉得很是激烈，及看见饼斋的人又极是和易，多喜说笑，可是在这之间还可感到有严峻的地方存在。简单的说，大抵他所最嫌恶的是假。在处世接物上边固然人也不能不用一点假，以求相安无事，若是超过了这限度，戴了假面具，于道德文字思想方面鬼鬼祟祟的行动，以损人而利己的，他便看了不能忍耐，要不客气的加以一喝。这个态度在《新青年》的随感录和通信中表现得最清楚,不过以后也没有什么改变,虽然文章是不大写了,但是随处还可以表示出来。民国癸酉甲戌之交,我写了一首前世出家今在家的打油诗,许多友人都赐予和章,饼斋也来一信,封面题苦茶庵知堂主人,下署恒悦庐无能子,信文云:

苦茶上人:我也诌了五十六个字自嘲,火气太大,不象诗而象标语,真要叫人齿冷。第六句只是凑韵而已,并非真有不敬之意,合并声明。

癸酉腊八,无能。

案这日正当民国廿三年一月廿二日,过了几天又来一信云:

苦茶居士棐几:今天又诌了一首,虽然越说越不象话,可是典故都在眼前,倒还很切题。第二句仿你坐朝来我坐廷之笔法而略变之,虽不敢云出蓝,似尚不至类狗。嚼字应依北平口语,读ㄐㄧㄠ之阳平,有春华楼之门联可证,有典有则,非杜撰也。失眠若依某公读为诗绵,则音更谐,但不改读也还不要紧。酉靴二字若写为幽默或油默,则失粘了,是乌乎可。由此观之,老虎真可爱也。腊八所作,今略改数字,另纸写奉。那样一改,与前后字法句法较为谐合,但更象标语了。

廿三年一月卅一日,无能白。

诗第一首题云《改腊八日作》:

但乐无家不出家,不归佛法没袈裟。
推翻桐选驱邪鬼,打倒纲伦斩毒蛇。
读史敢言无舜禹,谈音尚欲析遮麻。

寒宵凛冽怀三友，蜜橘酥糖普洱茶。

第六句的典故，因为我怕谈音韵，戏称为未来派，不易了解，诗言尚欲析遮麻，似有不敬之意也。第二题云《再和苦茶》：

要是咱们都出家，穿袈是你我穿裟。
大嚼白菜盘中肉，饱吃洋葱鼎内蛇。
世说新书陈酉鞣，藤阴杂记烂芝麻。
羊羹蛋饼同消化，不怕失眠尽喝茶。

幽默本是林语堂译语，章行严刊行后《甲寅》，俗称老虎报，主张改译为酉鞣。诗绵者黎劭西所拟著之书名，因失眠而著书谈《诗经》，故取谐音以名其书。其余典故不悉注。自嘲诗自称火气太大，大抵是指中间两联，《新青年》时代非圣无法的精神俨然存在，到老不衰，在别一方面又有诙谐的风趣，此亦是难得，不但在文字上平常不大发表，少有知者，且在当代学者中具此种趣味的人亦甚少有也。

饼斋的手迹在我手边的有两张酒誓，用九行行七字的急就顾自制的红格纸所写，其文云：

我从中华民国二十二年七月二日起，当天发誓，绝对戒酒，即对于周苦雨马凡将二氏亦不敷衍矣。恐后无凭，立此存照。　　　　　　　　　　　　　　钱龟竞，十。

盖朱文方印曰龟竞，十字甚粗笨，则是花押也。又一纸文同，惟马凡将名字排列在前，盖是给马四先生者，不知何以亦留在寒斋。晚年尺牍中多有可引用者，但须加注解，颇费酌量。我所知道的人，饼斋外有鲁迅，说话与写信均喜小丌玩笑，用自造新典故，说转弯话，写者读者皆不禁发笑，但令第三人见之多不得其解，搁置日久，重复抽阅，亦不免碰着有费解处，因新典故新名号暂时不用，也就不容易记起来了。为了这个缘故,有趣味的尺牍不一定适用,因为注解麻烦,其有臧否人物的违碍处尚在其次。民国二十七年的信是饼斋去世前一年内所写,时间较近,今选录其易解的几封,其一是关于厂甸买书的,如二月一日所发信云:

> 知翁:今天冒了寒风,为首次之巡阅,居然有所得,不亦快哉!所得为何?乃徐研甫写书面之某书也。查此书曾蒙见赐两部,然皆非定本,此为凌一两公之兄写书面者,系伪光绪廿四年之定本,忽然得到,其喜真出于意表之外矣。从此先生亦不得专美于前矣!而且不久即可洗刷我干没之嫌矣。(双行原注云,此语大有毛病,倒好象我今天若买不到,则大有干没之意者然。其然,岂其然乎?)先生已巡阅过乎?有所得乎?不匆匆。(双行注,此非反对老兄也。)
>
> 　　　　　　　　　　弟鲍圹上。虎儿年新正二日。

案所云某书即《日本杂事诗》最后定本,光绪戊戌年刊于长沙,书面为徐仁铸所题,徐君即凌霄一士两公之兄也。《杂事诗》刻本颇多,但上下卷只百五十四首,定本增删为二百首,廿五年春于厂甸摊上得一册,始知世间有此本,饼斋曾借观,戏言意欲干没云。此后一信为八日所发,文云:

> 粥尊居士:手示敬悉。前借彰德架上之书;拟不久(然须过戊寅元夕)即不干没,惟范虎公之日记,则暂时尚拟干没,并非希望能于厂甸买到同样的手稿十五本,只因尚拟于暇时把它从头看一过,抄出一点吾要之材料而后不干没耳。网逢摄提格年之木刻大著(搜辑亦著录也,故称著无语病),其价总与七五有关,可谓奇矣。这话怎讲?原来昨晚得书后,今日我想去代为再碰碰看,不料一问,竟大出意外之表,盖时经两日而已涨价为三元矣。我说,未免太贵了。他答道,

不贵,这已经说少了!应该是三元五毛呢。我只好扬长而去了。查来函谓他说二元而您要打七五扣,则是一元五毛矣,今他说应是三元五毛,然则二元尚须加七成五矣。何此书之价之增减皆为七五乎?何其奇也。(其实此摊若让我来摆,我要价还要大呢,因为我知道此书之版已毁,又知此书印得很少,然则当以准明版书论,非当古董卖不可。)今年有些熟书摊均未摆,而摆者我有许多多不相识,故您过年好哇,要什么好书啦,今年还是第一次来吧,种种应酬话很少听见,此与往年不同者也。呜呼,计我生之逛厂甸书摊也,今岁盖第廿五次矣。昔我之初逛厂甸也,在阏逢摄提格之岁,即老兄刻价值三元五毛之书之年也。而今年为著雍摄提格,又值摄提格矣,而此中尚有一摄提格(柔兆摄提格,为公元一九二六年)焉。岂非廿有五次乎!前廿四次总算努力,而今年则七日之中仅逛三次,每次只逛一路,噫,何其颓唐也!差幸尚不致如别宥公之做宰予耳,以视张公少元之每日必三逛焉,实觉瞠乎其后矣矣。(双行注,此矣字非衍文。)昨今两日,凡晤三人。(案,三人名今略。)之三人者,其臭味与我皆不相近者也。噫!有宝铭堂者,先生或亦知之者也。其书签三四年前系请刘半农所写,今年系请卓君庸所写,今日问之,知皆系该老板一手所书,该老板亦多才多艺哉!昨日以一毛钱买到章虎岳之诗集一薄本,号岳之自序署曰庐江吴瘿,然则我亦大可效颦而自署曰吴兴钱广矣。不过我确是常要躺在板铺上,不知该岳是否脖子上的确长着挺大的一个疣,如所谓气脖子者耳。手此,敬问苦安。

    弟钱广顿首,虎年人日灯下。

所说木刻书即《会稽郡故书杂集》,序文署阏逢摄提格即民国甲寅秋,刻成则已在次年乙卯之夏,共印一百册,版在绍兴,己未移家时误与朱卷版一并焚毁。信中用语有特殊者,如巡阅,因友人们曾称饼斋为厂甸巡阅使,后遂通用。彰德架上乃是邺架之译语,不匆匆则对匆匆而言,鄙人写信末尾常着此二字,故偶开玩笑耳。此类甚多,不一一注释,以免烦杂。再说其一是关于别号及刻印等事的,七月二十七日信云:

> 颙兄:手示敬悉。昨电话中佟公云,有水不好走,我初以为是官衣库也,岂知有蛙鸣之现象乎(此句太欠亨了),如再有两三日之晴,当拜访,意者彼时该蛙或已回避乎。劲西同乡视尔如菝氏之书,去冬为敝人所暂时(双行原注,此二字必不可少,不然,将有损于敝人之名誉也)干没,拜访时当亲自赍呈也。上周为苦雨周(双行注,苦雨二字之旁无私名号,盖非指苦雨斋也),路滑屋漏,皆由苦雨之故也。然曾于其时至中华书局之对过或有正书局之隔壁,知张老丞已来,仍可刻印,且仍可刻苦雨斋式之印也。岂不懿欤。弟将请其刻广叟一印也(双行注,但省鲍山二字,因每字需一元五毛也)。
>
> 弟烨顿首。

这信里的书是指湘潭罗典的《读诗管见》,中多稀奇古怪的解说,太炎先生谓其解菝为大头菜,以是哄传于时,实乃不然。又一信云:

> 径启者:日前以三孔子赠张老丞,蒙他见赐广叟二字,书体似颇不恶,盖颇象百衲本廿四史第一种(宋黄善夫本《史记》)也。惟看上一字似应云,象人高踞床阑干之颠,岂不异欤。老兄评之以为何如。此致知翁,专此顺颂日祉。
>
> 弟瘦上,(广宁印)八月六日。

这信体裁特殊,在此致之后又有专此,盖出于模拟,有所讽刺,如上边

意表之外及敝人云云亦皆是。关于此别号,尚须引用前一年的信以为说明:

> 苦雨翁:多年不见了,近来颇觉蛤蜊很应该且食也,想翁或亦以为然乎!我近来颇想添一个俗不可耐的雅号,曰鲍山疒叜。鲍山者确有此山,在湖州之南门外,实为先六世祖(再以上则是逸斋公矣)发祥之地,历经五世祖、高祖、曾祖,皆宅居该山,以渔田耕稼为业,逮先祖始为士而离该山而至郡城。故鲍山中至今尚有一钱家浜,先世故墓皆在该浜之中。我近来忽然撼怀旧之蓄念,发思古之幽情,故拟用此二字,至于疒叜二字,系用《说文》及其更古(实是新造托古)之义也。考《说文》,疒,倚也。人有疾痛,象倚着之形。叜,古甲骨文,象人手持火炬在屋下也。盖我虽躺在床上,而尚思在室中寻觅光明,故觉此字甚好。至于此字之今义,以我之年龄而言,虽若稍僭,然以我之体质言,实觉衰朽已甚,大可以此字自承矣,况宋有刘羲叟、孙莘老、魏了翁诸人,古已有之乎(此三公之大名恐是幼时所命也)。又疒叜二字合之为一瘦字,瘦雅于胖,故前人多喜以癯字为号,是此字亦颇佳也。且某压高亢之人,总宜茹素而使之消瘦,则我对于瘦之一字亦宜渴望之也。因惮于出门,而今夕既想谈风月,又喜食蛤蜊,故遣管城子作鳞鸿,(天下竟有如此之俗句,得不欲作三日呕乎!)以求正于贵翁,愿贵翁有以教之也。又《易经》中有包有鱼一语,又拟援叔存氏之高祖之先例,(皖公山中之一人称为完白山人)称为　一包鱼山人,此则更俗矣。
> 　　　　　　　　　　饼斋和南。一九三七、八、三十。

案末署年月原系亚剌伯数字。信中"某压高亢",即谓血压,仿前人回避违碍字样之例,以某字代之,说话时常如此,此即其一例。又二十七年十一月信云:

笾翁:那个值二毛五的逸谷老人(案逸字原作篆文,而兔字末笔踜曲。)我觉得那兔子的脚八丫子太悲哀了,颇不舒服,且逸谷之名我尚爱之,尚不愿对于不相干的人随便去用他,故所以改为怡谷老人也。非欲对于汪老爷做文抄公,其实还是该老爷做了文抄公,因为在我六岁之时我的伯母死了,常熟方面不知我名,妄意红履公名恂,则我当名怡,讣文上遂刻曰功服夫侄怡抆泪稽首,彼时我尚不知该钱怡为谁也。查此是光绪十九年事,而汪老爷则本名仪,宣统元年乃改名怡,岂非他做了文抄公乎。后阅十年,忽然要来用他(按此指钱怡二字,饼斋在东京留学时,学籍上系用此名),遂用了三四年,彼时取光复派之号曰汉一,与怡之义固无关也。自谒先老夫子,乃知古人名字相应,又从汉一而想到夏字,而怡遂废矣(实是不喜此名也)。此名既为我所不喜,而又不能不算是我,故今即用怡谷老人四字以对付不相干之人来叫我写字时之用。不能不算是我,亦不能就算是我,此即不离之办法,似乎颇妙也。于是前日跑到东安市场之文华阁,嘱其磨去重刻,又花了我一角五分之多也。然而此回却上当了。因为刻了来仔细一看,原来他拿了刻四个字的钱而只刻了一个字也。盖刻者想得很巧妙,他只磨去逸字,改写怡字,而谷老人三字就把他再刻深了一点,细看谷字之口便窥破其秘密矣。呜呼!此商人两鞋之所以应该一只白色一只黑色欤!猗欤,休哉!妙在此章本不要其好,因为用给不相干的人也。介子推曰,身将隐,焉用文之;吾谓名将隐,焉用工之也。兹将该蹩脚(其实脚倒不蹩了)图章打一个奉上,请烦查照,至纫镧谊,但请勿将立心旁改为竹头也。手请杯安。

　　　　　　　　　　弟笾暗。十一月十五灯下。

在鑈与笎字右角上各有一星印,分别有注释,其一云:

> 此字周秦印章作钵及垛及尔,说文作玺及壐,惟寿印丐作鑈,非古也,此从之,非。

其二云:

> 案此字误。笎非籭字省文,乃箍字之异体也,箍乃箍桶匠之箍,又唐僧对于孙行者所念紧箍咒之箍也。

商人两鞋一白一黑,见太炎先生著《五朝法律索隐》,初登《民报》上,后收入《文录》卷一,据《晋令》曰,侩卖者该当着巾,白帖额,言所侩卖及姓名。我们谈话后亦来常说白帖额人,此典故在三数《民报》社学生外殆少有人使用也。上边的两封信照例多有游戏分子,但其精神则乃是正经,尝见东欧文人如《狂人日记》及《死魂灵》作者果戈里,《乐人扬珂》与《炭画》作者显克微支,皆人极忧郁而文多诙谐,正如斯谛普虐克所云,滑稽是奴隶的言语,此固与饱食终日,无所用心,或言不及义,所表示的那种嘻嘻哈哈的态度绝异。中国在过去多年的专制制度之下,文化界显出麻木状态,存在其间的只有陋劣的假正经与俗恶的假诙谐,若是和严正与忧郁并在的滑稽盖极不易得,亦复不能为人所理解,饼斋盖庶几有之,但只表现于私人谈话书札间,不多写为文章,则其明哲又甚可令人佩服矣。

十二月间寄来数信,二日信系谈法梧门的堂堂堂者,末有云:

> 弟昨日忽觉左口与右手麻木,至今未愈,殊觉悲哀,意者其半身不随(双行注,北平人读遂为平声)之序幕欤。

又廿二日寄两信,其一谢赠与写经笔,其一说赠人新婚贺联事,在后者末尾云:

我日来痰裏火（案此三字原用罗马字拼音），呛得殊苦。

诉病苦的话渐多，却仍是那么一种爽朗的态度。廿八年一月上半月曾有两信，已记在《玄同纪念》文中，兹不复赘，但在其中只可以见其富有人情，若上文所云的诙谐则亦无暇表见矣。

实庵的尺牍

陈独秀先生初名仲,字仲子,通称仲甫,民国六年来北京大学任文科学长,名为独秀,其后在《东方杂志》上写关于文字学的文章,署名实庵,今沿用之。仲甫来信今于纸堆中检得十六封,皆是民七至民十这四年中所寄。七八两年因为在校常见面,故信只四通,用文科学长室信封,都无年月,大抵是关于《新青年》的,今汇录于下:

其一

《新青年》稿纸弟处亦不多,乞向玄同兄取用。此复启明先生。　　　　　　　　　　　　　　　　弟独秀白。

其二

五号《新青年》之勘误表(关于大作者),希即送下,以便汇寄。此上　启明兄。　　　　　　　　　　　弟独秀。

其三

《新青年》六卷一号稿子,至迟十五日须寄出,先生文章望早日赐下。商务出版书事,已函询编译处高一涵君矣。

所云出版书,大概即是当初的"大学丛书"也。

其四

启明先生左右:大著《人的文学》做得极好,惟此种材料以载月刊为宜,拟登入《新青年》,先生以为如何?周刊已批准,定于本月二十一日出版,印刷所之要求,下星期三即须交稿

（惟纪事文可在星期五交稿）。文艺时评一栏，望先生有一实物批评之文。豫才先生处，亦求先生转达。此颂健康。

弟独秀，十四日。

这里写有日子，是七年十二月的事，我于七日写了那篇《人的文学》，后来改写《平民的文学》，与《论黑幕》一文，先后在《每周评论》第四五两期上发表。这种评论共总出了三十六期，至八年八月三十日被禁止出版。是年夏间学生运动发作，"五四"之后继以"六三"，《每周评论》甚为出力，仲甫据说在市场发什么传单，被警察所捕，其时大概是六月十一日。查旧日记云：

"六月十四日，同李辛白王抚五等六人至警厅访仲甫，不得见。"

"九月十七日，知仲甫昨出狱。"

"十八日下午，至箭竿胡同访仲甫。"隔了十几天，又记着一项云：

"十月五日，至适之处议《新青年》事，自七卷起由仲甫一人编辑。"仲甫自此离开北京，在上海及广州办《新青年》，所以九年寄来的信都从上海来的，今择录数通于后：

其五

启明兄：五号报去出版期（四月一日）只四十日，三月一日左右必须齐稿，《一个青年的梦》望豫才先生速将全稿译了，交洛声兄寄沪。六号报打算做劳动节纪念号，所以不便杂登他种文章。《青年梦》是四幕，大约五号报可以登了。豫才先生均此不另。　　　　　　　　弟仲上，二月十九夜。

我很平安，请兄等放心，见玄同兄请告诉他。

其七

二月廿九日来信收到了。《青年梦》已收到了，先生译的小说还未收到。重印《域外小说集》的事，群益很感谢你的好意。《新青年》七卷六号的出版期是五月一日，正逢 Mayday 佳节，故决计做一本纪念号，请先生或译或述一篇托尔斯泰的泛劳动,如何?

　　守常兄久未到京,不知是何缘故?

　　昨接新村支那支部的告白,不知只是一个通讯机关,或有实际事业在北京左近,此事请你告诉我。我们很盼望豫才先生为《新青年》创作小说,请先生告诉他。

　　前回有一信寄玄同兄,不知收到否,请你见面时问他一声,我很盼望他的回信。　　　　　　　　三月十一日。

〔案,信中上下款均略,以下同。〕

其十

本月六日的信收到了。我现在盼望你的文章甚急,务必请你早点动手,望必在二十号以前寄到上海才好,因为下月一号出版,最后的稿子至迟二十号必须交付印局才可排出。豫才先生有文章没有,也请你问他一声。玄同兄顶爱做随感录,现在怎么样?　　　　　　　　　　七月九日。

其十一

两先生的文章今天都收到了。《风波》在这号报上印出,先生译的那篇,打算印在二号报上,一是因印刷来不及,二是因为节省一点,免得暑天要先生多写文章。倘两位先生高兴要再做一篇在二号报上发表,不用说更是好极了。玄同兄总是无信来,他何以如此无兴致?无兴致是我们不应该取的态度,我无论如何挫折,总觉得很有兴致。

八月十三日。

其十二

十五日的明信片收到了。前稿收到时已复一信,收到否?《风波》在　号报上登出,九月一日准能出版。兄译的一篇长的小说请即寄下,以便同前稿都在二号报上登出。稿纸此间还没有印,请替用他纸,或俟洛声兄回东京向他取用,此间印好时也可寄上,不过恐怕太迟了。八月廿二日。

鲁迅兄做的小说,我实在五体投地的佩服。

其十三

二七来信已收到了。先生的文章当照来信所说的次序登出。渔阳里是编辑部,大自鸣钟是发行部,寄稿仍以渔阳里二号为宜,只要挂号,中邮也无妨。玄同兄何以如此无兴致,我真不解,请先生要时常鼓动他的兴致才好。请先生代我问候他。

《新青年》一号出版,已寄百本到守常兄处,转编辑部同人,已到否? 九月四日。

其十五

二号报准可如期出版。你尚有一篇小说在这里,大概另外没有文章了,不晓得豫才兄怎么样?"随感录"本是一个很有生气的东西,现在为我一人独占了,不好不好,我希望你和豫才玄同二位有工夫都写点来。豫才兄做的小说实在有集拢来重印的价值,请你问他,倘若以为然,可就《新潮》《新青年》剪下自加订正,寄来付印。中秋后二日。

〔案:查上海邮局印记是九月廿九日。〕

其十六

久不接你的来信,近几天在报上看见你病的消息,不知现在可好点没有?我从前也经过很剧烈的肋膜炎症,乃以外敷药及闭目思念静坐治好了,现在小发时,静坐数十分或一点钟便好了,稍剧烈便须敷药,已成慢性,倒无大妨碍了。现在最讨厌的,却是前年在警察厅得来之胃肠病,现在为他所缠扰,但还不象先生睡倒罢了。先生倘好一点能写信时,请复我数行,以慰远怀。 弟独秀,六月廿九日。

这是民国十年的来信,从广州发出,用的是广东全省教育委员会用笺,那时《新青年》社移在广州,仲甫在那会里大概也有任务,或者是个委员吧。我于九年年底患肋膜炎,在家卧病三月,住医院两月,在香山碧云寺养病四月,至九月末始回家,仲甫寄这封信的时候,我正在写《山中杂信》,其三的末尾正署着六月廿九日。这信是寄给豫才转交的,我在下山之后才看见,所以山中日记上不曾记有收信的日子,但在八月廿九日、九月廿六日项下均有得仲甫来信的记录,原函却都已找不着了,所以这里可以抄录的也就只得以此为止了。

红楼内外

古今中外的蔡校长和辜鸿铭

蔡校长办学是主张兼容并包的,所以当时有些人给他一个四字的批语,叫作古今中外,这四个字虽然似乎散漫,但很足以表示他独有的自由思想的精神,在他以外没人赶得上,就是现今美国叔叔十分恭维的胡博士,也恐怕还要差一点儿吧。他所请的各教授中,第一个有特色的,大概中外一致的要推辜鸿铭了,他是福建的闽南人,他的母亲本是西洋人吧,所以生得一副深眼睛高鼻子的洋人相,头上一撮黄头毛,却编作一条小辫子,冬天穿枣红宁绸的大袖方马褂,上戴瓜皮小帽,不要说在民国十年前后的北京,就是在前清时代,马路上遇见这样一位小城市里的华装教士似的人物,大家也不免要张大了眼睛看得出神的吧。尤其妙的是他那包车的车夫,不知是从那里乡下去找了来的,也是一个背拖大辫子的汉子,正同课堂上的主人一样,他在红楼的大门外坐在车斗上等着,也不失为车夫队中一个特出的人物。辜鸿铭早年留学苏格兰,归国后有一时也是西装革履,显出是高等华人,可是后来却变得那一副怪相,嘴里也满口春秋大义,成了十足的保皇党了。他在北大教的是拉丁文等功课,不能发挥他的正统思想,可是他总随时随地想要找机会发泄。例如有一次北大开文科教授会,讨论功课,各人纷纷发言,蔡校长也站起来想要说话,辜鸿铭一眼看见首先大声说道,现在请大家听校长的吩咐!这是他原来的语气,他的精神也就充分表现在里边。

红楼中的名人

北大红楼中有不少的名人，许多逸事都有纪录的价值，如马裕藻许之衡林损刘半农钱玄同诸人都已去世，又事隔二三十年，现在谈谈似乎也不妨事了。但是他们都是我的前辈，随便谈讲他们的故事，虽然并不一定牵涉个人的私德，而且讲话的人也无故意毁谤的意思，总之逸事都不免有点滑稽味，那就含有小小不敬之意，不是后学所应当的，所以不能不从谨慎，只好选择无甚关系的事情纪述几则下来，真是所谓管中窥豹，略见一斑，一斑虽少，却总是豹的文采，或者也还值得一窥吧。

有一位明先生，（也不是真姓，以旧式反切字母代之，）是文科的老教授之一，为人很和蔼，有学问，只是有一种特殊的脾气，那便是所谓誉妻癖。本来在知识阶级中间这是很平常的事，居家相敬如宾，出外说到太太，总说自己不如，或是学问好，或是治家有方，有些人听了也不大以为然，但这毕竟与季常之癖稍有不同，所以并无什么可笑之处，至多是有点幽默味罢了。明先生有一时候曾在女师大兼课，上课时不知怎的说及那个问题，关于"内人"讲了些话，到了下星期的上课时间，有两个女学生提出请求道，"这一班还请老师给我们讲讲内人的事吧！"这很使得明先生有点为难，大概是嗨嗨一笑，翻开讲义夹来，模糊过去了吧。这班学生里很出些人物，便是他对明先生开那玩笑的人也是后来有名的，但是这些只好从略，此时不便发表了。

连类的想到了晓先生的故事。晓先生是专教词曲的教员，专门学问自然不错，可是打扮有点特别，模样是个老学究，却穿了一套西服，推光和尚头，脑门上留下手掌大的一片头发，状如桃子，长约四五分，不知是何取义。他在北大还好，可是到女子文理学院去兼课的时候，就可以想得到不免要受点窘了。其实那里的学生倒也并不怎么特别窘他，只是从上课的情形上可以看出他的一点窘状来而已。我有一个同学，在那里教国文，有一回叫学生作文，写教室里的印象，其中一篇写得颇妙,即是讲晓先生的,虽然不曾说出姓名来。她说有一位教师进来,身穿西服,光头,前面留着一个桃子,走上讲台,深深的一鞠躬,随后翻开书来讲。学生们有编织东西的,有看小说写信的,有三三两两低声说话的。起初说话的声音很低,可是逐渐响起来,教师的话有点不大听得出了,于是教师用力提高声音,于翕翕声的上面又零零落落的听到讲义里的词句,但这也只是暂时的,因为学生的说话相应的也加响,又将教师的声音沉没到里边去了。这样一直到了下课的钟声响了,晓先生乃又深深的一躬,踱下了讲台,这事终告一段落。鲁迅的小说里有一篇"高老夫子",说高尔础老夫子往女学校去上历史课,向讲台下一望,看见满屋子蓬蓬的头发,和许多鼻与眼睛,使他大发生其恐慌,袁了凡纲鉴本来没有预备充分,因此更着了忙,匆匆的逃了出去。这位慕高尔基而改名的老夫子尚且不免如此慌张,别人自然也是一样,但是晓先生却还忍耐得住,所以教得下去,不过窘也总是难免的了。

钱玄同与刘半农

说起逸事来,当以钱玄同刘半农二人为最多,但琐屑而近于笑话的也多不宜于纪录,现在且挑选两件事,都是关于鞋子的来一说吧。疑古先生的逸事是马九先生所常讲的,疑古也听着微笑,大概并非假作,不过多一点文饰当然也是有的。马九先生是马氏兄弟中最小的一个。专门研究明代小说,很有工夫,少时写有劳久笔记,讲小说戏曲的考据书中常有征引,云著者不详,其实这原只是老九二字的变化罢了。据说疑古先生有一天,大约还在民十以前吧,从什么地方以廉价买得一双夹鞋,说是枣红宁绸的,这自然是说话人的夸张,恐怕也就是黑色哗叽之类而已。及至拿回来一看,却是左右两只脚一样的,旧式鞋子本来都是如此,而这乃是原分左右,是认脚穿的,但如今却是两只一样,即是说两只鞋都是左脚,或者都是右脚的。我们推想这鞋不是从什么有招牌的店铺里买来的,所以疑古先生无法去退换。

觉得很窘,这并不因了块把钞票的损失,那是小事,窘的是没法子处分这两只一样的鞋子。假如扔在垃圾堆废纸篓里,也会有人发现,而且看了要发笑,不免传扬开去。情急计生,等到晚间,他拿起鞋子的纸包,出门雇了洋车走到市场,下车时故意将鞋包留在车上,心想溜走,不料这车夫是个规矩老实人,一眼看见了便即把他叫住,说先生你忘了东西了。疑古先生于是不得不哭丧着脸回转去,向车夫道了谢,仍将那鞋子带了回来。到了第二天清早,想出了更好的办法,他走到中央公园,花了五分钱门票,一径往公共厕所去,恰巧没有人,便赶紧将鞋包放将角落里,小偷似的(这是马九先生原来的口气,)心惊胆战的踅了出来,一溜烟的从后门走出公园,奔回宿舍去了。至于刘半农的事情,说来极其简单,并无这些曲折。在民国六七年顷,还只有二十七八岁,当然很是时髦的,平时衣着怎样大家当时看过也忘记了,只有一回,他打扮得有点特别,手里拿着一根长只二尺的短棍,脚上着了一双时式新鞋。材料不知道是什么东西,总是一种绸类吧,颜色很奇怪,仿佛是俗称霞色的有似出炉银而更浓厚,上边又有鱼鳞似的花纹模样。熟朋友嘲笑他,说他穿鱼皮鞋子,这事就成为故实,刘半农的"鱼皮鞋子"说起来大家多知道,不过这已经是三十年前的故事,刘博士于二十三年去世,这些事情以后也就少有人知道了。刘半农于那一年夏天往内蒙古一带调查语音,在蒙古包内被虱子咬了几口,竟得了回归热,回北平来医治。这回归热大概七天发一转,比"四日两头"的虐疾还要来得凶恶,其螺旋形的病菌却是同梅毒的是一类的,所以如用了六零六或九一四之类注射就可以治好。但是刘半农的病却有点耽误了,即使病治好了,而血细胞太被破坏,心脏出了危险,也已不能挽救了。刘半农殁于二十三年七月,年四十八。钱玄同则于二十八年一月去世,年五十三岁,原因是脑溢血,旧称中风,今则一般称为脑冲血,却是新旧医学上所没有的名字。钱刘都很有风趣,又各具绝学,在北大中是很不易得的教授,他们的早死实在是学问上的一个大损失,我想同意的人一定也很不少,不单只是认识的人觉得如此吧。

域外印象

有岛武郎

阅七月九日的日本报纸,听说有岛武郎死了。我听了不禁大惊,虽然缘由不同,正与我十余年前在神田路上买到一报号外,听说幸德秋水等执行死刑时,同样的惊骇,因为他们的死不只是令我们惋惜。

有岛武郎(Arishima Takeo)生于明治十一年(一八七七),今年四十七岁。他在二十六岁时毕业于札幌农学校,往美国留学,归国后任母校的英文讲师八年,大正四年(一九一五)辞职,以后专致力于文学。他最初属于白桦一派,其后独立著作,所作汇刻为《有岛武郎著作集》,已出十四集,又独自刊行个人杂志曰《泉》。他曾经入基督教,又与幸德相识,受到社会主义思想。去年决心抛弃私有田产,分给佃户,自己空身一个人专以文笔自给;这都是过去的事情。六月八日外出旅行,以后便无消息,至七月七日,轻井泽管别庄的人才发现他同着一个女子缢死在空屋中,据报上说她是波多野夫人,名秋子,但的确的事还不知道。

有岛君为什么情死的呢? 没有人能知道。总之未必全是为了恋爱罢。秋田雨雀说是由于他近来的"虚无的心境",某氏说是"围绕着他的四周的生活上的疲劳与倦怠",大约都有点关系。他留给他的母亲和三个小孩的遗书里说,"我历来尽力的奋斗了。我知道这回的行为是异常的行为,也未尝不感到诸位的忿怒与悲哀。但是没有法子,因为无论怎样奋斗,我终不能逃脱这个运命。我用了衷心的喜悦去接近这运命,请宥恕我的一切。"又致弟妹等信中云,"我所能够告诉你们的喜悦的事,便是这死并不丝毫受着外界的压迫。我们极自由极欢喜的去迎这死。现在火车将到轻井泽的时候,我们还是笑着说着,请暂时离开了世俗的见地来评议我们。"我们想知道他们的死的缘由,但并不想去加以判断:无论为了什么缘由,既然以自己的生命酬了自己的感情或思想,一种严肃掩住了我们的口了。我们固然不应玩弄生,也正不应侮蔑死。

有岛君的作品,我所最喜欢的是当初登在《白桦》上的一篇《与幼小者》。这篇和《阿末之死》经鲁迅君译出,编入《现代日本小说集》里,但是这部稿子编好交予上海书店,已经十四个月,还未出版。此外只有我所译的一篇《潮雾》,登在去年一月的《东方杂志》上,附录有他的一节论文,今节录于此,可以略见他对于创作的要求与态度。

> 第一,我因为寂寞,所以创作……
> 第二,我因为欲爱,所以创作……
> 第三,我因为欲得爱,所以创作……
> 第四,我又因为欲鞭策自己的生活,所以创作。如何蠢笨而且缺乏向上性的我的生活呵!我厌倦了这个了。应该蜕弃的壳,在我已有几个了。我的作品给我做了鞭策,严重的给我抽打那冥顽的壳。我愿我的生活因了作品而得改造。

有岛君死了,这实在是可惜而且可念的事情。日本文坛边的"海乙那"(Hyaena)将到他的墓上去夜叫罢,"热风"又将吹来罢,这于故人却都已没有什么关系。其实在人世的大沙漠上,什么都会遇见,我们只望见远远近近几个同行者,才略免掉寂寞与虚空罢了。

日本的人情美

外国人讲到日本的国民性，总首先举出忠君来，我觉得不很的当。日本现在的尊君教育确是隆盛，在对外战争上也表示过不少成绩，但这似乎只是外来的一种影响，未必能代表日本的真精神。阅内藤虎次郎著《日本文化史研究》在"什么是日本文化"一章中见到这一节话：

> 如忠孝一语，在日本民族未曾采用支那语以前系用什么话表示，此事殆难发见。孝字用为人名时训作 Yoshi 或 Taka，其义只云善云高，并非对于父母的特别话；忠字训根 Taba，也只是正的意义，又训为 Mameyaka，意云亲切，也不是对于君的特别语。如古代在一般的善行正义之外既没有表示家庭关系及君臣关系的特别语忠孝二字，则此思想之有无也就是一个很大的疑问。

内藤是研究东洋史的，又特别推重中国文化，这里便说明就是忠孝之德也是从中国传过去的。（我国的国粹党听了且请不要鼻子太高。）现在我借了他的这一节话并不想我田引水，不过借以证明日本的忠君原系中国货色，近来加上一层德国油漆，到底不是他们自己的永久不会变的国民性。我看日本文化里边尽有比中国好几倍的东西，忠君却不是其中之一。照中国现在的情形看来，似乎也有非讲国家主义不可之势，但这件铁甲即便穿上也是出于迫不得已，不能就作为大褂子穿，而且得到机会还要随即脱下，叠起，收好。我们在家里坐路上走总只是穿着便服：便服装束才是我们的真相。我们要觇日本，不要去端相他那两当双刀的尊容，须得去看他在那里吃茶弄草花时的样子才能知道他的真面目，虽然军装时是一副野相。辜鸿铭老先生应大东文化协会之招，大颂日本的武化，或者是怪不得的，有些文人如小泉八云（Iafcadio Hearn）、保罗路易古修（Paul Louis Couchoud）之流也多未能免俗，仿佛说忠义是日本之精华，大约是千虑之一失吧。

日本国民性的优点据我看来是在反对的方向，即是富于人情。和辻哲郎在《古代日本文化》中论"《古事记》之艺术的价值"，结论云：

> 《古事记》中的深度的缺乏，即以此有情的人生观作为补偿。《古事记》全体上牧歌的美，便是这润泽的心情的流露。缺乏深度即使是弱点，总还没有缺乏这个润泽的心情那样重大。支那集录古神话传说的史书在大与深的两点上或者比《古事记》为优，但当作艺术论恐不能及《古事记》吧。为什么呢，因为它感情不足，特别如上边所说的润泽的心情显然不足。《古事记》虽说是小孩似的书，但在它的美上未必劣于大人的书也。

这种心情正是日本最大优点，使我们对于它的文化感到亲近的地方，而无限制的忠孝的提倡不但将使他们个人中间发生许多悲剧，也即是为世人所憎恶的重要原因。在现代日本这两种分子似乎平均存在，所以我们觉得在许多不愉快的事物中间时时发现一点光辉与美。

闲话日本文学

日本的小说,从明治时代至目下的作品,已有很多量的被翻译成中文。评论方面,自厨川白村等,以至普罗文学派的藏原惟人等,亦已不少的被翻译并介绍了。

并且,这些译作的具体的目录,亦已详载于今年在上海刊出的《日华学报》里面。

于此,在我现今想得出的范围内,关于最近在中国研究日本文学的情况,想着拉杂的叙述一点拙见。

在先,若说谁是最喜欢被读诵的,算来当然是除漱石莫属。章克标氏译了《哥儿》,崔万秋氏译了《草枕》。其他短篇的翻译,为数更多。鲁迅译出的《现代日本小说集》中,亦译有漱石的作品。在我教书的北京大学里,教学生日本话,若至《哥儿》,《我辈是猫》,《草枕》等,则都是有兴味的读着。大体漱石的作品,受翻译的感动和影响的想来较少,可是读原文受其影响的就很多了。例如鲁迅的《阿Q正传》即是,那想来总受有《我辈是猫》的影响的。

翻译漱石的作品一事是很难的,《哥儿》和《道草》,虽有日本留学生翻译了的,可是错误非常的多。由此看来,漱石的文章总象是难于翻译。尤其《我辈是猫》等书,翻译之后还能表出原有的趣味,实在困难吧。

鸥外,我从前就读着,译出的作品很不少。《忘想》译出了。其他短篇也译讨一点。其中在《斯巴尔》揭出的《伊达·赛克斯阿利斯》,我也翻译了。那是载于《北新半月刊》,曾三次,四次的中止了译不下去。短篇中记着译过的有《沉默的塔》。

国木田独步的作品，算来读者也相当不少，我曾译过《少年之悲哀》。《牛肉与马铃薯》，《酒中日记》等篇，都由别人译出。独步的作品，因其作品中的人物很生动的被表现出来，所以对于中国读者是很容易理解的。

高滨虚子的小说，虽然我喜欢，因为非常难于翻译，于今他的作品被译出的尚无一篇。内中想来当以《俳谐师》为最有趣味的作品，因为太长，译入《现代日本小说集》是不相宜的。

与独步，鸥外，漱石等人比较，樋口一叶的作品是稍异其趣的，在我是这样感觉着。《比较身量》等作，不失为好的作品，总是象含着德川时代的作品的气息，看来象是不足引起直接的影响，我便不曾深入领会了。

在日本小说中，最早被介绍了的作品，当是德富芦花的《不如归》。译题也是作《不如归》，这本书也大致读过。此作之被译，是在还未成民国以前，清朝末年间的事。永是从日文，乃是由英译本的重译。译者为林琴南氏，以后，鲁迅住在东京的时候，曾有一度想从日本语直译出来，可是终于如原样的未动手。从英语重译的原故，或是古文的不自然生动。到了现今已没有在看的了。或者已经绝版了也说不定。译者林氏亦已成故人。

红叶的《金色夜叉》尚未译出，但菊池幽芳，小栗风叶等人的作品，则大致民国前即有译出者。记着的有幽芳的《乳姊妹》，即于最近书店的广告上想来好象也看见过的。

可是，这些作品，与当今的文学对比的考究起来则全然是不相同的东西，所谓其被译的理由，也并非当作艺术去鉴赏，乃是作为通俗小说介绍其情节的趣味的。说起来不过倒在床上看看意思而已，所以翻译也是不准确的。

于此想插入的话是，即中国的新文学所遵循的途径，全是和日本相同的，日本明治初期的小说，如"经国美谈"与"佳人奇遇"等，中文翻译过来，或为中国近代文学的源流，这是应该留心到的事情。

至于当作文学把作品介绍的,还是很近的从成为民国以后的事情。

一九〇六年顷,我住在日本的时候,其时鲁迅的翻译集叫作《域外小说集》的刊出,其中还是没有一篇日本的小说,全部是西洋的作品。鲁迅其时正在读《我辈是猫》,可是想要介绍的心情看来还没有。

我翻译日本小说,于《新青年》杂志介绍过江马修的《小的人》。我之翻译日本小说即从此始。

于现今日本作家的作品中,岛崎藤村的文章我是钦佩的。他的文章实在好,可是翻译起来即感觉无从下手,译出之后亦恐落俗,把原作含有的优美的气息丧失尽了。这次同来的北京大学教授徐祖正氏,也是喜爱藤村的作品,差不多是专研究他一人的著作。氏之《新生》和其他些个短篇都译出了,还有的是属于尚未发表,译出的作品积聚多了,打算收结出一单行本。

象已说过好几回,不限于藤村,因为各作家有各各不同的文体,所谓翻译一事实在难的很。

武者小路实笃的作品,乍看好象实是很简单的文章,可是翻译起来就很难。他那短的语句若译为汉文,必感拉长的困难。可是,实笃的作品还很多的被译过来,文艺与思想两方面的都有,算起来说不定是现代作家中最多被译出的。鲁迅译有《一个青年的梦》,崔万秋译了《母与子》。我只译过他的短篇,仅载于《日本小说集》。其他如《爱欲》,《彼之妹》,亦皆被译出。

已在中国译出的日本文学,大致多是有世界色彩的作品,总归言之,多是深受西洋文学之影响的作品。特别的作家,象一叶,被译出的机会就没有了。

石川啄木,其小说象是没有甚好的作品,我曾译过他的《一个血统》。《我们的一团和他》,记着象是也被谁译过。总之,最被欢迎的还是他的歌。我曾经写过关于啄木的介绍文字,其中插译几首歌在内,青年们读了都很为感动。即我在学校里讲到他的歌的时候,学生都象是很感趣味的。

总之,在他的作品中所含有的时代与境遇,那是和现今的中国很多共同之点的,于此读者都有共鸣之感。歌之译为汉文,已不成歌,可是仅受他的歌的意思的引动,便会感觉到兴味的。

啄木的同情者当然是青年,啄木的热情是除了青年就感觉不出来的。到了中年人,则超过啄木认识了漱石的价值。对于青年,例如读《哥儿》,仅能味觉到作中事件的有趣的程度,若要能了解到他的心境,则当是不到中年不行了。

还有左翼作家的作品,也介绍了不少。

德永直的《没有太阳的街》,小林多喜二的《蟹工船》,其他如叶山嘉树的短篇集,平林太子的诸作品等,在中国读小说的人,于今,比起日本的既成作家,多受普罗小说的趣味的感动,这也是事实。

新体诗,仅有啄木与现代诸作的翻译,比较起来则为数甚少。藤村,晚翠,有明诸人似尚无译者,大体因为仅限于译取一点意思,所以就不能不有所取舍。近似散文的千家元麿的诗尚有译者,若象北原白秋不重视音调就不行的作品,则全无译出的了。

俳句,虽中国的读者不能甚解,但于俳人的心境则当是还能理会。我介绍过一茶,芭蕉,傅仲涛氏则写过关于芭蕉与芜村的介绍。

但,虽说俳句不能了解,因其与中国的"词"、"绝句"总有几分相似的趣味,所以和西洋人比较起来想还是易于了解的。从复杂的事象中,把他的精华把握着,而以简单的形式表现出来这一点,是与中国的诗共通的。只是,为什么只用十七字,即理解不来了。

与此相反,亦例举之。即如,在中国所说的"修辞"一事,西洋人是全然不了解的。表示青的事项之时,可写作"青",亦可写作"碧",意思是相同的,可是给人的感想则全然相异。即于这种地方,日本人是比西洋人对于其不同处易于理解的。可是,为什么不写"青"而不能不写"碧",考究到最后的一点,则日本人也不理解了。言语中,是完全有着生命,有着灵魂的。

俳句之于中国的诗,虽稍有影响之处,可是诗的改革运动并未成功。虽说有"小诗"这样的名称,可是无论如何诗若无韵,感动是引不起来的。或者无韵是对的也未可知,但于今还总是不行,所谓"小诗"运动也曾有过,结局是失败了。但,这个运动虽然是失败了,影响则象是还残留着。即如,遇到表现事象的时候,俳句式的把握之方法仍在应用着。

《万叶》,于今只有徐祖正氏在大学中讲授,学生象都很理解似的,那想来是因为和中国的诗有多少共通之点的原故吧。万叶所含有的古代之雄壮,所表现的情感之极端,那是能紧迫读者之胸臆的。这种意味,到了《古今集》以后的歌,全以技巧为主,中国读者不能理解,于是兴味也就索然了。

翻译这种工作的难处,下面试举例来看看。

日本小说中,很有以"アル秋ノ日ノユトデアッタ"这样的话语,冒然开头的。这种场合下的中国话,无论怎样是必须有象英文中 subject 样的东西。于是原文的意味,到底不得表达出来。

我译山本有三的《婴儿杀戮》,真费了不少时间。其故是在这篇戏曲的最初出现的,就怎么样也译不出来了。

"オ归リナサイ"

仅是这样单简的话语。在日本,从外面归来,要说"只今"或"ソ归リ",在中国的习惯上与此大不相同。所以若不留心照原文直译下来,简直的感到太生硬造作了。

日本话用"坐ッテイル"说的时候,中国话则不能不用"腰カケテイル"。若照原文样的翻译,就成了"膝フツイテイル"的意思了。因为在中国没有象日本式的跪坐那样事情。虽然早先中国在唐代以前也是跪坐,可是,以后即成为坐椅子了。

所以,虽然有好小说想翻译,一有这样的地方,这一点即无法翻译。即使加以插画,也是明白不了的事情。所以,因为翻译仅能择不困难的作品,故不能限于只译作家的代表杰作。于此中国的青年人,觉得作品即仅于此,日本文学也就是这样的情形吧,作为如是断定的不能说没有。

直到如今,中国人总觉着日本文是容易的,实际却不是,至少不能说比英、法文容易。学习日文,至能读小说,用二三年功还是很难的。象藤村的作品,原文简练的读起来还容易,可是插入方言之类的作品就实在困难了。纵令学日文四五年,那样的作品还看不了。

在我教授的大学内某一学生,看叶山嘉树的《生活在海上的人们》,不很明白,到我的住所来询问,一看内容,乃是写船中生活的作品,其中,水夫们的话用出来,因为那些都是在船内用的特殊的术语,查原来的话是查不出来的。还有象矿山之类特别的言语,或铁路工人的言语等,也是很难于明白的。若和普通的方言比较起来,那还是容易的呢。

喜欢翻译日本文学的,有鲁迅,崔万秋,谢六逸,徐祖正,还有我。现做北平清华大学教授的钱稻孙说过要译《源氏物语》,不知已否译出一部分来。他是专门研究日本古典的。

《源氏物语》的全译现尚无,于英译本读之,我是钦佩至甚,当推为日本文学中之巨制,最伟大的作品除此莫属。特别从年代看去,还是世界任何地方未出现 Novel 的时候,那样的巨制的产生也该是值得惊叹的。中国的《红楼梦》,还只是其后的作品。胡适也看过此书,也说这样伟大的作品,以前还不知道。

《源氏物语》若照原文样的去读,普通是很难的,依照着与谢野晶子氏的现代语翻译读的则很多了。

于日本文学,只要有良好的翻译,比起西洋的作品容易接近中国读者,那是确实的,即使古典也是这样。大致在十年前,我译过一部分《徒然草》和《枕草纸》,读者都觉着有趣且钦佩不止。但,遗憾的是两者都用了不少的特殊语言,全译则困难了。兼好,我是喜爱的,在中国那样的人象是没有。大致和陶渊明颜之推两人多少有相似之处。颜之推的《颜氏家训》中,象有确实相似之处。著者也是佛教信徒,并且儒教也很精达。

在中国,日本的历史的全译本,现尚无。

从前,虽有黄遵宪著的《日本历史》,但,那是用木版印刷的册子,不是很精确的作品。去年,有由英国之 Gowen 氏的作品之重译,可是,那原文和译文,错误都是非常之多。

我,现在想着译《古事记》。这次到日本来,向友人打听日本的历史,文明史,那部是好的,还是都举《古事记》为其中之第一。

实在,《古事记》是伟大的,他本身即是文学,我这样想着。五六年前,打算译其神话的一部分,每度试译一点刊出于杂志,约至三分之一即中止了。

总之,总想着务必要完成了。纵令视为历史亦可,或视为最古的文学亦可。西洋,特别在英国,听说真是很早就已被译出。于是,想着把日本的《古事记》,直接的译为中国当今的文字。

译者附注

一、原记《域外小说集》、《现代日本小说集》为鲁迅译,想系一时笔误,因为翻译,故存其真。

二、关于记中日本文学中译本之名称,因译者一时无处稽查,故除记得的外,皆依日文译意,望读者原谅。

三、记中关于"论日文中译之困难"一节,因系专对日本读者而言,故节略。

日本管窥

日本管窥是我所写关于日本的比较正式的论文，分作四次发表于当时由王芸生主编的"国闻周报"上头，头三篇是在民国廿四年下半年所作，可是第四篇却老是写不出，拖了一年多，到得做成刊出，恰巧是逢着七七事件，所以事实上没有出版。头三篇意思混乱，纯粹是在暗中摸索，考虑了很久，得到一个结论，即此声明日本研究小店之关门，事实上这种研究的确与十多年前所说文学小店的关门，先后实现了。

我于五四以后就写些小文章，随意的乱说，后来觉得"不知为不知"的必要；并且有感于教训之无用，所以把有些自己不很知道的事情搁过一边，不敢再去碰它一下，例如文学艺术哲学等。至于中国的事觉得似乎还知道一点，所以仍旧想讲，日本则因为多少有点了解，也就包括在知之的一方面了。最初是觉得这不很难写，而且写得是多少含有好意的，如"谈虎集"卷上起首所收的这几篇。但是后来不久就发生了变化，日本的支那通与报刊的御用新闻记者的议论有时候有点看不下去，以致引起笔战，如"谈虎集"上的那些对于顺天时报的言论，自己看了也要奇怪，竟是恶口骂詈了。我写这几篇"管窥"，乃是想平心静气的来想它一回，比较冷静的加以批评的，但是当初也没有好的意见，不过总是想竭力避免感情用事的就是了。

第一篇"管窥"作于廿四年（一九三五）五月，随后收在"苦茶随笔"里边。这篇文章多是人云亦云的话，没有什么值得说的，只是云：

"日本人的爱国，平常似只限于对外打仗，此外国家的名誉仿佛不甚爱惜。"后面引"密勒氏评论"调查战区一带贩毒情形,计唐山有吗啡馆一百六十处,滦县一百另四处,古冶二十处,林西四处,昌黎九十四处,秦皇岛三十三处,北戴河七处,山海关五十处,丰润二十三处,遵化九处,余可类推。说毒化是一种政策,恐怕也不尽然,大约只是容许浪人们多赚一点钱吧。本来国际间不讲什么道德,如英国那样商业的国家,倘若决心以卖鸦片为业,便不惜与别国开战以达目的;日本并不做这生意,何苦来呢? 商人赚上十万百万,并不怎么了不得,却叫人家认为日本人都是卖白面吗啡的,这于国家名誉有何好看,岂不是损失么? 其次又引了"五一五"事件现役军人杀了首相犬养毅也不严办,其民间主谋的井上日召和尚初判死刑,再审时减等发落,旁听的人都喜欢得合掌下泪。由此归结到日本士风之颓废,所谓武士道的风气已无复余留,户川秋骨所以叹为现在顶堕落的东西,并非在咖啡馆进出的游客,也不是左倾的学生,实在乃是这种胡涂思想的人们耳。虽然有这些谴责的话却都是浮泛的,不切实际的文句,就全篇看来,却是对于日本仍有好意的。

第二篇"管窥"是六月里所做,收在第二年出版的"苦竹杂记"中,改名为"日本的衣食住",因为实际即是介绍日本固有的衣食住,我说固有,因为此乃是明治时代的生活状态,不是说近时受美国文化的那一种式样。将日本生活与中国古代及故乡情形结合说来,似乎反有亲近之感,只有末一节里说道:

"日本与中国在文化的关系上,本犹罗马之与希腊,及今乃成为东方之德法,在今日而谈日本的生活,不撒有'国难'的香料,不知有何人要看否,我亦自己怀疑。但是,我仔细思量日本今昔的生活,现在日本'非常时'的行动。我仿佛明确的明白日本与中国毕竟同是亚细亚人,兴衰祸福目前虽是不同,究竟的运命还是一致,亚细亚人岂终将沦于劣种乎? 念之悯然,因谈衣食住而结论至此,实在乃真是漆黑的宿命论也。"

第三篇"管窥"作于是年十二月,后来收在"风雨谈"内,题目仍旧是"日本管窥之三"，因为想不出扼要的别的题目，故乃用原名。这里觉得讲一国的文化，特别是想讲它的国民性，单以文学艺术为范围去寻讨它，这是很错误的，不然也总是徒劳的事。因为"学术文艺固然是文化的最高代表，而其低的部分在社会上却很有势力，少数人的思想虽是合理，而多数人却也就是实力，所以我们对于文化似乎不能够单以文人哲士为对象，更得放大范围才是。"仿佛在这里找到了一点线索，可是那时抓着的也只是从书本子来的旧话，什么武士道里的人情，实在也是稀有的传说，在现代断乎是无从找到的了。那么这篇文章也是徒劳的废话，可以说是失败的了。但是离开了旧路，有意思去另找线索，似乎是在破承题之下已经写了"且夫"二字，大有做起讲之意了。

第二年民国廿五年（一九三六）里一直没有续写，但是并不是忘记了，因为在这一年里一总写了两篇"谈日本文化书"，可见还是在想着问题，只是还没有着落罢了。我在谈日本文化书其二中说：

"我想一个民族的代表可以有两种，一是政府军事方面的所谓英雄，一是文艺学术方面的贤哲。此二者原来都是人生活动的一面，但趋向并不相同，有时常至背驰，所以我们只能分别观之，不当轻易根据其一以抹杀其二。"后来又说道：

"我们要知道日本这国家在某时期的政治军事上的行动，那么象丰臣秀吉伊藤博文这种英雄自然也该注意，因为英雄虽然多非善类，但是他有作恶的能力，做得出事来使世界震动，人类吃大苦头，历史改变；不过假如要找出这民族的代表来问问他们的悲欢苦乐，则还该到小胡同大杂院去找，浮世绘刻印工亦是其一。"我所要找寻的问题到此似乎已有五分光，再过一年也就成功了。

关于日本语

十年前写过一篇文章，名曰《日本与中国》，其中有两节云：

"中国在他独殊的地位上特别有了解日本的必要与可能，但事实上却并不然，大家都轻蔑日本文化，以为古代是模仿中国，现代是模仿西洋的，不值得一看。日本古今的文化诚然是取材于中国与西洋，却经过一番调剂，成为他自己的东西，正如罗马文明之出于希腊而自成一家，所以我们尽可以说日本自有他的文明，在艺术与生活方面为显著，虽然没有什么哲学思想。我们中国除了把他当作一种民族文明去公平地研究之外，还当特别注意，因为有许多地方足以供我们研究本国古今文化之参考。从实利这一点说来，日本文化也是中国人现今所不可忽略的一种研究。"

"中国与日本并不是什么同文同种，但是因为文化交通的缘故，思想到底容易了解些，文字也容易学些，（虽然我又觉得日本文中夹着汉字是使中国人不能深彻地了解日本的一个障害，）所以我们研究日本比较西洋人要便利得多。"

也正是那时候，我还在燕京大学教书，有一位同事是美国老牧师，在北京多年，对于中国学问很有研究，他在校内主张应鼓励学生习日俄语文。他的理由是，英美人多习法德语，中国则情形不同，因地理关系上与日本俄国联系密切，故宜首先学习此二种言语，而法德各语尚在其次。这个意思实在很对，大约学校也不见得不赞同，不过未曾实行，以至于今。

民国十九年北京大学三十二周年纪念刊上我写了一篇小文，名曰《北大的支路》，希望学校提倡希腊印度亚剌伯日本的研究，关于日本的一节云：

"日本有小希腊之称，他的特色确有些与希腊相似，其与中国文化上之关系更仿佛罗马，很能把先进国的文化拿去保存或同化而光大之，所以中国治国学的人可以去从日本得到不少的资料与参考。从文学史上来看，日本从奈良到德川时代这千二百余年受的是中国影响，处处可以看出痕迹，明治维新以后，与中国近来的新文学相同，受了西洋的影响，比较起迹步骤几乎一致，不过日本这回成为先进，中国老是追着，有时还有意无意地模拟贩卖，这都给予我们很好的对照与反省。"

这话说了到如今也已是五个年头了。一个主张，一种意见，五年十年不会有效原也是当然，因为机缘很是重要，这却甚不容易遇到。其实从甲午至甲戌四十年中事情也不少了，似乎却总还不能引起知己知彼的决心，有的大约是刺激太小吧，没有效力，有的又是太大了，引起的反应超过了常度。九一八总是大事件了，然而它的影响在学校则不及，在社会则过。我不知道中国政府到底为什么缘故至今不办一个外国语学校，国家没有一个地方可以让学生习得英文以外的语文，即大学亦都在内。日本语向来只准当作第二外国语去学，而那种第二外国语是永远教不好学不好的。然而在社会上这些情形正是相反，近年来热心学习日本语者据说日渐增加，似乎是好现象了，我只怕是不骄便太怯，那即是过。有一个日本人卒然问曰，近来大家学日本话，说是为了一九三六年懂得日本话方便些，是不是？我看他很素朴却不是故意的问，便只好苦笑对他摇头道，我没有听说。

讲到底我是主张学日本语的。我主张在中国学习，如有资力可再往日本一走。学日本语最好有国立的外国语学校或大学专系，否则从私人亦可。学日本语的目的不可太怯，预备做生意，看书报，读社会科学，帮助研究国学，都是正当的目的，读日本文学作品，研究日本文化，那自然是更进一步了。语言文字本来是工具，初学或速成者只要能够使用就好了,若是想要研究下去的,却须知道这语言也有他的生命,多少要对于他感到一种爱好与理解。这样,须得根本地从口语入手,还得多读名家所写的文章,才能真正了解,不是单靠记忆几十条规则或翻看几本社会科学书所能达到的。因此我们的第二个的意见是,学日本语须稍稍心宽,可能的要多花费点时日,除不得已外万不宜求速成,盖天下无可速成之事,古人曰,欲速则不达,普通所谓速成实在只是浅尝,即只学了一部分耳。鄙人读日本文至今才二十八年,其间从先生学习者不过两年,却来胡乱说话,未免可笑,因答应张君已久,不能再拖欠了,只好赶写,请原谅则个。

谈日本文化书

实秋先生：

　　前日在景山后面马路上遇见王君，转达尊意，叫我写点关于日本的文章。这个我很愿意尽力，这是说在原则上，若在事实上却是很不大容易。去年五月我给《国闻周报》写了一篇小文，题曰《日本管窥》，末节有说明云：

　　"我从旧历新年就想到写这篇小文，可是一直没有工夫写，一方面又觉得不大好写，这就是说不知怎么写好。我不喜欢做时式文章，意思又总是那么中庸，所以生怕写出来时不大合式，抗日时或者觉得未免亲日，不抗日时又似乎有点不够客气了。"这个意思到现在还是一样，虽然并不为的是怕挨骂或吃官司。国事我是不谈的，原因是对于政治外交以及军事都不懂。譬如想说抗日，归根是要预备战才行，可是我没有一点战事的专门知识，不能赞一辞，若是"虽败犹荣"云云乃是策论文章的滥调，可以摇笔即来，人人能做，也不必来多抄他一遍了。我所想谈的平常也还只是文化的一方面，而这就不容易谈得好。在十二三年前我曾这样说过：

　　"中国在他独特的地位上特别有了解日本的必要与可能，但事实上却并不然，大家都轻蔑日本文化，以为古代是模仿中国，现代是模仿西洋的，不值得一看。日本古今的文化诚然是取材于中国与西洋，却经过一番调剂，成为他自己的东西，正如罗马文明之出于希腊而自成一家，所以我们尽可以说日本自有他的文明，在艺术与生活方面最为显著,虽然没有什么哲学思想。"这几句老话在当时未必有人相信,现在更是不合时宜,但是在我这意见还是没有变,岂非顽固之至乎。日本从中国学去了汉字,才有他的文学与文字,可是在奈良时代(西历八世纪)用汉字所写的两部书就有他特殊的价值,《万叶集》或者可以比中国的《诗经》,《古事记》则是《史记》,而其上卷的优美的神话太史公便没有写,以浅陋的知识来妄说这只有希腊的故事是同类吧。平安时代的小说又是一例,紫式部的《源氏物语》五十二卷成于十世纪时,中国正是宋太宗的时候,去长篇小说的发达还要差五百年,而此大作已经出世,不可不说是一奇迹。近年英国瓦莱(A. Waley)的译本六册刊行,中国读者也有见到的了,这实在可以说是一部唐朝《红楼梦》,仿佛觉得以唐朝文化之丰富本应该产生这么的一种大作,不知怎的这光荣却被藤原女士抢了过去了。江户时代的平民文学正与明清的俗文学相当,似乎我们可以不必灭自己的威风了,但是我读日本"滑稽本",还不能不承认这是中国所没有的东西。滑稽,——日本音读作 Kokkei,显然是从太史公的《滑稽列传》来的,中国近来却多喜欢读若泥滑滑的滑了!据说这是东方民族所缺乏的东西,日本人自己也常常慨叹,惭愧不及英国人。这所说或者不错,因为听说英国人富于"幽默",其文学亦多含"幽默"趣味,而此幽默一语在日本常译为滑稽,虽然在中国另造了这两个译音而含别义的字,很招人家的不喜欢,有人主张改译"酉鞣",亦仍无济于事。且说这"滑稽本"起于文化文政(一八〇四至二九)年间,全没有受着西洋的影响,中国又并无这种东西,所以那无妨说是日本人自己创作的玩意儿,我们不能说比英国小说家的幽默何如,但这总可证明日本人有幽默趣味要比中国人为多了。我将十返舍一九的《东海道中膝栗毛》(膝栗毛者以脚当马,即徒步旅行也。)式亭三马的《浮世风吕》与《浮世床》(风吕者澡堂,床者今言理发处。此种汉字和用,虽似可笑,世间却多有,如希腊语帐篷今用作剧场的背景,跳舞场今用作乐队也。)放在旁边,再一一回忆我所读过的中国小说,去找类似的作品,或者一半因为孤陋寡闻的缘故,一时竟想不起来。借了两个旅人写他们路上的遭遇,或写澡堂理发铺里往来的客人的言动,本是"气质物"的流派,亚理士多德门下的退阿佛斯多斯(Theophrastos)就曾经写有一册书,可算是最早,从结构上说不能变成近代的好小说,但平凡的述说里藏着会心的微笑,特别是三马的书差不多全是对话,更觉得有意思。中国滑稽小说我想不出有什么,自《西游记》,《儒林外史》以至《何典》,《常言道》,都不很象,讲到描写气质或者还是《儒林外史》里有几处,如高翰林那种神气便很不坏,只可惜不多。总之在滑稽这点上日本小说自有造就,此外在诗文方面有"俳谐"与俳文的发展,也是同一趋势,可以值得注意的。关于美术我全是外行,不敢妄言,但是我看浮世绘(Ukiyo-ë,意思是说描写现世事物的画,西洋称作日本彩色木版画者是也,真的只在公家陈列处见过几张,自己所有都只是复刻影印。)觉得这是一种很特别的民众画,不但近时的"大厨美女"就是乾隆时的所谓"姑苏版"也难以相比,他总是那么现世的,专写市井风俗,男女姿态,不取吉祥颂祷的寓意。中国后来文人画占了势力,没法子写仕女了,近代任渭长的画算有点特色,实在也是承了陈老莲的大头短身子的怪相的遗传,只能讲气韵而没有艳美,普通绣像的画工之作又都是呆板的,比文人画只有差,因为他连气韵也没了。日本浮世绘师本来是画工,他们却至少能抓得住艳美,只须随便翻开铃木春信,喜多川歌麻吕(末二字原系拼作一字写)或矶田湖龙斋的画来看,便可知道,至于刻工印工的精致那又是别一事情。古时或者难说,现今北平纸店的信笺无论怎样有人恭维,总不能说可以赶得上他们。我真觉得奇怪,线画与木刻本来都是中国的东西,何以自己弄不好,《十竹斋笺谱》里的蠹湖洙泗等画原也很好,但与一立斋广重的木版风景画相比较,便不免有后来居上之感。我是绘画的门外汉,所说不能有完全的自信,但是,日本画源出中国而自有成就,浮世绘更有独自的特色,如不是胜过也总是异于中国同类的作品,可以说是特殊的日本美术之一,这是我相信不妨确说的了。上边拉杂的说了一通,意思无非是说日本有他的文化值得研究,至于因为与中国古代文化有密切的关系,所以这种研究也很足为我国国学家之参考,这是又一问题,这里不想说及。这里想顺便一提的,便是谈这些文化有什么用处。老实说,这没有用处。好的方面未必能救国,坏的方面也不至卖国。近时有些时髦的呼声,如文化侵略或文化汉奸等,不过据我看来,文化在这种关系上也是有点无能为力的。去年年终写《日本管窥之三》时,在最末一节说:

"但是要了解一国文化,这件事固然很艰难,而且实在又是很寂寞的。平常只注意于往昔的文化,不禁神驰,但在现实上往往不但不相同,或者还简直相反,这时候要使人感到矛盾失望。其实这是不足怪的。古今时异,一也。多寡数异,又其二也。天下可贵的事物本不是常有的,山阴道士不能写《黄庭》,曲阜童生也不见得能讲《论语》,研究文化的人想遍地看去都是文化,此不可得之事也。日本文化亦是如此,故非耐寂寞者不能着手,如或太热心,必欲使心中文化与目前事实合一,则结果非矛盾失望而中止不可。不佞尝为学生讲日本文学与其背景,常苦于此种质问之不能解答,终亦只能承认有好些高级的文化是过去的少数的,对于现今的多数是没有什么势力,此种结论虽颇暗淡少生意,却是从自己的经验得来,故确是诚实无假者也。"这里说得不很明白,大意是说,文化是民族的最高的表现,往往是一时而非永在,是少数而非全体的,故文化的高明与现实的粗恶常不一致。研究文化的人对于这种事情或者只能认为无可如何,总不会反觉得愉快,譬如能鉴赏《源氏物语》或浮世绘者见了柳条沟,满洲国,藏本失踪,华北自治与走私等等,一定只觉得丑恶愚劣,不,即日本有教养的艺术家也都当如此,盖此等事既非真善亦并无美也。古今专制政治利在愚民,或用锢闭,或用宣传,务期人民心眼俱昏才为有利,今若任人领略高等文化之美,即将使其对于丑恶愚劣的设施感到嫌恶,故如以真的文化传播作专制或侵略的先锋,恰是南辕而北其辙,对于外国之"文化事业"所以实是可为而不可为,此种事业往往有名无实亦正非无故耳。乱七八糟的写了好些,终于不得要领,只好打住了。我这里只说日本文化之可以谈,但是谈的本文何时起头则尚有年无月,因为这只是在原则上要谈,事实上还须再待理会也。妄谈,多费清时,请勿罪。匆匆。顺颂撰安。

谈日本文化书之二

亢德先生：

得知《宇宙风》要出一个日本与日本人特刊，不佞很代为忧虑，因为相信这是要失败的。不过这特刊如得有各位寄稿者的协力帮助，又有先生的努力支持，那么也可以办得很好，我很希望"幸而吾言不中"。

目下中国对于日本只有怨恨，这是极当然的。二十年来在中国面前现出的日本全是一副吃人相，不但隋唐时代的那种文化的交谊完全绝灭，就是甲午年的一刀一枪的厮杀也还痛快大方，觉得已不可得。现在所有的几乎全是卑鄙龌龊的方法，与其说是武士道还不如说近于上海流氓的拆梢，固然该怨恨却尤值得我们的轻蔑。其实就是日本人自己也未尝不明白。前年夏天我在东京会见一位陆军将官，虽是初见彼此不客气的谈天，讲到中日关系我便说日本有时做的太拙，损人不利己，大可不必，例如藏本事件，那中将接着说，说起来非常惭愧，我们也很不赞成那样做。去年冬天河北闹什么自治运动，有日本友人对了来游历的参谋本部的军官谈及，说这种做法太拙太腌臜了，军官也大不赞成，问你们参谋本部不与闻的么，他笑而不答。这都可见大家承认日本近来对中国的手段不但凶很而且还卑鄙可丑，假如要来老实地表示我们怨恨与轻蔑的意思，恐怕就是用了极粗恶的话写上一大册也是不会过度的。但是《宇宙风》之出特辑未必是这样用意罢？而且实力没有，别无办法，只想在口头笔头讨点便宜，这是我国人的坏根性，要来助长他也是没有意思的事。那么，我们自然希望来比较公平地谈谈他们国土与人民，——但是，这是可能的么？这总恐怕很不容易，虽然未必是不可能。本来据我想，一个民族的代表可以有两种，一是政治军事方面的所谓英雄，一是艺文学术方面的贤哲。此二者原来都是人生活动的一面，但趋向并不相同，有时常至背驰，所以我们只能分别观之，不当轻易根据其一以抹杀其二。如有人因为喜爱日本的文明，觉得他一切都好，对于其丑恶面也加以回护，又因为憎恶暴力的关系，翻过来打倒一切，以为日本无文化，这都是同样的错误。第一类里西洋人居多，他们的亲日往往近于无理性，虽是近世文人也难免，如小泉八云（Lafcadio Hearn），法国古修（Paul-LouisCouchoud），葡萄牙摩拉蔼思（W. de Moraes）。他们常将日本人的敬神尊祖忠君爱国看得最重，算作顶高的文明，他们所佩服的昔时的男子如不是德川家康，近时的女人便是畠山勇子。这种意见不佞是不以为然的。我颇觉得奇怪，西洋人亦自高明，何以对于远东多崇拜英雄而冷落贤哲呢？这里我想起古希腊的一件故事来：据说在二千五百年前，大约是中国卫懿公好鹤的时候，蒲桃酒有名的萨摩思岛上有一位大富翁，名叫耶特蒙，家里有许多许多奴隶，其中却有两个出名的，其一男的即寓言作家伊索（Aisopos），其一女的名曰蔷薇颊（Rhodopis），古代美人之一，后来嫁给了女诗人萨福的兄弟。故事就只是这一点，我所要说的是，耶特蒙与伊索蔷薇颊那边可以做人家的代表。老实说，耶特蒙并不是什么坏人，虽然他后来把蔷薇颊卖给克散妥思去当艺伎，却也因伊索能写寓言诗而解放了他，又一方面说，他们大众与伊索蔷薇颊也恐怕着实有些隔膜，但如要找他们的代表，这自然还该是二人而不是耶特蒙吧。因为奴隶里有了伊索和蔷薇颊，便去颂扬奴主，这也正可以不必。中国人对于日本文化取这样态度的差不多没有，所以这里可以无须多说，在中国比较常有的倒是上文所说的第二类，假如前者可以称作爱屋及乌，则后者当是把脚盆里的孩子连水一起泼了出去也。这与上一派虽是爱憎不同，其意见却有相同之点，即是一样的将敬神尊祖忠君爱国当作日本文化看，遂断论以为这不足道，这断论并不算错，毛病就只在不去求文化于别方面耳。但是一个人往往心无二用，我们如心目中老是充满着日本古今的英雄,而此英雄者实在乃只是一种较大的流氓,旁观者对于他的成功或会叫好,在受其害的自然不会得有好感,(虽然代远年湮,记忆迷胡了的时候,也会有的,如中国人之颂扬忽必烈汗是也。)更无暇去听别的贤哲在市井山林间说什么话,低微的声音亦已为海螺声所掩盖了。如此,则亦人情也。惟或听见看见了,却以为此贤哲者也不过是英雄的家人,他们盖为老爷传宣来也,这种看法也可以说是人情,不过总是错误了。永井荷风在《江户艺术论》中云:

"希腊美术发生于以亚坡隆为神的国土,浮世绘则由与虫豸同样的平民之手制作于日光晒不到的小胡同的杂院里。现在虽云时代全已变革,要之只是外观罢了。若以合理的眼光一看破其外皮,则武断政治的精神与百年以前毫无所异。江户木版画之悲哀的色彩至今全无时间的间隔,深深沁入我们的胸底,常传亲密的私语者,盖非偶然也。"浮世绘工不外绘师雕工印工三者,在当时诚只是虫豸同样的平民,然而我们现在却不能不把他归入贤哲部类,与圣明的德川家的英雄相对立。我们要知道日本这国家在某时期的政治军事上的行动,那么德川家康这种英雄自然也该注意,因为英雄虽然多非善类,但是他有作恶的能力,做得出事来使世界震动,人类吃大苦头,历史改变,不过假如要找出这民族的代表来问问他们的悲欢苦乐,则还该到小胡同大杂院去找,浮世绘工亦是其一。我的意思是,我们要研究,理解,或谈日本的文化,其目的不外是想去找出日本民族代表的贤哲来,听听同为人类为东洋人的悲哀,却把那些英雄搁在一旁,无论这是怎样地可怨恨或轻蔑。这是可以做到的么?我不能回答。做不到也无怪,因为这是人情之常。但是假如做不到,则先生的计画便是大失败了。先生这回所出赋得日本与日本人的题目实在太难了,我自己知道所缴的卷考不到及格分数,虽然我所走的不是第一条也不是第二条的路——或者天下实无第三条路亦未可知,然则我的失败更是"实别"活该耳。

怀东京

我写下这个题目，便想起谷崎润一郎在《摄阳随笔》里的那一篇《忆东京》来。已有了谷崎氏的那篇文章，别人实在只该阁笔了，不佞何必明知故犯的来班门弄斧呢。但是，这里有一点不同。谷崎氏所忆的是故乡的东京，有如父师对于子弟期望很深，不免反多责备，虽然溺爱不明，不知其子之恶者世上自然也多有。谷崎文中云：

"看了那尾上松之助的电影，实在觉得日本人的戏剧，日本人的面貌都很丑恶，把那种东西津津有味的看着的日本人的头脑与趣味也都可疑，自己虽生而为日本人却对于这日本的国土感觉到可厌恶了。"从前堀口大学有一首诗云：

> 在生我的国里
> 反成为无家的人了。
> 没有人能知道罢——
> 将故乡看作外国的
> 我的哀愁。

正因为对于乡国有情，所以至于那么无情似的谴责或怨嗟。我想假如我要写一篇论绍兴的文章，恐怕一定会有好些使得乡友看了皱眉的话，不见得会说错，就只是严刻，其实这一点却正是我所有对于故乡的真正情愫。对于故乡，对于祖国，我觉得不能用今天天气哈哈哈的态度。若是外国，当然应当客气一点才行，虽然无须瞎恭维，也总不必求全责备，以至吹毛求疵罢。这有如别人家的子弟，只看他清秀明慧处予以赏识，便了吾事。世间一般难得如此，常有为了小儿女玩耍要相骂，弄得两家妈妈扭打，都滚到泥水里去，如小报上所载，又有"白面客"到瘾发时偷街坊的小孩送往箕子所开的"白面房子"里押钱，也是时常听说的事，(门口的电灯电线，铜把手，信箱铜牌，被该客借去的事尤其多了，寒家也曾经验，至今门口无灯也。)所以对于别国也有断乎不客气者，不过这些我们何必去学乎。

我曾说过东京是我第二故乡，但是他究竟是人家的国土，那么我的态度自然不能与我对绍兴相同，亦即是与谷崎氏对东京相异，我的文章也就是别一种的东西了。我的东京的怀念差不多即是对于日本的一切观察的基本，因为除了东京之外我不知道日本的生活，文学美术中最感兴趣的也是东京前身的江户时代之一部分。民族精神虽说是整个的，古今异时，变化势所难免，我们无论怎么看重唐代文化的平安时代，但是在经过了室町江户时代而来的现代生活里住着，如不是专门学者，要去完全了解他是很不容易的事，正如中国讲文化总推汉唐，而我们现在的生活大抵是宋以来这一统系的，虽然有时对于一二模范的士大夫如李白韩愈还不难懂得，若是想了解有社会背景的全般文艺的空气，那就很有点困难了。要谈日本把全空间时间的都包括在内，实在没有这种大本领，我只谈谈自己所感到的关于东京的一二点，这原是身边琐事，个人偶感，但他足以表示我知道日本之范围之小与程度之浅，未始不是有意思的事情。

我在东京只继续住过六年，但是我爱好那个地方，有第二故乡之感。在南京我也曾住过同样的年数，学校内外有过好些风波，纪念也很不浅，我对于他只是同杭州仿佛，没有忘不了或时常想起的事。北京我是喜欢的，现在还住着，这是别一回事，且不必谈。辛亥年秋天从东京归国，住在距禹迹寺季彭山故里沈园遗址都不过一箭之遥的老屋里，觉得非常寂寞，时时回忆在东京的学生生活，胜于家居吃老米饭。曾写一篇拟古文，追记一年前与妻及妻弟往尾久川钓鱼，至田端遇雨，坐公共马车(凶车似的)回本乡的事，颇感慨系之。这是什么缘故呢？东京的气候不比北京好，地震失火一直还是大威胁，山水名胜也无余力游玩,官费生的景况是可想而知的,自然更说不到娱乐。我就喜欢在东京的日本生活,即日本旧式的衣食住。此外是买新旧书的快乐,在日本桥神田本乡一带的洋书和书新旧各店,杂志摊,夜店,日夜巡阅,不知疲倦,这是许多人都喜欢的,不必要我来再多说明。回到故乡,这种快乐是没有了,北京虽有市场里书摊,但情趣很不相同,有些朋友完全放弃了新的方面,回过头来钻到琉璃厂的古书堆中去,虽然似乎转变得急,又要多花钱,不过这也是难怪的,因为在北平实在只有古书还可买,假如人有买书的瘾,回国以后还未能干净戒绝的话。

去年六月我写《日本管窥之二》,关于日本的衣食住稍有说明。我对于一部分的日本生活感到爱着,原因在于个人的性分与习惯,文中曾云:

"我是生长于东南水乡的人,那里民生寒苦,冬天屋内没有火气,冷风可以直吹进被窝来,吃的通年不是很咸的腌菜也是很咸的腌鱼,有了这种训练去过东京的下宿生活,自然是不会不合适的。"还有第二的原因,可以说是思古之幽情。文中云:

"我那时又是民族革命的一信徒,凡民族主义必含有复古思想在里边,我们反对清朝,觉得清以前或元以前的差不多都好,何况更早的东西。"为了这个理由我们觉得和服也很可以穿,若袍子马褂在民国以前都作胡服看待,在东京穿这种衣服即是奴隶的表示,弘文书院照片里(里边也有黄轸胡衍鸿)前排靠边有杨皙子的袍子马褂在焉,这在当时大家是很为骇然的。我们不喜欢被称为清国留学生,寄信时必写支那,因为认定这摩诃脂那,至那以至支那皆是印度对中国的美称,又《佛尔雅》八,《释木第十二》云:"桃曰至那你,汉持来也。"觉得很有意思,因此对于支那的名称一点都没有反感,至于现时那可怜的三上老头子要替中国正名曰支那,这是着了法西斯的闷香,神识昏迷了,是另外一件笑话。关于食物我曾说道:

"吾乡穷苦,人民努力吃三顿饭,惟以腌菜臭豆腐螺蛳当菜,故不怕咸与臭,亦不嗜油若命,到日本去吃无论什么都不大成问题。有些东西可以与故乡的什么相比,有些又即是中国某处的什么,这样一想也很有意思。如味噌汁与干菜汤,金山寺味噌与豆板酱,福神渍与酱咯哒,(咯哒犹骨朵,此言酱大头菜也。)牛蒡独活与芦笋,盐鲑与勒鲞,皆相似的食物也。又如大德寺纳豆即咸豆豉,泽庵渍即福建的黄土萝卜,蒟蒻即四川的黑豆腐,刺身(sashimi)即广东的鱼生,寿司(Sushi)即古昔的鱼鲊,其制法见于《齐民要术》,此其间又含有文化交通的历史,不但可吃,也更可思索。家庭宴集自较丰盛,但其清淡则如故,亦仍以菜蔬鱼介为主,鸡豚在所不废,惟多用其瘦者,故亦不油腻也。"谷崎氏文章中很批评东京的食物,他举出鲫鱼的雀烧(小鲫鱼破背煮酥,色黑,形如飞雀,故名。)与叠鰯(小鱼晒干,实非沙丁鱼也。)来做代表,以为显出脆薄,贫弱,寒乞相,毫无腴润丰盛的气象,这是东京人的缺点,其影响于现今以东京为中心的文学美术之产生者甚大。他所说的话自然也有一理,但是我觉得这些食物之有意思也就是这地方,换句话可以说是清淡质素,他没有富家厨房的多油多团粉,其用盐与清汤处却与吾乡寻常民家相近,在我个人是很以为好的。假如有人请吃酒,无论鱼翅燕窝以至熊掌我都会吃,正如大葱卵蒜我也会吃一样,但没得吃时决不想吃或看了人家吃便害馋,我所想吃的如奢侈一点还是白鲞汤一类,其次是鳖(乡俗读若米)鱼鲞汤,还有一种用挤了虾仁的大虾壳,砸碎了的鞭笋的不能吃的"老头",(老头者近根的硬的部分,如甘蔗老头等。)再加干菜而蒸成的不知名叫什么的汤,这实在是寒乞相极了,但越人喝得滋滋有味,而其有味也就在这寒乞即清淡质素之中,殆可勉强称之曰俳味也。

日本房屋我也颇喜欢,其原因与食物同样的在于他的质素。我在《管窥之二》中说过:

"我喜欢的还是那房子的适用,特别便于简易生活。"下文又云:

"四席半一室面积才八十一方尺,比维摩斗室还小十分之二,四壁萧然,下宿只供给一副茶具,自己买一张小几放在窗下,再有两三个坐褥,便可安住。坐在几前读书写字,前后左右皆有空地,都可安放书卷纸张,等于一大书桌,客来遍地可坐,容六七人不算拥挤,倦时随便卧倒，不必另备沙发，深夜从壁厨取被摊开，又便即正式睡觉了。昔时常见日本学生移居，车上载行李只铺盖衣包小几或加书箱，自己手提玻璃洋油灯在车后走而已。中国公寓住室总在方丈以上，而板床桌椅箱架之外无多余地，令人感到局促，无安闲之趣。大抵中国房屋与西洋的相同都是宜于华丽而不宜于简陋，一间房子造成，还是行百里者半九十，非是有相当的器具陈设不能算完成，日本则土木功毕，铺席糊窗，即可居住，别无一点不足，而且还觉得清疏有致。从前在日本旅行，在吉松高锅等山村住宿，坐在旅馆的朴素的一室内凭窗看山，或着浴衣躺席上，要一壶茶来吃，这比向来住过的好些洋式中国式的旅舍都要觉得舒服，简单而省费。"从别方面来说，他缺少阔大。如谷崎润一郎以为如此纸屋中不会发生伟大的思想，萩原朔太郎以为不能得到圆满的恋爱生活，永井荷风说木造纸糊的家屋里适应的美术其形不可不小，其质不可不轻，与钢琴油画大理石雕刻这些东西不能相容。这恐怕都是说得对的，但是有什么办法呢。事实是如此，日本人纵使如田口卯吉所说日日戴大礼帽，反正不会变成白人，用洋灰造了文化住宅，其趣味亦未必遂胜于四席半，若不佞者不幸生于远东，环境有相似处，不免引起同感，这原只是个人爱好，若其价值是非那自可有种种说法，并不敢一句断定也。

　　日本生活里的有些习俗我也喜欢，如清洁，有礼，洒脱。洒脱与有礼这两件事一看似乎有点冲突，其实却并不然。洒脱不是粗暴无礼，他只是没有宗教与道学的伪善，没有从淫逸发生出来的假正经。最明显的例是对于裸体的态度。蔼理斯在论《圣芳济及其他》(St. Francis and others)文中有云：

　　"希腊人曾将不喜裸体这件事看作波斯人及其他夷人的一种特性，日本人——别一时代与风土的希腊人——也并不想到避忌裸体，直到那西方夷人的淫逸的怕羞的眼告诉了他们。我们中间至今还觉得这是可嫌恶的，即使单露出脚来。"他在小注中引了时事来证明，如不列颠博物院阅览室不准穿镂空皮鞋的进去，又如女伶光腿登台，致被检察，结果是谢罪于公众，并罚一巨款云。日本现今虽然也在竭力模仿文明，有时候不许小说里亲嘴太多，或者要叫石像穿裙子，表明官吏的眼也渐渐淫逸而怕羞了，在民间却还不尽然，浴场的裸体群像仍是"司空见惯"，女人的赤足更不足稀奇，因为这原是当然的风俗了。中国万事不及英国，只有衣履不整者无进图书馆之权，女人光腿要犯法，这两件事倒是一样，也是很有意思的。不，中国还有缠足，男女都缠，不过女的裹得多一点，缚得小一点，这是英国也没有的，不幸不佞很不喜欢这种出奇的做法，所以反动的总是赞美赤足，想起两足白如霜不着鸦头袜之句，觉得青莲居士毕竟是可人，不管他是何方人氏，只要是我的同志就得了。我常想，世间鞋类里边最美善的要算希腊古代的山大拉（sandala），闲适的是日本的下驮（geta），经济的是中国南方的草鞋，则拖鞋之流不与也。凡此皆取其不隐藏，不装饰，只是任其自然，却亦不至于不适用与不美观。不佞非拜脚狂者，如传说中的辜汤生一类，亦不曾作履物之搜集，本不足与语此道，不过鄙意对于脚或身体的别部分以为解放总当胜于束缚与隐讳，故于希腊日本的良风美俗不能不表示赞美，以为诸夏所不如也。希腊古国恨未及见，日本则幸曾身历，每一出门去，即使别无所得，只见憧憧往来的都是平常人，无一裹足者在内，令人见之憱然不乐，如现今在北平行路每日所经验者，则此事亦已大可喜矣。我前写《天足》一小文，于今已十五年，意见还是仍旧，真真自愧对于这种事情不能去找出一个新看法新解释来也。

上文所说都是个人主观的见解，盖我只从日本生活中去找出与自己性情相关切的东西来，有的是在经验上正面感到亲近者，就取其近似而更有味的，有的又反面觉到嫌恶，如上边的裹足，则取其相反的以为补偿，所以总算起来这些东西很多，却难有十分明确的客观解说。不过我爱好这些总是事实。这都是在东京所遇到，因此对于东京感到怀念，对于以此生活为背景的近代的艺文也感觉有兴趣。永井荷风在《江户艺术论》第一篇《浮世绘之鉴赏》中曾有这一节话道：

"我反省自己是什么呢，我非威耳哈伦（Verhaeren）似的比利时人而是日本人也，生来就和他们的运命及境遇迥异的东洋人也。恋爱的至情不必说了,凡对于异性之性欲的感觉悉视为最大的罪恶,我辈即奉戴此法制者也。承受'胜不过啼哭的小孩和地主'的教训的人类也,知道'说话则唇寒'的国民也。使威耳哈伦感奋的那滴着鲜血的肥羊肉与芳醇的蒲桃酒与强壮的妇女之绘画,都于我有什么用呢。呜呼,我爱浮世绘。苦海十年为亲卖身的游女的绘姿使我泣。凭倚竹窗茫然看着流水的艺妓的姿态使我喜。卖宵夜面的纸灯寂寞地停留着的河边的夜景使我醉。雨夜啼月的杜鹃,阵雨中散落的秋天树叶,落花飘风的钟声,途中日暮的山路的雪,凡是无常无告无望的,使人无端嗟叹此世只是一梦的,这样的一切东西,于我都是可亲,于我都是可怀。"永井氏是在说本国的事,所以很有悲愤,我们当作外国艺术看时似可不必如此,虽然也很赞同他的意思。是的,却也不是。生活背景既多近似之处,看了从这出来的艺术的表示,也常令人有《瘗旅文》的"吾与尔犹彼也"之感。大的艺术里吾尔彼总是合一的,我想这并不是老托尔斯泰一个人的新发明,虽然御用的江湖文学不妨去随意宣传,反正江湖诀(Journalism)只是应时小吃而已。还有一层,中国与日本现在是立于敌国的地位,但如离开现时的关系而论永久的性质,则两者都是生来就和西洋的运命及境遇迥异的东洋人也,日本有些法西斯中毒患者以为自己国民的幸福胜过至少也等于西洋了,就只差未能吞并亚洲,稍有愧色,而艺术家乃感到"说话则唇寒"的悲哀,此正是东洋人之悲哀也,我辈闻之亦不能不惘然。木下杢太郎在他的《食后之歌》序中云:

"在杂耍场的归途,戏馆的归途,又或常盘木俱乐部,植木店的归途,予常尝此种异香之酒,耽想那卑俗的,但是充满眼泪的江户平民艺术以为乐。"我于音乐美术是外行,不能了解江户时代音曲版画的精妙,但如永井木下所指出,这里边隐着的哀愁也是能够隐隐的感着的。这不是代表中国人的哀愁,却也未始不可以说包括一部分在内,因为这如上文所说其所表示者总之是东洋人之悲哀也。永井氏论木版画的色彩,云这暗示出那样暗黑时代的恐怖与悲哀与疲劳。俗曲里礼赞恋爱与死,处处显出人情与礼教的冲突,偶然听唱义太夫,便会遇见纸治,即是这一类作品。日本的平民艺术仿佛善于用优美的形式包藏深切的悲苦,这是与中国很不同的。不过我已声明关于这些事情不甚知道,中国的戏尤其是不懂,所以这只是信口开河罢了,请内行人见了别生气才好。

我写这篇小文,没有能够说出东京的什么真面目来,很对不起读者,不过我借此得以任意的说了些想到的话,自己倒觉得愉快,虽然以文章论也还未能写得好。此外本来还有些事想写进去的,如书店等,现在却都来不及再说,只好等将来另写了。

日本之雏祭

中国自昔有上巳修禊之事，最有名的是兰亭之会，后来日期改为三月三日，不必一定是巳日，但是这种行事在民间渐渐不大流行，只有少数风雅的人，模仿永和前例，偶或一举诗酒之会而已。日本古时风俗亦有禊祓，用纸制为偶人，以抚摩自己身体，祝诵而送诸水中，当作替身，以祓除不祥，据说后世玩具中人形一语即从此出云。这仪式在日本现时亦已不复见，却另外盛行一种雏祭，时期正是三月三日，仿佛是修禊的变相，但意味则很不相同了。雏字和训"比奈"，原是小鸟的意思，引伸为细小可爱的事物，即是雏人形之意，《古孝子传》云老莱子弄雏于亲侧，可见中国古时也以雏鸟为玩具，只是不曾见有引伸的意义耳。儿童持偶人为戏，日本平安朝文学中已有纪录，时为西历十世纪，至江户时代初期雏祭渐已成立，初只行于贵家，迨普及民间，成为儿童节日，则在十七世纪之末矣。雏祭大抵起于儿童游戏，惟后者儿童自为主，随地随时可行，前者则家庭主之，又有一定期日，比附于旧有的三月三日，此与修禊或未必有关，但其为祝儿童成长之仪式当无疑也。现代雏祭仪式即沿江户时代之旧，设坛自三至七段，首列屏风，前陈雏人形男女各一，次为侍从乐舞，箱笥几案，文房游艺，妆饰道具，白酒菱饼之属，或更有英雄神仙故事，其人数无一定。雏祭之历史与其意义今语焉不详，但就现行形式介绍于中国，于此略可窥见日本爱儿童之情意与家庭风俗之一斑，藉以沟通日华民族之感情，或不无小补，贤达士女，幸赐观览焉。

武者先生和我

方纪生先生从东京寄信来,经了三星期才到,信里说起前日见到武者小路先生,他对于我送他的晋砖砚很是喜欢,要给我一幅铁斋的画,托宫崎丈二先生带来,并且说道,那幅画虽然自己很爱,但不知道周君是否也喜欢。我在给纪生的回信里说,洋画是不懂,却也爱东洋风的画,富冈铁斋可以说是纯东洋的画家,我想他的画我也一定喜欢的。在东西六大画家中有铁斋的插画三幅,我都觉得很好,如献新谷图,如荣启期带索图,就是缩小影印的,也百看不厌,现在使我可以得到一张真迹,这实在是意外的幸事了。

我与武者小路先生初次相见是在民国八年秋天,已是二十四年前的事了。那时武者先生(平常大家这样叫他,现在也且沿用)在日本日向地方办新村,我往村里去看他,在万山之中的村中停了四天,就住在武者先生家的小楼上,后来又顺路历访大阪京都滨松东京各新村支部,前后共化了十天的工夫。第二次是民国二十三年,我利用暑假去到东京闲住了两个月,与武者先生会见,又同往新村支部去谈话一次。第三次在民国三十年春间,我往京都东京赴东亚文化协会之会,承日本笔会的几位先生在星冈茶寮招待,武者先生也是其中之一人。今年四月武者先生往南京出席中日文化协会,转至北京,又得相见,这是第四次了。其时我因事往南京苏州去走了一趟,及至回来,武者先生快要走了,只有中间一天的停留,所以我们会见也就只在那一天里,上午在北京饭店的庸报社座谈会上,下午来到我这里,匆匆的谈了一忽儿而已。这样计算起来,除了第一次的四天以外,我同武者先生聚谈的时候并不很多,可是往来的关系却已很久,所以两者间的友谊的确是极旧的了。承武者先生不弃,在他的文章里时时提及,又说当初相识彼此都在还没有名的时代,觉得这一点很有意思。其实这乃是客气的话,在二十四五年前,白桦派在日本文学上正很有名,武者先生是其领袖,我的胡乱写些文章,则确在这以后,却是至今也还不成气候,不过我们的交际不含有一点势利的分子,这是实在的事情。事变之后,武者先生常对我表示关心,大约是二十六年的冬天吧,在一篇随笔里说,不知现在周君的心情如何,很想一听他的真心话。当时我曾复一信,大意说如有机缘愿得面谈,惟不想用文字有所陈说,盖如倪云林所言,说便容易俗,日本所谓野暮也。近来听到又复说起,云觉得与周君当无不可谈者,看了很是感动,却也觉得惭愧。两国的人相谈,甲有甲的立场,乙有乙的立场,因此不大容易说得拢,此是平常的情形,但这却又不难互相体察谅解,那时候就可以说得成一起了,惟天下事愈与情理近者便愈远于事实,故往往亦终以慨叹。我近来未曾与武者先生长谈深谈过,似乎有点可惜,但是我感觉满足,盖谈到最相契合时恐怕亦只是一叹喟,现在即使不谈而我也一样的相信,与武者先生当无不可谈,且可谈得契合,这是一种愉快同时也是幸福的事,最初听说武者先生要到中国来漫游,我以为是个人旅行,便写信给东京的友人,托其转带口信,请他暂时不必出来,因为在此乱世,人心不安,中国文化正在停顿,殊无可观,旅途辛苦,恐所得不偿所失。嗣知其来盖属于团体,自是别一回事了,武者先生以其固有的朴诚的态度,在中国留下极深的好印象,可谓不虚此行,私人方面又得一见面,则在我亦为有幸矣。惟愿和平告成后,中国的学问艺术少少就绪,其时再请武者先生枉驾光来,即使别无成绩可以表示,而民生安定,彼此得以开怀畅聚,将互举历来所未谈及者痛快陈之,且试印证以为必定契合者是否真是如此,亦是很有意思的事也。

至于我送给武者先生的那砖砚,与其说是砚,还不如说是砖为的当,那是一小方西晋时的墓砖,有元康九年字样,时为基督纪元二百九十九年,即距今一千六百四十四年前也。我当初搜集古砖,取其是在绍兴出土的,但是到了北京以后,就不能再如此了,也只取其古,又是工艺品,是一种有趣味的小古董而已。有人喜欢把它琢成砚,或是水仙花盆之类,我并不喜欢,不过既已做成了,也只好随它去。我想送给武者先生一块古砖,作为来苦雨斋的纪念,但是面积大,分量重的不大好携带,便挑取了这块元康断砖,而它恰巧是琢成砚形的,因此被称为砚。其实我是当作砖送他的,假如当砚用一定很不合适,好的砚有端溪种种正多着哩。古语云,抛砖引玉。我所抛的正是一块砖,不意却引了一张名人的画来,这正与成语相符,可谓巧合也矣。民国癸未秋分节。

上边这篇文章是九月下旬写的。因为那时报上记载,武者先生来华时我奉赠一砚,将以一幅画回赠,以为是中日文人交际的佳话。我便想说明,我所送的是一块砖,送他的缘因是多年旧识,非为文人之故,不觉词费,写了三张稿纸。秋分节是二十四日,过了两天,宫崎先生来访,给我送来铁斋的那幅画。这是一个折扇面,裱作立轴,上画作四人,一绿衣以爪杖搔背,一红衣以纸捻刺鼻,一绿衣蓝褂挑耳,一红衣脱巾两手抓发,座前置香炉一,茶碗三,纸二枚。上端题曰:

经月得楼飕,头懒垢不囗,树间一梳理,道与精神会。痒处搔不及,赖有童子手,精微不可传,桂齿一转首。呿口眼尾垂,欲喷将未发,竟以纸用事,快等船出闸。耳痒欲挦去,猛省须用聃,注目深探之,疏快满须发。右李成德画理发搔背刺喷聃耳四畅图赞,觉范所作,铁斋写并录。赞一末句会字,赞四次句省用字,均脱,今照石门文字禅卷十四原本补入。案南唐王齐翰有挑耳图,似此种图画古已有之,列为四畅,或始于李成德乎。据清河书画舫云,王画法学吴道子,李不知如何,惟飘逸之致则或者为铁斋所独有,但自己不懂画更甚于诗,亦不敢多作妄言也。铁斋生于天保七年(清道光十六年),大正十二年(民国十三年)除夕卒,寿八十九岁,惟荣启期带索图为其绝笔,则已署年九十矣。

希腊女诗人

希腊女诗人萨福，正言萨普福（Sappho），生当耶稣纪元前六百年顷，在中国为周定王时代。其生前行事已不可考，惟据古代史家言，萨福有二弟，一名赖列诃思（Larikhos），为乡宴奉爵者，旧例是职以名门子弟之慧美者充之，故知其为勒色波思（Lesbos）贵族。次名哈拉克琐思（Kharaxos），业运酒，至埃及遇一女子，名罗陀比思（Rhodopis），悦之，以巨金赎其身；罗陀比思者谊云蔷薇颊，旧为耶特芒（Iadmon）家奴，与《寓言》作者埃索坡思（Aisopos，旧译伊索）为同僚也。后世或称萨福嫁安特罗思（Andros）富人该耳珂拉思（Kerkolas），而事实无考，且该耳珂拉思本谊曰尾，（引申为男根，案如中国云交尾，）安特罗思者牡也，盖希腊末世喜剧作者所造，用作嘲弄。又或谓萨福慕法恩（Phaon）之美，欲从之而法恩不肯，乃投白岩（Leukas）而死。（相传爱慕不谐，由岩上投海，或不死，则旧爱亦自灭。顾考一世纪时赫法斯谛恩（Hephaistion）所编投岩人名表，无萨福名，希腊诗人亦称萨福葬于故乡，非死于海，近世学者断为后世诬言，殆犹易安居士再嫁之故事耶？）

希腊神话中有九神女，司文章音乐之事，人称萨福为第十神女，又以诃美洛思（Homeros，旧译荷马）为诗人，萨福为女诗人，推重备至。顾后世基督教人病其诗太艳逸，于三百八十年时并其他希腊人诗集拉杂焚之，故今日不传，第从希腊罗马著作中所引搜辑得百余则，成句者仅半，成章者不及十一矣。其诗情文并胜，而比物丽词尤极美妙，今略述其意，以见一斑。其一云：

> 凉风喂嚅,过棠棣枝间,睡意自流,自颤叶而下。

善能状南方园林之景,谛阿克利多思(Theokritos)牧歌第七云,"白杨榆树动摇顶上,神女庙边灵泉自涌,如闻私语,"盖仿佛近之。其二云:

> 月落星沉,良夜已半,光阴自逝,而吾今独卧。

其三云:

> 满月已升,女伴绕神坛而立,或作雅舞,践弱草之芳华。

其四云:

> 甘棠色赪于枝头,为采者所忘,
> ——非敢忘也,但不能及耳。

甘棠(Glukumalon)者,以苹果接种于柚树而成,用之作昵称。谛阿克利多思诗第九云:"吾欢乎,吾歌汝甘棠也。"其五云:

> 如山上水仙,为牧人所践,花萎于地。

罗马诗人加都卢思(Catullus)云:"汝毋更念旧欢;已杀吾爱,如野花之压于锄犁矣。"又佛吉刘思(Vergilius)诗状少年之死云:"彼倏萎死,如紫花为犁所割。"殆皆从此出也。或称萨福喜蔷薇,恒加以咏叹,比之美人,如上所举,亦足见其一例。萨福又善铸词,如上文之甘棠,又谓莺云春使(Eros angelos),爱云苦甘(Glukupikron),英诗人斯温朋(Swin burne)最喜用之,尝有句云,"甘中最苦苦中最甘者"。萨福又咏爱云:

> 爱摇吾心，如山风降于栎树。

尚有二章亦歌爱恋，篇幅较长，为集中冠，兹不克译。译诗之难，中外同然，虽以同系之语且不能合，况希腊与华言之隔，而萨福诗又称不可传译者乎。故余仅能选取一二，疏其大意如右，不强范为韵语，倘人见此以为萨福诗不过尔尔，则是皆述者之过，于萨福之诗固无与耳。

以上系民国四年所作，登在绍兴《禹域日报》上的一篇小文，我在刘大白先生诗集《旧梦》序中曾经说及，近日忽然在故纸堆中找着，便把他转录在《茶话》里。这当然不是想表彰我能写所谓古文，求孤桐先生的青及，不过因为萨福跳海的故事流传太久，大家都喜欢讲，最近的《东方杂志》（二三之一）上也还转载一幅投崖图，现在将萨福事迹略略说明，或者也不无用处。其实呢，"身后是非谁管得，满村听唱蔡中郎，"跳海之说倒也罢了，还有些学者硬派"磨镜党"去奉萨福为祖师，以致 Sapphism 一字弄成与 Tribadism 同义。十九世纪欧洲学者如德之威耳寇（Welker）义之孔巴勒谛（Comparetti）英之华敦（H. T. Wharton）等为求真起见，为萨福更正了许多流言，若是完全当她作一个诗人看，或者附有这些传说倒反更有意思，也未可知。

上文所说两篇较长的情诗之一，名叫《赠所欢》（Eis Eromenan）的，去年我曾译出，登在《语丝》第二十期上。又在《希腊的小诗》一文中也译有萨福残诗五则，及墓铭一首。今天翻阅她的遗诗辑本，看见第八十五节，觉得很是可喜，不免把他抄了下来。

> 我有一个好女儿，
> 身材象是一朵黄金花，
> 这就是可爱的克来伊思，
> 我不希望那美的勒色波思，

也不再要那整个的吕提亚。

勒色波思岛系作者故乡,吕提亚(Lydia)为小亚细亚的希腊属地,克来伊思(Kleis)据云是萨福的女儿。——喔,我看这诗译得多糟,多么噜嗦,有好些多出来的废字,虽然勒色波思一字原文所无,系原编者加入的,不干我事。总之,译诗是应打手心的,何况又是我的这种蹩脚译呢。

希腊之余光

一个月以前，在日本书店里偶然得到一册长坂雄二郎译的《古代希腊文学史》，引起我好些的感想。这是理查及勃教授的原著，本名《希腊文学初步》，是麦克米兰书店文学初步丛书之一。这丛书虽然只是薄薄的小册子，却是很有意思，我所有的四册都很不错，其中两种觉得特别有用，便是这《希腊文学》，以及勃路克牧师所著的《英国文学》。我买到《英国文学初步》还是在民国以前，大概是一九一〇年，距离当初出版的一八七六已是三十四年，算到现在，恰巧又是三十四年了。我很喜欢勃路克的这册小书，心想假如能够翻译出来，再于必要处适宜的加以小注，是极好的一本入门书，比自己胡乱编抄的更有头绪，得要领。对于《希腊文学》也是如此想，虽然摩利思博士的《英文法初步》我也喜欢，却觉得总还在其次了。光阴荏苒的过去了三十几年，既不能自己来动手，等别人自然是靠不住，偶尔拿出来翻阅一下，还只是那两册蓝布面的原书而已。但是勃路克的书在日本有了石川诚的译本，名曰《英国文学史》，一九二五年初版，我所有的乃是一九四一年的改订再版本，及勃的书则出版于去年冬天，原书著作为一八七七年，盖是著者三十七岁时，去今已有六十七年矣。

我的感想，其一是这《希腊文学初步》在日本也已有了译本了，中国恐怕一时不会有，这是很可惜的事。其二是原书在起头处说过，是写给那不懂希腊文，除译本外不会读希腊书的人看的，因此又觉得在中国此刻也还不什么等用，或者不及翻译与介绍要紧。其三想到自己这边，觉得实在也欠用力，虽然本来并没有多少力量。在十四五年前,适值北京大学三十二周年纪念,发刊纪念册,我曾写过一篇小文,题曰《北大的支路》,意思是说于普通的学问以外,有几方面的文化还当特别注重研究,即是希腊,印度,亚剌伯与日本。大家谈及西方文明,无论是骂是捧,大抵只凭工业革命以后的欧美一两国的现状以立论,总不免是笼统,为得明了真相起见,对于普通称为文明之源的古希腊非详细考察不可,况且他的文学哲学自有其独特的价值,据愚见说来其思想更有与中国很相接近的地方,总是值得萤雪十载去钻研他的,我可以担保。当时我说的有点诙谐,但意思却是诚实的,至今也并没有改变。所可惜的是,中国学问界的情形也是没有改变。但是这有什么办法呢。日本在明治末年也还是很少谈希腊事情的人,但克倍耳教授已在大学里鼓吹有年,近二十年中人材辈出,译书渐多,这是很可羡慕的事。中国从何说起,此刻现在,学艺之不振岂不亦是应该,当暗黑时正当暗黑可也。不过话又说回来,现今假如尚有余裕容得人家来写文章,谈文学,则希腊的题目似尚有可取,虽然归根到底不免属于清谈之内,在鄙人视之乃觉得颇有意义,固不尽由于敝帚自珍耳。

我曾经写过一篇谈希腊人的好学的文章,引用瑞德著《希腊晚世文学史》里的话,讲《几何原本》作者欧几里特的事。原文大意云:

"欧几里特,希腊式的原名是欧克莱台斯,约当基督二百九十年前生活于亚力山大城,在那里设立一个学堂,下一代的有些名人多是他的弟子。关于他的生平与性格我们几乎一无所知,虽然有他的两件轶事流传下来,颇能表示出真的科学精神。其一是说普多勒迈一世问他,可否把他的那学问弄得更容易些,他回答道,大王,往几何学那里去是并没有御道的。又云,有一弟子习过设题后问他道,我学了这些有什么好处呢。他就叫一个家奴来说道,去拿两分钱来给这厮,因为他是一定要用了他所学的东西去赚钱的。后来他的名声愈大,人家提起来时不叫他的名字,只说原本氏就行了。"部丘教授在《希腊之好学》文中云:

"自从有史以来,知这件事在希腊人看来似乎他本身就是一件好物事,不问他的所有的结果。他们有一种眼光锐利的,超越利益的好奇心,要知道大自然的事实,人的行为与工作,希腊人与外邦人的事情,别国的法律与制度。他们有那旅人的心,永远注意着观察记录一切人类的发明与发见。"这样为知识而求知识的态度甚可尊重,为纯粹的学问之根源,差不多为古希腊所特有,而在中国又正是缺少,我们读了更特别觉得是有意义的事。

在《希腊的遗产》这册论文集中,列文斯顿论希腊文学的特色第三是求真,这与上文有可以互相发明的地方。引了史诗与抒情诗的实例之后,讲到都屈迭台斯的史书,叙述希腊内争的一幕。这是基督四百二十四年前的事,即中国春秋时威烈王二年,斯巴达大将勃拉西达斯将攻略安非坡利斯,雅典大将都屈迭台斯在塔索斯,相距是一日半的水程,仓忙往救,勃拉西达斯急与市民议款,特予宽大,市遂降服。史书中云:

"是日晚,都屈迭台斯与其舟师入蔼翁港,但已在勃拉西达斯占据安非坡利斯之后,若再迟一宿,则彼更将并取蔼翁而有之矣。"此文看似寻常,但我们须知道,雅典大将都屈迭台斯即是记此事实的史家都屈迭台斯,而因了这里那么用了超然中立的态度所记的一件事,乃使他不得不离开祖国,流放在外至二十年之久。列文斯顿评云:

"都屈迭台斯客观地叙述简单的事实,好象是关系别个人似的,对于他一生中最大的不幸没有一句注释,没有不服,辩解,说明,或恨憎之词。他用第三人身写他自己。现代大将写自己的失败不是用这种写法的,但这正是希腊的写法。都屈迭台斯忘记了他自己和他的感情,他只看见那不幸的一天,他同了他的舟师沿河上驶,却见安非坡利斯的城门已经对他紧闭了。他这样的不顾自己的事,并不曾说这是不幸,虽然这实是不幸,对于他和他的故国。假如我们不知道他是雅典人,那么我们单从他的史书上就很不容易分别,在这战事上他是偏袒雅典的呢,还是偏袒斯巴达,因为他是那么全然的把他和他的感情隐藏起来了。可是他乃是热烈的爱国者,而他正在记述这战事,在这一回里他的故国便失掉了主权与霸图。"严正的客观到了这地步,有点超出普通的人力以上,但真足为后世学人的理想模范,正如太史公言,虽不能至,心向往之矣。

谈到希腊事情,大家总不会忘记提及他们的爱美这一节的。列文斯顿也引了所谓荷马颂歌里的一篇《地母颂》,与丁尼孙的诗相比较,他说,丁尼孙虽是美,而希腊乃有更上的美,这并非文字或比喻或雕琢之美,却更为简单,更为天然,更是本能的,仿佛这不是人间却是自然如自己在说话似的。比诗歌尤为显明的例是希腊神话的故事,这正是如诗人济慈所说希腊的美的神话,同样的出于民间的想象,逐渐造成,而自有其美,非北欧统系的神话所能及。列文斯顿说,就是在干燥无味的神话字典中,如亚塔阑达,那耳吉索斯,辟格玛利恩,阿耳乎斯与欧吕迭开,法伊东,默杜萨各故事,都各自有其魔力。这评语实在是不错的,不过传述既成的故事,也没有多大意思,还不如少为破点工夫,看其转变之迹,意义更为明显。希腊神话故事知道的人不少,一见也似平常,但是其形状并非从头就是如此,几经转变,由希腊天才加以陶融剪裁,乃始成就。希腊人以前的原住民没有神话,据古史家说,他们祀神呼而告之,但他们不给神以称号,亦无名字。罗马人在未曾从希腊借用神话以前情形也是如此,他们有渺茫的非人格的鬼物似的东西,他们并不称之曰诸神,只称之曰诸威力。威力是没有人的特性的,他没有性别,至少其性别是无定的,这只须参考古时的祈祷文便可明了,文中说祷告于精灵,无论是男是女。希腊民族乃是"造像者",如哈理孙女士在《希腊神话论》引言中所说,他们与别的民族同样的用了宗教的原料起手,对于不可见的力之恐怖,护符的崇拜,未满足的欲望等,从那些渺茫粗糙的材料,他们却造出他们的神人来。我们一面再看埃及印度,也曾造有他们的神人,可是这与希腊的又是多么不同,埃及的鸟头牛首,印度的二头丁手,在希腊都是极少见的。其实希腊何尝没有兽形化的神人,以及其他的奇怪事,只是逐渐转变了,不象别国的永远不变,因为有祭司与圣经的制限。哈理孙女士说,希腊民族不是受祭司支配而是受诗人支配的,照诗人这字的原义,这确是所谓造作者,即艺术家的民族。他们不能容忍宗教中之恐怖与恶分子,把他渐益净化,造成特殊的美的神话,这是他们民族的一种成就,也是给予后世的一个恩惠。《希腊神话论》第三章是论山母的,里边详说戈耳共与蔼利女斯的转变,很是明白,也于我们最为有益。戈耳共本来是泰山石敢当似的一个鬼脸,是仪式上的一种面具,竭力做的丑恶,去恐吓人与妖魔的。既然有了头,那么一定有一个戈耳共在那里,或者更好是三数,于是有了三姊妹的传说,默杜萨即是最幼小的一个。戈耳共面普通都拖舌、瞪眼、露出獠牙,是恐怖之具体的形象。可是自从这成为默杜萨的头以后,希腊艺术家逐渐的把她变成了一个可怜的含愁的女人的面貌,虽然头发还是些活蛇,看见她面貌的人也要被变作石头。蔼利女斯如字义所示,是愤怒者,即是怒鬼,要求报复之被杀害的鬼魂。她们形状之可怕是可以想见的,大抵是戈耳共与哈耳普亚二者之合成,在报仇的悲剧中出现,是很惨怆的一种物事。在为报父仇而杀母的阿勒思特斯经雅典那女神被除免罪,与蔼利女斯和解之后,她们转变为慈惠神女,或称庄严神女,完全变换了性格。亚belling戈思地方左近有三方献纳的浮雕,刻出庄严神女的像,她们不再是那悲剧里可厌恶可恐怖的怨鬼,乃是三个镇静的主母似的形像,左手执着花果,即繁殖的记号,右手执蛇,但现在已不是愁苦与报复之象征,乃只是表示地下,食物与财富之源的地下而已。哈理孙女士结语中云,在戈耳共与地母上,尤其是在蔼利女斯上,我们看出净化的进行,我们目睹希腊精神避开了恐怖与愤怒而转向和平与友爱,希腊的礼拜者废除了驱除的仪式而采取侍奉的自由。罗斯金又评论希腊人说,他们心里没有畏惧,只是忧郁,惊愕,时有极深的哀愁与寂寞,但是决无恐怖。这样看来,希腊人的爱美并不是简单的事,这与驱除恐怖相连结,影响于后世者极巨,很值得我们的注意。这里语焉不详,深不自满,只是表示野人献芹之意,芹只一二根,又或苦口,更增惶恐矣。

此次因见日译《古代希腊文学史》出版,稍有感想,便拉杂写了下来。大意只是觉得古希腊的探讨对于中国学艺界甚有用处,希望其渐益发达,原典翻译固然很好,但评论参考用书之编译似尤为简捷切要,只须选择得宜,西欧不乏佳籍,可供学子之利用,亦是事半而功倍。大抵此种工作语学固是必要,而对于希腊事情之爱好与理解亦是紧要的事,否则选择即不容易,又出力不讨好,难得耐寂寞写下去也。

英国最古之诗歌

各国文章缘起，大抵诗先于文，盖书契未作，专恃记诵以为流传，且感情表见，利于永言。《毛诗》"关雎"序云："情动于中而形于言，言之不足，故嗟叹之。嗟叹之不足，故永歌之。永歌之不足，不知手之舞之足之蹈之也。"故先民文学，传说与歌谣，同时并生，而踏歌以音节调整，便于咏诵，随乐师之迹，流行遍于国中。初皆简短，各自为篇，及有文字之时，乃经排比，聚神人世说，古英雄行事，区别部居，参订成书，长数千行，乃成史诗。史诗出于民歌，所叙多先民事迹，陈说庄严，有如史书，故称史诗，与琴歌别也。英国诗歌，起于七世纪时，凯特蒙著。第其前尚有古诗数篇，不知著者姓名年代，多残缺不全。有《培阿邬尔夫》一诗，篇幅最长，亦特完好。陪阿邬尔夫者，古瑞典英雄，意言蜂狼，即云狼也。其诗初为短篇，流布北欧之地，及英人渡海，定居不列颠之岛，此歌亦相与俱来。后人集录，汇为长歌，凡三卷四十二章，三千一百余行。今所传者，为七世纪末抄本，以时代论，在欧洲史诗中，舍希腊二诗外，此为最古，亦最有价值者也。

诗言丹麦王赫罗什伽，筑享殿于海滨，高会群士。有巨人名格伦兑耳，居大泽中，恶其喧嚣，乘夜入殿，执武士三十人杀而食之，众不能敌，殿遂荒废。凡十二年，峨斯王子培阿邬尔夫闻其事，乃自瑞典浮海而至，愿为王驱除之。夜宿殿中，巨人复至，因与徒搏，力握其腕，巨人不得脱，断臂而去，反走死沼中。王大喜，置酒为贺（右卷一）。夜阑，格伦兑耳之母复来报仇，攫一人去，明旦，王告培阿邬尔夫，迹之至于大泽，入水与斗，杀之，遂携重赏，返其故国（右卷二）。五十年后，培阿邬尔夫为峨斯王，已年老。会其地有火龙，守宝藏。

有人偶入其穴,乘龙熟睡,盗一玉杯。龙醒,大怒,每夕出而为灾,焚毁村落。王出与战,龙嘘气如火,不可近,卒力斗杀之,而王亦被殊伤,遂死。国人哀悼,为筑台山上,火葬之,且谥之曰:"是王中最,以温良对群臣,慈惠对百姓,惟荣誉是宝爱者也。"(右卷三)

是诗三卷,可分为二段落。第一二卷言除怪,第三卷言杀龙也。传说中言巨人、侏儒,率指本地遗民,盖土人为异族所逐,退居内地,而相仇未已,时潜出劫越,历世相传,渐近神怪。故传说言其居处,必在山林沼泽之中,或有神术大力,而容貌无异于人。诗第二十章叙格伦兑耳之状,亦云"状如生人,而尤巨大,丑如老妇"也。神话中之龙,本於上古信仰,当出于匍虫。宝藏所在,有神物守之,龙即其一。各地其说甚多,如越中卧龙山,有童子入山窃珠,其一例也。

培阿邬尔夫为英人入不列颠岛前所作,距今千数百年,诗中所现国民特性,初未有变。北方之地,阴寒严厉,风土人情,相因而生,诗叙英雄毕生之苦战,自然背景,正与应合,四周萧索,惨然无欢,无鲜美之物色,温柔之情绪,为破其沉寂。盖所图者,非梦中仙乡,而为真实人间世,是中所有,惟是艰难灾害。培阿邬尔夫往来其间,正不啻示人以入世之典型,人生之臬极也,武勇荣誉,坚忍独立,委心任命,尽力而行,生命不足惜,欢乐不足耽。方其将与巨人斗也,自审恐不敌,曰:"倘其死也,命之所定,人孰能逃命"(第七章)。又曰:"吾之来,将为大君奏此功,不然则身死享殿"(第九章)。又云:"人既死矣,徒伤何为,不如力图报之。人皆有死,倘得时机,所当于未死之先,力求荣誉。勇士死后,但当留名以为纪念耳"(第二十一章)。是则勇往直前之气,又即由委心任命之意而生。诗经后代改订,多杂景教文句,而元始民族崇信宿命之谊,诵彻全篇,固不相掩。读之觉庄严之气,悲哀之情,透纸而出矣。

诗以古英文著作,即盎格鲁撒逊文也,其文章质朴古雅,为史诗所同。而其描写上古居民情状,尤至为有味,如当时君臣之关系,男女之交际,战斗游戏,宴会酬应,城市舟车之状,皆仿佛如见。又其图画物色,亦至佳妙,其图不施色彩,而阴湛深重,自具北方之特色。如

第二十章状格伦兑耳窟穴云："其地无人迹,陵谷居狼,岩壁多风,沼径阴暗,山泉潜流,水行于地中,相去不远,大泽在焉。霜林上掩,大木虬根,临水而仆。入夜乃见妖祥,火发水中,泽之浅深,不可得而知也。鹿遇犬逐,自投林丛,乃甘野死,不敢近水次。其为地不祥,大风怒吹,波浪陡立,上接云汉,颢气重浊,苍穹鸣号。"是其一例,为全诗中佳句之一也。

《培阿邹尔夫》世称英国国民史诗,在英人视之,非特为文学之粹,抑亦民族之夸,故或名之曰英国之圣书,著英文学史者,悉以是为首最,盖文字转变,虽已殊形,而精神流传,实出一本,国人之宝重是书,盖有故也。

文学上的俄国与中国

今天讲的这个题目，看去似太广大，不是我的力量所能及。我的本意，只是想说明俄国文学的背景有许多与中国相似，所以他的文学发达情形与思想的内容在中国也最可以注意研究。本来人类的思想是共通的，分不出什么远近轻重，但遗传与环境的影响也是事实，大同之中便不免有小异，一时代一民族的文学都有他们特殊的色彩，就是这个缘故。俄国在十九世纪，同别国一样的受着欧洲文艺思想的潮流，只因有特别的背景在那里，自然的造成了一种无派别的人生的文学。但我们要注意，这并不是将"特别国情"做权衡来容纳新思想，乃是将新思潮来批判这特别国情，来表现或是解释他，所以这结果是一种独创的文学，富有俄国特殊的色彩，而其精神却仍与欧洲现代的文学一致。

俄国的文学，在十八世纪方才发生。以前有很丰富的歌谣弹词，但只是民间口头传说，不曾见诸文字。大彼得改革字母以后，国语正式成立，洛摩诺梭夫(Lomonosov)、苏玛洛科夫(Sumarokov)等诗人出来，模仿德法的古典派的作品；到加德林二世的时候，俄国运动改造的学会逐渐发生，凯阑仁(Karamzin)等伤感派的小说，也加入农奴问题的讨论了。十九世纪中间，欧洲文艺经过了传奇派与写实派两种变化，摆伦(Byron)与莫泊三(Maupassant)可以算是两边的代表。但俄国这一百年间的文学，却是一贯的，只有各期的社会情状反映在思想里，使他略现出差别来，并不成为派别上的问题。十九世纪的俄国正是光明与黑暗冲突的时期，改革与反动交互的进行，直到罗马诺夫朝的颠覆为止。在这时期里，一切的新思想映在这样的背景上，自然的都染着同样的彩色；譬如传奇时代摆伦的自由与反抗的呼声，固然很是适合，个人的不平却变了义愤了；写实时代莫泊三的科学的描写法，也很适于表现人生的实相，但那绝对客观的冷淡反变为主观的解释了。俄国近代的文学，可以称作理想的写实派的文学；文学的本领原来在于表现及解释人生，在这一点上俄国的文学可以不愧称为真的文学了。

这一世纪里的文学，可以依了政治的变迁分作四个时期。第一期自一八〇一至四八年，可以称作黎明期。一八二五年十二月党失败以后，不免发生一种反动，少年的人虽有才力，在政治及社会上没有活动的地方，又因农奴制度的影响，经济上也不必劳心，便养成一种放恣为我的人，普式金（Pushkin）的《阿涅庚》（Evgeni Oniegin）、来尔孟多夫（Lermontov）的《现代的英雄》里的沛曲林（Petshorin），就是这一流人的代表，也是社会的恶的具体化。一方面官僚政治的积病与斯拉夫人的惰性，也在果戈尔（Gogol）的著作里暴露出来。一八四八年欧洲革命又起，俄国政府起了恐慌，厉行专制，至尼古拉一世死的那一年（一八五五）止，这是第二期，称作反动期。尼古拉一世时代的书报检查，本是有名严厉的，到了此刻却更加了一倍，又兴了许多文字狱，一八四九年的彼得拉绥夫斯奇（Petrashevski）党人案件最是有名；他们所主张的解放农奴，改良裁判法，宽缓检查这三条件，后来亚力山大维新的时候都实行了，在这时代却说他是扰乱治安，定了重刑。这八年间，文学上差不多没有什么成绩。一八五五至八一年是亚力山大二世在位的时代，政治较为开明，所以文学上是发达期，这是第三期。其中又可以分作三段，第一段自五五至六一年，思想言论比较的可以自由了，但是遗传的情性与迫压的余力，还是存在，所以有理想而不能实行，屠盖涅夫（Turgenev）的《路丁》（Dmitri Rudlin）、冈伽洛夫（Gontsharov）的《阿勃洛摩夫》（Oblomov），都是写这个情形的。自六一至七〇年顷是第二段，唯心论已为唯物论所压倒，理想的社会主义之后也变为科学的社会主义了，所谓虚无主义就在此时发生，屠盖涅夫的《父与子》里的巴察洛夫（Bazarov）可以算是这派的一个代表。虚无主义实在只是科学的态度,对于无征不信的世俗的宗教法律道德虽然一律不承认,但科学与合于科学的试验的一切,仍是承认的,这不但并非世俗所谓虚无党(据克鲁泡特金说:世间本无这样的一件东西),而且也与东方讲虚无的不同。陀思妥也夫斯奇(Dostojevski)做的《罪与罚》,本想攻击这派思想,目的未能达到,却在别方面上成了一部伟大的书。第三段自七〇至八一年,在社会改造上,多数的智识阶段觉得自上而下的运动终是事倍功半的,于是起了"往民间去"(V Narod)的运动,在文学上民情派(Narodnitshestvo)的势力也便发展起来。以前描写农民生活的文学,多写他们的悲哀痛苦,证明农奴也有人性,引起人的同情。到六一年农奴解放以后,这类著作可以无须了,于是转去描写他们全体的生活,因为这时候觉得俄国改造的希望全在农民身上,所以十分尊重,但因此不免有过于理想化的地方。同时利他主义的著作也很是发达,陀思妥也夫斯奇,托尔斯泰(Tolstoi)、伽尔洵(Garshin)、科罗连珂(Korolenko)、邬斯本斯奇(Uspenski)等,都是这时候的文人。亚力山大二世的有始无终的改革终于不能满足国民的希望,遂有一八八一年的暗杀;亚力山大三世即位,听了坡毕陀诺斯垂夫(Pobiedonostsev)的政策,极力迫压,直到革命成功为止,是俄国文学的第四期,可以称作第二反动期。这时候的"灰色的人生",可以在契诃夫(Tshekhov)与安特来夫(Andrejev)的著作中间历历的看出。一九〇五年革命失败,国民的暴弃与绝望一时并发,阿尔支拔绥夫(Artsybashev)的《沙宁》(Sanin)便是这样的一个人;这正是时代的产物,并非由于安特来夫的写实主义过于颓丧的缘故,便是安特来夫的颓丧也是时代的反映,不是什么主义能够将他养成的。但一方面也仍有希望未来的人,契诃夫晚年的戏曲很有这样倾向;库普林(Kuprin)以写实著名,却也并重理想,他的重要著作如《生命的河》及《决斗》等都是这样。戈里奇(Gorki)出身民间,是民情派的大家,但观察更为真实,他的反抗的声调,在这黑暗时期里可算是一道引路的火光。最近的革命诗人洛普洵(Ropshin)在《灰色马》里写出一个英雄,一半是死之天使,一半还是有热的心肝的人,差不多已经表示革命的洪水到来了。

以上将俄国近代文学的情形约略一说,我们可以看出他的特色,是社会的、人生的。俄国的文艺批评家自别林斯奇(Bielinski)以至托尔斯泰,多是主张人生的艺术,固自很有关系,但使他们的主张能够发生效力,还由于俄国社会的特别情形,供给他一个适当的背景。这便是俄国特殊的宗教政治与制度。基督教,君主专制,阶级制度,当时的欧洲各国大抵也是如此。但俄国的要更进一层,希腊正教,东方式的君主,农奴制度,这是与别国不同的了。而且十九世纪后半,西欧各国都渐渐改造,有民主的倾向了,俄国却正在反动剧烈的时候;有这一个社会的大问题不解决,其余的事都无从说起,文艺思想之所以集中于这一点的缘故也就在此。在这一件事实上,中国的创造或研究新文学的人,可以得到一个大的教训。中国的特别国情与西欧稍异,与俄国却多相同的地方,所以我们相信中国将来的新兴文学当然的又自然的也是社会的、人生的文学。

就表面上看来,我们固然可以速断一句,说中俄两国的文学有共通的趋势,但因了这特别国情而发生的国民的精神,很有点不同,所以这其间便要有许多差异。第一宗教上,俄国的希腊正教虽然迫压思想很有害处,但那原始的基督教思想确也因此传布的很广,成为人道主义思想的一部分的根本。中国不曾得到同样的益处,儒道两派里的略好的思想,都不曾存活在国民的心里。第二政治上,俄国是阶级政治,有权者多是贵族,劳农都是被治的阶级,景况固然困苦,但因此思想也就免于统一的官僚化。中国早已没有固定的阶级,又自科举行了以后,平民都有接近政权的机会,农夫的儿子固然可以一旦飞腾,位至卿相,可是官僚思想也非常普及了。第三地势上,俄国是大陆的,人民也自然的有一种博大的精神,虽然看去也有象缓慢麻木的地方,但是那大平原一般的茫漠无际的气象,确是可以尊重的。第二种大陆的精神的特色,是"世界的"。俄国从前以侵略著名,但是非战的文学之多,还要推他为第一。所谓兽性的爱国主义,在俄国是极少数;那斯拉夫派的主张复古,虽然太过,所说俄国文化不以征服为基础,却是很真实的。第三种,气候的剧变,也是大陆的特色,所以俄国的思想又是极端的。有人批评托尔斯泰,说他好象是一只鹰,眼力很强,发见了一件东西,便一直奔去,再不回顾了。这个譬喻颇能说明俄国思想的特色,无抵抗主义与恐怖手段会在同时流行的缘故,也是为此。中国也是大陆的国,却颇缺少这些精神,文学及社会的思想上,多讲非战,少说爱国,是确实的;但一面不能说没有排外的思想存在。妥协、调和,又是中国处世的态度,没有什么急剧的改变能够发生。只是那博大的精神,或者未必全然没有。第四生活上,俄国人所过的是困苦的生活,所以文学里自民歌以至诗文都含着一种阴暗悲哀的气味。但这个结果并不使他们养成憎恶怨恨或降服的心思,却只培养成了对于人类的爱与同情。他们也并非没有反抗,但这反抗也正由于爱与同情,并不是因为个人的不平。俄国的文人都爱那些"被侮辱与损害的人",因为——如安特来夫所说——"我们都是一样的不幸",陀思妥也夫斯奇,托尔斯泰,伽尔洵,科罗连珂,戈里奇,安特来夫都是如此,便是阿尔支拔绥夫与厌世的梭罗古勃(Sologub)也不能说是例外。俄国人的生活与文学差不多是合而为一,有一种崇高的悲剧的气象,令人想起希腊的普洛美透斯(Prometheus)与耶稣的故事。中国的生活的苦痛,在文艺上只引起两种影响,一是赏玩,一是怨恨。喜欢表现残酷的情景那种病理的倾向,在被迫害的国如俄国波兰的文学中,原来也是常有的事;但中国的多是一种玩世的(Cynical)态度,这是民族衰老,习于苦痛的征候。怨恨本不能绝对的说是不好,但概括的怨恨实在与文学的根本有冲突的地方。英国福勒忒(Follett)说,"艺术之所以可贵,因为他是一切骄傲偏见憎恨的否定,因为他是社会化的"。俄国文人努力在湿漉漉的抹布中间,寻出他的永久的人性;中国容易一笔抹杀,将兵或官僚认作特殊的族类,这样的夸张的类型描写,固然很受旧剧旧小说的影响,但一方面也是由于思想狭隘与专制的缘故。第五,俄国文学上还有一种特色,便是富于自己谴责的精神。法国罗兰在《超出战争之上》这部书里,评论大日耳曼主义与俄国札尔主义的优劣,说还是俄国较好,因为他有许多文人攻击本国的坏处,不象德国的强辩。自克利米亚战争以来,反映在文学里的战争,几乎没有一次可以说是义战。描写国内社会情状的,其目的也不单在陈列丑恶,多含有忏悔的性质,在息契特林(Shtshedrin Saltykov)、托尔斯泰的著作中,这个特色很是明显。在中国这自己谴责的精神似乎极为缺乏:写社会的黑暗,好象攻讦别人的阴私,说自己的过去,又似乎炫耀好汉的行径了。这个缘因大抵由于旧文人的习气,以轻薄放诞为风流,流传至今没有改去,便变成这样的情形了。

以上关于中俄两国情形的比较,或者有人觉得其间说的太有高下,但这也是当然的事实。第一,中国还没有新兴文学,我们所看见的大抵是旧文学,其中的思想自然也多有乖谬的地方,要同俄国的新文学去并较,原是不可能的:这是一种的辩解。但第二层,我们要知道这些旧思想怎样的会流传,而且还生存着。造成这旧思想的原因等等,都在过去,我们可以不必说了。但在现代何以还生存着呢?我想这是因为国民已经老了,他的背上压有几千年历史的重担,这是与俄国的不同的第一要点。俄国好象是一个穷苦的少年,他所经过的许多患难,反养成他的坚忍与奋斗,与对于光明的希望。中国是一个落魄的老人,他一生里饱受了人世的艰辛,到后来更没有能够享受幸福的精力余留在他的身内,于是他不复相信也不情愿将来会有幸福到来;而且觉得从前的苦痛还是他真实的惟一的所有,反比别的更可宝爱了。老的民族与老人,一样的不能逃这自然的例。中国新兴文学的前途,因此不免渺茫。……但我们总还是老民族里的少年,我们还可以用个人的生力结聚起来反抗民族的气运。因为系统上的生命虽然老了,个体上的生命还是新的,只要能够设法增长他新的生力,未必没有再造的希望。我们看世界古国如印度希腊等,都能有老树的根株上长出新芽来,是一件可以乐观的事。他们的文艺复兴,大都由于新思想的激动,只看那些有名的作家多是受过新教育或留学外国的,便可知道。中国与他们正是事同一律,我们如能够容纳新思想,来表现及解释特别国情,也可望新文学的发生,还可由艺术界而影响于实生活。只是第一要注意，我们对于特别的背景，是奈何他不得，并不是侥幸有这样背景，以为可望生出俄国一样的文学。社会的背景反映在文学里面，因这文学的影响又同时的使这背景逐渐变化过去，这是我们所以尊重文学的缘故。倘使将特别国情看作国粹，想用文学来赞美或保存他，那是老人怀旧的态度，只可当作民族的挽歌罢了。

三个文学家的记念

今年里恰巧有三个伟大人物的诞生一百年记念,因此引起了我的一点感想来。记念,——就是限定在文艺的国土内,也是常有的事,即如世间大吹大擂的但丁六百年记念,便是其一。但是现在所说的三个人,并非文艺史上的过去的势力,他们的思想现在还是有生命有意义,是现代人的悲哀而真挚的思想的源泉,所以更值得记念。这三个人是法国的弗罗倍尔(Flaubert),俄国的陀思妥也夫斯奇(Dostoievski),法国的波特来耳(Baudelaire)。

弗罗倍尔的生日是十二月十二日,在三人中他最幼小,但在事业上却是他最早了。他于一八五六年发表《波伐理夫人》,开自然主义的先路,那时陀思妥也夫斯奇还在西伯利亚做苦工,波特来耳的《恶之华》也正在草稿中呢。他劳作二十年,只成了五部小说,真将生命供献于艺术,可以说是文艺女神的孤忠的祭司。人生虽短而艺术则长。他的性格,正如丹麦批评家勃兰特思所说,是用两种分子合成:"对于愚蠢的火烈的憎恨,和对于艺术的无限的爱。这个憎恨,与凡有的憎恨一例,对于所憎恨者感到一种不可抗的牵引。各种形式的愚蠢,如愚行迷信自大不宽容,都磁力似的牵引他,感发他。他不得不一件件的把他们描写出来。"他不是厌世家,或虚无主义者,却是一个愚蠢论者(Imbecilist),这是怎样适切的一个社会批评家的名称呵!他又梦想斯芬克思(Sphinx)与吉迈拉(Chimaira)——科学与诗——的拥抱,自己成了冷静而敏感,爱真与美的"冷血的诗人"。这冷血的诗人两个字,以前还未曾联合在一处,在他才是初次;他不但不愧为莫泊桑之师,也正是以后与当来的诗人之师了。

陀思妥也夫斯奇生于俄历十月三十日，即新历的十一月十一日。他因为读社会主义的书，被判处死刑，减等发往西伯利亚苦工十年。饥寒，拷打，至发颠痫，又穷困以至于死，但是他不独不绝望厌世，反因此而信念愈益坚定，造成他独一的爱之福音。文学上的人道主义的思想的极致，我们不得不推重陀思妥也夫斯奇，便是托尔斯泰也还得退让一步。他所作的长短十几篇的小说，几乎无一不是惊心动魄之作。他的创作的动机正如武者小路所说，是"从想肯定人生的这寂寞与爱而生的。……陀思妥也夫斯奇的最后的希望，是从他想怎样的不要把生而为人的事当作无意味的事情这一个努力而来的。"安特来夫在《小人物的自白》中说，"我对于运命惟一的要求，便是我的苦难与死不要虚费了。"这也可以说是陀思妥也夫斯奇的要求。他在小说里写出许多"被侮辱与损害的人"；他们虽然被人踏在脚下成了一块不干净的抹布，但"他那湿漉漉的摺叠中，隐藏着灵妙的感情"，正同尔我一样。他描写下等堕落人的灵魂，表示其中还有光明与美存在。他写出一个人物，无论如何堕落，如何无耻，但总能够使读者发起一种思想，觉得书中人物与我们同是一样的人，使读者看了叹道，"他是我的兄弟！"这是陀思妥也夫斯奇著作的精义，他留给我们的最大的教训，是我们所应当感激记念的。（这节里多引用旧译《陀思妥也夫斯奇之小说》的文句，全文见《艺术与生活》。）

波特来耳是四月九日生的。他十年中的著作，评论，翻译以外，只有诗集《恶之华》一卷，《散文小诗》及《人工的乐园》各一卷。他的诗中充满了病的美，正如贝类中的真珠。他是后来颓废派文人的祖师，神经病学者隆勃罗梭所谓风狂的天才，托尔斯泰用了社会主义的眼光批评他说一点都不能了解的作家。他的染绿的头发与变态的性欲，我们只承认是一种传说（Legend），虽然他确是死在精神病院里。我们所完全承认而且感到一种亲近的，是他的"颓废的"心情，与所以表现这心情的一点著作的美。"波特来耳爱重人生，慕美与幸福，不异传奇派诗人，惟际幻灭时代，绝望之哀，愈益深切，而执着现世又特坚固，理想之幸福既不可致，复不欲遗世以求安息，故惟努力求生，欲于苦中得乐,于恶与丑中而得善美,求得新异之享乐,以激刺官能,聊保生存之意识。"他的貌似的颓废,实在只是猛烈的求生意志的表现,与东方式的泥醉的消遣生活,绝不相同。所谓现代人的悲哀,便是这猛烈的求生意志与现在的不如意的生活的挣扎。这挣扎的表现可以为种种改造的主义,在文艺上可以为弗罗倍尔的艺术主义,陀思妥也夫斯奇的人道主义,也就可以为波特来耳的颓废的"恶魔主义"了。

我在上面略述这三个伟大人物的精神,虽然未免近于做"搭题",但我相信,在中国现在萧条的新文学界上,这三个人所代表的各派思想,实在是一服极有力的兴奋剂,所以值得记念而且提倡。新名目的旧传奇(浪漫)主义,浅薄的慈善主义,正布满于书报上,在日本西京的一个朋友说,留学生里又已有了喝咖啡茶以代阿布散酒(absinth)的自称颓废派了。各人愿意提倡那一派,原是自由的事,但现在总觉得欠有切实的精神,不免是"旧酒瓶上的新招帖"。我希望大家各因性之所好,先将写实时代的自然主义人道主义,或颓废派的代表人物与著作,略加研究,然后再定自己进行的方针。便是新传奇主义,也是受过写实的洗礼,经由颓废派的心情而出的,所以对于这一面也应该注意,否则便容易变成旧传奇主义了。我也知道这些话是僭越的,但因为这三个文学家的记念的感触,觉得不能不说了,所以聊且写出以宽解自己的心。

圣书与中国文学

我对于宗教从来没有什么研究,现在要讲这个题目,觉得实在不大适当。但我的意思只偏重在文学的一方面,不是教义上的批评,如改换一个更为明了的标题,可以说是古代希伯来文学的精神及形式与中国新文学的关系。新旧约的内容,正和中国的四书五经相似,在教义上是经典,一面也是国民的文学;中国现在虽然还没有将经书作文学研究的专书,《圣书》之文学的研究在欧洲却很普通,英国《万人丛书》——"Everyman's Library"里的一部《旧约》,便题作《古代希伯来文学》。我现在便想在这方面,将我的意见略略说明。

我们说《旧约》是希伯来的文学,但我们一面也承认希伯来人是宗教的国民,他的文学里多含宗教的气味,这是当然的事实。我想文学与宗教的关系本来很是密切,不过希伯来思想里宗教分子比别国更多一点罢了。我们知道艺术起源大半从宗教的仪式出来,如希腊的诗(Melē = Songs)、赋(Epē = Epics)、戏曲都可以证明这个变化,就是雕刻绘画上也可以看出许多踪迹。一切艺术都是表现各人或一团体的感情的东西;《诗序》里说,"情动于中而形于言;言之不足,故永歌之;永歌之不足,故嗟叹之,嗟叹之不足,故不知手之舞之,足之蹈之。"这所说虽然止于歌舞,引申起来,也可以作雕刻绘画的起源的说明。原始社会的人,唱歌,跳舞,雕刻绘画,都为什么呢?他们因为情动于中,不能自已,所以用了种种形式将他表现出来,仿佛也是一种生理上的满足。最初的时候,表现感情并不就此完事;他是怀着一种期望,想因了言动将他传达于超自然的或物,能够得到满足:这不但是歌舞的目的如此,便是别的艺术也是一样,与祠墓祭祀相关的美术可以不必说了,即如野蛮人刀柄上的大鹿与杖头上的女人象征,也是一种符咒作用的,他的希求的具体的表现。后来这祈祷的意义逐渐淡薄,作者一样的表现感情,但是并不期望有什么感应,这便变了艺术,与仪式分离了。又凡举行仪式的时候,全部落全宗派的人都加在里边,专心赞助,没有赏鉴的余暇;后来有旁观的人用了赏鉴的态度来看他,并不夹在仪式中间去发表同一的期望,只是看看接受仪式的印象,分享举行仪式者的感情;于是仪式也便转为艺术了。从表面上看来,变成艺术之后便与仪式完全不同,但是根本上有一个共通点,永久没有改变的,这是神人合一,物我无间的体验。原始仪式里的人神(Enthousiasmos)、忘我(Ekstasis),就是这个境地;此外如希腊的新柏拉图派,印度的婆罗门教,波斯的"毛衣外道"(Sufi)等的求神者,目的也在于此;基督教的《福音书》内便说的明白,"使他们合而为一;正如你父在我里面,我在你里面,使他们也在我们里面。"(《约翰福音》第十八章二十七节)这可以说是文学与宗教的共通点的所在。托尔斯泰著的《什么是艺术》,专说明这个道理,虽然也有不免稍偏的地方,经克鲁泡特金加以修正,(见《克鲁泡特金的思想》内第二章《文学观》)但根本上很是正确。他说艺术家的目的,是将他见了自然或人生的时候所经验的感情,传给别人,因这传染的力量的薄厚合这感情的好坏,可以判断这艺术的高下。人类所有最高的感情便是宗教的感情;所以艺术必须是宗教的,才是最高上的艺术。

  基督教思想的精义在于各人的神子的资格,与神人的合一及人们相互的合一,如《福音书》上所说。因此基督教艺术的内容便是使人与神合一及人们互相合一的感情。……但基督教的所谓人们的合一,并非只是几个人的部分的独占的合一,乃是包括一切,没有例外。一切的艺术都有这个特性,——使人们合一。各种的艺术都使感染着艺术家的感情的人,精神上与艺术家合一,又与感受着同一印象的人合一。非基督教的艺术虽然一面联合了几个人,

> 但这联合却成了合一的人们与别人中间的分离的原因;这不但是分离,而且还是对于别人的敌视的原因。(《什么是艺术》第十六章)

同样的话,在近代文学家里面也可以寻到不少。俄国安特来夫(Leonid—Andrejev)说,"我们的不幸,便是在大家对于别人的心灵、生命、苦痛、习惯、意向、愿望,都很少理解,而且几于全无。我是治文学的,我之所以觉得文学的可尊,便因其最高上的事业,是在拭去一切的界限与距离。"英国康刺特(Joseph—Conrad,本波兰人)说,"对于同类的存在的强固的认知,自然的具备了想象的形质,比事实更要明了,这便是小说。"福勒忒解说道,小说的比事实更要明了的美,是他的艺术价值;但有更重要的地方,人道主义派所据以判断他的价值的,却是他的能使人认知同类的存在的那种力量。总之,艺术之所以可贵,因为他是一切骄傲偏见憎恨的否定,因为他是社会化的。"这几节话都可以说明宗教与文学的共通的所在,《圣书》与文学的第一层的关系,差不多也可以明了了。宗教上的《圣书》即使不当作文学看待,但与真正的文学里的宗教的感情,根本上有一致的地方,这就是所谓第一层的关系。

以上单就文学与宗教的普通的关系略略一说,现在想在《圣书》与中国文学的特别的关系上,再略加说明。我们所注意在原有新的一方面,便是说《圣书》的精神与形式,在中国新文学的研究及创造上,可以有如何的影响;但旧的一方面,现今欧洲的《圣书》之文学的考据的研究,也有许多地方可以作中国整理国故的方法的参考,所以顺便也将他说及。我刚才提及新旧约的内容正和中国的经书相似:《新约》是《四书》,《旧约》是《五经》——《创世记》等纪事书类与《书经》《春秋》,《利未记》与《易经》及《礼记》的一部分,《申命记》与《书经》的一部分,《诗篇》《哀歌》《雅歌》与《诗经》,都很有类似的地方;但欧洲对于《圣书》,不仅是神学的,还有史学与文学的研究,成了实证的有统系的批评,不象是中国的经学不大能够离开了微言大义的。

即如《家庭大学丛书》(Home University Library)里的《旧约之文学》，便是美国的神学博士谟尔(George F. Moore)做的。他在第二章里说明《旧约》当作国民文学的价值，曾说道，"这《旧约》在犹太及基督教会的宗教的价值之外，又便是国民文学的残余，尽有独立研究的价值。这里边的杰作，即使不管著作的年代与情状，随便取读，也很是愉快而且有益；但如明了了他的时代与在全体文学中的位置，我们将更能赏鉴与理解他了。希伯来人民的政治史，他们文明及宗教史的资源，也都在这文学里面。"他便照现代的分类，将《创世记》等列为史传，《预言书》等列为抒情诗，《路得记》《以斯帖记》及《约拿书》列为故事，《约伯记》——希伯来文学的最大著作，世界文学的伟大的诗之一，——差不多是希腊爱斯吉洛思(Aiskhylos)式的一篇悲剧了。对于《雅歌》，他这样说："世俗的歌大约在当时与颂歌同样的流行，但是我们几乎不能得到他的样本了，倘若没有一部恋爱歌集题了所罗门王的名字，因了神秘的解释，将他归入宗教，得以保存。"又说：

> 这书中反复申说的一个题旨，是男女间的热烈的官能的恋爱。……在一世纪时，这书虽然题着所罗门的名字，在严正的宗派看起来不是圣经；后来等到他们发现——或者不如说加上——了一个譬喻的意义，说他是借了夫妇的爱情在那里咏叹神与以色列的关系，这才将他收到正经里去。古代的神甫们将这譬喻取了过来，不过把爱人指基督，所爱指教会(钦定译本的节目上还是如此)或灵魂。中古的教会却是在新妇里看出处女马理亚。……譬喻的恋爱诗——普通说神与灵魂之爱——在各种教义与神秘派里并非少见的事；极端的精神诗人时常喜用情欲及会合之感觉的比喻，但在《雅歌》里看不出这样的起源，而且在那几世纪中，我们也不曾知道犹太有这样的恋爱派的神秘主义。

所以他归结说："那些歌是民间歌谣的好例，带着传统的题材、形式及想象。这歌自然不是一个人的著作,我们相信当是一部恋爱歌集,不必都是为嫁娶的宴会而作,但都适用于这样的情景。"这《雅歌》的性质正与希腊的催妆诗(Eplthalamia)之类相近,在托尔斯泰派的严正批评里,即使算不到宗教的艺术,也不愧为普遍的艺术了。我们从《雅歌》问题上,便可以看出欧洲关于圣书研究的历史批评如何发达与完成。中国的经学却是怎样? 我们单以《诗经》为例;《雅》《颂》的性质约略与《哀歌》及《诗篇》相似,现在也暂且不论,只就《国风》里的恋爱诗拿来比较,觉得这一方面的研究没有什么满足的结果。这个最大原因大抵便由于尊守古训,没有独立实证的批判;譬如近代龚橙的《诗本谊》(1889年出版,但系1840年作)反对毛传,但一面又尊守三家遗说,便是一例。他说,"古者劳人思妇,怨女旷夫,贞淫邪正,好恶是非,自达其情而已,不问他人也。"又说,"有作诗之谊,有读诗之谊,有太师采诗瞽矇讽诵之谊,"都很正确,但他自己的解说还不能全然独立。他说,"《关雎》,思得淑女配君子也";《郑风》里"《女曰鸡鸣》,淫女思有家也"。实际上这两篇诗的性质相差不很远,大约只是一种恋爱诗,分不出什么"美刺",著者却据了《易林》的"鸡鸣同兴,思配无家"这几句话,说他"为淫女之思明甚",仍不免拘于"郑声淫"这类的成见。我们现在并不是要非难龚氏的议论,不过说明便是他这样大胆的人,也还不能完全摆脱束缚;倘若离开了正经古说训这些观念,用纯粹的历史批评的方法,将他当作国民文学去研究,一定可以得到更为满足的结果。这是圣书研究可以给予中国治理旧文学的一个极大的教训与帮助。

说到《圣书》与中国新文学的关系,可以分作精神和形式的两面。近代欧洲文明的源泉,大家都知道是起于"二希"就是希腊及希伯来的思想,实在只是一物的两面,但普通称作"人性的二元",将他对立起来;这个区别,便是希腊思想是肉的,希伯来思想是灵的;希腊是现世的,希伯来是永生的。希腊以人体为最美,所以神人同形,又同生活,神便是完全具足的人,神性便是理想的充实的人生。希伯来以为人是照着上帝的形象造成,所以偏重人类所分得的神性,要将他扩充起来,与神接近以至合一。这两种思想当初分立,互相撑拒,造成近代的文明,到得现代渐有融合的现象。其实希腊的现世主义里仍重中和(Sophrosyne),希伯来也有热烈的恋爱诗,我们所说两派的名称,不过各代表其特殊的一面,并非真是完全隔绝,所以在希腊的新柏拉图主义及基督教的神秘主义已有了融合的端绪,只是在现今更为显明罢了。我们要知道文艺思想的变迁的情形,这《圣书》便是一种极重要的参考书,因为希伯来思想的基本可以说都在这里边了。其次现代文学上的人道主义思想,差不多也都从基督教精神出来,又是很可注意的事。《旧约》里古代的几种纪事及预言书,思想还稍严厉;略迟的著作如《约拿书》便更明了的显出高大宽博的精神;这篇故事虽然集中于巨鱼吞约拿,但篇末耶和华所说,"这蓖麻……一夜发生,一夜干死,你尚且爱惜;何况这尼尼微大城,其中不能分辨左手右手的有十二万多人,并有许多牲畜,我岂能不爱惜呢?"这一节才是本意的所在。谟尔说,"他不但《以西结书》中神所说'我断不喜悦恶人死亡,惟喜悦恶人转离所行的道而活'的话,推广到全人类,而且更表明神的拥抱一切的慈悲。这神是以色列及异邦人的同一的创造者,他的慈惠在一切所造者之上。"在《新约》里这思想更加显著,《马太福音》中登山训众的话,便是适切的例。耶稣说明是来成全律法和先知的道,所以他对于古训加以多少修正,使神的对于选民的约变成对于各个人的约了。"你们听见有话说,'以眼还眼,以牙还牙。'只是我告诉你们,不要与恶人作对。"(第五章三八至三九)"你们听见有话说,'当爱你的邻舍,恨你的仇敌。'只是我告诉你们,要爱你的仇敌,为那逼迫你们的祷告。"(同上四三至四四)这是何等博大的精神!近代文艺上人道主义思想的源泉,一半便在这里,我们要想理解托尔斯泰、陀思妥也夫斯奇等的爱的福音之文学,不得不从这源泉上来注意考察。"你们中间谁是没有罪的,谁就可以先拿石头打他。"(约第八章七)"父啊,赦免他们,因为他们所作的事,他们不晓得。"(路第二三章三四)耶稣的这两种言行上的表现,便是爱的福音的基调。"爱是永不止息。先知讲道之能,终必归于无有;说方言之能,终必停止,知识也终必归于无有。"(林前第十三章八)"上帝就是爱;住在爱里面的,就是住在上帝里面,上帝也住在他里面。"(约一第四章十六)这是说明爱之所以最大的理由,希伯来思想的精神大抵完成了;但是"不爱他所看见的兄弟,就不能爱没有看见的上帝。"(同上二十)正同柏拉图派所说不爱美形就无由爱美之自体(Autoto kalon)一样;再进一步,便可以归结说,不知道爱他自己,就不能爱他的兄弟:这样又和希腊思想相接触,可以归入人道主义的那一半的源泉里去了。

其次讲到形式的一方面,《圣书》与中国文学有一种特别重要的关系,这便因他有中国语译本的缘故。本来两国文学的接触,形质上自然的发生多少变化,不但思想丰富起来,就是文体也大受影响,譬如现在的新诗及短篇小说,都是因了外国文学的感化而发生的,倘照中国文学的自然发达的程序,还不知要到何时才能有呢。希伯来古文学里的那些优美的牧歌(Eidyllia = Idylls)及恋爱诗等,在中国本很少见,当然可以希望他帮助中国的新兴文学,衍出一种新体。《预言书》派的抒情诗,虽然在现今未必有发达的机会,但拿来和《离骚》等比较,也有许多可以参照发明的地方。这是从外国文学可以得来的共通的利益,并不限于《圣书》;至于中国语的全文译本,是他所独有的,因此便发生一种特别重要的关系了。我们看出欧洲《圣书》的翻译,都于他本国文艺的发展很有关系,如英国的微克列夫(Wyclif)、德国的路得(Luther)的译本皆是。所以现今在中国也有同一的希望。欧洲《圣书》的译本助成各国国语的统一与发展,这动因原是宗教的,也是无意的。《圣书》在中国,时地及位置都与欧洲不同,当然不能有完全一致的结果,但在中国语及文学的改造上也必然可以得到许多帮助与便利,这是我所深信的不疑的,这个动因当是文学的,又是有意的。两三年来文学革命的主张在社会上已经占了优势,破坏之后应该建设了;但是这一方面成绩几乎没有;这是什么原故呢?思想未成熟,固然是一个原因,没有适当的言词可以表现思想,也是一个重大的障害。前代虽有几种语录说部杂剧流传到今,也可以备参考，但想用了来表现稍为优美精密的思想，还是不足。有人主张"文学的国语"，或主张欧化的白话，所说都很有理；只是这种理想的言语不是急切能够造成的，须经过多少研究与试验，才能约略成就一个基础。求"三年之艾"去救"七年之病"，本来也还算不得晚，不过我们总还想他好的快点。这个疗法，我近来在《圣书》译本里寻到，因为他真是经过多少研究与试验的欧化的文学的国语，可以供我们的参考与取法。十四五年前复古思想的时候，我对于《新约》的文言译本觉得不大满足，曾想将《四福音》重译一遍，不但改正钦定本的错处，还要使文章古雅，可以和佛经抗衡，这才适当。但是这件事终于还未着手；过了几年，看看文言及白话的译本，觉得也就可以适用了，不过想照《百喻经》的例，将耶稣的譬喻从新翻译，提出来单行，在四五年前还有过这样的一个计画。到得现在，又觉得白话的译本实在很好，在文学上也有很大的价值；我们虽然不能说怎样是最好，指定一种尽美的模范，但可以说在现今是少见的好的白话文。这译本的目的本在宗教的一面，文学上未必有意的注意，然而因了他慎重诚实的译法，原作的文学趣味保存的很多，所以也使译文的文学价值增高了。我们且随便引几个例：

> 我必向以色列如甘露，他必如百合花开放，如利巴嫩的树本扎根；他的枝条必延长，他的荣华如橄榄树，他的香气如利巴嫩的香柏树。　　（《何西阿书》第十四章五至六节）
> 要给我们擒拿狐狸，就是毁坏葡萄园的小狐狸，因为我们的葡萄正在开花。　　（《雅歌》第二章十五）
> 天使对我说"你为什么稀奇呢？我要将这女人和驮着他的那七头十角兽的奥秘告诉你。你所看见的兽，先前有，如今没有；将要从无底坑里上来，又要归于沉沦。……"
> 　　　　　　　　　　（《启示录》第十七章七至八）

这几节都不是用了纯粹的说部的白话可以译得好的，现在能够译成这样信达的文章,实在已经很不容易了。还有一件,是标点符号的应用:人地名的单复线,句读的尖点圆点及小圈,在中国总算是原有的东西;引证话前后的双钩的引号,申明话前后的括弓的解号,都是新加入的记号。至于字旁小点的用法,那便更可佩服;他的用处据《圣书》的凡例上说,"是指明原文没有此字,必须加上才清楚,这都是要叫原文的意思更显明。"我们译书的时候,原不必同经典考释的那样的严密,使艺术的自由发展太受拘束,但是不可没有这样的慎重诚实的精神;在这一点上,我们可以从《圣书》译本得到一个极大的教训。我记得从前有人反对新文学,说这些文章并不能算新,因为都是从《马太福音》出来的;当时觉得他的话很是可笑,现在想起来反要佩服他的先觉:《马太福音》的确是中国最早的欧化的文学的国语,我又预计他与中国新文学的前途有极大极深的关系。

以上将我对于《圣书》与中国文学的意见,约略一说。实在据理讲来,凡是各国的思想,在中国都应该介绍研究;与希伯来对立的希腊思想,与中国关系极深的印度思想等,尤为重要。现在因为有《圣书》译本的一层关系,所以我先将他提出来讲,希望引起研究的兴味,并不是因为看轻别种的思想。中国旧思想的弊病,在于有一个固定的中心,所以文化不能自由的发展;现在我们用了多种表面不同而于人生都是必要的思想,调剂下去,或可以得到一个中和的结果。希伯来思想与文艺,便是这多种思想中间,我们所期望的一种主要坚实的改造的势力。

略谈中西文学

中国文学,分甲午前及甲午后二个时期。前者是诂经精舍时代,无外国材料,无比较,只靠自己的经验,和师生承受的成绩,所以其效用很小,效力很微。甲午战役以后,对于中国的影响很大,丢开政治经济来讲,在学术上,西洋学说便传到中国,于是便因此关心起社会的现象来,和以前的见解不同,旧方法是改变了。

我们研究西洋文学,希望不必积极于人家所共同研究者,而应研究未经人开掘的,象印度、亚刺伯、希腊和日本。

印度和西藏蒙古有其相通的连系,它是佛教的发源地。佛教文学是何等伟大,但中国学者能有几人是研究得有成绩,很叫人失望。

亚刺伯的天算、医学、文学都有极大的贡献,尤其在中国,是特别的有关。他的回教,支配着中国五族之一的回族。

希腊的古典文化,对于中国的学术上重要的原因,由于希腊文化是西洋文学之祖,无论是科学和文学。并且希腊文化之探讨,比印度、阿刺伯容易了解,因为它和中国的儒家思想相同很多。"苏格拉底即中国之孔子"一语,实是。他们一样地求生活之舒适,注重现在,取中庸态度,自然中看出人生。他们同样叫"过犹不及"、"满招损"的口号。这样类同的思想,东方的中国,决计能容易了解。希腊的文学,是世界上伟大的东西,在中国东周之世,有盛名的戏曲,大戏曲家;这许多后世能追得上的很少。希腊各联邦,常打仗,于是波斯与希腊之战(孔子同时代),雅典和斯巴达之战(孔子之后),所造成之大史诗,象《依里奥特》和《奥狄散》,它们描写敌人,照样有同情,对于弱者,还是同情,真象忘记了自己,忘掉自己的失败事,和受到的贬责;使读者忘记了这位作者,便是战场上失望的人。这是何等有重视之价值的作品。

常说:"希腊是西洋文学的来源,日本是西洋文学的出路。"现在且看日本。

日本文化,大部是由中国学来,并且他们的保存中国文化史上的有价值物品,也异常多。夏曾佑、钱恂辈,常赞美日本所保留之中国书画。他们保存的如《世说新语》中的生活情形,武则天送日本皇后的袍,唐尘等,不可胜数。但同样的他们能保留西洋文化;他们宗教性强,做事认真。象新文学家菊池宽氏的《兰学事始》,讲一七七一年荷兰医学介绍入日本时的情形,这一类小事,很可看出日本是了不起的国家,有他的傻气。假使中国人没有毅力,那末什么都救不了的,或者因为中国人宗教心冷淡,不能前进。

外国的材料,是应该极力看重而借镜的。中国文学及其他的研究,非要改换方法不可。中国人向来不注意外国文,有人说学也学不好,但我亲眼看见外国的老人,正在拼命学中文。有人说:"人不能象玻璃瓶一样,装一定的分量。"但装是可以的。多一种外国文,象多开一个窗子,便会觉得光明得多。

创作要目

1914 年　4 月，北京文明书局出版《炭画》(波兰显克微支著)。
1918 年　10 月，上海商务印书馆出版《欧洲文学史》。
1920 年　北京大学出版社出版《点滴》(俄国、波兰等国小说集)。
1923 年　9 月，北京晨报社出版《自己的园地》。
1925 年　9 月，北大新潮社出版《陀螺》(希腊等国诗歌小品集)。
　　　　12 月，北新书局出版《雨天的书》。
1926 年　9 月，北新书局出版《狂言十番》(日本作品)。
1927 年　2 月，北京北新书局出版《冥土旅行》(希腊、法国等国散文集)。
　　　　9 月，北新书局出版《泽泻集》。
　　　　12 月，上海开明书局出版《谈龙集》。
1928 年　1 月，上海北新书局出版《谈虎集》(上下册)。
1929 年　5 月，上海北新书局出版《永日集》。
　　　　11 月，上海北新书局出版《过去的生命》。
1931 年　2 月，上海群益书社出版《艺术与生活》。
1932 年　3 月，上海儿童书局出版《儿童文学小论》。
　　　　9 月，北京人文书店出版《中国新文学的源流》。
　　　　10 月，上海开明书店出版《看云集》。
1933 年　3 月，上海天马书店出版《知堂文集》。
1934 年　1 月，上海商务印书馆出版《希腊拟曲》(希腊海罗达斯、谛阿克列多思著)。

3月,上海天马书店出版《苦雨斋序跋文》。

9月,上海北新书局出版《夜读抄》。

1935年　10月,上海北新书局出版《苦茶随笔》。

1936年　2月,上海良友图书公司出版《苦竹杂记》。

10月上海北新书局出版《风雨谈》。

1937年　3月,上海宇宙风社出版《瓜豆集》。

1940年　2月,上海北新书局出版《秉烛谈》。

1941年　5月,天津庸报社出版《药堂语录》。

1942年　3月,北京新民印书馆出版《药味集》。

1944年　1月,北京新民印书馆出版《药堂杂文》、《书房一角》。

9月,北京新民印书馆出版《秉烛后谈》。

11月,上海太平书局出版《苦口甘口》。

1945年　8月,上海太平书局出版《立春以前》。

1950年　11月,上海文化生活出版社出版《希腊的神与英雄》。

1952年　11月,香港大公书局出版《俄罗斯民间故事》。

1953年　3月,上海出版公司出版《鲁迅的故家》。

1954年　4月,上海出版公司出版《鲁迅小说里的人物》。

1955年　人民文学出版社出版《伊索寓言》。

4月,人民文学出版社出版《日本狂言选》。

1958年　9月,人民文学出版社出版《浮世澡堂》。

1961年　香港三育图书文具公司出版《知堂乙酉文编》。

1963年　2月,人民文学出版社出版《古事记》。

1973年　香港崇文书店出版《儿童杂事诗》。

1974年　香港三育图书文具公司出版《知堂回想录》。

2003年　中国对外翻译出版公司出版《路吉阿诺斯对话集》。

孙　郁

图书在版编目(CIP)数据

周作人精选集/周作人著. －北京:北京燕山出版社,2015.5
ISBN 978-7-5402-3782-0

Ⅰ.①周… Ⅱ.①周… Ⅲ.①散文集-中国-现代 Ⅳ.①I266

中国版本图书馆CIP数据核字(2015)第082995号

周作人精选集

周作人 著
编 选 者／孙　郁
责任编辑／张红梅
装帧设计／小　贾
北京燕山出版社出版发行
北京市西城区陶然亭路53号　邮编100054
全国新华书店经销
北京盛源印刷有限公司印刷

开本 850×1168　1/32　印张 12.5　字数 330,000
2015年6月第1版　2015年6月第1次印刷

定价:35.00元

版权所有　盗版必究